U0437887

警世通言

〔明〕馮夢龍 編著
李金泉 點校

會校本

下

上海古籍出版社

冒險輕生
不自憐

却将情字感湖王
湖王廟

第二十三卷　樂小舍拚生覓偶

一名《喜樂和順記》

怒氣雄聲出海門，舟人云是子胥魂。
天排雪浪晴雷吼，地擁銀山萬馬奔。
上應天輪分晦朔，下臨宇宙定朝昏。
吴征越戰今何在？一曲漁歌過晚村。

這首詩，單題着杭州錢塘江潮，元來非同小可：刻時定信，并無差錯。自古至今，莫能考其出没之由。從來説道天下有四絶，却是：

雷州换鼓，廣德埋藏，登州海市，錢塘江潮。

這三絶，一年止則一遍。惟有錢塘江潮，一日兩番。自古唤做羅刹江，爲因風濤險惡，巨浪滔天，常番了船，以此名之。南北兩山，多生虎豹，名爲虎林。後因虎字犯了唐高祖之祖父御諱，改名武林。又因江潮險迅，怒濤洶湧，衝害居民，因取名寧海軍。

後至唐末五代之間，去那徑山過來，臨安邑人錢寬生得一子。生時紅光滿室，里人見者，將謂火發，皆往救之。却是他家産下一男，兩足下有青色毛，長寸餘，父母以爲怪物，欲殺之。有外母不肯，乃留之，因此小名婆留。看看長大成人，身長七尺有餘，美容貌，有智勇，諱鏐字巨美，幼年專作私商無賴。因官司緝捕甚緊，乃投徑山法濟禪師躲難。法濟夜聞寺中伽藍云：「今夜錢武肅王在此，毋令驚動！」法濟知他是異人，不敢相留，乃作書薦鏐往蘇州投太守安綬。綬乃用鏐爲帳下都部署，每夜在府中馬院宿歇。

時遇炎天酷熱，太守夜起獨步後園，至馬院邊，只見錢鏐睡在那裏。太守方坐間，只見那正廳背後，有一眼枯井，井中走出兩個小鬼來，戲弄錢鏐。却見一個金甲神人，把那小鬼一喝都走了，口稱道：「此乃武肅王在此，不得無禮！」太守聽罷大驚，急回府中，心大異之，以此好生看待錢鏐。後因黄巢作亂，錢鏐破賊有功，僖宗拜爲節度使。後遇董昌作亂，錢鏐收討平定，昭宗封爲吴越國王。因杭州建都，治得國中寧静。只是地方狹窄，更兼長江洶湧，心常不悦。

忽一日，有司進到金色鯉魚一尾，約長三尺有餘，兩目炯炯有光，將來作御膳。錢王見此魚壯健，不忍殺之，〔二〕令畜之池中。夜夢一老人來見，峨冠博帶，口稱：

「小聖夜來孺子不肖，乘酒醉，變作金色鯉魚，〔二〕游于江岸，被人獲之，進與大王作御膳，謝大王不殺之恩。今者小聖特來哀告大王，願王憐憫，差人送往江中，必當重報。」錢王應允，龍君乃退。錢王颯然驚覺，得了一夢。次早升殿，喚左右打起那魚，差人放之江中。當夜，又夢龍君謝曰：「感大王再生之恩，將何以報？小聖龍宫海藏，應有奇珍異寶，夜光珠，盈尺璧，〔三〕任從大王所欲，即當奉獻。」錢王乃言：「珍寶珠璧，非吾願也。〔四〕惟我國僻處海隅，地方無千里，況兼長江廣闊，波濤洶湧，日夕相衝，使國人常有風波之患。汝能借地一方，以廣吾國，是所願也。」【眉批】大有王者氣度。龍王曰：「此事甚易。然借則借，當在何日見還？」錢王曰：「五百劫後，仍復還之。」龍王曰：「大王來日，可鑄鐵柱十二隻，各長一丈二尺。請大王自登舟，小聖使蝦魚聚于水面之上，大王但見處，可即下鐵柱一隻，其水漸漸自退，沙漲爲平地。王可叠石爲塘，其地即廣也。」龍君退去，錢王驚覺。次日，令有司鑄造鐵柱十二隻，親自登舟，於江中看之。果見有魚蝦成聚一十二處，乃令人以鐵柱沉下去，江水自退。王乃登岸，但見無移時，沙石漲爲平地，自富陽山前直至海門舟山爲止。錢王大喜，乃使石匠于山中鑿石爲板，以黄羅木貫穿其中，排列成塘。因鑿石遲慢，乃下令：「如有軍民人等，以新舊石板將船裝來，一船换米一船。」各處即將船載石板來换米。因此砌了江岸，石板有餘。後方始稱爲錢塘江。

至大宋高宗南渡，建都錢塘，改名臨安府，稱爲行在，方始人煙輳集，風俗淳美。似此每遇年年八月十八，乃潮生日，傾城士庶，皆往江塘之上，玩潮快樂。亦有本土善識水性之人，手執十幅旗旛，出没水中，謂之弄潮，果是好看。至有不識水性深淺者，學弄潮，多有被潑了去，壞了性命。臨安府尹得知，累次出榜禁諭，不能革其風俗。有東坡學士看潮一絶爲證：

吴兒生長押濤淵，冒險輕生不自憐。
東海若知明主意，應教破浪變桑田。

話説南宋臨安府有一個舊家，姓樂名美善，原是賢福坊安平巷内出身，祖上七輩衣冠。近因家道消乏，移在錢塘門外居住，開個雜色貨舖子。人都重他的家世，稱他爲樂大爺。媽媽安氏，單生一子，名和。生得眉目清秀，伶俐乖巧。幼年寄在永清巷母舅安三老家撫養，附在間壁喜將仕館中上學。喜將仕家有個女兒，小名順娘，少樂和一歲。兩個同學讀書，學中取笑道：「你兩個姓名『喜樂和順』，合是天緣一對。」兩個小兒女知覺漸開，聽這話也自歡喜，遂私下約爲夫婦。這也是一時戲謔，誰知做了後來配合的讖語。正是：

姻緣本是前生定，曾向蟠桃會裏來。

樂和到十二歲時，順娘十一歲。那時樂和回家，順娘深閨女工，各不相見。樂和雖則童年，心中伶俐，常想順娘情意，不能割捨。又過了三年，時值清明將近，安三老接外甥同去上墳，就便游西湖。原來臨安有這個風俗，但凡湖船，任從客便，或三朋四友，或帶子携妻，不擇男女，各自去占個座頭，飲酒觀山，隨意取樂。安三老領着外甥上船，占了個座頭。方纔坐定，只見船頭上又一家女眷入來，看時不是別人，正是間壁喜將仕家母女二人，和一個丫頭，一個妳娘。三老認得，慌忙作揖，又教外甥來相見了。此時順娘年十四歲，一發長成得好了。樂和有三年不見，今日水面相逢，如見珍寶。雖然分桌而坐，四目不時觀看，相愛之意，彼此盡知，只恨衆人屬目，不能叙情。船到湖心亭，安三老和一班男客都到亭子上閒步，樂和推腹痛，留在艙中；捱身與喜大娘攀話，稍稍得與順娘相近。捉空以目送情，彼此意會。少頃衆客下船，又分開了。傍晚，各自分散。安三老送外甥回家。樂和一心憶着順娘，題詩一首：

嫩蕊嬌香鬱未開，不因蜂蝶自生猜。
他年若作扁舟侶，日日西湖一醉回。

樂和將此詩題於桃花箋上，摺爲方勝，藏於懷袖。私自進城，到永清巷喜家門首，伺候順娘，無路可通。如此數次。聞説潮王廟有靈，乃私買香燭果品，在潮王面前祈禱，願與喜順娘今生得成鴛侶。拜罷，爐前化紙，偶然方勝從袖中墜地，一陣風捲出紙錢的火來燒了。急去搶時，止剩得一個「侶」字。樂和拾起看了，想道：「侶乃雙口之意，此亦吉兆。」心下甚喜。

忽見碑亭内坐一老者，衣冠古樸，容貌清奇，手中執一團扇，上寫「姻緣前定」四個字。樂和上前作揖，動問：「老翁尊姓？」答道：「老漢姓石。」又問道：「老翁能算姻緣之事乎？」老者道：「頗能推算。」樂和道：「小子樂和煩老翁一推，赤繩繫於何處？」老者笑道：「小舍人年未弱冠，如何便想這事？」樂和道：「昔漢武帝爲小兒時，聖母抱於膝上，問：『欲得阿嬌爲妻否？』帝答言：『若得阿嬌，當以金屋貯之。』年無長幼，其情一也。」老者遂問了年月日時，在五指上一輪道：「小舍人佳眷，是熟人，不是生人。」樂和見説得合機，便道：「不瞞老翁，小子心上正有一熟人，未知緣法何如？」老者引至一口八角井邊，教樂和看井内有緣無緣便知。樂和手把井欄張望，但見井内水勢甚大，巨濤洶湧，如萬頃相似，其明如鏡。内立一個美女，可十六七歲，紫羅衫，杏黄裙，綽約可愛。仔細認之，正是順娘，心下又驚又喜。却被老者望背後一推，剛剛的跌在那女子身上，大叫一聲，猛然驚覺，乃是一夢，雙手兀自抱定亭柱。正是：

黄粱猶未熟，一夢到華胥。

樂和醒將轉來，看亭内石碑，其神姓石名瑰，唐時捐財築塘捍水，死後封爲潮王。樂和暗想：「原來夢中所見石老翁，即潮王也。此段姻緣，十有九就。」回家對母親説，要央媒與喜順娘議親。那安媽媽是婦道家，不知高低，便向樂公攛掇其事。樂公道：「姻親一節，須要門當户對。我家雖曾有七輩衣冠，見今衰微，經紀營活。喜將仕名門富室，他的女兒，怕没有人求允，肯與我家對親？若央媒往説，反取其笑。」樂和見父親不允，又教母親央求母舅去説合。安三老所言，與樂公一般。樂和大失所望，背地裏嘆了一夜的氣，明早將紙裱一牌位，上寫「親妻喜順娘生位」七個字，每日三餐，必對而食之；夜間安放枕邊，低唤三聲，然後就寢。【眉批】可入情史。〔五〕每遇清明三月三，重陽九月九，端午龍舟，八月玩潮，這幾個勝會，無不刷鬢修容，華衣美服，在人叢中挨擠。只恐順娘出行，僥倖一遇。同般生意人家有女兒的，見樂小舍人年長，都來議親，爹娘幾遍要應承，到是樂和立意不肯，立個誓願，直待喜家順娘嫁出之後，方纔放心，再圖婚配。

事有湊巧，這裏樂和立誓不娶，那邊順娘却也紅鸞不照，天喜未臨，【眉批】情更深。〔六〕高不成，低不就，也不曾許得人家。光陰似箭，倏忽又過了三年，樂和年一十八歲，順娘一十七歲了。男未有室，女未有家。

男才女貌正相和，未卜姻緣事若何？
且喜室家俱未定，只須靈鵲肯填河。

話分兩頭。却説是時，南北通和。其年有金國使臣高景山來中國修聘。那高景山善會文章，朝命宣一個翰林范學士接伴。當八月中秋過了，又到十八潮生日，就城外江邊浙江亭子上，搭綵鋪氈，大排筵宴，管待使臣觀潮。陪宴官非止一員。都統司領着水軍，乘戰艦於水面往來，施放五色煙火炮。豪家貴戚，沿江搭縛綵幕，綿亘三十餘里，照江如鋪錦相似。市井弄水者，共有數百人，蹈浪争雄，出没游戲，有踏滚木、水傀儡諸般伎藝。但見：

迎潮鼓浪，拍岸移舟。驚湍忽自海門來，怒吼遥連天際出。何異地生銀漢，分明天震春雷。遥觀似疋練飛空，遠聽如千軍馳噪。吴兒勇健，平分白浪弄洪波；漁父輕便，出没江心誇好手。果然是：萬頃碧波隨地滚，千尋雪浪接雲奔。

北朝使臣高景山見了，毛髮皆聳，嗟嘆不已，果然奇觀。范學士道：「相公見此，何不賜一佳作？」即令取過文房四寶來。高景山謙讓再三，做《念奴嬌》詞：

雲濤千里，泛今古絶致，東南風物。碧海雲横初一綫，忽爾雷轟蒼壁。萬馬奔天，群鵝撲地，洶湧飛煙雪。吴人勇悍，便競踏浪雄傑。　想旗幟紛紜，吴音楚管，與胡笳俱發。人物江山如許麗，豈信妖氛難滅。况是行宫，星纏五福，光焰窺毫髮。驚看無語，憑欄姑待明月。

高景山題畢，滿座皆贊奇才，只有范學士道：「相公詞做得甚好，只可惜『萬馬奔天，〔七〕群鵝撲地』，將潮比得來輕了，這潮可比玉龍之勢。」學士遂做《水調歌頭》，道是：

登臨眺東渚，始覺太虚寬。海天相接，潮生萬里一毫端。滔滔怒生雄勢，宛勝玉龍戲水，儘出没波間。雪浪番雲脚，波捲水晶寒。　掃方濤，捲圓嶠，大洋番。天垂銀漢，〔八〕壯觀江北與江南。借問子胥何在？博望乘槎仙去，知是幾時還？上界銀河窄，流瀉到人間！

范學士題罷，高景山見了，大喜道：「奇哉佳作！難比萬馬争馳，真是玉龍戲水。」不題各官盡歡飲酒，且説臨安大小户人家，聞得是日朝廷管待北使，陳設百戲，傾城士女都來觀看。樂和打聽得喜家一門也去看潮，侵早便妝扮齊整，來到錢塘江口，趄來趄去，找尋喜順娘不着。結末來到一個去處，唤做「天開圖畫」，又叫做「團圞頭」。因那裏團團圍轉，四面都看見潮頭，故名「團圍頭」，後人訛傳，謂之「團魚頭」。這個所在，潮勢闊大，多有子弟立脚不牢，被潮頭湧下水去，又有豁濕了身上衣服的，都在下浦橋邊攬擠教乾。有人做下《臨江仙》一隻，單嘲那看潮的：

自古錢塘難比。看潮人成群作隊，不待中秋，相隨相趁，盡往江邊游戲。沙灘畔，遠望潮頭，不覺侵天浪起。頭巾如洗，鬥把衣裳去擠。下浦橋邊，一似奈何池畔，裸體披頭似鬼。入城裏，烘好衣裳，猶問幾時起水。

樂和到「團圍頭」尋了一轉，不見順娘，復身又尋轉來。那時人山人海，圍擁着席棚綵幕。樂和身材即溜，在人叢裏捱擠進去，一步一看。行走多時，看見一個婦人，走進一個席棚裏面去了。樂和認得這婦人，是喜家的妳娘。緊步隨後，果然喜將仕一家男女，都成團聚塊的坐下飲酒玩賞。樂和不敢十分逼近，又不捨得十分窵遠，緊緊的貼着席棚而立，覷定順娘，目不轉睛，恨不得走近前去，雙手摟抱，説句話兒。那小娘子擡頭觀看，遠遠的也認得是樂小舍人，見他趨前退後，神情不定，心上也覺可憐。只是父母相隨，寸步不離，無由相會一面。【眉批】此番甚難爲情。正是：

兩人衷腹事，盡在不言中。

却説樂和與喜順娘正在相視恓惶之際，忽聽得説潮來了。道猶未絶，耳邊如山崩地拆之聲，潮頭有數丈之高，一湧而至。有詩爲證：

銀山萬疊聳嵬嵬，蹴地排空勢若飛。
信是子胥靈未泯，至今猶自奮神威。

那潮頭比往年更大，直打到岸上高處，掀翻錦幕，衝倒席棚。衆人發聲喊，都退後走。順娘出神在小舍人身上，一時着忙，不知高低，反向前幾步，脚兒把滑不住，溜的滾入波浪之中：【眉批】一對多情種，非得潮神撮合，且爲情死矣。可憐秀閣金閨女，翻做隨波逐浪人。

樂和乖覺，約莫潮來，便移身立於高阜去處，心中不捨得順娘，看定席棚，高叫：「避水！」忽見順娘跌在江裏去了，這驚非小。說時遲，那時快，就順娘跌下去這一刻，樂和的眼光緊隨着小娘子下水，脚步自然留不住，撲通的向水一跳，也隨波而滾。他那裏會水！只是爲情所使，不顧性命。這裏喜將仕夫婦見女兒墜水，慌急了，亂呼：「救人，救人！救得吾女，自有重賞。」那順娘穿着紫羅衫杏黃裙，最好記認。【眉批】潮王廟裏夢中人。有那一班弄潮的子弟們，踏着潮頭，如履平地，貪着利物，應聲而往，翻波攪浪，去撈救那紫羅衫杏黃裙的女子。

却說樂和跳下水去，直至水底，全不覺波濤之苦，心下如夢中相似。行到潮王廟中，見燈燭輝煌，香煙繚繞。樂和下拜，求潮王救取順娘，度脱水厄。潮王開言道：「喜順吾已收留在此，今交付你去。」説罷，小鬼從神帳後將順娘送出。樂和拜謝了潮王，領順娘出了廟門。彼此十分歡喜，一句話也説不出，四隻手兒緊緊對面相抱，覺身子或沉或浮，淴出水面。那一班弄潮的看見紫羅衫杏黄裙在浪中現出，慌忙去搶。及至托出水面，不是單却是雙。四五個人扛頭扛脚，擡上岸來，對喜將仕道：「且喜連女婿都救起來了。」喜公、喜母、丫鬟、妳娘都來看時，此時八月天氣，衣服都單薄，兩個臉對臉，胸對胸，交股叠肩，且是偎抱得緊，分拆不開，叫喚不醒，體尚微暖，半生不死的模樣。父母慌又慌，苦又苦，正不知什麽意故。喜家眷屬哭做一堆。衆人争先來看，都道從古來無此奇事。

却説樂美善正在家中，有人報他兒子在「團魚頭」看潮，被潮頭打在江裏去了，慌得一步一跌，直跑到「團圍頭」來。又聽得人説打撈得一男一女，那女的是喜將仕家小姐。樂公分開人衆，捱入看時，認得是兒子樂和，叫了幾聲：「親兒！」放聲大哭道：「兒呵！你生前不得吹簫侣，誰知你死後方成連理枝！」喜將仕問其緣故，樂公將三年前兒子執意求親，及誓不先娶之言，敘了一遍。喜公、喜母到抱怨起來道：「你樂門七輩衣冠，也是舊族。况且兩個幼年，曾同窗讀書，有此説話，何不早説？如今大家叫喚，若喚得醒時，情願把小女配與令郎。」兩家一邊喚女，一邊喚兒，約莫叫喚了半個時辰，漸漸眼開氣續，四隻肐膊，兀自不放。樂公道：「我兒快蘇醒，將仕公已許下把順娘配你爲妻了。」説猶未畢，只見樂和睁開雙眼道：「岳翁休要言而無信！」跳起身來，便向喜公、喜母作揖稱謝。喜小姐隨後蘇醒。兩口兒精神如故，清水也不吐一口。喜殺了喜將仕，樂殺了樂大爺。【眉批】全是潮王弄奇。兩家都將乾衣服換了，顧個小轎擡回家裏。

次日，到是喜將仕央媒來樂家議親，願贅樂和爲婿，媒人就是安三老。樂家無不應允，擇了吉日，喜家送些金帛之類，笙簫鼓樂，迎取樂和到家成親。夫妻恩愛，自不必説。滿月後，樂和同順娘備了三牲祭禮，到潮王廟去賽謝。喜將仕見樂和聰明，延名師在家，教他讀書，後來連科及第。至今臨安説婚姻配合故事，還傳「喜樂和順」四字。有詩爲證：

少負情癡長更狂，却將情字感潮王。
鍾情若到真深處，生死風波總不妨。

【校記】

〔一〕「殺乏」，佐伯本同，早大本作「殺害」。

〔二〕「鯉魚」，底本作「鯉里」，佐伯本同，據早大本改。

〔三〕「璧」，底本及諸校本均作「壁」，據文意改。下徑改，不出校。

〔四〕「願」，底本及佐伯本作「顯」，據下文改，三桂堂本作「好」。

〔五〕本條眉批底本無，據佐伯本補。

〔六〕本條眉批底本無，據佐伯本補。

〔七〕「萬馬奔天」，底本及諸校本均作「萬馬從天」，據前後文改。

〔八〕「天垂銀漢」，底本作「天乘銀漢」，據佐伯本改。

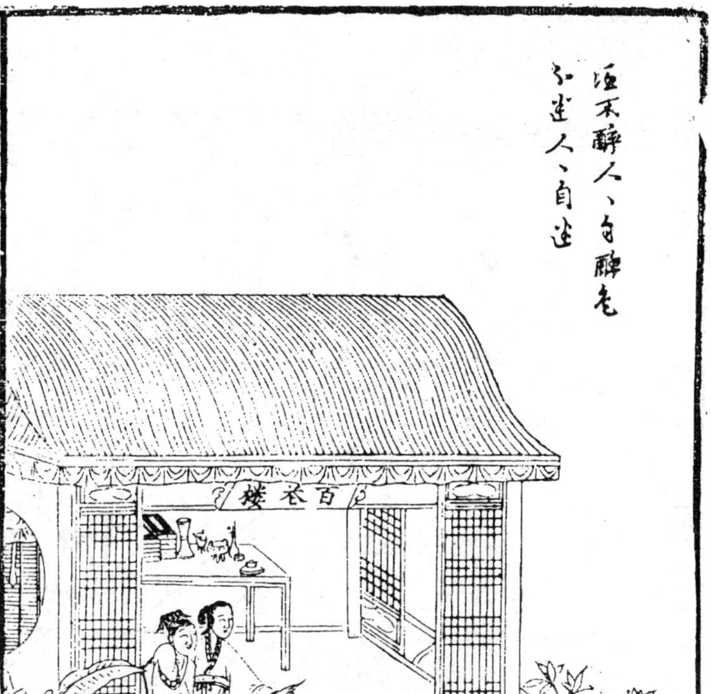
酒不醉人人自醉
色不迷人人自迷
百花樓

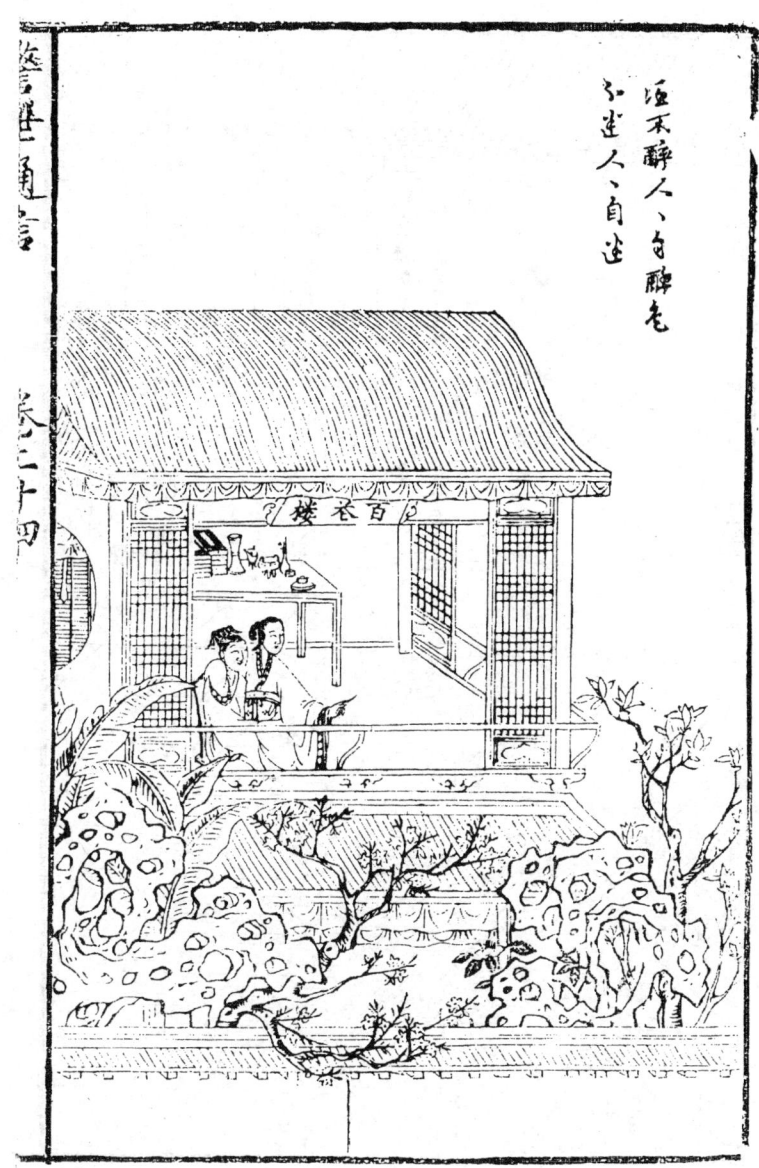

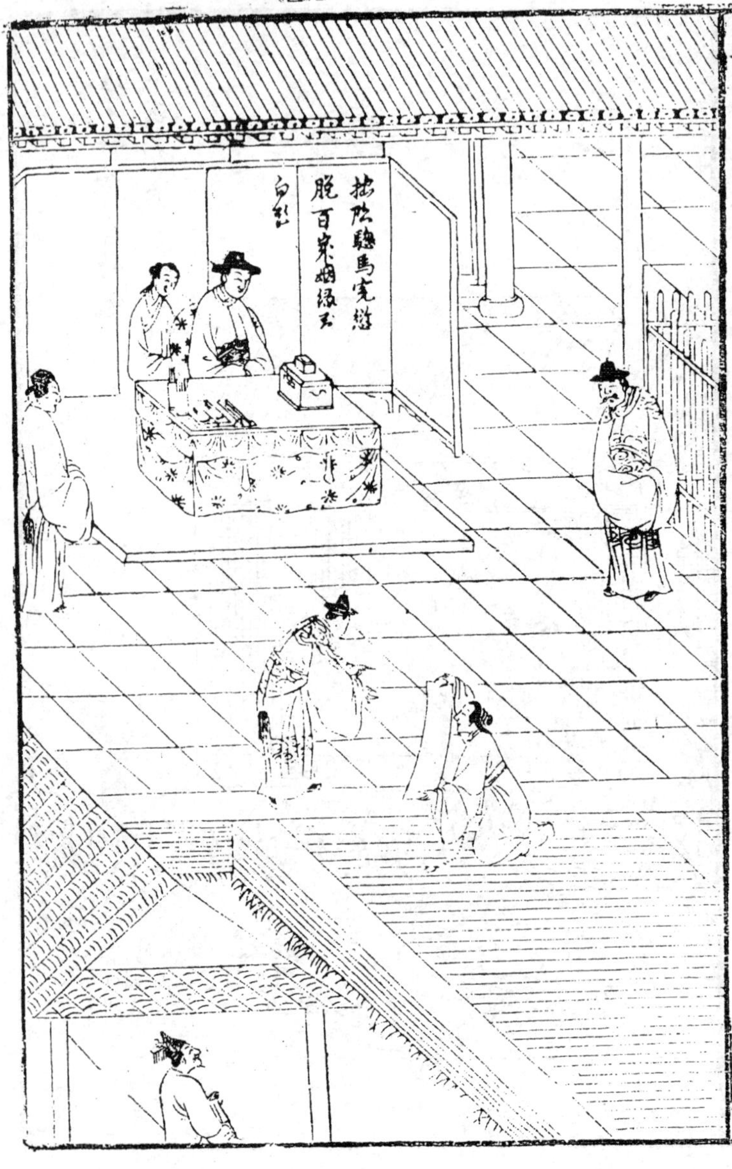
拙陔驗馬寬縱
脫百衆姻緣云
白紉

第二十四卷　玉堂春落難逢夫

與舊刻《王公子奮志記》不同

公子初年柳陌游，玉堂一見便綢繆。
黃金數萬皆消費，紅粉雙眸枉淚流。
財貨拐，僕駒休，犯法洪同獄內囚。
按臨驄馬冤愆脱，百歲姻緣到白頭。

話説正德年間，南京金陵城有一人，姓王名瓊，別號思竹，中乙丑科進士，累官至禮部尚書。因劉瑾擅權，劾了一本，聖旨發回原籍，不敢稽留，收拾轎馬和家眷起身。王爺暗想有幾兩俸銀，都借在他人名下，一時取討不及。況長子南京中書，次子時當大比，躊躇半晌，乃呼公子三官前來。那三官雙名景隆，字順卿，年方一十七歲。生得眉目清新，丰姿俊雅。讀書一目十行，舉筆即便成文，元是個風流才子。王爺愛惜勝如心頭之氣，掌上之珍。當下王爺喚至分付道：「我留你在此讀書，叫王定討帳。

銀子完日，作速回家，免得父母牽挂。我把這裏帳目都留與你。」叫王定過來：「我留你與三叔在此讀書討帳，不許你引誘他胡行亂爲。【眉批】使王定可托，則三子不必留矣。若不可托，彼又安能鈐制三叔使不胡行耶？吾若知道，罪責非小。」王定叩頭說：「小人不敢。」次日收拾起程。

王定與公子送別，轉到北京，另尋寓所安下。公子謹依父命，在寓讀書，王定討帳，不覺三月有餘，三萬銀帳，都收完了。公子把底帳扣算，分釐不欠，分付王定，選日起身。公子說：「王定，我們事體俱已完了，我與你到大街上各巷口閒耍片時，來日起身。」王定遂即鎖了房門，分付主人家用心看着生口。房主說：「放心！小人知道。」二人離了寓所，至大街觀看皇都景致，但見：

人煙湊集，車馬喧闐。人煙湊集，合四山五岳之音；車馬喧闐，盡六部九卿之輩。做買做賣，總四方土產奇珍；閒蕩閒游，靠萬歲太平洪福。處處衚衕鋪錦繡，家家杯斝醉笙歌。

公子喜之不盡。忽然又見五七個宦家子弟，各拿琵琶弦子，歡樂飲酒。公子道：「王定，好熱鬧去處。」王定說：「三叔，這等熱鬧？你還沒到那熱鬧去處哩！」【眉批】王定惹事。二人前至東華門，公子睜眼觀看，好錦繡景致。只見門彩金鳳，柱盤金龍。王定道：「三叔，好麽？」公子説：「真個好所在。」又走前面去，問王定：「這是那裏？」王定説：「這是紫金城。」公子往裏一視，只見城内瑞氣騰騰，紅光燜燜，看了一會，果然富貴無過於帝王，嘆息不已。離了東華門，往前又走多時，到一個所在，見門前站着幾個女子，衣服整齊。公子便問：「王定，此是何處？」王定道：「此是酒店。」乃與王定進到酒樓上。公子坐下，看那樓上有五七席飲酒的，内中一席有兩個女子，坐着同飲。公子看那女子，人物清楚，比門前站的更勝幾分。公子正看中間，酒保將酒來，公子便問：「此女是那裏來的？」酒保説：「這是一秤金家丫頭翠香、翠紅。」【眉批】酒保生事。三官道：「生得清氣。」酒保説：「這等就説標致？他家裏還有一個粉頭，排行三姐，號玉堂春，有十二分顔色。鴇兒索價太高，還未梳櫳。」公子聽説留心，叫王定還了酒錢，下樓去，説：「王定，我與你春院衚衕走走。」王定道：「三叔不可去，老爺知道怎了！」公子説：「不妨，看一看就回。」乃前至本司院門首，〔一〕果然是：

花街柳巷，繡閣朱樓。家家品竹彈絲，處處調脂弄粉。黄金買笑，無非公子王孫；紅袖邀歡，都是妖姿麗色。正疑香霧彌天靄，忽聽歌聲别院嬌。總然道學也迷魂，任是真僧須破戒。

公子看得眼花撩亂，心内躊躇，不知那是一秤金的門。正思中間，有個賣瓜子的小夥叫做金哥走來，公子便問：「那是一秤金的門？」金哥說：「大叔莫不是要耍？我引你去。」王定便道：「我家相公不闞，莫錯認了。」公子說：「但求一見。」那金哥就報與老鴇知道。老鴇慌忙出來迎接，請進待茶。王定見老鴇留茶，心下慌張，說：「三叔可回去罷。」老鴇聽說，問道：「這位何人？」公子說：「是小价。」鴇子道：「大哥，你也進來吃茶去，怎麼這等小器？」公子道：「休要聽他。」【眉批】王定真小器，相反令小主無顏。跟着老鴇往裏就走。王定道：「三叔不要進去。俺老爺知道，可不干我事。」在後邊自言自語。公子那裏聽他，竟到了裏面坐下。老鴇叫丫頭看茶。茶罷，老鴇便問：「客官貴姓？」公子道：「學生姓王，家父是禮部正堂。」老鴇聽說拜道：「不知貴公子，失瞻休罪。〔三〕」公子道：「不礙，休要計較，久聞令愛玉堂春大名，特來相訪。」老鴇道：「昨有一位客官，要梳弄小女，送一百兩財禮，不曾許他。」公子道：「一百兩財禮，小哉！學生不敢誇大話，除了當今皇上，往下也數家父。就是家祖，也做過侍郎。」老鴇聽說，心中暗喜，便叫翠紅請三姐出來見尊客。翠紅去不多時，回話道：「三姐身子不健，辭了罷。」老鴇起身帶笑說：「小女從幼養嬌了，直待老婢自去喚他。」王定在傍喉急，又說：「他不出來就罷了，莫又去喚。」老鴇不聽其言，走進房中，叫：「三姐，我的兒，你時運到了！今有王尚書的公子，特慕你而來。」玉堂春低頭不語。慌得那鴇兒便叫：「我兒，王公子好個標致人物，年紀不上十六七歲，囊中廣有金銀。你若打得上這個主兒，不但名聲好聽，也勾你一世受用。」玉姐聽説，即時打扮，來見公子。臨行，老鴇又説：「我兒，用心奉承，不要怠慢他。」玉姐道：「我知道了。」公子看玉堂春，果然生得好：

鬢挽烏雲，眉彎新月。肌凝瑞雪，臉襯朝霞。袖中玉笋尖尖，裙下金蓮窄窄。雅淡梳妝偏有韻，不施脂粉自多姿。便數盡滿院名姝，總輸他十分春色。

玉姐偷看公子，眉清目秀，面白唇紅，身段風流，衣裳濟楚，心中也自暗喜。當下玉姐拜了公子，老鴇就説：「此非貴客坐處，請到書房小敘。」公子相讓，進入書房。果然收拾得精緻，明窗净几，古畫古爐。公子却無心細看，一心只對着玉姐。鴇兒幫襯，教女兒捱着公子肩下坐了，分付丫鬟擺酒。王定聽見擺酒，一發着忙，連聲催促三叔回去。老鴇丢個眼色與丫頭：「請這大哥到房裏吃酒。」【眉批】妙着。翠香、翠紅道：「姐夫請進房裏，我和你吃鍾喜酒。」王定本不肯去，被翠紅二人拖拖拽拽扯進去坐了，甜言美語，勸了幾杯酒。初時還是勉强，以後吃得熱鬧，連王定也忘懷了，索性放落了心，且偷快樂。正飲酒中間，聽得傳語公子叫王定。王定忙到書房，只見杯盤羅列，本司自有答應樂人，奏動樂器，公子開懷樂飲。王定走近身邊，公子附耳低言：「你到下處取二百兩銀子，四疋尺頭，再帶散碎銀二十兩，到這裏來。」王定道：「三叔要這許多銀子何用？」公子道：「不要你閒管。」王定没奈何，只得來到下處，開了皮箱，取出五十兩元寶四個，并尺頭碎銀，再到本司院，説：「三叔有了。」公子看也不看，都教送與鴇兒，説：「銀兩尺頭，權爲令愛初會之禮；這二十兩碎銀，把做賞人雜用。」王定只道公子要討那三姐回去，用許多銀子，聽説只當初會之禮，嚇得舌頭吐出三寸。却説鴇兒一見了許多東西，就叫丫頭轉過一張空卓，王定將銀子尺頭放在卓上。鴇兒假意謙讓了一回，叫玉姐：「我兒，拜謝了公子。」又説：「今日是王公子，明日就是王姐夫了。」叫丫頭收了禮物進去。「小女房中還備得有小酌，請公子開懷暢飲。」公子與玉姐肉手相攙，同至香房，只見圍屏小卓，果品珍羞，俱已擺設完備。公子上坐，鴇兒自彈弦子，玉堂春清唱侑酒。弄得三官骨鬆筋癢，神蕩魂迷。【眉批】此第一日燥脾。王定見天色晚了，不見三官動身，連催了幾次。丫頭受鴇兒之命，不與他傳。王定又不得進房，等了一個黄昏，翠紅要留他宿歇，王定不肯，自回下處去了。公子直飲到二鼓方散。玉堂春殷勤伏侍公子上床，解衣就寢，真個男貪女愛，倒鳳顛鸞，徹夜交情，不在話下。

天明，鴇兒叫厨下擺酒煮湯，自進香房，追紅討喜，叫一聲：「王姐夫，可喜可喜！」丫頭小厮都來磕頭。公子分付王定每人賞銀一兩，翠香、翠紅各賞衣服一套，折釵銀三兩。王定早晨本要來接公子回寓，見他撒漫使錢，有不然之色。公子暗想：「在這奴才手裏討針綫，好不爽利。索性將皮箱搬到院裏，自家便當。」鴇兒見皮箱來了，愈加奉承。真個朝朝寒食，夜夜元宵，不覺住了一個多月。老鴇要生心科派，設一大席酒，搬戲演樂，專請三官玉姐二人赴席。鴇子舉杯敬公子說：「王姐夫，我女兒與你成了夫婦，地久天長，凡家中事務，望乞扶持。」那三官心裏只怕鴇子心裏不自在，看那銀子猶如糞土，憑老鴇說謊，欠下許多債負，都替他還，又打若干首飾酒器，做若干衣服，又許他改造房子，又造百花樓一座，與玉堂春做卧房。隨其科派，件件許了。正是：

酒不醉人人自醉，色不迷人人自迷。

急得家人王定手足無措，三回五次，催他回去。三官初時含糊答應，以後逼急了，反將王定痛罵。王定没奈何，只得到求玉姐勸他。玉姐素知虔婆利害，也來苦勸公子道：「『人無千日好，花有幾日紅？』你一日無錢，他番了臉來，就不認得你。」【眉批】玉姐勸正自難得，然玉姐所以死守王生者，止念其不歸之情耳。三官此時手内還有錢鈔，那裏信他這話。王定暗想：「心愛的人還不聽他，我勸他則甚？」又想：「老爺若知此事，如何了得！不如回家報與老爺知道，憑他怎麼裁處，與我無干。」【眉批】此最良策，恨其晚也。王定乃對三官說：「我在北京無用，先回去罷。」三官正厭王定多管，巴不得他開身，說：「王定，你去時，我與你十兩盤費。你到家中稟老爺，只說帳未完，三叔先使我來問安。」玉姐也送五兩，鴇子也送五兩。王定拜別三官而去。正是：

各人自掃門前雪，莫管他家瓦上霜。

且說三官被酒色迷住，不想回家，光陰似箭，不覺一年。亡八淫婦，終日科派，莫說上頭、做生、討粉頭、買丫鬟，連亡八的壽壙都打得到。三官手内財空。亡八一見無錢，凡事疏淡，不照常答應奉承。又住了半月，一家大小作鬧起來。老鴇對玉姐說：「『有錢便是本司院，無錢便是養濟院。』王公子没錢了，還留在此做甚！那曾見本司院舉了節婦，你却呆守那窮鬼做甚？」玉姐聽說，只當耳邊之風。一日，三官下樓往外去了，丫頭來報與鴇子。鴇子叫玉堂春下來：「我問你，幾時打發王三起身？」玉姐見話不投機，復身向樓上便走。鴇子隨即跟上樓來，說：「奴才，不理我麼？」玉姐說：「你們這等没天理，王公子三萬兩銀子，俱送在我家。若不是他時，我家東也欠債，西也欠債，焉有今日這等足用？」鴇子怒發，一頭撞去，高叫：「三兒打娘哩！」亡八聽見，不分是非，便拿了皮鞭，赶上樓來，將玉姐撻跌在樓上，舉鞭亂打，打得髻偏髮亂，血淚交流。

且説三官在午門外與朋友相叙，忽然面熱肉顫，心下懷疑，即辭歸，徑走上百花樓。看見玉姐如此模樣，心如刀割，慌忙撫摩，問其緣故。玉姐睁開雙眼，看見三官，强把精神掙着説：「俺的家務事，與你無干。」【眉批】可憐。三官説：「冤家，你爲我受打，還説無干？明日辭去，免得累你受苦。」玉姐説：「哥哥，當初勸你回去，你却不依我。如今孤身在此，盤纏又無，三千餘里，怎生去得？我如何放得心？【眉批】盤纏小事，還是不放心。你若不能還鄉，流落在外，又不如忍氣且住幾日。」三官聽説，悶倒在地。玉姐近前抱住公子，説：「哥哥，你今後休要下樓去，看那亡八淫婦怎麼樣行來？」三官説：「欲待回家，難見父母兄嫂；待不去，又受不得亡八冷言熱語。我又捨不得你。待住，那亡八淫婦只管打你。」玉姐説：「哥哥，打不打你休管他，我與你是從小的兒女夫妻，你豈可一旦别了我！」看看天色又晚，房中往常時丫頭秉燈上來，今日火也不與了。玉姐見三官痛傷，用手扯到床上睡了。一遞一聲長吁短氣。三官與玉姐説：「不如我去罷！再接有錢的客官，省你受氣。」玉姐説：「哥哥，那亡八淫婦，任他打我，你好歹休要起身。哥哥在時，奴命在；你真個要去，我只一死。」二人直哭到天明，起來，無人與他碗水。玉姐叫丫頭：「拿鍾茶來與你姐夫吃。」鴇子聽見，高聲大罵：「大膽奴才，少打，叫小三自家來取。」那丫頭小廝都不敢來。玉姐無奈，只得自己下樓，到厨下，盛碗飯，淚滴滴自拿上樓去，說：「哥哥，你吃飯來。」公子纔要吃，又聽得下邊罵；待不吃，玉姐又勸。公子方纔吃得一口，那淫婦在樓下說：「小三，大膽奴才，那有『巧媳婦做出無米粥』？」三官分明聽得他話，只索隱忍。正是：

囊中有物精神旺，手内無錢面目慚。

却說亡八惱恨玉姐，待要打他，倘或打傷了，難教他掙錢；待不打他，他又戀着王小三。十分逼的小三極了，他是個酒色迷了的人，一時他尋個自盡，倘或尚書老爺差人來接，那時把泥做也不乾。左思右算，無計可施。鴇子說：「我自有妙法叫他離咱門去。明日是你妹子生日，如此如此，唤做『倒房計』。」亡八說：「到也好。」鴇子叫丫頭樓上問：「姐夫吃了飯還没有？」鴇子上樓來說：「休怪！俺家務事，與姐夫不相干。」又照常擺上了酒。吃酒中間，老鴇忙陪笑道：「三姐，明日是你姑娘生日。你可稟王姐夫，封上人情，送去與他。」玉姐當晚封下禮物。第二日清晨，老鴇說：「王姐夫，早起來，趁凉可送人情到姑娘家去。」大小都離司院，將半里，老鴇故意吃一驚，說：「王姐夫，我忘了鎖門，你回去把門鎖上。」公子不知鴇子用計，回來鎖門不題。

且說亡八從那小巷轉過來，〔三〕叫：「三姐，頭上吊了簪子。」哄的玉姐回頭，那亡八把頭口打了兩鞭，順小巷流水出城去了。三官回院，鎖了房門，忙往外赶看，不見玉姐，遇着一夥人，公子躬身便問：「列位曾見一起男女，往那裏去了？」那夥人不是好人，却是短路的，見三官衣服齊整，心生一計，說：「纔往蘆葦西邊去了。」三官說：「多謝列位。」公子往蘆葦裏就走。這人哄的三官往蘆葦里去了，即忙走在前面等着。三官至近，跳起來喝一聲，却去扯住三官，齊下手剥去衣服帽子，拿繩子捆在地上。三官手足難挣，昏昏沉沉，捱到天明，還只想了玉堂春，說：「姐姐，你不知在何處去，那知我在此受苦！」不說公子有難，且說亡八淫婦拐着玉姐，一日走了一百二十里地，野店安下。玉姐明知中了亡八之計，路上牽挂三官，淚不停滴。再說三官在蘆葦裏，口口聲聲叫救命。許多鄉老近前看見，把公子解了繩子，就問：「你是那裏人？」三官害羞，不說是公子，也不說闞玉堂春。渾身上下又無衣服，眼中吊淚說：「列位大叔，小人是河南人，來此小買賣。不幸遇着歹人，將一身衣服盡剥去了，盤費一文也無。」衆人見公子年少，捨了幾件衣服與他，又與了他一頂帽子。三官謝了衆人，拾起破衣穿了，拿破帽子戴了。又不見玉姐，又没了一個錢，還進北京來，順着房檐，低着頭，從早至黑，水也没得口。三官餓的眼黄，到天晚尋宿，又没人家下他。有人說：「想你這個模樣子，誰家下你？你如今可到總舖門口去，有覓人打梆子，早晚勤謹，可以度日。」三官徑至總舖門首，只見一個地方來顧人打更。三官向前叫：「大叔，我打頭更。」地方便問：「你姓甚麽？」公子説：「我是王小三。」地方説：「你打二更罷！失了更，短了籌，不與你錢，還要打哩！」三官是個自在慣了的人，貪睡了，晚間把更失了。地方罵：「小三，你這狗骨頭，也没造化吃這自在飯，快着走。」三官自思無路，乃到孤老院裏去存身。正是：

一般院子裏，苦樂不相同。

却説那亡八鴇子説：「咱來了一個月，想那王三必回家去了。咱們回去罷。」收拾行李，回到本司院。只有玉姐每日思想公子，寢食俱廢。鴇子上樓來，苦苦勸説：「我的兒，那王三已是往家去了，你還想他怎麽？北京城内多少王孫公子，你只是想着王三不接客。你可知道我的性子，自討分曉，我再不説你了。」説罷自去了。玉姐淚如雨滴，想王順卿手内無半文錢，不知怎生去了？「你要去時，也通個信息，免使我蘇三常常挂牽。不知何日再得與你相見？」

不説玉姐想公子，且説公子在北京院討飯度日。北京大街上有個高手王銀匠，曾在王尚書處打過酒器。公子在虔婆家打首飾物件，都用着他。一日往孤老院過，忽然看見公子，諕了一跳，上前扯住，叫：「三叔！你怎麽這等模樣？」三官從頭説了一遍。王銀匠説：「自古狠心亡八！三叔，你今到寒家，清茶淡飯，暫住幾日，等你老爺使人來接你。」三官聽説大喜，隨跟至王匠家中。王匠敬他是尚書公子，盡禮管待，也住了半月有餘。【眉批】少不得此過文。〔四〕他媳婦子見短，不見尚書家來接，只道丈夫説謊，乘着丈夫上街，便發説話：「自家一窩子男女，那有閒飯養他人！好意留吃幾日，各人要自達時務，終不然在此養老送終。」三官受氣不過，低着頭，順着房檐往外出來，信步而行。走至關王廟，猛省關聖最靈，何不訴他？乃進廟，跪於神前，訴以亡八鴇兒負心之事。【眉批】無聊之極。拜禱良久，起來閒看兩廊畫的三國功勞。

却説廟門外街上，有一個小夥兒叫云：「本京瓜子，一分一桶。高郵鴨蛋，半分一個。」此人是誰？是賣瓜子的金哥。【眉批】關聖有靈，遣金哥來也。金哥説道：「原來是年景消疏，買賣不濟。當時本司院有王三叔在時，一時照顧二百錢瓜子，轉的來，我父母吃不了。自從三叔回家去了，如今誰買這物？【眉批】此敗子遺愛碑。二三日不曾發市，怎麽過？我到廟里歇歇再走。」金哥進廟裏來，把盤子放在供卓上，跪下磕頭。三官却認得是金哥，無顏見他，雙手掩面坐於門限側邊。金哥磕了頭起來，也來門限上坐下。【眉批】情節好。三官只道金哥出廟去了，放下手來，却被金哥認出，説：「三叔，你怎麽在這裏？」三官含羞帶淚，將前事道了一遍。金哥説：「三叔休哭，我請你吃些飯。」三官説：「我得了飯。」金哥又問：「你這兩日，没見你三嬸來？」三官説：「久不相見了！金哥，我煩你到本司院密密的與三嬸説，我如今這等窮，看他怎麽説？回來復我。」金哥應允，端起盤，往外就走。三官又説：「你到那裏看風色。他若想我，你便題我在這裏如此；若無真心疼我，你便休話，也來回我。【眉批】學乖了，如今纔省得。他這人家有錢的另一様待，無錢的另一様待。」金哥説：「我知道。」辭了三官，往院裏來，在於樓外邊立着。

説那玉姐手托香腮，將汗巾拭淚，聲聲只叫：「王順卿，我的哥哥！你不知在那裏去了！」金哥説：「呀，真個想三叔哩！」咳嗽一聲，玉姐聽見，問：「外邊是誰？」金哥上樓來，説：「是我。我來買瓜子與你老人家磕哩。」玉姐眼中吊淚，説：「金哥，縱有羊羔美酒，吃不下，那有心緒磕瓜仁。」金哥説：「三嬸，你這兩日怎麽淡了？」三姐不理。金哥又問：「你想三叔，還想誰？你對我説，我與你接去。」玉姐説：「我自三叔去後，朝朝思想，那裏又有誰來？我曾記得一輩古人。」金哥説：「是誰？」玉姐説：「昔有個亞仙女，鄭元和爲他黄金使盡，去打《蓮花落》。後來收心勤讀詩書，一舉成名。那亞仙風月塲中顯大名。我常懷亞仙之心，怎得三叔他像鄭元和方好。」金哥聽説，口中不語，心内自思：「王三到也與鄭元和相像了，雖不打《蓮花落》，也在孤老院討飯吃。」金哥乃低低把三嬸叫了一聲，說：「三叔如今在廟中安歇，叫我密密的報與你，濟他些盤費，好上南京。」玉姐唬了一驚：「金哥休要哄我。」金哥說：「三嬸，你不信，跟我到廟中看看去。」玉姐說：「這裏到廟中有多少遠？」金哥說：「這裏到廟中有三里地。」玉姐說：「怎麽敢去？」又問：「三叔還有甚話？」金哥說：「只是少銀子錢使用，并没甚話。」玉姐說：「你去對三叔說：『十五日在廟裏等我。』」金哥去廟裏回復三官，就送三官到王匠家中：「倘若他家不留你，就到我家裏去。」幸得王匠回家，又留住了公子不題。

却說老鴇又問：「三姐，你這兩日不吃飯，還是想着王三哩！你想他，他不想你，我兒好癡！我與你尋個比王三强的，你也新鮮些。」玉姐說：「娘，我心裏一件事不得停當。」鴇子說：「你有甚麽事？」玉姐說：「我當初要王三的銀子，黑夜與他說話，指着城隍爺爺説誓。如今等我還了願，就接別人。」老鴇問：「幾時去還願？」玉姐道：「十五日去罷。」老鴇甚喜，預先備下香燭紙馬。

等到十五日，天未明，就叫丫頭起來：「你與姐姐燒下水洗臉。」玉姐也懷心，起來梳洗，收拾私房銀兩，并釵釧首飾之類，叫丫頭拿着紙馬，徑往城隍廟裏去。進的廟來，天還未明，不見三官在那裏。那曉得三官却躲在東廊下相等，先已看見玉姐，咳嗽一聲。玉姐就知，叫丫頭燒了紙馬：「你先去，我兩邊看看十帝閻君。」玉姐叫了丫頭轉身，徑來東廊下尋三官。三官見了玉姐，羞面通紅。玉姐叫聲：「哥哥王順卿，怎麽這等模樣？」兩下抱頭而哭。玉姐將所帶有二百兩銀子東西，付與三官，叫他置辦衣帽買騾子，再到院裏來：「你只說是從南京纔到，休負奴言。」二人含淚各別。玉姐回至家中，鴇子見了，欣喜不勝，說：「我兒還了願了？」玉姐說：「我還了舊願，發下新願。」鴇子說：「我兒，你發下甚麽新願？」玉姐說：「我要再接王三，把咱一家子死的滅門絶户，天火燒了！」【眉批】好誓願。鴇子說：「我兒這誓忒發得重了些。」從此歡天喜地不題。

且說三官回到王匠家，將二百兩東西，遞與王匠，王匠大喜。隨即到了市上，買了一身紬帛衣服，粉底皂靴，絨襪，瓦楞帽子，青絲縧，真川扇，皮箱騾馬，辦得齊整。把磚頭瓦片，用布包裹，假充銀兩，放在皮箱裏面，收拾打扮停當。雇了兩個小廝，跟隨就要起身。王匠說：「三叔，略停片時，小子置一杯酒餞行。」公子說：「不勞如此，多蒙厚愛，異日須來報恩。」三官遂上馬而去。

妝成圈套入衚衕，鴇子焉能不强從。
虧殺玉堂垂念永，固知紅粉亦英雄。

却說公子辭了王匠夫婦，徑至春院門首。只見幾個小樂工，都在門首說話。忽然看見三官氣象一新，諕了一跳，飛風報與老鴇。老鴇聽說，半晌不言：「這等事怎麽處？向日三姐說，他是宦家公子，金銀無數。我却不信，逐他出門去了。今日到帶有金銀，好不惶恐人也！」左思右想，老着臉走出來見了三官，說：「姐夫從何而至？」一手扯住馬頭。公子下馬唱了半個喏，就要行，說：「我夥計都在船中等我。」老鴇陪笑道：「姐夫好狠心也。就是寺破僧醜，也看佛面；縱然要去，你也看看玉堂春。」公子道：「向日那幾兩銀子值甚的？學生豈肯放在心上！我今皮箱內，見有五萬銀子，還有幾船貨物，夥計也有數十人。有王定看守在那裏。」鴇子一發不肯放手了。公子恐怕掣脱了，將機就機，進到院門坐下。鴇兒分付廚下忙擺酒席接風。三官茶罷，就要走。故意攞出兩定銀子來，都是五兩頭細絲。三官檢起，袖而藏之。鴇子又說：「我到了姑娘家酒也不曾吃，就問你。說你往東去了，尋不見你，尋了一個多月，俺纔回家。」公子乘機便說：「虧你好心，我那時也尋不見你。王定來接我，我就回家去了。我心上也欠挂着玉姐，所以急急而來。」老鴇忙叫丫頭去報玉堂春。丫頭一路笑上樓來，玉姐已知公子到了，故意說：「奴才笑甚麽？」丫頭說：「王姐夫又來了。」玉姐故意諕了一跳，說：「你不要哄我！」不肯下樓。老鴇慌忙自來。玉姐故意回臉往裏睡。鴇子説：「我的親兒！王姐夫來了，你不知道麽？」玉姐也不語，連問了四五聲，只不答應。這一時待要罵，又用着他，扯一把椅子拿過來，一直坐下，長吁了一聲氣。玉姐見他這模樣，故意回過頭起來，雙膝跪在樓上，説：「媽媽！今日饒我這頓打。」老鴇忙扯起來説：「我兒！你還不知道王姐夫又來了。拿有五萬兩花銀，船上又有貨物并夥計數十人，比前加倍。你可去見他，好心奉承。」玉姐道：「發下新願了，我不去接他。」鴇子道：「我兒！發願只當取笑。」一手挽玉姐下樓來，半路就叫：「王姐夫，三姐來了。」三官見了玉姐，冷冷的作了一揖，全不温存。老鴇便叫丫頭擺卓，取酒斟上一鍾，深深萬福，遞與王姐夫：「權當老身不是。【眉批】説得輕便。可念三姐之情，休走别家，教人笑話。」三官微微冷笑，叫聲：「媽媽，還是我的不是。」老鴇慇勤勸酒，公子吃了幾杯，叫聲「多擾」，抽身就走。翠紅一把扯住，叫：「玉姐，與俺姐夫陪個笑臉。」老鴇説：「王姐夫，你忒做絶了。丫頭把門頂了，休放你姐夫出去。」叫丫頭把那行李擡在百花樓去，就在樓下重設酒席，笙琴細樂，又來奉承。吃了半更，老鴇説：「我先去了，讓你夫妻二人叙話。」三官、玉姐正中其意，携手登樓：

如同久旱逢甘雨，好似他鄉遇故知。

二人一晚叙話，正是「歡娱嫌夜短，寂寞恨更長」。不覺鼓打四更，公子爬將起來，說：「姐姐，我走罷。」玉姐說：「哥哥，我本欲留你多住幾日，只是留君千日，終須一別。今番作急回家，再休惹閒花野草。見了二親，用意攻書。倘或成名，也爭得這一口氣。」玉姐難捨王公子，公子留戀玉堂春。玉姐說：「哥哥，你到家，只怕娶了家小不念我。」三官說：「我怕你在北京另接一人，我再來也無益了。」玉姐說：「你指着聖賢爺說了誓願。」兩人雙膝跪下。公子說：「我若南京再娶家小，五黄六月害病死了我。」玉姐說：「蘇三再若接别人，鐵鎖長枷永不出世。」就將鏡子拆開，各執一半，日後爲記。玉姐說：「你敗了三萬兩銀子，空手而回，我將金銀首飾器皿，都與你拿去罷。」【眉批】路費足矣，要首飾器皿何用？三官說：「亡八淫婦知道時，你怎打發他？」玉姐說：「你莫管我，我自有主意。」玉姐收拾完備，輕輕的開了樓門，送公子出去了。

天明鴇兒起來，叫丫頭燒下洗臉水，承下净口茶：「看你姐夫醒了時，送上樓去，問他要吃甚麽，我好做去。若是還睡，休驚醒他。」丫頭走上樓去，見擺設的器皿都没了，梳妝匣也出空了，撇在一邊。揭開帳子，床上空了半邊。跑下樓，叫：「媽媽罷了！」鴇子說：「奴才！慌甚麽？驚着你姐夫。」丫頭說：「還有什麽姐夫？不知那裏去了。俺姐姐回臉往裏睡着。」老鴇聽說，大驚，看小厮騾脚都去了。連忙走上樓來，喜得皮箱還在。打開看時，都是個磚頭瓦片。鴇兒便罵：「奴才！王三那裏去了？

我就打死你！爲何金銀器皿他都偷去了？」玉姐説：「我發過新願了，今番不是我接他來的。」鴇子説：「你兩個昨晚説了一夜説話，一定曉得他去處。」亡八就去取皮鞭，玉姐拿個首帕，將頭扎了，口裏説：「待我尋王三還你。」忙下樓來，往外就走。鴇子樂工，恐怕走了，隨後赶來。玉姐行至大街上，高聲叫屈：「圖財殺命！」【眉批】主意想得着。只見地方都來了。鴇子説：「奴才，他到把我金銀首飾盡情拐去，你還放刁！」亡八説：「由他，咱到家裏算帳。」玉姐説：「不要説嘴，喒往那裏去？那是我家？我同你到刑部堂上講講，恁家裏是公侯宰相，朝郎駙馬，你那裏的金銀器皿！萬物要平個理。一個行院人家，至輕至賤，那有什麼大頭面，戴往那裏去坐席？王尚書公子在我家，費了三萬銀子，誰不知道他去了就開手。你昨日見他有了銀子，又去哄到家裏，圖謀了他行李。不知將他下落在何處？列位做個證見。」説得鴇子無言可答。亡八説：「你叫王三拐去我的東西，你反來圖賴我。」玉姐捨命，就駡：「亡八淫婦，你圖財殺人，還要説嘴？見今皮箱都打開在你家裏，銀子都拿過了。那王三官不是你謀殺了是那個？」鴇子説：「他那裏有甚麽銀子？都是磚頭瓦片哄人。」玉姐説：「你親口説帶有五萬銀子，如何今日又説没有？」兩下厮鬧。

衆人曉得三官敗過三萬銀子是真，謀命的事未必，都將好言勸解。玉姐説：「列位，你既勸我不要到官，也得我罵他幾句，出這口氣。」衆人說：「憑你罵罷。」玉姐罵道：

你這亡八是喂不飽的狗，鴇子是填不滿的坑。不肯思量做生理，只是排局騙別人。奉承盡是天羅網，説話皆是陷人坑。只圖你家長興旺，那管他人貧不貧。八百好錢買了我，與你挣了多少銀。我父叫做周彦亨，大同城裏有名人。買良爲賤該甚罪？興販人口問充軍。哄誘良家子弟猶自可，圖財殺命罪非輕！你一家萬分無天理，我且説你兩三分。

衆人說：「玉姐，罵得勾了。」鴇子說：「讓你罵許多時，如今該回去了。」玉姐說：「要我回去，須立個文書執照與我。」衆人說：「文書如何寫？」玉姐說：「要寫『不合買良爲娼，及圖財殺命』等話。」亡八那裏肯寫。玉姐又叫起屈來。衆人說：「買良爲娼，也是門户常事。那人命事不的實，却難招認。我們只主張寫個贖身文書與你罷！」【眉批】衆人會處事，做得公正。亡八還不肯。衆人說：「你莫説別項，只王公子三萬銀子也勾買三百個粉頭了。玉姐左右心不向你了，捨了他罷！」衆人都到酒店裏面，討了一張綿紙，一人念，一人寫，只要亡八、鴇子押花。玉姐道：「若寫得不公道，我就扯碎了。」衆人道：「還你停當。」寫道：

立文書本司樂户蘇淮同妻一秤金，向將錢八百文，討大同府人周彦亨女玉堂春在家，本望接客靠老，奈女不願爲娼。

寫到「不願爲娼」，玉姐說：「這句就是了。須要寫收過王公子財禮銀三萬兩。」亡八道：「三兒！你也拿些公道出來。這一年多費用去了，難道也算？」衆人道：「只寫二萬罷。」又寫道：

有南京公子王順卿，與女相愛，淮得過銀二萬兩，憑衆議作贖身財禮。今後聽憑玉堂春嫁人，并與本户無干。立此爲照。

後寫「正德年月日，立文書樂户蘇淮同妻一秤金」，見人有十餘人。衆人先押了花，蘇淮只得也押了，一秤金也畫個十字。玉姐收訖，又說：「列位老爹！我還有一件事，要先講個明。」衆人曰：「又是甚事？」玉姐曰：「那百花樓，原是王公子蓋的，撥與我住。丫頭原是公子買的，要叫兩個來伏侍我。以後米麵柴薪菜蔬等項，須是一一供給，不許措勒短少，〔五〕直待我嫁人方止。」衆人說：「這事都依着你。」玉姐辭謝先回。亡八又請衆人吃過酒飯方散。正是：

周郎妙計高天下，賠了夫人又折兵。

話說公子在路，夜住曉行，不數日，來到金陵自家門首下馬。王定看見，唬了一驚，上前把馬扯住，進的裏面。三官坐下，王定一家拜見了。三官就問：「我老爺安麽？」王定說：「安。」「大叔、二叔、姑爹、姑娘何如？」王定說：「俱安。」又問：「你聽得老爺說我家來，他要怎麽處？」王定不言，長吁一口氣，只看看天。三官就知其意：「你不言語，想是老爺要打死我？」王定說：「三叔！老爺誓不留你，今番不要見老爺了。私去看看老奶奶和姐姐、兄嫂，討些盤費，他方去安身罷！」公子又問：「老爺這二年與何人相厚？央他來與我說個人情。」王定說：「無人敢說。只除是姑娘姑爹，意思問稍題題，也不敢直說。」三官道：「王定，你去請姑爹來，我與他講這件事。」王定即時去請劉齋長、何上舍到來，叙禮畢，何、劉二位說：「三舅，你在此，等俺兩個與咱爺講過，使人來叫你。若不依時，稍信與你，作速逃命。」二人說罷，竟往潭府來見了王尚書。坐下，茶罷，王爺問何上舍：「田莊好麽？」上舍答道：「好。」王爺又問劉齋長：「學業何如？」答說：「不敢，連日有事，不得讀書。」王爺笑道：「『讀書過萬卷，下筆如有神。』秀才將何爲本？『家無讀書子，官從何處來？』今後須宜勤學，不可將光陰錯過。」劉齋長唯唯謝教。何上舍問：「客位前這墻幾時築的？一向不見。」王爺笑曰：「我年大了，無多田産，日後恐怕大的二的争競，預先分爲兩分。」二人笑說：「三分家事，如何只做兩分？三官回來，叫他那裏住？」【眉批】開談好。王爺聞說，心中大惱：「老夫平生兩個小兒，那裏又有第三個？」二人齊聲叫：「爺，你如何不疼三官王景隆？當初還是爺不是，托他在北京討帳，無有一個去接尋。休説三官十六七歲，北京是花柳之所，就是久慣江湖，也迷了心。」二人雙膝跪下，吊下淚來。王爺説：「没下稍的狗畜生，不知死在那裏了，再休題起了！」正説間，二位姑娘也到。衆人都知三官到家，只哄着王爺一人。王爺説：「今日不請都來，想必有甚事情。」即叫家奴擺酒。何静庵欠身打一躬曰：「你閨女昨晚作一夢，夢三官王景隆身上藍縷，叫他姐姐救他性命。三更鼓做了這個夢，半夜捶床搗枕哭到天明，埋怨着我不接三官，今日特來問問三舅的信音。」劉心齋亦説：「自三舅在京，我夫婦日夜不安，今我與姨夫凑些盤費，明日起身去接他回來。」王爺含淚道：「賢婿，家中還有兩個兒子，無他又待怎生？」何、劉二人往外就走。王爺向前扯住，問：「賢婿何故起身？」二人説：「爺撒手，你家親生子還是如此，何况我女婿也？」大小兒女放聲大哭，兩個哥哥一齊下跪，女婿也跪在地上，奶奶在後邊吊下淚來。引得王爺心動，亦哭起來。【眉批】有許多幫襯手，不愁不收留矣。

王定跑出來説：「三叔，如今老爺在那裏哭你，你好過去見老爺，不要待等惱了。」王定推着公子進前廳跪下，説：「爹爹！不孝兒王景隆今日回了。」那王爺兩手擦了淚眼，説：「那無耻畜生，不知死的往那裏去了。北京城街上最多游食光棍，偶與畜生面龐厮像，假充畜生來家，哄騙我財物。可叫小厮拿送三法司問罪！」那公子往外就走。二位姐姐赶至二門首，攔住説：「短命的，你待往那裏去？」三官説：「二位姐姐，開放條路與我逃命罷！」二位姐姐不肯撒手，推至前庭雙膝跪下，〔六〕兩個姐姐手指説：「短命的！娘爲你痛得肝腸碎，一家大小爲你哭得眼花，那個不牽挂！」衆人哭在傷情處，王爺一聲喝住衆人不要哭，説：「我依着二位姐夫，收了這畜生，可叫我怎麽處他？」衆人説：「消消氣再處。」王爺摇頭。奶奶説：「憑我打罷。」王爺説：「可打多少？」衆人説：「任爺爺打多少？」王爺道：「須依我説，不可阻我，要打一百。」大姐二姐跪下説：「爹爹嚴命，不敢阻當，容你兒待替罷！」大哥、二哥每人替上二十，大姐、二姐每人亦替二十。王爺説：「打他二十。」大姐、二姐説：「叫他姐夫也替他二十。只看他這等黄瘦，一棍打在那裏？等他膔滿肉肥，那時打他不遲。」【眉批】絶妙一出戲文，比鄭元和傳更近人情。王爺笑道：「我兒，你也説得是。想這畜生，天理已絶，良心已喪，打他何益？我問你：『家無生活計，不怕斗量金。』我如今又不做官了，無處掙錢，作何生意以爲糊口之計？要做買賣，我又無本錢與你。二位姐夫問他那銀子還有多少？」何、劉便問三舅：「銀子還有多少？」王定擡過皮箱打開，盡是金銀首飾器皿等物。王爺大怒，罵：「狗畜生！你在那裏偷的這東西？快寫首狀，休要玷辱了門庭！」三官高叫：「爹爹息怒，聽不肖兒一言。」遂將初遇玉堂春，後來被鴇兒如何哄騙盡了，如何虧了王銀匠收留，又虧了金哥報信，玉堂春私將銀兩贈我回鄉，這些首飾器皿皆玉堂春所贈，備細述了一遍。王爺聽說罵道：「無耻狗畜生！自家三萬銀子都花了，却要娼婦的東西，可不羞殺了人。」三官說：「兒不曾强要他的，是他情願與我的。」王爺說：「這也罷了。看你姐夫面上，與你一個莊子，你自去耕地布種。」公子不言。王爺怒道：「王景隆，你不言怎麽說？」公子說：「這事不是孩兒做的。」王爺說：「這事不是你做的，你還去闞院罷！」三官說：「兒要讀書。」王爺笑曰：「你已放蕩了，心猿意馬，讀甚麽書？」公子說：「孩兒此回篤志用心讀書。」王爺說：「既知讀書好，緣何這等胡爲？」何静庵立起身來說：「三舅受了艱難苦楚，這下來改過遷善，料想要用心讀書。」王爺說：「就依你衆人說，送他到書房裏去，叫兩個小厮去伏侍他。」即時就叫小厮送三官往書院裏去。兩個姐夫又來說：「三舅久别，望老爺留住他，與小婿共飲則可。」王爺說：「賢婿，你如此乃非教子之方，休要縱他。」二人道：「老爺言之最善。」於是翁婿大家痛飲，盡醉方歸。這一出父子相會，分明是：

月被雲遮重露彩，花遭霜打又逢春。

却説公子進了書院，清清獨坐，只見滿架詩書，筆山硯海，嘆道：「書呵！相别日久，且是生澀。欲待不看，焉得一舉成名，却不辜負了玉姐言語？欲待讀書，心猿放蕩，意馬難收。」公子尋思一會，拿着書來讀了一會。心下只是想着玉堂春。忽然鼻聞甚氣，耳聞甚聲，乃問書童道：「你聞這書裏甚麽氣？聽聽甚麽響？」書童説：「三叔，俱没有。」公子道：「没有？呀，原來鼻聞乃是脂粉氣，耳聽即是箏板聲。」【眉批】心猿意馬終無了日，敗子回頭便作家，只要狠下一鞭。公子一時思想起來：「玉姐當初囑付我是甚麽話來？叫我用心讀書。我如今未曾讀書，心意還丢他不下，坐不安，寢不寧，茶不思，飯不想，梳洗無心，神思恍忽。」公子自思：「可怎麽處他？」走出門來，只見大門上挂着一聯對子：「『十年受盡窗前苦，一舉成名天下聞。』這是我公公作下的對聯。他中舉會試，官至侍郎。後來咱爹爹在此讀書，官到尚書。我今在此讀書，亦要攀龍附鳳，以繼前人之志。」又見二門上有一聯對子：「不受苦中苦，難爲人上人。」公子急回書房，看見《風月機關》、《洞房春意》，公子自思：「乃是此二書亂了我的心。」將一火而焚之。破鏡分釵，俱將收了。心中回轉，發志勤學。

一日書房無火，書童往外取火。王爺正坐，叫書童。書童近前跪下。王爺便問：「三叔這一會用功不曾？」書童說：「稟老爺得知，我三叔先時通不讀書，胡思亂想，體瘦如柴。這半年整日讀書，晚上讀至三更方纔睡，五更就起，直至飯後，方纔梳洗。口雖吃飯，眼不離書。」王爺道：「奴才！你好說謊，我親自去看他。」書童叫：「三叔，老爺來了。」公子從從容容迎接父親，王爺暗喜。觀他行步安詳，可以見他學問。王爺正面坐下，公子拜見。王爺曰：「我限的書你看了不曾？我出的題你做了多少？」公子說：「爹爹嚴命，限兒的書都看了，題目都做完了，但有餘力旁觀子史。」王爺說：「拿文字來我看。」公子取出文字。王爺看他所作文課，一篇强如一篇，心中甚喜，叫：「景隆，去應個儒士科舉罷。」公子說：「兒讀了幾日書，敢望中舉？」王爺說：「一遭中了雖多，兩遭中了甚廣。出去觀觀場，下科好中。」王爺就寫書與提學察院，許公子科舉。竟到八月初九日，進過頭場，寫出文字與父親看。王爺喜道：「這七篇，中有何難？」到二場、三場俱完，王爺又看他後場，喜道：「不在散舉，决是魁解。」

話分兩頭。却說玉姐自上了百花樓，從不下梯。是日悶倦，叫丫頭：「拿棋子過來，我與你下盤棋。」丫頭說：「我不會下。」玉姐說：「你會打雙陸麼？」丫頭說：「也不會。」玉姐將棋盤雙陸一皆撇在樓板上。丫頭見玉姐眼中吊淚，即忙掇過飯來，說：「姐姐，自從昨晚没用飯，你吃個點心。」玉姐拿過分爲兩半，右手拿一塊吃，左手拿一塊與公子。丫頭欲接又不敢接。玉姐猛然睜睛見不是公子，將那一塊點心掉在樓板上。丫頭又忙掇過一碗湯來，說：「飯乾燥，吃些湯罷。」玉姐剛呷得一口，淚如湧泉，放下了，問：「外邊是甚麼響？」丫頭說：「今日中秋佳節，人人玩月，處處笙歌，俺家翠香、翠紅姐都有客哩！」玉姐聽說，口雖不言，心中自思：「哥哥今已去了一年了。」叫丫頭拿過鏡子來照了一照，猛然諕了一跳：「如何瘦的我這模樣？」把那鏡丢在床上，長吁短嘆，走至樓門前，叫丫頭：「拿椅子過來，我在這裏坐一坐。」坐了多時，只見明月高升，樵樓鼓轉，玉姐叫丫頭：「你可收拾香燭過來。」今日八月十五日，乃是你姐夫進三場日子，我燒一炷香保佑他。」玉姐下樓來，當天井跪下，說：「天地神明，今日八月十五日，我哥王景隆進了三場，願他早占鰲頭，名揚四海。」祝罷，深深拜了四拜。有詩爲證：

對月燒香禱告天，何時得泄腹中冤。
王郎有日登金榜，不枉今生結好緣。

却說西樓上有個客人，乃山西平陽府洪同縣人，拿有整萬銀子，來北京販馬。這人姓沈名洪，因聞玉堂春大名，特來相訪。老鴇見他有錢，把翠香打扮當作玉姐。相交數日，沈洪方知不是，苦求一見。是夜丫頭下樓取火，與玉姐燒香。小翠紅忍不住多嘴，就説了：「沈姐夫，你每日間想玉姐，今夜下樓在天井内燒香，我和你悄悄地張他。」沈洪將三錢銀子買囑了丫頭，悄然跟到樓下，月明中，看得仔細。等他拜罷，趨出唱喏。玉姐大驚，問：「是甚麼人？」答道：「在下是山西沈洪，有數萬本錢，在此販馬。久慕玉姐大名，未得面睹，今日得見，如撥雲霧見青天。望玉姐不棄，同到西樓一會。」玉姐怒道：「我與你素不相識，今當黄夜，何故自誇財勢，妄生事端？」沈洪又哀告道：「王三官也只是個人，我也是個人。他有錢，我亦有錢，那些兒强似我？」説罷，就上前要摟抱玉姐。被玉姐照臉啐一口，急急上樓關了門，駡丫頭：「好大膽，如何放這野狗進來？」沈洪没意思自去了。玉姐思想起來，分明是小翠香、小翠紅這兩個奴才報他，又駡：「小淫婦，小賤人，你接着得意孤老也好了，怎該來囉唣我？」駡了一頓，放聲悲哭：「但得我哥哥在時，那個奴才敢調戲我！」又氣又苦，越想越毒。正是：

可人去後無日見，俗子來時不待招。

却説三官在南京鄉試終場，閒坐無事，每日只想玉姐。【眉批】真義夫。南京一般也有本司院，公子再不去走。到了二十九開榜之日，公子想到三更已後，方纔睡着。外邊報喜的説：「王景隆中了第四名。」三官夢中聞信，起來梳洗，揚鞭上馬，前擁後簇，去赴鹿鳴宴。父母兄嫂，姐夫姐姐，喜做一團，連日做慶賀筵席。公子謝了主考，辭了提學，墳前祭掃了，起了文書：「稟父母得知，兒要早些赴京，到僻静去處安下，看書數月，好入會試。」父母明知公子本意牽挂玉堂春，中了舉，只得依從，【眉批】勢利起於家庭，家法壞於富貴。叫大哥二哥來：「景隆赴京會試，昨日祭掃，有多少人情？」大哥説：「不過三百餘兩。」王爺道：「那只勾他人情的，分外再與他一二百兩拿去。」二哥説：「稟上爹爹，用不得許多銀子。」王爺説：「你那知道，我那同年門生在京頗多，往返交接，非錢不行。等他手中寬裕，讀書也有興。」叫景隆收拾行裝，有知心同年，約上兩三位。分付家人到張先生家看了良辰。公子恨不的一時就到北京。邀了幾個朋友，僱了一隻船，即時拜了父母，辭别兄嫂。兩個姐夫邀親朋至十里長亭，酌酒作别。公子上的船來，手舞足蹈，莫知所之。衆人不解其意，他心裏只想着三姐玉堂春。不則一日到了濟寧府，捨舟起旱，不在話下。

再説沈洪自從中秋夜見了玉姐，到如今朝思暮想，廢寢忘餐，叫聲：「二位賢姐，只爲這冤家害的我一絲兩氣，七顛八倒。望二位可憐我孤身在外，舉眼無親，替我勸化玉姐，叫他相會一面，雖死在九泉之下，也不敢忘了二位活命之恩。」説罷，雙膝跪下。翠香、翠紅説：「沈姐夫，你且起來，我們也不敢和他説這話。你不見中秋夜罵的我們不耐煩。等俺媽媽來，你央浼他。」沈洪説：「二位賢姐，替我請出媽媽來。」翠香姐説：「你跪着我，再磕一百二十個大響頭。」沈洪慌忙跪下磕頭。【眉批】沈洪亦自可憐，是《西厢記》中鄭恒也。翠香即時就去，將沈洪説的言語述與老鴇。老鴇到西樓見了沈洪，問：「沈姐夫唤老身何事？」沈洪説：「别無他事，只爲不得玉堂春到手。你若幫襯我成就了此事，休説金銀，便是殺身難報。」〔七〕老鴇聽説，口内不言，心中自思：「我如今若許了他，倘三兒不肯，教我如何？若不許他，怎哄出他的銀子？」沈洪見老鴇躊躇不語，便看翠紅。翠紅丢了一個眼色，走下樓來。【眉批】翠紅可傳一秤金衣鉢。洪即跟他下去。翠紅説：「常言『姐愛俏，鴇愛鈔』，你多拿些銀子出來打動他，不愁他不用心。他是使大錢的人，若少了，他不放在眼裏。」沈洪説：「要多少？」翠香説：「不要少了，就把一千兩與他，方纔成得此事。」也是沈洪命運該敗，渾如鬼迷一般，即依着翠香，就拿一千兩銀子來，叫：「媽媽，財禮在此。」老鴇説：「這銀子老身權收下，你却不要性急，待老身慢慢的偎他。」沈洪拜謝説：「小子懸懸而望。」正是：

　　請下煙花諸葛亮，欲圖風月玉堂春。

且説十三省鄉試榜都到午門外張挂，王銀匠邀金哥説：「王三官不知中了不曾？」兩個跑在午門外南直隸榜下，看解元是《書經》，往下第四個乃王景隆。王匠說：「金哥，好了！三叔已中在第四名。」金哥說：「你看看的確，怕你識不得字。」王匠說：「你説話好欺人，我讀書讀到《孟子》，難道這三個字也認不得？隨你叫誰看！」【眉批】若真正會讀書人，還不消讀到《孟子》。金哥聽説大喜。二人買了一本鄉試録，走到本司院里去報玉堂春説：「三叔中了！」玉姐叫丫頭將試録拿上樓來，展開看了，上刊「第四名王景隆」，注明「應天府儒士，《禮記》」。玉姐步出樓門，叫丫頭忙排香案，拜謝天地。起來先把王匠謝了，轉身又謝金哥。

唬得亡八、鴇子魂不在體，商議説：「王三中了舉，不久到京，白白地要了玉堂春去，可不人財兩失？三兒向他孤老，决没甚好言語，搬鬥是非，教他報往日之仇。此事如何了？」鴇子説：「不若先下手爲强。」亡八説：「怎麼樣下手？」老鴇説：「嗜已收了沈官人一千兩銀子，如今再要了他一千，賤些價錢賣與他罷。」亡八説：「三兒不肯如何？」鴇子説：「明日殺猪宰羊，買一卓紙錢。假説東嶽廟看會，燒了紙，説了誓，合家從良，再不在煙花巷裏。小三若聞知從良一節，必然也要往嶽廟燒香。叫沈官人先安排轎子，徑擡往山西去。公子那時就來，不見他的情人，心下就冷了。」【眉批】其情越不見越熱，此非鴇嫗所知。亡八説：「此計大妙。」即時暗暗地與沈洪商議，又要了他一千銀子。

次早，丫頭報與玉姐：「俺家殺猪宰羊，上嶽廟哩。」玉姐問：「爲何？」丫頭道：「聽得媽媽說：『爲王姐夫中了，恐怕他到京來報仇，今日發願，合家從良。』」玉姐說：「是真是假？」丫頭說：「當真哩！昨日沈姐夫都辭去了。如今再不接客了。」玉姐說：「既如此，你對媽媽說，我也要去燒香。」老鴇說：「三姐，你要去，快梳洗，我喚轎兒擡你。」玉姐梳妝打扮，同老鴇出的門來。正見四個人，擡着一頂空轎。老鴇便問：「此轎是僱的？」這人說：「正是。」老鴇說：「這裏到嶽廟要多少僱價？」那人說：「擡去擡來，要一錢銀子。」老鴇說：「只是五分。」那人說：「這個事小，請老人家上轎。」老鴇說：「不是我坐，是我女兒要坐。」玉姐上轎，那二人擡着，不往東嶽廟去，逕往西門去了。走有數里，到了上高轉折去處，玉姐回頭，看見沈洪在後騎着個騾子。【眉批】此景可厭。玉姐大叫一聲：「吆！想是亡八鴇子盗賣我了。」玉姐大罵：「你這些賊狗奴，擡我往那裏去？」沈洪說：「往那裏去？我爲你去了二千兩銀子，買你往山西家去。」玉姐在轎中號啕大哭，駡聲不絕。那轎夫擡了飛也似走。行了一日，天色已晚。沈洪尋了一座店房，排合巹美酒，指望洞房歡樂。誰知玉姐題着便駡，觸着便打。沈洪見店中人多，恐怕出醜，想道：「甕中之鱉，不怕他走了。權耐幾日，到我家中，何愁不從。」於是反將好話奉承，并不去犯他。玉姐終日啼哭，自不必說。

却說公子一到北京，將行李上店，自己帶兩個家人，就往王銀匠家，探問玉堂春消息。王匠請公子坐下：「有見成酒，且吃三杯接風，慢慢告訴。」王匠就拿酒來斟上。三官不好推辭，連飲了三杯，又問：「玉姐敢不知我來？」王匠叫：「三叔開懷，再飲三杯。」三官說：「勾了，不吃了。」王匠說：「三叔久別，多飲幾杯，不要太謙。」公子又飲了幾杯，問：「這幾日曾見玉姐不曾？」王匠又叫：「三叔且莫問此事，再吃三杯。」公子心疑，站起說：「有甚或長或短，說個明白，休悶死我也！」王匠只是勸酒。却說金哥在門首經過，知道公子在內，進來磕頭叫喜。三官問金哥：「你三嬸近日何如？」金哥年幼多嘴，說：「賣了。」三官急問說：「賣了誰？」王匠瞅了金哥一眼，金哥縮了口。公子堅執盤問，二人瞞不過，說：「三嬸賣了。」公子問：「幾時賣了？」王匠說：「有一個月了。」公子聽說，一頭撞在塵埃。二人忙扶起來。公子問金哥：「賣在那裏去了？」金哥說：「賣與山西客人沈洪去了。」三官說：「你那三嬸就怎麼肯去？」金哥叙出：「鴇兒假意從良，殺猪宰羊上嶽廟，哄三嬸同去燒香。私與沈洪約定，僱下轎子擡去，不知下落。」公子說：「亡八盗賣我玉堂春，我與他算帳！」那時叫金哥跟着，帶領家人，徑到本司院里。進的院門，亡八眼快，跑去躲了。公子問衆丫頭：「你家玉姐何在？」無人敢應。公子發怒，房中尋見老鴇，一把揪住，叫家人亂打。金哥勸住。公子就走在百花樓上，看見錦帳羅幃，越加怒惱，把箱籠盡行打碎，氣得癡呆了，問丫頭：「你姐姐嫁那家去？可老實說，饒你打。」丫頭說：「去燒香，不知道就偷賣了他。」公子滿眼落淚，說：「冤家，不知是正妻，是偏妾？」丫頭說：「他家裏自有老婆。」公子聽說，心中大怒，恨罵：「亡八淫婦，不仁不義！」丫頭說：「他今日嫁別人去了，還疼他怎的？」公子滿眼流淚。

正說間，忽報朋友來訪。金哥勸：「三叔休惱，三嬸一時不在了，你縱然哭他，他也不知道。今有許多相公在店中相訪，聞公子在院中，都要來。」公子聽說，恐怕朋友笑話，即便起身回店。公子心中氣悶，無心應舉，意欲束裝回家。朋友聞知，都來勸說：「順卿兄，功名是大事，表子是末節，那裏有爲表子而不去求功名之理？」公子說：「列位不知，我奮志勤學，皆爲玉堂春的言語激我。冤家爲我受了千辛萬苦，我怎肯輕捨？」衆人叫：「順卿兄，你倘聯捷，幸在彼地，見之何難？【眉批】語讖。你若回家，憂慮成病，父母懸心，朋友笑耻，你有何益？」三官自思言之最當，倘或僥倖，得到山西，平生願足矣。數言勸醒公子。

會試日期已到，公子進了三場，果中金榜二甲第八名，刑部觀政。三個月，選了真定府理刑官，即遣轎馬迎請父母兄嫂。父母不來，回書說：「教他做官勤慎公廉。念你年長未娶，已聘劉都堂之女，不日送至任所成親。」公子一心只想玉堂春，全不以聘娶爲喜。正是：

已將路柳爲連理，翻把家鷄作野鴛。

且說沈洪之妻皮氏，也有幾分顏色，雖然三十餘歲，比二八少年，也還風騷。平昔間嫌老公粗蠢，不會風流，又出外日多，在家日少。皮氏色性太重，打熬不過。間壁有個監生，姓趙名昂，自幼慣走花柳場中，爲人風月，近日喪偶。雖然是納粟相公，家道已在消乏一邊。一日，皮氏在後園看花，偶然撞見趙昂，彼此有心，都看上了。趙昂訪知巷口做歇家的王婆，在沈家走動識熟，且是利口，善於做媒說合，乃將白銀二十兩，賄賂王婆，央他通脚。皮氏平昔間不良的口氣，已有在王婆肚裏。况且今日你貪我愛，一說一上，幽期密約，一墻之隔，梯上梯下，做就了一點不明不白的事。趙昂一者貪皮氏之色，二者要騙他錢財，【眉批】都是實事。枕席之間，竭力奉承。皮氏心愛趙昂，但是開口，無有不從，恨不得連家當都津貼了他。不上一年，傾囊倒篋，騙得一空。初時只推事故，暫時那借，借去後，分毫不還。皮氏只愁老公回來盤問時，無言回答。一夜與趙昂商議，欲要跟趙昂逃走他方。趙昂道：「我又不是赤脚漢，如何走得？便走了，也不免吃官司。只除暗地謀殺了沈洪，做個長久夫妻，豈不盡美？」

皮氏點頭不語。

却説趙昂有心打聽沈洪的消息，曉得他討了院妓玉堂春一路回來，即忙報與皮氏知道，故意將言語觸惱皮氏。皮氏怨恨不絶於聲，問：「如今怎麽樣對付他説好？」趙昂道：「一進門時，你便數他不是，與他尋鬧，叫他領着娼根另住，那時憑你安排了。我央王婆贖得些砒霜在此，覷便放在食器内，把與他兩個吃，等他雙死也罷，單死也罷。」皮氏説：「他好吃的是辣麵。」趙昂説：「辣麵内正好下藥。」兩人圈套已定，只等沈洪入來。

不一日，沈洪到了故鄉，叫僕人和玉姐暫停門外，自己先進門，與皮氏相見，滿臉陪笑説：「大姐休怪，我如今做了一件事。」皮氏説：「你莫不是娶了個小老婆？」沈洪説：「是了。」皮氏大怒，説：「爲妻的整年月在家守活孤孀，你却花柳快活，又帶這潑淫婦回來，全無夫妻之情。【眉批】説得像。你若要留這淫婦時，你自在西廳一帶住下，不許來纏我。我也没福受這淫婦的拜，不要他來見我。」説罷啼哭起來，〔八〕拍臺拍凳，口裏「千亡八，萬淫婦」，駡不絶聲。沈洪勸解不得，想道：「且暫時依他言語在西廳住幾日，落得受用。等他氣消了時，却領玉堂春與他磕頭。」沈洪只道渾家是吃醋，誰知他有了私情，又且房計空虛了，正怕老公進房，借此機會，打發他另居。正是：

你向東時我向西，各人有意自家知。

不在話下。

却說玉堂春曾與王公子設誓，今番怎肯失節於沈洪，腹中一路打稿：「我若到這厭物家中，將情節哭訴他大娘子，求他做主，以全節操。慢慢的寄信與三官，教他將二千兩銀子來贖我去，却不好。」及到沈洪家裏，聞知大娘不許相見，打發老公和他往西廳另住，不遂其計，心中又驚又苦。沈洪安排床帳在廂房，安頓了蘇三。自己却去窩伴皮氏，陪吃夜飯。被皮氏三回五次攛趕，沈洪說：「我去西廳時，只怕大娘着惱。」皮氏說：「你在此，我反惱；離了我眼睛，我便不惱。」沈洪唱個淡喏，謝聲：「得罪。」出了房門，徑望西廳而來。原來玉姐乘着沈洪不在，檢出他鋪蓋撇在廳中，自己關上房門自睡了。任沈洪打門，那裏肯開。却好皮氏叫小段名到西廳看老公睡也不曾。沈洪平日原與小段名有情，那時扯在鋪上，草草合歡，也當春風一度。事畢，小段名自去了。沈洪身子困倦，一覺睡去，直至天明。

却說皮氏這一夜等趙昂不來，小段名回後，老公又睡了。番來復去，一夜不曾合眼。天明早起，赶下一軸麵，煮熟分作兩碗，皮氏悄悄把砒霜撒在麵内，却將辣汁澆上，叫小段名送去西廳：「與你爹爹吃。」小段名送至西廳，叫道：「爹爹，大娘欠你，送辣麵與你吃。」沈洪見是兩碗，就叫：「我兒，送一碗與你二娘吃。」小段名便去敲門。玉姐在床上問：「做甚麽？」小段名説：「請二娘起來吃麵。」玉姐道：「我不要吃。」沈洪説：「想是你二娘還要睡，莫去鬧他。」沈洪把兩碗都吃了，須臾而盡。小段名收碗去了。

沈洪一時肚疼，叫道：「不好了，死也死也！」玉姐還只認假意，看看聲音漸變，開門出來看時，只見沈洪九竅流血而死。正不知什麽緣故，慌慌的高叫：「救人！」只聽得脚步響，皮氏早到，不等玉姐開言，就變過臉，故意問道：「好好的一個人，怎麽就死了？想必你這小淫婦弄死了他，要去嫁人！」玉姐説：「那丫頭送麵來，叫我吃，我不要吃，并不曾開門。誰知他吃了，便肚疼死了。必是麵裏有些緣故。」皮氏説：「放屁！麵裏若有緣故，必是你這小淫婦做下的。不然，你如何先曉得這麵是吃不得的，不肯吃？你説并不曾開門，如何却在門外？這謀死情由，不是你，是誰？」説罷，假哭起「養家的天」來。家中僮僕養娘都亂做一堆。皮氏就將三尺白布擺頭，扯了玉姐往知縣處叫喊。

正值王知縣升堂，喚進問其緣故。皮氏說：「小婦人皮氏。丈夫叫沈洪，在北京爲商，用千金娶這娼婦，叫做玉堂春爲妾。這娼婦嫌丈夫醜陋，因吃辣麵，暗將毒藥放入，丈夫吃了，登時身死。望爺爺斷他償命。」王知縣聽罷，問：「玉堂春，你怎麽說？」玉姐說：「爺爺，小婦人原籍北直隸大同府人氏。只因年歲荒旱，父親把我賣在本司院蘇家。賣了三年後，沈洪看見，娶我回家。皮氏嫉妒，暗將毒藥藏在麵中，毒死丈夫性命。反倚刁潑，展賴小婦人。」知縣聽玉姐說了一會，叫：「皮氏，想你見那男子棄舊迎新，你懷恨在心，藥死親夫，此情理或有之。」皮氏說：「爺爺，我與丈夫從幼的夫妻，怎忍做這絕情的事！這蘇氏原是不良之婦，別有個心上之人，分明是他藥死，要圖改嫁。望青天爺爺明鏡。」知縣乃叫蘇氏：「你過來。我想你原係娼門，你愛那風流標致的人，想是你見丈夫醜陋，不趁你意，故此把毒藥藥死是實。」叫皂隸：「把蘇氏與我夾起來！」玉姐說：「爺爺！小婦人雖在煙花巷里，跟了沈洪又不曾難爲半分，怎下這般毒手？小婦人果有惡意，何不在半路謀害？既到了他家，他怎容得小婦人做手脚？這皮氏昨夜就赶出丈夫，不許他進房。今早的麵，出於皮氏之手，小婦人并無干涉。」王知縣見他二人各說有理，叫皂隸暫把他二人寄監：「我差人訪實再審。」二人進了南牢不題。

却説皮氏差人密密傳與趙昂，叫他快來打點。趙昂拿着沈家銀子，與刑房吏一百兩，書手八十兩，掌案的先生五十兩，門子五十兩，兩班皂隸六十兩，禁子每人二十兩，上下打點停當。封了一千兩銀子，放在罎内，當酒送與王知縣，知縣受了。次日清晨升堂，叫皂隸把皮氏一起提出來。不多時到了，當堂跪下。知縣説：「我夜來一夢，夢見沈洪説：『我是蘇氏藥死，與那皮氏無干。』」玉堂春正待分辨，知縣大怒，説：「人是苦蟲，不打不招。」叫皂隸：「與我桚起着實打！問他招也不招？他若不招，就活活敲死！」玉姐熬刑不過，説：「願招。」知縣説：「放下刑具。」皂隸遞筆與玉姐畫供。知縣説：「皮氏召保在外，玉堂春收監。」皂隸將玉姐手肘脚鐐，帶進南牢。禁子、牢頭都得了趙上舍銀子，將玉姐百般凌辱。只等上司詳允之後，就遞病狀，結果他性命。正是：

安排縛虎擒龍計，斷送愁鸞泣鳳人。

且喜有個刑房吏姓劉名志仁，爲人正直無私。素知皮氏與趙昂有奸，都是王婆説合。數日前撞見王婆在生藥舖内贖砒霜，説要藥老鼠，劉志仁就有些疑心。今日做出人命來，趙監生使着沈家不疼的銀子來衙門打點，把蘇氏買成死罪，天理何在？躊躇一會：「我下監去看看。」那禁子正在那裏逼玉姐要燈油錢。志仁喝退衆人，將温言寬慰玉姐，問其冤情。玉姐垂淚拜訴來歷。志仁見四傍無人，遂將趙監生與皮氏私情及王婆贖藥始末，細説一遍，分付：「你且耐心守困，待後有機會，我指點你去叫冤。日逐飯食，我自供你。」玉姐再三拜謝。禁子見劉志仁做主，也不敢則聲。此話閣過不題。

却説公子自到真定府爲官，興利除害，吏畏民悦。只是想念玉堂春，無刻不然。一日，正在煩惱，家人來報，老奶奶家中送新奶奶來了。公子聽説，接進家小，見了新人，口中不言，心内自思：「容貌到也齊整，怎及得玉堂春風趣。」當時擺了合歡宴，吃下合巹杯。畢姻之際，猛然想起多嬌：「當初指望白頭相守，誰知你嫁了沈洪，這官誥却被别人承受了。」雖然陪伴了劉氏夫人，心裏還想着玉姐，因此不快，當夜中了傷寒。又想當初與玉姐别時，發下誓願，各不嫁娶。心下疑惑，合眼就見玉姐在傍。〔九〕劉夫人遣人到處祈禳，府縣官都來問安，請名醫切脉調治，一月之外，纔得痊可。

公子在任年餘，官聲大著，行取到京。吏部考選天下官員。公子在部點名已畢，回到下處，焚香禱告天地，只願山西爲官，好訪問玉堂春消息。須臾馬上人來報：「王爺點了山西巡按。」公子聽説，兩手加額：「趁我平生之願矣！」次日領了敕印辭朝，連夜起馬，往山西省城上任訖。即時發牌，先出巡平陽府。公子到平陽府，坐了察院，觀看文卷。見蘇氏玉堂春問了重刑，心内驚慌：「其中必有蹺蹊。」隨叫書吏過來：「選一個能幹事的，跟着我私行採訪。你衆人在内，不可走漏消息。」

公子時下換了素巾青衣，隨跟書吏，暗暗出了察院。僱了兩個騾子，往洪同縣路上來。這赶脚的小夥，在路上閒問：「二位客官，往洪同縣有甚貴幹？」公子説：「我來洪同縣要娶個妾，不知誰會説媒？」小夥説：「你又説娶小，俺縣里一個財主，因娶了個小，害了性命。」【眉批】説話好個因頭。公子問：「怎的害了性命？」小夥説：「這財主叫沈洪，婦人叫做玉堂春。他是京裏娶來的。他那大老婆皮氏與那鄰家趙昂私通，怕那漢子回來知道，一服毒藥把沈洪藥死了。這皮氏與趙昂反把玉堂春送到本縣，將銀買囑官府衙門，將玉堂春屈打成招，問了死罪，送在監裏。若不是虧了一個外郎，幾時便死了。」公子又問：「那玉堂春如今在監死了？」小夥説：「不曾。」公子説：「我要娶個小，你説可投着誰做媒？」小夥説：「我送你往王婆家去罷，他極會説媒。」公子説：「你怎知道他會説媒？」小夥説：「趙昂與皮氏都是他做牽頭。」公子説：「如今下他家裏罷。」小夥竟引到王婆家裏，叫聲：「乾娘，我送個客官在你家來。這客官要娶個小，你可與他説媒。」王婆説：「累你，我轉了錢來謝你。」小夥自去了。

公子夜間與王婆攀話，見他能言快語，是個積年的馬泊六了。到天明，又到趙監生前後門看了一遍，與沈洪家緊壁相通，可知做事方便。回來吃了早飯，還了王婆店錢，說：「我不曾帶得財禮，到省下回來，再作商議。」公子出的門來，僱了騾子，星夜回到省城，到晚進了察院，不題。

次早，星火發牌，按臨洪同縣。各官參見過，分付就要審録。王知縣回縣，叫刑房吏書即將文卷審册，連夜開寫停當，明日送審不題。却說劉志仁與玉姐寫了一張冤狀，暗藏在身。到次日清晨，王知縣坐在監門首，把應解犯人點將出來。玉姐披枷帶鎖，眼淚紛紛，隨解子到了察院門首，伺候開門。巡捕官回風已畢，解審牌出。公子先唤蘇氏一起。玉姐口稱冤枉，探懷中訴狀呈上。公子擡頭見玉姐這般模樣，心中悽慘，叫聽事官接上狀來。公子看了一遍，問說：「你從小嫁沈洪？可還接了幾年客？」玉姐說：「爺爺！我從小接着一個公子，他是南京禮部尚書三舍人。」公子怕他説出醜處，喝聲：「住了！我今只問你謀殺人命事，不消多講。」玉姐説：「爺爺！若殺人的事，只問皮氏便知。」公子叫皮氏問了一遍，玉姐又說了一遍。公子分付劉推官道：「聞知你公正廉能，不肯玩法徇私。我來到任，尚未出巡，先到洪同縣訪得這皮氏藥死親夫，累蘇氏受屈。你與我把這事情用心問斷。」【眉批】虧得分付此數句，不然又礙知縣面皮矣。說罷，公子退堂。

劉推官回衙，升堂，就叫：「蘇氏，你謀殺親夫，是何意故？」玉姐說：「冤屈！分明是皮氏串通王婆，和趙監生合計毒死男子。縣官要錢，逼勒成招，今日小婦拚死訴冤，望青天爺爺做主。」劉爺叫皂隸把皮氏採上來，問：「你與趙昂奸情可真麼？」皮氏抵賴沒有。劉爺即時拿趙昂和王婆到來面對。用了一番刑法，都不肯招。劉爺又叫小段名：「你送麵與家主吃，必然知情！」喝教夾起。小段名說：「爺爺，我說罷！那日的麵，是俺娘親手盛起，叫小婦人送與爹爹吃。小婦人送到西廳，爹叫新娘同吃。新娘關着門，不肯起身，回道『不要吃』，俺爹自家吃了，即時口鼻流血死了。」劉爺又問趙昂奸情，小段名也說了。趙昂說：「這是蘇氏買來的硬證。」劉爺沉吟了一會，把皮氏這一起分頭送監。叫一書吏過來：「這起潑皮奴才，苦不肯招。我如今要用一計，用一個大櫃，放在丹墀內，鑿幾個孔兒。你執紙筆暗藏在內，不要走漏消息。我再提來問他，不招，即把他們鎖在櫃左櫃右，看他有甚麼說話，你與我用心寫來。」劉爺分付已畢，書吏即辦一大櫃，放在丹墀，藏身於內。劉爺又叫皂隸把皮氏一起提來再審，又問：「招也不招？」趙昂、皮氏、王婆三人齊聲哀告，說：「就打死小的，那裏招？」劉爺大怒，分付：「你衆人各自去吃飯來，把這起奴才着實拷問。把他放在丹墀裏，連小段名四人鎖於四處，不許他交頭接耳。」皂隸把這四人鎖在櫃的四角。衆人盡散。

却説皮氏擡起頭來，四顧無人，便罵：「小段名！小奴才！你如何亂講？今日再亂講時，到家中活敲殺你。」小段名説：「不是夾得疼，我也不説。」王婆便叫：「皮大姐，我也受這刑杖不過，等劉爺出來，説了罷。」趙昂説：「好娘，我那些虧着你！倘捱出官司去，我百般孝順你，〔一〇〕即把你做親母。」王婆説：「我再不聽你哄我。叫我圓成了，認我做親娘；許我兩石麥，還欠八升；許我一石米，都下了糠粃；段衣兩套，止與我一條藍布裙；許我好房子，不曾得住。【眉批】前叙王婆牽頭甚略，却於此補出。你幹的事，没天理，教我只管與你熬刑受苦！」皮氏説：「老娘，這遭出去，不敢忘你恩。捱過今日不招，便没事了。」櫃裏書吏把他説的話盡記了，寫在紙上。

劉爺升堂，先叫打開櫃子。書吏跳將出來，〔一一〕衆人都唬軟了。劉爺看了書吏所録口詞，再要拷問，三人都不打自招。趙昂從頭依直寫得明白。各各畫供已完，遞至公案。劉爺看了一遍，問蘇氏：「你可從幼爲娼，還是良家出身？」蘇氏將蘇淮買良爲賤，先遇王尚書公子，揮金三萬；後被老鴇一秤金赶逐，將奴賺賣與沈洪爲妾，一路未曾同睡，備細説了。劉推官情知王公子就是本院，提筆定罪：

皮氏凌遲處死，趙昂斬罪非輕。王婆贖藥是通情，杖責段名示警。王縣貪酷罷職，追贜不恕衙門。蘇淮買良爲賤合充軍，一秤金三月立枷罪定。【眉批】斷得妥。

劉爺做完申文，把皮氏一起俱已收監。次日親捧招詳，送解察院。公子依擬，留劉推官後堂待茶，問：「蘇氏如何發放？」劉推官答言：「發還原籍，擇夫另嫁。」公子屏去從人，與劉推官吐膽傾心，備述少年設誓之意：「今日煩賢府密地差人送至北京王銀匠處暫居，足感，足感！」劉推官領命奉行，自不必説。

却説公子行下關文，到北京本司院提到蘇淮、一秤金依律問罪。蘇淮已先故了。一秤金認得是公子，還叫：「王姐夫。」被公子喝教重打六十，取一百斤大枷枷號。不勾半月，嗚呼哀哉！正是：

萬兩黃金難買命，一朝紅粉已成灰。

再説公子一年任滿，復命還京。見朝已過，便到王匠處問信。王匠説有金哥伏侍，在頂銀衕衕居住。公子即往頂銀衕衕，見了玉姐，二人放聲大哭。公子已知玉姐守節之美，玉姐已知王御史就是公子，彼此稱謝。公子説：「我父母娶了個劉氏夫人，甚是賢德，他也知道你的事情，决不妒忌。」當夜同飲同宿，濃如膠漆。次日，王匠、金哥都來磕頭賀喜。公子謝二人昔日之恩，分付：本司院蘇淮家當原是玉堂春置辦的，今蘇淮夫婦已絶，將遺下家財，撥與王匠、金哥二人管業，以報其德。上了個省親本，辭朝和玉堂春起馬共回南京。到了自家門首，把門人急報老爺説：「小老爺到了。」老爺聽説甚喜。公子進到廳上，排了香案，拜謝天地，拜了父母兄嫂，兩位姐夫姐姐都相見了。又引玉堂春見禮已畢。玉姐進房，見了劉氏説：「奶奶坐上，受我一拜。」劉氏説：「姐姐怎説這話？你在先，奴在後。」玉姐説：「奶奶是名門宦家之子，奴是煙花，出身微賤。」公子喜不自勝。當日正了妻妾之分，姊妹相稱，一家和氣。公子又叫王定：「你當先在北京三番四復規諫我，乃是正理。我今與老老爺説將你做老管家。」以百金賞之。後來王景隆官至都御史，妻妾俱有子，至今子孫繁盛。有詩嘆云：

鄭氏元和已著名，三官閫院是新聞。
風流子弟知多少，夫貴妻榮有幾人？

【校記】

〔一〕「乃前至本司院」，底本作「乃能至本司院」，據佐伯本改，早大本作「乃行至本司院」。

〔二〕「失瞻」，底本及諸校本均作「失贍」，據文意改。

〔三〕「小巷」，底本及諸校本均作「小港」，據前後文改。

〔四〕本條眉批，佐伯本無。

〔五〕「措勒」，底本及諸校本均作「措勤」，據文意改。

〔六〕「前庭」，底本作「前來」，據佐伯本改。

〔七〕「殺身難報」，底本及諸校本均作「殺身難保」，據文意改。

〔八〕「不要他來見我，説罷啼哭起來」，底本作「不安他來昂然説銀啼哭起來」，據佐伯本改。

〔九〕「在傍」，底本作「任傍」，佐伯本同，據早大本改。

〔一〇〕「百般」，底本作「百殷」，據佐伯本改。

〔一一〕「跳將出來」，底本作「跪將出來」，據佐伯本改。

試問當今有力者同窓誰念幼時人
劍池
點頭石
可中亭
千人座

早知今日都
成犬悔不當
初不做人

第二十五卷　桂員外途窮懺悔

交游誰似古人情？春夢秋雲未可憑。
溝壑不援徒泛愛，寒暄有問但虛名。
陳雷義重踰膠漆，管鮑貧交托死生。
此道今人棄如土，歲寒惟有竹松盟。

話說元朝大德年間，〔一〕江南蘇州府吴趨坊有一長者，姓施名濟，字近仁。其父施鑑，字公明，爲人謹厚志誠，治家勤儉，不肯妄費一錢。生施濟時年已五十餘矣。鑑晚歲得子，愛惜如金。年八歲，送與里中支學究先生館中讀書。先生見他聰秀，與己子支德年齒相方，遂令同卓而坐。那時館中學生雖多，長幼不一，偏他兩個聰明好學，文藝日進。後支學究得病而亡，施濟稟知父親，邀支德館穀於家，彼此切磋，甚相契愛。未幾同游庠序，齊赴科場，支家得第爲官，施家屢試不捷，乃散財結客，周貧恤寡，欲以豪俠成名於世。父親施鑑是個本分財主，惜糞如金的，見兒子揮金不吝，未免心疼。惟恐他將家財散盡，去後蕭索，乃密將黄白之物埋藏於地窨中，如此數處，不使人知。待等天年，纔授與兒子。從來財主家往往有此。正是：

常將有日思無日，莫待無時思有時。

那施公平昔若是常患頭疼腹痛，三好兩歉的，到老來也自判個死日；就是平昔間没病，臨老來伏床半月或十日，兒子朝夕在面前奉侍湯藥，那地窨中的話兒却也説了。只爲他年已九十有餘，兀自精神健旺，飲啖兼人，步履如飛。不匡一夕五更睡去，就不醒了。雖唤做吉祥而逝，却不曾有片言遺囑。常言説得好：

三寸氣在千般用，一日無常萬事休。

那施濟是有志學好的人，少不得殯殮祭葬，務從其厚。

其時施濟年踰四十，尚未生子。三年孝滿，妻嚴氏勸令置妾。施濟不從，發心持誦《白衣觀音經》，并刊本布施，許願：「生子之日，捨三百金修蓋殿宇。」期年之後，嚴氏得孕，果生一男。三朝剃頭，夫妻説起還願之事，遂取名施還，到彌月做了湯餅會。施濟對渾家説，收拾了三百兩銀子，來到虎丘山水月觀音殿上燒香禮拜。正欲唤主僧囑托修殿之事，忽聞下面有人哭泣之聲，仔細聽之，其聲甚慘。施濟下殿走到千人石上觀看，只見一人坐在劍池邊，望着池水，嗚咽不止。上前看時，認得其人姓桂名富五，幼年間一條街上居住，曾同在支先生館中讀書。不一年，桂家父母移居胥口，以便耕種，桂生就出學去了。後來也曾相會幾次，有十餘年不相聞了，何期今日得遇。施公吃了一驚，喚起相見，問其緣故。桂生只是墮淚，口不能言。施公心懷不忍，一手挽住，拉到觀音殿上來問道：「桂兄有何傷痛？倘然見教，小弟或可分憂。」桂富五初時不肯説，被再三盤詰，只得吐實道：「某祖遺有屋一所，田百畝，自耕自食，儘可糊口。不幸惑於人言，謂農夫利薄，商販利厚。將薄產抵借李平章府中本銀三百兩，販紗段往燕京。豈料運蹇時乖，連走幾遍，本利俱耗。宦家索債，如狼似虎，利上盤利，將田房家私盡數估計，一妻二子，亦爲其所有。尚然未足，要逼某扳害親戚賠補。某情極，夜間逃出，思量無路，欲投澗水中自盡，是以悲泣耳。」施公惻然道：「吾兄勿憂。吾適帶修殿銀三百兩在此，且移以相贈，使君夫妻父子團圓何如？」【眉批】見在功德，勝如修殿。桂生驚道：「足下莫非戲言乎？」施公大笑道：「君非有求於我，何戲之有？我與君交雖不深，然幼年曾有同窗之雅。每見吳下風俗惡薄，見朋友患難，虛言撫慰，曾無一毫實惠之加。甚則面是背非，幸災樂禍，此吾平時所深恨者。【眉批】施公疑非吳人。況君今日之禍，波及妻子。吾向苦無子，今生子僅彌月，祈佛保佑，願其長成。君有子而棄之他人，玷辱門風，吾何忍見之！吾之此言，實出肺腑。」遂開篋取銀三百兩，雙手遞與桂生。桂生還不敢便接，説道：「足下既念舊情，肯相周濟，願留借券。倘有好日，定當報補。」施公道：「吾憐君而相贈，豈望報乎？君可速歸，恐尊嫂懸懸而望也。」桂生喜出望外，做夢也不想到此，接銀在手，不覺屈膝下拜。施濟慌忙扶起。桂生垂淚道：「某一家骨肉皆足下所再造，雖重生父母不及此恩。三日後，定當踵門叩謝。」又向觀音大士前磕頭説誓道：「某受施君活命之恩，今生倘不得補答，來生亦作犬馬相報。」歡歡喜喜的下山去了。後人有詩贊施君之德：

誼高矜厄且憐貧，三百朱提賤似塵。
試問當今有力者，同窗誰念幼時人？

施公對主僧説道：「帶來修殿的銀子，別有急用那去，來日奉補。」主僧道：「遲一日不妨事。」施濟回家，將此事述與嚴氏知道，嚴氏亦不以爲怪。【眉批】賢婦。次日另湊銀三百兩，差人送去水月觀音殿完了願心。

到第三日，桂生領了十二歲的長兒桂高，親自到門拜謝。施濟見了他父子一處，愈加歡喜，殷勤接待，酒食留款。從容問其償債之事。桂生答道：「自蒙恩人所賜，已足本錢。奈渠將利盤算，田産盡數收去，止落得一家骨肉完聚耳。」説罷，淚如雨下。施濟道：「君家至親數口，今復如何活計？」桂生道：「身居口食，一無所賴。家世衣冠，羞在故鄉出醜，只得往他方外郡，傭工趁食。」施公道：「『爲人須爲徹。』胥門外吾有桑棗園一所，茅屋數間，園邊有田十畝，勤於樹藝，儘可度日。倘足下不嫌淡泊，就此暫過幾時何如？」桂生道：「若得如此，免作他鄉餓鬼。只是前施未報，又叨恩賜，深有未安。某有二子，長年十二，次年十一，但憑所愛，留一個服侍恩人，少盡犬馬之意，譬如服役於豪宦也。」施公道：「吾既與君爲友，君之子即吾之子，豈有此理！」當喚小廝取皇曆看個吉日，教他入宅，一面差人分付看園的老僕，教他打掃房屋潔净，至期交割與桂家管業。桂生命兒子拜謝了恩人，桂高朝上磕頭。施公要還禮，却被桂生扶住，只得受了。桂生連唱了七八個喏，千恩萬謝，同兒子相别而去。到移居之日，施家又送些糕米錢帛之類。分明是：

從空伸出拿雲手，提起天羅地網人。

過了數日，桂生備了四個盒子，無非是時新果品，肥鷄巨鯽，教渾家孫大嫂乘轎親到施家稱謝。嚴氏備飯留款。那孫大嫂能言快話，讒諂面諛。嚴氏初相會便説得着，與他如姊妹一般。更有一件奇事，連施家未周歲的小官人，一見了孫大嫂也自歡喜，就賴在身上要他抱。【眉批】前生結下丈母緣了。大嫂道：「不瞞姆姆說，奴家見有身孕，抱不得小官人。」原來有這個俗忌：大凡懷胎的抱了孩子家，那孩子就壞了脾胃，要出青糞，謂之「受記」，直到產後方痊。嚴氏道：「不知嬸嬸且喜幾個月了？」大嫂道：〔二〕「五個足月了。」嚴氏把十指一輪道：「去年十二月内受胎的，今年九月間該産。嬸嬸有過了兩位令郎了，若今番生下女兒，奴與姆姆結個兒女親家。」大嫂道：「多承姆姆不棄，只怕扳高不來。」當日說話，直到晚方別。大嫂回家，將嚴氏所言，述了一遍。丈夫聽了，各各歡喜，只願生下女兒，結得此姻，一生有靠。

光陰似箭，不覺九月初旬，孫大嫂果然産下一女。施家又遣人送柴米，嚴氏又差女使去問安。其時只當親眷往來，情好甚密，這話閣過不題。

却說桑棗園中有銀杏一棵，大數十圍，相傳有「福德五聖之神」棲止其上。園丁每年臘月初一日，於樹下燒紙錢奠酒。桂生曉得有這舊規，也是他命運合當發迹。其年正當燒紙，忽見有白老鼠一個，遶樹走了一遍，徑鑽在樹底下去，不見了。桂生看時，只見樹根浮起處有個盞大的竅穴，那白老鼠兀自在穴邊張望。桂生說與渾家，莫非這老鼠是神道現靈？孫大嫂道：「鳥瘦毛長，人貧就智短了。常聽人說金蛇是金，白鼠是銀，却沒有神道變鼠的話。或者樹下窖得有錢財，皇天可憐，見我夫妻貧苦，故教白鼠出現，也不見得。你明日可往胥門童瞎子家起一當家宅課，看財爻發動也不？」桂生平日慣聽老婆舌的，【眉批】最誤事。明日起早，真個到童瞎子舖中起課，斷得有十分財采。夫妻商議停當，買猪頭祭獻藏神。二更人静，兩口兒兩把鋤頭，照樹根下竅穴開將下去。約有三尺深，發起小方磚一塊，磚下磁罎三個，罎口鋪着米，都爛了。撥開米，下邊都是白物。原來銀子埋在土中，得了米便不走。夫妻二人叫聲「慚愧」，四隻手將銀子搬盡，不動那磁罎，依舊蓋磚掩土。二人回到房中，看那東西，約一千五百金。桂生算計要將三百兩還施氏所贈之數，餘下的將來營運。孫大嫂道：「却使不得！」桂生問道：「爲何？」孫大嫂道：「施氏知我赤貧來此，倘問這三百金從何而得，反生疑心。若知是銀杏樹下掘得的，原是他園中之物，祖上所遺，憑他說三千四千，你那裏分辨？和盤托出，還只嫌少。不惟不見我們好心，反成不美。」【眉批】近似有理，是故惡夫長舌者。桂生道：「若依賢妻所見如何？」孫大嫂道：「這十畝田，幾株桑棗，了不得你我終身之事。幸天賜藏金，何不於他鄉私下置些産業，慢慢地脱身去，自做個財主。那時報他之德，彼此見好。」【眉批】若日後果能報德，未爲不是。桂生道：「『有智婦人，勝如男子。』你說的是。我有遠房親族在會稽地方，向因家貧久不來往。今携千金而去，料不慢我。我在彼處置辦良田美産，每歲往收花利，盤放幾年，怕不做個大大財主？」商量已定。

到來春，推說浙中訪親，私自置下田産，托人收放，每年去算帳一次。回時舊衣舊裳，不露出有錢的本相。【眉批】亦是大有心人，堪作財主。如此五年，桂生在紹興府會稽縣已做個大家事，住房都買下了，只瞞得施家不知。忽一日，兩家兒女同時出痘，施濟請醫看了自家兒子，就教去看桂家女兒，比時只當親媳婦一般。大幸痘都好了。里中有個李老兒號梅軒者，素在施家來往。遂邀親鄰醵錢與施公把盞賀喜，桂生亦與席。施濟又題起親事，李梅軒自請爲媒，衆人都玉成其美。桂生心下也情願，回家與渾家孫大嫂商量。大嫂道：「自古說：『慈不掌兵，義不掌財。』施生雖是好人，却是爲仁不富，家事也漸漸消乏不如前了。【眉批】又近理。我的人家都做在會稽地面，到彼攀個高門，這些田産也有個依靠。」桂生道：「賢妻說得是。只是他一團美意，將何推托？」大嫂道：「你只推門衰祚薄，攀陪不起就是。倘若他定要做親，只說兒女年幼，等他長大行聘未遲。」古人說得好：「人心不足蛇吞象。」當初貧困之日，低門扳高，求之不得；如今掘藏發迹了，反嫌好道歉起來。

只因上岸身安穩，忘却從前落水時。

施濟是個正直之人，只道他真個謙遜，并不疑有他故。

荏苒光陰，又過了三年。施濟忽遘一疾，醫治不痊，嗚呼哀哉了。殯殮之事不必細説。桂富五的渾家攛掇丈夫，乘此機會，早爲脱身之計。乃具隻鷄斗酒，夫婦齊往施家吊奠。桂生拜奠過了，先回。孫大嫂留身向嚴氏道：「拙夫向蒙恩人救拔，朝夕感念，犬馬之報，尚未少申。今恩人身故，愚夫婦何敢久占府上之田廬？寧可轉徙他方，别圖生計。今日就來告别。」嚴氏道：「嬸嬸何出此言！先夫雖則去世，奴家亦可做主。孤苦中正要嬸嬸時常伴話，何忍捨我而去？」大嫂道：「奴家也捨不得姆姆。〔三〕但非親非故，白占寡婦田房，被人議論。日後郎君長大，少不得要吐還的。不如早達時務，善始善終，全了恩人生前一段美意。」【眉批】又近理。〔四〕嚴氏苦留不住，各各流淚而别。桂遷挈家搬往會稽居住，恍似開籠放鳥，一去不回。

再説施家，自從施濟存日，好施樂善，囊中已空虚了。又經這番喪中之費，不免欠下些債負。那嚴氏又是賢德有餘才幹不足的，守着數歲的孤兒，撑持不定，把田産逐漸棄了。不勾五六年，資財罄盡，不能度日，童僕俱已逃散。常言「吉人天相，絶處逢生」。恰好遇一個人從任所回來，那人姓支名德，從小與施濟同窗讀書，一舉成名，剔歷外任，官至四川路參政。此時元順帝至正年間，小人用事，朝政日紊。支德不願爲官，致政而歸。聞施濟故後，家日貧落，心甚不忍，特地登門吊唁。孤子施還出迎，年甫垂髫，進退有禮。支翁問：「曾聘婦否？」施還答言：「先人薄業已罄，老母甘旨尚缺，何暇及此！」支翁潸然淚下道：「令先公憂人之憂，樂人之樂，此天地間有數好人。天理若不泯，子孫必然昌盛。【眉批】小人逞目前，君子信天理。某忝在窗誼，因久宦遠方，不能分憂共患，乃令先公之罪人也。某有愛女一十三歲，與賢姪年頗相宜，欲遣媒妁與令堂夫人議姻，萬望先爲道達，是必勿拒！」施還拜謝，口稱「不敢」。次日，支翁差家人持金錢幣帛之禮，同媒人往聘施氏子爲養婿。嚴氏感其美意，只得依允。施還擇日過門，拜岳父岳母，就留在館中讀書，延明師以教之。又念親母嚴氏在家薪水不給，擔柴送米，每十日令其子歸省一次。嚴氏母子感恩非淺。後人評論世俗倚富欺貧，已定下婚姻猶有圖賴者，況以宦家之愛女下贅貧友之孤兒，支翁真盛德之人也！這纔是：

錢財如糞土，仁義值千金。

説那支翁雖然屢任，立意做清官的，所以宦囊甚薄。又添了女婿一家供給，力量甚是勉强。偶有人來説及桂富五在桑棗園搬去會稽縣，造化發財，良田美宅，何止萬貫，如今改名桂遷，外人都稱爲桂員外。支翁是曉得前因的，聽得此言，遂向女婿説知：「當初桂富五受你家恩惠，不一而足，别的不算，只替他償債一主，就是三百兩。

如今他發迹之日不來看顧你，一定不知你家落薄如此。賢婿若往會稽投奔他，必然厚贈，此乃分内之財，諒他家也巴不得你去的。【眉批】以君子之心，度小人之腹。可與親母計議。」施還回家，對母親説了。嚴氏道：「若桂家果然發迹，必不負我。但當初你尚年幼，不知中間許多情節。他的渾家孫大娘與我有姊妹情分，我與你同去，倘男子漢出外去了，我就好到他内裏説話。」施還回復了，支翁以盤費相贈，又作書與桂遷，自叙同窗之誼，囑他看顧施氏母子二人。

當下買舟，徑往紹興會稽縣來，問：「桂遷員外家居何處？」有人指引道：「在西門城内大街上，第一帶高樓房就是。」施還就西門外下個飯店。次日嚴氏留止店中，施還寫個通家晚輩的名刺，帶了支公的書信，進城到桂遷家來。門景甚是整齊，但見：

門樓高聳，屋宇軒昂。花木點綴庭中，卓椅擺列堂上。一條甬道花磚砌，三尺高階琢石成。蒼頭出入，無非是管屋管田；小户登門，不過是還租還債。桑棗園中掘藏客，會稽縣裏起家人。

施小官人見桂家門庭赫奕，心中私喜，這番投人投得着了。守門的問了來歷，收了書帖，引到儀門之外，一座照廳内坐下。廳内扁額題「知稼堂」三字，乃名人楊鐵崖之筆。名帖傳進許久，不見動静。伺候約有兩個時辰，只聽得儀門開響，履聲閣閣，從中堂而出。施還料道必是主人，乃重整衣冠，鵠立於檻外，良久不見出來。施還引領於儀門内窺覷，只見桂遷峨冠華服，立於中庭，從者十餘人環侍左右。〔五〕桂遷東指西畫，處分家事，童僕去了一輩又來一輩，也有領差的，也有回話的，説一個不了。約莫又有一個時辰，童僕方散。【眉批】描寫驕態如畫。管門的稟復有客候見，員外問道：「在那裏？」答言：「在照廳。」桂遷不説請進，一步步踱出儀門，徑到照廳來。施還鞠躬出迎，作揖過了，桂遷把眼一瞅，故意問道：「足下何人？」施還道：「小子長洲施還，號近仁的就是先父。因與老叔昔年有通家之好，久疏問候，特來奉謁。請老叔上坐，小姪有一拜。」桂遷也不叙寒温，連聲道：「不消不消。」看坐喚茶已畢，就分付小童留飯。施還却又暗暗歡喜。施還開口道：「家母候老孀母萬福，見在旅舍，先遣小子通知。」論起昔日受知深處，就該説「既然老夫人在此，請到舍中與拙荆相會」，桂遷口中唯唯，全不招架。少停，童子報午飯已備。桂生就教擺在照廳内。只一張卓子，却是上下兩卓嗄飯。施還謙讓不肯上坐，把椅拖在傍邊，桂遷也不來安正。桂遷問道：「舍人青年幾何？」施還答道：「昔老叔去蘇之時，不肖年方八歲。承垂吊賜奠，家母至今感激，今奉别又已六年。不肖門户貧落，老叔福祉日臻，盛衰懸絶，使人欣羡不已。」桂遷但首肯，不答一詞。酒至三巡，施還道：「不肖量窄，况家母見在旅舍懸望，不敢多飲。」桂遷又不招架，道：「既然少飲，快取飯來！」吃飯已畢，并不題起昔日交情，亦不問及家常之事。施還忍不住了，只得微露其意，道：「不肖幼時侍坐於先君之側，常聽得先君說：生平窗友只有老叔親密，比時就說老叔後來決然大發的。家母亦常稱老孀母賢德，有仁有義。幸而先年老叔在敝園暫居之時，寒家并不曾怠慢，不然今日亦無顔至此。」桂遷低眉摇手，嘿然不答。施還又道：「昔日虎丘水月觀音殿與先君相會之事，想老叔也還記得？」桂遷恐怕又說，慌忙道：「足下來意，我已悉知。不必多言，【眉批】一邊步步逼近，一邊步步推開。恐他人聞之，爲吾之羞也。」說罷，先立起身來，施還只得告辭道：「暫别台顔，來日再來奉候。」桂遷送至門外，舉手而退。正是：

别人求我三春雨，我去求人六月霜。

話分兩頭。却說嚴氏在旅店懸懸而待，道：「桂家必然遣人迎我。」怪其來遲，倚閭而望。只見小舍人怏怏回來，備述相見時的態度言語。嚴氏不覺雙淚交流，駡道：「桂富五，你不記得跳劍池的時節麽？」正要數一數二的叫駡出來，小舍人急忙勸住道：「今日求人之際，且莫說盡情話。他既知我母子的來意，必然有個處法。當初曾在觀音面前設誓『犬馬相報』，料不食言。待孩兒明日再往，看他如何？」嚴氏嘆口氣，只得含忍，過了一夜。次日，施還起早便往桂家門首候見。誰知桂遷自見了施小官人之後，却也腹中打稾，要厚贈他母子回去。其奈孫大嫂立意阻攩，道：「『接人要一世，怪人只一次。』攬了這野火上門，他吃了甜頭，只管思想，惜草留根，到是個月月紅了。就是他當初有些好處到我，他是一概行善，若干人沾了他的恩惠，不獨我們一家。千人吃藥，靠着一人還錢，我們當恁般晦氣？若是有天理時，似恁地做好人的千年發迹萬年財主，不到這個地位了！如今的世界還是硬心腸的得便宜，貼人不富，連自家都窮了。」【眉批】雖是惡談，却也説得有感慨。桂遷道：「賢妻説得是。只是他母子來一場，又有同窗支老先生的書，〔六〕如何打發他動身？」孫大嫂道：「支家的書不知是真是假。當初在姑蘇時不見有甚麽支鄉宦扶持了我，如今却來通書！【眉批】扶持的也只如此。他既然憐貧恤寡，何不損己財？這樣書一萬封也休作準。你去分付門上，如今這窮鬼來時不要招接他。等得興盡心灰，多少賫發些盤費着他回去。『頭醋不酸，二醋不辣。』没什麽想頭，下次再不來纏了。」只一套話，説得桂遷：

惡心孔再透一個窟竉，黑肚腸重打三重跁躂。

施還在門上候了多時，守門的推三阻四不肯與他傳達。再催促他時，佯佯的走開去了。那小官人且羞且怒，揎衣露臂，面赤高聲，發作道：「我施某也不是無因至此的。『行得春風，指望夏雨！』當初我們做財主時節，也有人求我來，却不曾恁般怠慢人！」駡猶未絶，只見一位郎君衣冠齊整，自外而入，問駡者何人。施還不認得那位郎君，整衣向前道：「姑蘇施某。」言未畢，那郎君慌忙作揖道：「原來是故人。別來已久，各不相識矣。昨家君備述足下來意，正在措置，足下遽發大怒，何性急如此？今亦不難，當即與家君説知，來日便有設處。」施還方知那郎君就是桂家長子桂高。見他説話入耳，自悔失言，方欲再訴衷曲，那郎君不別，竟自進門去了。施還見其無禮，忿氣愈加，又指望他來日設處，只得含淚而歸，詳細述於母親嚴氏。嚴氏復勸道：「我母子數百里投人，分宜謙下，常將和氣爲先，勿騁鋭氣，致觸其怒。」【眉批】前子勸其母，今母又勸其子，都只爲求人之難，可憐，可憐！到次早，嚴氏又叮囑道：「此去須要謙和，也不可過有所求，只還得原借三百金回家，也好過日。」施還領了母親教訓，再到桂家，鞠躬屏氣，立於門首。只見童僕出入自如，昨日守門的已不見了。小舍人站了半日，只得扯着一個年長的僕者問道：「小生姑蘇施還，求見員外兩日了，煩通報一聲。」那僕者道：「員外宿酒未醒，此時正睡夢哩。」施還道：「不敢求見員外，只求大官人一見足矣。小生今日不是自來的，是大官人昨日面約來的。」僕者道：「大官人今早五鼓駕船往東莊催租去了。」施還道：「二官人也罷。」僕者道：「二官人在學堂攻書，不管閒事的。」那僕者一頭說，一頭就有人喚他說話，忙忙的奔去了。施還此時怒氣填胸，一點無明火按納不住。又想小人之言不可計較，家主未必如此，只得又忍氣而待。須臾之間，只見儀門大開，桂遷在庭前乘馬而出。施還迎住馬頭鞠躬致敬，遷慢不爲禮，以鞭指道：「你遠來相投，我又不曾擔閣你半月十日，如何便使性氣惡言辱罵？本欲從厚，今不能矣。」【眉批】反坐人罪。回顧僕者：「將拜匣内大銀二錠，打發施生去罷。」又道：「這二錠銀子也念你先人之面。似你少年狂妄，休想分文賫發。如今有了盤纏，可速回去！」施還再要開口，桂遷馬上揚鞭如飛去了。正是：

蝮蛇口中草，蠍子尾後針。
兩般猶未毒，最毒負心人。

那兩錠銀子只有二十兩重，論起少年性子，不希罕，就撇在地下去了。一來主人已去，二來只有來的使費，没有去的盤纏。没奈何，含着兩眼珠淚，回店對娘說了。母子二人看了這兩錠銀子，放聲大哭。店家王婆見哭得悲切，問其緣故，嚴氏從頭至尾泣訴了一遍。王婆道：「老安人且省愁煩，老身與孫大娘相熟，時常進去的。那大娘最和氣會接待人，他們男子漢辜恩負義，婦道家怎曉得？【眉批】此轉更妙。既然老安人與大娘如此情厚，待老身去與老安人傳信，說老安人在小店中，他必然相請。」嚴氏收淚而謝。

又次日，王婆當一節好事，進桂家去報與孫大嫂知。孫大嫂道：「王婆休聽他話。當先我員外生意不濟時，果然曾借過他些小東西，本利都清還了。他自不會作家，把個大家事費盡了，却來這裏打秋風。我員外好意款待他一席飯，送他二十兩銀子，是念他日前相處之情，別個也不能勾如此。他倒說我欠下他債負未還！王婆，如今我也莫說有欠無欠，只問他把借契出來看，有一百還一百，有一千還一千。」王婆道：「大娘說得是。」王婆即忙轉身，孫大嫂又喚轉來，叫養娘封一兩銀子，又取帕子一方，道：「這些微之物，你與我送施家姆姆，表我的私敬。教他下次切不可再來，恐怕怠慢了，傷了情分。」王婆聽了這話，到疑心嚴老安人不是，回家去說：「孫大嫂千好萬好，教老身寄禮物與老安人。」又道：「若有舊欠未清，教老安人將借契送去，照契本利不缺分毫。」嚴氏說當初原沒有契書。那王婆看這三百兩銀子，山高海闊，怎麽肯信。母子二人恓惶了一夜，天明算了店錢，起身回姑蘇來。正是：

人無喜事精神減，運倒窮時落寞多。

嚴氏爲桂家嘔氣，又路上往來受了勞碌，歸家一病三月，施還尋醫問卜，諸般不效，亡之命矣夫！衣衾棺槨，一事不辦，只得將祖房絶賣與本縣牛公子管業。那牛公子的父親牛萬户，久在李平章門下用事，説事過錢，起家百萬。公子倚勢欺人，無所不至。他門下又有個用事的，叫做郭刁兒，專一替他察訪孤兒寡婦便宜田産，半價收買。施還年幼，岳丈支公雖則鄉紳，是個厚德長者，自己家事不屑照管，怎管得女婿之事。施小舍人急於求售，落其圈套，房産值數千金，郭刁兒於中議估，止值四百金。以百金壓契，餘俟出房後方交。施還想營葬遷居，其費甚多，百金不能濟事，再三請益，只許加四十金。還勉支葬事，丘壠已成，所餘無幾。尋房子不來，牛公子雪片差人催促出屋。支翁看不過意，親往謁牛公子，要與女婿説個方便。連去數次，并不接見。支翁道：「等他回拜時講。」牛公子却蹈襲個陽貨拜孔子之法，瞯亡而往。支翁回家，速忙又去，仍回不在家了。支翁大怒，與女婿説道：「那些市井之輩，不通情理，莫去求他！賢婿且就甥館權住幾時，待尋得房子時，從容議遷便了。」施還從岳父之言，要將家私什物權移到支家。先拆卸祖父卧房裝摺，往支處修理。於乃祖房内天花板上得一小匣，重重封固。還開看之，别無他物，只有帳簿一本，内開：某處埋銀若干，某處若干，如此數處。末寫「九十翁公明親筆」。還喜甚，納諸袖中，分付衆人且莫拆動，即詣支翁家商議。支翁看了帳簿道：「既如此，不必遷居了。」乃隨婿到彼，先發臥房檻下左柱磉邊，簿上載内藏銀二千兩，果然不謬。遂將銀一百四十兩與牛公子贖房。公子執定前言，勒措不許。支翁遍求公子親戚往説方便，公子索要加倍，度施家没有銀子。誰知藏鏹充然，一天平兑足二百八十兩。公子没理得講，只得收了銀子，推説文契偶尋不出，再過一日送還。哄得施還轉背，即將悔産事訟於本府。幸本府陳太守正直無私，素知牛公子之爲人，又得支鄉宦替女婿分愬明白，斷令回贖原價一百四十兩，外加契面銀一十四兩，其餘一百廿六兩追出助修學宫，文契追還施小官人，郭刁兒坐教唆問杖。【眉批】斷得公道。牛公子羞變成怒，寫家書一封，差家人往京師，捏造施家三世惡單，教父親討李平章關節，囑托地方上司官，訪拏施還出氣。誰知人謀雖巧，天理難容。正是：

下水拖人他未溺，逆風點火自先燒。

那時元順帝失政，紅巾賊起，大肆劫掠。朝廷命樞密使咬咬征討。李平章私受紅巾賊賄賂，主張招安，事發，坐同逆繫獄。窮治黨與，牛萬户係首名，該全家抄斬，頃刻有詔書下來。家人得了這個凶信，連夜奔回説了。牛公子驚慌，收拾細軟家私，帶妻携妾，往海上避難。遇叛寇方國珍游兵，奪其妻妾金帛，公子刀下亡身。此乃作惡之報也。

却説施還自發了藏鏹，贖産安居，照帳簿以次發掘，不爽分毫，得財鉅萬。只有內開桑棗園銀杏樹下埋藏一千五百兩，止剩得三個空罎。只道神物化去，付之度外，亦不疑桂生之事。自此遍贖田産，又得支翁代爲經理，重爲富室，直待服闋成親，不在話下。

再説桂員外在會稽爲財主，因田多役重，官府生事侵漁，甚以爲苦。近鄰有尤生號尤滑稽，慣走京師，包攬事幹，出入貴人門下。員外一日與他商及此事，尤生道：「何不入粟買官，一則冠蓋榮身，二則官户免役，兩得其便。」員外道：「不知所費幾何？仗老兄斡旋則個！」尤生道：「此事吾所熟爲，吴中許萬户、衛千兵都是我替他幹的，見今腰金衣紫，食禄千石。兄若要做時，敢不效勞。多不過三千，少則二千足矣。」桂生惑於其言，隨將白金五十兩付與尤生安家。又收拾三千餘金，擇日同尤生赴京。一路上尤生將甜言美語哄誘桂生，桂生深信，與之結爲兄弟，一到京師，將三千金唾手付之，恣其所用。

只要烏紗上頂，那顧白鏹空囊。

約過了半年，尤生來稱賀道：「恭喜吾兄，旦夕爲貴人矣！但時宰貪甚，凡百費十倍昔年。三千不勾，必得五千金方可成事。」桂遷已費了三千金，只恐前功盡棄，遂托尤生在勢要家借銀二千兩，留下一半，以一千付尤生使用。又過了兩三個月，忽有隸卒四人傳命：「新任親軍指使老爺請員外講話。」桂遷疑是堂官之流，問：「指使老爺何姓？」隸卒道：「到彼便知，今不可說。」桂遷急整衣冠，從四人到一大衙門，那老爺烏紗袍帶，端坐公堂之上。二人跟定桂遷，二人先入報。少頃聞堂上傳呼喚進。桂遷生平未入公門，心頭突突地跳。軍校指引到於堂檐之下，喝教跪拜。那官員全不答禮，從容說道：「前日所付之物，我已便宜借用，僥倖得官。相還有日，决不相負。【眉批】是你待施還何如？但新任缺錢使用，知汝囊中尚有一千，可速借我，一并送還。」說罷，即命先前四卒：「押到下處取銀回話。如或不從，仍押來受罪，决不輕貸。」桂遷被隸卒偪勒，只得將銀交付去訖，敢怒而不敢言。明日，債主因桂生功名不就，執了文契取索原銀。桂遷沒奈何，特地差人回家變産，得二千餘，加利償還。

桂遷受了這場屈氣，沒告訴處，羞回故里。又見尤滑稽乘馬張蓋，前呼後擁，眼紅心熱，忍耐不過，狠一聲：「不是他，就是我！」往鐵匠店裏打下一把三尖利刀，藏於懷中，等尤生明日五鼓入朝，刺殺了他，便償命也出了這口悶氣。事不關心，關心者亂。打點做這節非常的事，夜裏就睡不着了。看見月光射窗，只道天明，慌忙起身，聽得禁中鼓纔三下，復身回來，坐以待旦。又捱了一個更次，心中按納不住，持刀飛奔尤滑稽家來。其門尚閉，旁有一竇，自己立脚不住，不覺兩手據地，鑽入竇中。堂上燈燭輝煌，一老翁據案而坐，認得是施濟模樣，自覺羞慚。又被施公看見，不及躲避，欲與拱揖，手又伏地不能起。只得爬向膝前，搖尾而言：「向承看顧，感激不忘。前日令郎遠來，因一時手頭不便，不能從厚，非負心也，將來必當補報。」只見施君大喝道：「畜生討死吃，只管吠做甚麽！」桂見施君不聽其語，心中甚悶。忽見施還自内出來，乃銜衣獻笑，謝昔怠慢之罪。施還罵道：「畜生作怪了。」一脚踢開。桂不敢分辨，俯首而行，不覺到厨房下，見施母嚴老安人坐於椅上，分派肉羹。桂聞肉香，乃左右跳躍良久，蹲足叩首，訴道：「向郎君性急，不能久待，以致老安人慢去，幸勿記懷！有餘肉幸見賜一塊。」只見嚴老母唤侍婢：「打這畜生開去。」養娘取竈内火叉在手，桂大驚，奔至後園。看見其妻孫大嫂與二子桂高、桂喬，及少女瓊枝，都聚一處。細認之，都是犬形，回顧自己，亦化爲犬。乃大駭，不覺垂淚，問其妻：「何至於此？」妻答道：「你不記得水月觀音殿上所言乎？『今生若不能補答，來生誓作犬馬相報。』冥中最重誓語，今負了施君之恩，受此果報，復何説也。」桂抱怨道：「當初桑棗園中掘得藏鏹，我原要還施家債負，都聽了你那不賢之婦，瞞昧入己。及至他母子遠來相投，我又欲厚贈其行，你又一力阻攔。今日之苦，都是你作成我的。」其妻也罵道：「『男子不聽婦人言。』我是婦人之見，誰教你句句依我？」【眉批】説得是。二子上前勸解道：「既往不咎，徒傷和氣耳。腹中餒甚，覓食要緊。」於是夫妻父子相牽，同至後園，遶魚池而走。見有人糞，明知齷齪，因餓極，姑嗅之，氣息亦不惡。見妻與二兒攢聚先啖，不覺垂涎，試將舌舐，味覺甘美，但恨其少。忽有童兒來池邊出恭，遂守其傍。兒去，所遺是乾糞，以口咬之，誤墮於池中，意甚可惜。【眉批】夢中已受過花報矣。忽聞庖人傳主人之命，於諸犬中選肥壯者烹食。縛其長兒去，長兒哀叫甚慘。猛然驚醒，流汗浹背，乃是一夢，身子却在寓所，天已大明了。桂遷想起夢中之事，癡呆了半晌：「昔日我負施家，今日尤生負我，一般之理。只知責人，不知自責，天以此夢儆醒我也。」嘆了一口氣，棄刀於河内，急急束裝而歸，要與妻子商議，尋施氏母子報恩。

只因一夢多奇異，唤醒忘恩負義人。

桂員外自得了這個異夢，心緒如狂。從京師赶回家來，只見門庭冷落，寂無一人。步入中堂，見左邊停有二柩，前設供卓，卓上有兩個牌位，明寫長男桂高、次男桂喬。心中大驚，莫非眼花麽？雙手拭眼，定睛觀看，叫聲：「苦也，苦也！」早驚動了宅裏，奔出三四個丫鬟養娘出來，見了家主便道：「來得好，大娘病重，正望着哩！」急得桂遷魂不附體，一步一跌進房，直到渾家床前。兩個媳婦和女兒都守在床邊，啼啼哭哭，見了員外不暇施禮，叫公的、叫爹的亂做一堆，都道：「快來看視。」桂遷纔叫得一聲：「大娘！」只見渾家在枕上忽然倒插雙眼，直視其夫道：「父親如何今日方回？」桂遷知譫語，急叫：「大娘蘇醒，我在此。」女兒媳婦都來叫喚，那病者睁目垂淚說：「父親，我是你大兒子桂高，被万俟總管家打死，好苦呵！」桂遷驚問其故，又嗚咽咽的哭道：「往事休題了。冥王以我家負施氏之恩，父親曾有犬馬之誓，我兄弟兩個同母親於明日往施家投於犬胎。一産三犬，二雄者我兄弟二人，其雌犬背有肉瘤者，即母親也。父親因陽壽未終，當在明年八月中亦托生施家做犬，以踐前誓。惟妹子與施還緣分合爲夫婦，獨免此難耳。」

桂見言與夢合，毛骨悚然，方欲再問，氣已絶了。舉家哀慟，一面差人治辦後事。桂員外細叩女兒，二兒致死及母病緣由。女兒答道：「自爹赴京後，二哥出外闞賭，日費不貲，私下將田莊陸續寫與万俟總管府中，止收半價。一月前，病癆瘵身死。大哥不知賣田之情，往東莊取租。遇万俟府中家人，與他争競，被他毒打一頓，登時嘔血，擡回數日亦死。母親向聞爹在京中爲人誆騙，終日憂鬱，又見兩位哥哥相繼而亡，痛傷難盡，望爹不歸，鬱成寒熱之症。三日前疽發於背，遂昏迷不省人事。遍請醫人看治，俱説難救。天幸爹回，送了母親之終。」桂遷聞言，痛如刀割。延請僧衆作九晝夜功德拔罪救苦。家人連日疲倦，遺失火燭，廳屋樓房燒做一片白地，三口棺材盡爲灰燼，不曾剩一塊板頭。桂遷與二媳一女僅以身免，叫天號地，喚祖呼宗，哭得眼紅喉啞，昏絶數次。正是：

從前作過事，没興一齊來。

常言道：「瘦駱駝强似象。」桂員外今日雖然顛沛，還有些餘房剩産，變賣得金銀若干。念二媳少年難守，送回母家，聽其改嫁，童婢或送或賣，止帶一房男女自隨，兩個養娘服事女兒。唤了船隻直至姑蘇，欲與施子續其姻好，兼有所贈。想施子如此赤貧，决然未娶，但不知漂流何所？且到彼舊居，一問便知。船到吴趨坊河下，桂遷先上岸，到施家門首一看，只見焕然一新，比往日更自齊整。心中有疑，這房子不知賣與何宅，收拾得恁般華美！【眉批】情景好。問鄰舍家：「舊時施小舍人今在何處？」鄰舍道：「大宅裏不是？」又問道：「他這幾年家事如何？」鄰舍將施母已故，及賣房發藏始末述了一遍。「如今且喜娶得支參政家小姐，才德兼全，甚會治家。夫妻好不和順，家道日隆，比老官兒在日更不同了。」桂遷聽説，又喜又驚，又羞又悔，欲待把女兒與他，他已有妻了；欲待不與，又難以贖罪。欲待進吊，又恐怕他不理；若不進吊，又求見無辭。躊躇再四，乃作寓於閶門，尋相識李梅軒托其通信，願將女送施爲側室。梅軒道：「此事未可造次，當引足下相見了小舍人，然後徐議之。」明日，李翁同桂遷造於施門。李先入，述桂生家難，并達悔過求見之情。施還不允。李翁再三相勸，施還念李翁是父輩之交，被央不過，勉强接見。桂生羞慚滿面，流汗沾衣，俯首請罪。施還問：「到此何事？」李翁代答道：「一來拜奠令先堂，二來求釋罪於門下。」施還冷笑道：「謝固不必，奠亦不勞！」李翁道：「古人云『禮至不争』，桂先兒好意拜奠，休得固辭。」施還不得已，命蒼頭開了祠堂，桂遷陳設祭禮。下拜方畢，忽然有三隻黑犬，從宅内出來，環遶桂遷，銜衣號叫，若有所言。其一犬背上果有肉瘤隱起，乃孫大嫂轉生，餘二犬乃其子也。桂遷思憶前夢，及渾家病中之言，輪回果報，確然不爽，哭倒在地。施還不知變犬之事，但見其哀切，以爲懊悔前非，不覺感動，乃徹奠留款，詞氣稍和。桂遷見施子舊憾釋然，遂以往日曾與小女約婚爲言，施還即變色入内，不復出來。桂遷返寓所與女兒談三犬之異，父子悲慟。

早知今日都成犬，却悔當初不做人！

次日，桂遷拉李翁再往，施還托病不出。一連去候四次，終不相見。【眉批】當初桂曾以此待施。桂遷計窮，只得請李翁到寓，將京中所夢，及渾家病中之言，始末備述。就唤女兒出來相見了，指道：「此女自出痘時便與施氏有約，如今悔之無及。然冥數已定，吾豈敢違？況我妻男并喪，無家可奔。倘得收吾女爲婢妾，吾身雜童僕，終身力作，以免犬報，吾願畢矣！」説罷，涕淚交下。李翁憐憫其情，述於施還，勸之甚力。施還道：「我昔貧困時仗岳父周旋，畢姻後又賴吾妻綜理家政，吾安能負之，更娶他人乎？且吾母懷恨身亡，此吾之仇家也。若與爲姻眷，九泉之下何以慰吾母？此事斷不可題起！」李翁道：「令岳翁詩禮世家，令閫必閑内則，以情告之，想無難色。況此女賢孝，昨聞祠堂三犬之異，徹夜悲啼，思以身贖母罪。取過門來，又是令閫一幫手，令先堂泉下聞之，必然歡喜。古人不念舊惡，絶人不欲已甚。郎君試與令岳翁商之。」施還方欲再却，忽支參政自内而出，道：「賢婿不必固辭，吾已備細聞之矣。此美事，吾女亦已樂從，即煩李翁作伐可也。」言未畢，支氏已收拾金珠幣帛之類，教丫鬟養娘送出以爲聘資。李翁傳命説合，擇日過門。當初桂生欺負施家，不肯應承親事，誰知如今不爲妻反爲妾，雖是女孩兒命薄，也是桂生欺心的現報。分明是：

周郎妙計高天下，賠了夫人又折兵。

那桂女性格温柔，能得支氏的歡喜，一妻一妾甚説得着。桂遷罄囊所有，造佛堂三間，朝夕侫佛持齋，養三犬於佛堂之内。桂女又每夜燒香爲母兄懺悔。如此年餘，忽夢母兄來辭：「幸仗佛力，已脱離罪業矣。」早起桂老來報，夜來三犬，一時俱死。

桂女脱簪珥買地葬之，至今閶門城外有三犬塚。桂老踰年竟無恙，乃持齋悔罪之力。

却説施還虧妻妾主持家事，專意讀書，鄉榜高中。桂老相伴至京，適值尤滑稽爲親軍指揮使，受賕枉法，被言官所劾，拿送法司究問。途遇桂遷，悲慚伏地，自陳昔年欺誑之罪。其妻子跟隨於後，向桂老叩頭求助。桂遷慈心忽動，身邊帶有數金，悉以相贈。尤生叩謝道：「今生無及，待來生爲犬馬相報。」桂老嘆息而去。後聞尤生受刑不過，竟死於獄中。桂遷益信善惡果報，分毫不爽，堅心辦道。是年，施還及第爲官，妻妾隨任，各生二子。桂遷養老於施家。至今施、支二姓，子孫蕃衍，爲東吴名族。有詩爲證：

桂遷悔過身無恙，施濟行仁嗣果昌。
奉勸世人行好事，皇天不佑負心郎！

【校記】

〔一〕「大德」，底本及諸校本均作「大順」。按，元代無「大順」年號，本卷故事改編自《覓燈因話》卷一之《桂遷夢感録》，《夢感録》作「大德」，故據改。

〔二〕「大嫂」，底本及諸校本均作「大娘」，據前後文改。

〔三〕「姆姆」，底本及諸校本均作「姆母」，據前後文改。

〔四〕本條眉批，佐伯本無。

〔五〕「十餘人」，底本作「千餘人」，佐伯本同，據三桂堂本改。

〔六〕「支老先生」，底本及諸校本均脱「生」字，據文意補。

唐解元一笑
姻缘

華學士千金聘嫁

第二十六卷　唐解元出奇玩世〔一〕

三通鼓角四更鷄，日色高升月色低。
時序秋冬又春夏，舟車南北復東西。
鏡中次第人顔老，世上參差事不齊。
若向其間尋穩便，一壺濁酒一餐虀。

這八句詩乃吴中一個才子所作。那才子姓唐名寅，字伯虎，聰明蓋地，學問包天。書畫音樂，無有不通；詞賦詩文，一揮便就。爲人放浪不羈，有輕世傲物之志。生于蘇郡，家住吴趨。做秀才時，曾效連珠體，做《花月吟》十餘首，句句中有花有月。如「長空影動花迎月，深院人歸月伴花」、「雲破月窺花好處，夜深花睡月明中」等句，爲人稱頌。本府太守曹鳳見之，深愛其才。值宗師科考，曹公以才名特薦。那宗師姓方名誌，鄞縣人，最不喜古文辭。【眉批】其實取富貴只消時文。聞唐寅恃才豪放，不修小節，正要坐名黜治，却得曹公一力保救，雖然免禍，却不放他科舉。直至臨場，曹公再三苦求，附一名於遺才之末。是科遂中了解元。伯虎會試至京，文名益著，公卿皆折節下交，以識面爲榮。有程詹事典試，頗開私徑賣題，恐人議論，欲訪一才名素著者爲榜首，壓服衆心，【眉批】還是良心公道。得唐寅甚喜，許以會元。伯虎性素坦率，酒中便向人誇說：「今年我定做會元了。」衆人已聞程詹事有私，又忌伯虎之才，鬨傳主司不公。言官風聞動本，聖旨不許程詹事閲卷，與唐寅俱下詔獄，問革。伯虎還鄉，絶意功名，益放浪詩酒，人都稱爲唐解元。得唐解元詩文字畫，片紙尺幅，如獲重寶。其中惟畫，尤其得意。平日心中喜怒哀樂，都寓之于丹青。【眉批】英雄無聊下稍也。每一畫出，爭以重價購之。有《言志》詩一絶爲證：

不鍊金丹不坐禪，不爲商賈不耕田。
閒來寫幅丹青賣，不使人間作業錢。

却說蘇州六門：葑、盤、胥、閶、婁、齊。那六門中只有閶門最盛，乃舟車輻輳之所。真個是：

翠袖三千樓上下，黄金百萬水東西。
五更市販何曾絶，四遠方言總不齊。

唐解元一日坐在閶門游船之上，就有許多斯文中人，慕名來拜，出扇求其字畫。解元畫了幾筆水墨，寫了幾首絶句。那聞風而至者，其來愈多。解元不耐煩，命童子且把大杯斟酒來。解元倚窗獨酌，忽見有畫舫從傍摇過，舫中珠翠奪目，内有一青衣小鬟，眉目秀艷，體態綽約，舒頭船外，注視解元，掩口而笑。【眉批】具眼。須臾船過，解元神蕩魂摇，問舟子：「可認得去的那隻船麽？」舟人答言：「此船乃無錫華學士府眷也。」解元欲尾其後，急呼小艇不至，心中如有所失。正要教童子去覓船，只見城中一隻船兒摇將出來。他也不管那船有載没載，把手相招，亂呼亂喊。那船漸漸至近，艙中一人走出船頭，叫聲：「伯虎，你要到何處去？這般要緊！」解元打一看時，不是别人，却是好友王雅宜，便道：「急要答拜一遠來朋友，故此要緊。兄的船往那裏去？」雅宜道：「弟同兩個舍親到茅山去進香，數日方回。」解元道：「我也要到茅山進香，正没有人同去，如今只得要趁便了。」雅宜道：「兄若要去，快些回家收拾，弟泊船在此相候。」解元道：「就去罷了，又回家做什麽！」雅宜道：「香燭之類，也要備的。」解元道：「到那裏去買罷！」遂打發童子回去。也不别這些求詩畫的朋友，徑跳過船來，與艙中朋友叙了禮，連呼：「快些開船！」舟子知是唐解元，不敢怠慢，即忙撑篙摇櫓。行不多時，望見這隻畫舫就在前面。解元分付船上，隨着大船而行。衆人不知其故，只得依他。

次日到了無錫，見畫舫摇進城裏。解元道：「到了這裏，若不取惠山泉，也就俗了。」叫船家移舟去惠山取了水，原到此處停泊，明日早行：「我們到城裏略走一走，就來下船。」舟子答應自去。解元同雅宜三四人登岸，進了城，到那熱鬧的所在，撇了衆人，獨自一個去尋那畫舫，却又不認得路徑，東行西走，并不見些蹤影。走了一回，穿出一條大街上來，忽聽得呼喝之聲。解元立住脚看時，只見十來個僕人前引一乘暖轎，自東而來，女從如雲。自古道：「有緣千里能相會。」那女從之中，閶門所見青衣小鬟，正在其内。解元心中歡喜，遠遠相隨，直到一座大門樓下，女使出迎，一擁而入。詢之傍人，説是華學士府，適纔轎中乃夫人也。解元得了實信，問路出城。

恰好船上取了水纔到。少頃，王雅宜等也來了，問：「解元那裏去了？教我們尋得不耐煩。」解元道：「不知怎的，一擠就擠散了。又不認得路徑，問了半日，方能到此。」并不題起此事。至夜半，忽于夢中狂呼，如魘魅之狀。衆人皆驚，唤醒問之。解元道：「適夢中見一金甲神人，持金杵擊我，責我進香不虔。我叩頭哀乞，願齋戒一月，隻身至山謝罪。天明，汝等開船自去，吾且暫回，不得相陪矣。」雅宜等信以爲真。至天明，恰好有一隻小船來到，説是蘇州去的。解元别了衆人，跳上小船。行不多時，推説遺忘了東西，還要轉去。袖中摸幾文錢，賞了舟子，奮然登岸。到一飯店，辦下舊衣破帽，將衣巾换訖，如窮漢之狀，走至華府典舖内，以典錢爲由，與主管相見。卑詞下氣，問主管道：「小子姓康，名宣，吴縣人氏，頗善書，處一個小館爲生。近因拙妻亡故，【眉批】預作地步。又失了館，孤身無活，欲投一大家充書辦之役，未知府上用得否？倘收用時，不敢忘恩！」因于袖中取出細楷數行，與主管觀看。主管看那字，寫得甚是端楷可愛，答道：「待我晚間進府稟過老爺，明日你來討回話。」是晚，主管果然將字樣稟知學士。學士看了，誇道：「寫得好，不似俗人之筆，明日可喚來見我。」

次早，解元便到典中，主管引進解元拜見了學士。學士見其儀表不俗，問過了姓名住居，又問：「曾讀書麽？」解元道：「曾考過幾遍童生，不得進學，經書還都記得。」學士問是何經。解元雖習《尚書》，其實五經俱通的，曉得學士習《周易》，就答應道：「《易經》。」學士大喜道：「我書房中寫帖的不缺，可送公子處作伴讀。」問他要多少身價，解元道：「身價不敢領，只要求些衣服穿。待後老爺中意時，賞一房好媳婦足矣。」學士更喜，就叫主管于典中尋幾件隨身衣服與他换了，改名華安。送至書館，見了公子。公子教華安抄寫文字。文字中有字句不妥的，華安私加改竄。公子見他改得好，大驚道：「你原來通文理，幾時放下書本的？」華安道：「從來不曾曠學，但爲貧所迫耳。」公子大喜，將自己日課教他改削。華安筆不停揮，真有點鐵成金手段。有時題義疑難，華安就與公子講解。若公子做不出時，華安就通篇代筆。先生見公子學問驟進，向主人誇獎。學士討近作看了，摇頭道：「此非孺子所及，若非抄寫，必是倩人。」呼公子詰問其由。公子不敢隱瞞，【眉批】不掩人善，真賢公子。説道：「曾經華安改竄。」學士大驚，唤華安到來，出題面試。華安不假思索，援筆立就，手捧所作呈上。學士見其手腕如玉，但左手有枝指。閲其文，詞意兼美，字復精工，愈加歡喜，道：「你時藝如此，想古作亦可觀也！」乃留内書房掌書記。一應往來書劄，授之以意，輒令代筆，煩簡曲當，學士從未曾增減一字。寵信日深，賞賜比衆人加厚。華安時買酒食與書房諸童子共享，無不歡喜。因而潛訪前所見青衣小鬟，其名秋香，乃夫人貼身伏侍，頃刻不離者。計無所出，乃因春暮，賦《黄鶯調》以自嘆：

風雨送春歸。杜鵑愁，花亂飛。青苔滿院朱門閉，孤燈半垂，孤衾半攲。蕭蕭孤影汪汪淚，憶歸期。相思未了，春夢遶天涯。

學士一日偶到華安房中，見壁間之詞，知安所題，甚加稱獎。但以爲壯年鰥處，不無感傷，初不意其有所屬意也。適典中主管病故，學士令華安暫攝其事。月餘，出納謹慎，毫忽無私。學士欲遂用爲主管，嫌其孤身無室，難以重托。乃與夫人商議，呼媒婆欲爲娶婦。華安將銀三兩送與媒婆，央他稟知夫人説：「華安蒙老爺夫人提拔，復爲置室，恩同天地。但恐外面小家之女，不習裏面規矩。倘得於侍兒中擇一人見配，此華安之願也！」媒婆依言稟知夫人。夫人對學士説了，學士道：「如此誠爲兩便。但華安初來時，不領身價，原指望一房好媳婦。今日又做了府中得力之人，倘然所配未中其意，難保其無他志也。不若唤他到中堂，將許多丫鬟聽其自擇。」【眉批】正中其計。夫人點頭道是。當晚夫人坐於中堂，燈燭輝煌，將丫鬟二十餘人各盛飾裝扮，排列兩邊，恰似一班仙女，簇擁着王母娘娘在瑶池之上。夫人傳命唤華安。華安進了中堂，拜見了夫人。夫人道：「老爺説你小心得用，欲賞你一房妻小。這幾個粗婢中，任你自擇。」叫老姆姆携燭下去照他一照。華安就燭光之下，看了一回，雖然儘有標致的，那青衣小鬟不在其内。華安立於傍邊，嘿然無語。夫人叫：「老姆姆，你去問華安：『那一個中你的意，就配與你。』」華安只不開言。夫人心中不樂，叫：「華安，你好大眼孔，難道我這些丫頭就没個中你意的？」華安道：「復夫人，華安蒙夫人賜配，又許華安自擇，這是曠古隆恩，粉身難報。只是夫人隨身侍婢還來不齊，既蒙恩典，願得盡觀。」夫人笑道：「你敢是疑我有吝嗇之意？也罷！房中那四個一發唤出來與他看看，滿他的心願。」原來那四個是有執事的，叫做：

春媚，夏清，秋香，冬瑞。

春媚，掌首飾脂粉。夏清，掌香爐茶竈。秋香，掌四時衣服。冬瑞，掌酒果食品。

管家老姆姆傳夫人之命，將四個喚出來。那四個不及更衣，隨身妝束，秋香依舊青衣。老姆姆引出中堂，站立夫人背後。堂中蠟炬，光明如畫。華安早已看見了，昔日丰姿，宛然在目。還不曾開口，那老姆姆知趣，先來問道：「可看中了誰？」華安心中明曉得是秋香，不敢說破，只將手指道：「若得穿青這一位小娘子，足遂生平。」夫人回顧秋香，微微而笑，叫華安且出去。華安回典舖中，一喜一懼，喜者機會甚好，懼者未曾上手，惟恐不成。偶見月明如晝，獨步徘徊，吟詩一首：

徙倚無聊夜臥遲，綠楊風靜鳥棲枝。
難將心事和人說，說與青天明月知。

次日，夫人向學士說了。另收拾一所潔淨房室，其床帳家火，無物不備。又合家童僕奉承他是新主管，擔東送西，擺得一室之中，錦片相似。擇了吉日，學士和夫人主婚，華安與秋香中堂雙拜，鼓樂引至新房，合卺成婚，男歡女悅，自不必說。夜半，秋香向華安道：「與君頗面善，何處曾相會來？」華安道：「小娘子自去思想。」又過了幾日，秋香忽問華安道：「向日閶門游船中看見的可就是你？」華安笑道：「是也。」秋香道：「若然，君非下賤之輩，何故屈身于此？」華安道：「吾爲小娘子傍舟一笑，不能忘情，所以從權相就。」秋香道：「妾昔見諸少年擁君，出素扇紛求書畫，君一概不理，倚窗酌酒，旁若無人。妾知君非凡品，故一笑耳。」【眉批】具眼。華安道：「女子家能於流俗中識名士，誠紅拂、綠綺之流也！」秋香道：「此後於南門街上，似又會一次。」華安笑道：「好利害眼睛！果然，果然。」秋香道：「你既非下流，實是甚麼樣人？可將真姓名告我。」華安道：「我乃蘇州唐解元也。與你三生有緣，得諧所願。今夜既然說破，不可久留。欲與你圖諧老之策，你肯隨我去否？」秋香道：「解元爲賤妾之故，不惜辱千金之軀，妾豈敢不惟命是從！」

華安次日將典中帳目細細開了一本簿子，又將房中衣服首飾及床帳器皿另開一帳，又將各人所贈之物亦開一帳，纖毫不取，共是三宗帳目，鎖在一個護書篋内，其鑰匙即挂在鎖上。又於壁間題詩一首：

擬向華陽洞裏游，行踪端爲可人留。
願隨紅拂同高蹈，敢向朱家惜下流。
好事已成誰索笑？屈身今日尚含羞。

主人若問真名姓，只在康宣兩字頭。

是夜僱了一隻小船，泊於河下。黃昏人静，將房門封鎖，同秋香下船，連夜望蘇州去了。

天曉，家人見華安房門封鎖，奔告學士。學士教打開看時，床帳什物一毫不動，護書内帳目開載明白。學士沉思，莫測其故。擡頭一看，忽見壁上有詩八句，讀了一遍，想：「此人原名不是康宣。」又不知甚麽意故，來府中住許多時。若是不良之人，財上又分毫不苟。又不知那秋香如何就肯隨他逃走，如今兩口兒又不知逃在那裏？「我棄此一婢，亦有何難，只要明白了這椿事迹。」便叫家童喚捕人來，出信賞錢，各處緝獲康宣、秋香，杳無影響。過了年餘，學士也放過一邊了。

忽一日，學士到蘇州拜客。從閶門經過，家童看見書坊中有一秀才坐而觀書，其貌酷似華安，左手亦有枝指，報與學士知道。學士不信，分付此童再去看個詳細，并訪其人名姓。家僮覆身到書坊中，那秀才又和着一個同輩説話，剛下階頭，家童乖巧，悄悄隨之。那兩個轉灣向潼子門下船去，僕從相隨共有四五人。背後察其形相，分明與華安無二，只是不敢唐突。家童回轉書坊，問店主適來在此看書的是什麽人，店主道：「是唐伯虎解元相公，今日是文衡山相公舟中請酒去了。」家童道：「方纔同去的那一位可就是文相公麽？」店主道：「那是祝枝山，也都是一般名士。」家童一一記了，回復了華學士。學士大驚，想道：「久聞唐伯虎放達不羈，難道華安就是他？明日專往拜謁，便知是否。」

次日寫了名帖，特到吴趨坊拜唐解元。解元慌忙出迎，分賓而坐。學士再三審視，果肖華安。及捧茶，又見手白如玉，左有枝指。意欲問之，難於開口。茶罷，解元請學士書房中小坐。學士有疑未決，亦不肯輕别，遂同至書房。見其擺設齊整，嘖嘖嘆羡。少停酒至，賓主對酌多時。學士開言道：「貴縣有個康宣，其人讀書不遇，甚通文理，先生識其人否？」解元唯唯。學士又道：「此人去歲曾傭書於舍下，改名華安。先在小兒館中伴讀，後在學生書房管書柬，後又在小典中爲主管。因他無室，教他於賤婢中自擇。他擇得秋香成親，數日後夫婦俱逃，房中日用之物一無所取，竟不知其何故。學生曾差人到貴處察訪，并無其人。先生可略知風聲麽？」解元又唯唯。學士見他不明不白，只是胡答應，忍耐不住，只得又説道：「此人形容頗肖先生模樣，左手亦有枝指，不知何故？」解元又唯唯。少頃，解元暫起身入内。學士番看卓上書籍，見書内有紙一幅，題詩八句，讀之，即壁上之詩也。解元出來，學士執詩問道：「這八句詩乃華安所作，此字亦華安之筆，如何有在尊處，必有緣故。願先生一言，以決學生之疑。」解元道：「容少停奉告。」學士心中愈悶，道：「先生見教過了，學生還坐，不然即告辭矣。」解元道：「稟復不難，求老先生再用幾杯薄酒。」學士又吃了數杯，解元巨觥奉勸。學士已半酣，道：「酒已過分，不能領矣。學生惓惓請教，止欲剖胸中之疑，并無他念。」解元道：「請用一箸粗飯。」飯後獻茶。看看天晚，童子點燭到來。學士愈疑，只得起身告辭。解元道：「請老先生暫那貴步，當決所疑。」命童子秉燭前引，解元陪學士隨後共入後堂。堂中燈燭輝煌，裏面傳呼：「新娘來！」只見兩個丫鬟伏侍一位小娘子，輕移蓮步而出，珠珞重遮，不露嬌面。學士惶悚退避，解元一把扯住衣袖道：「此小妾也。通家長者，合當拜見，不必避嫌。」丫鬟鋪氈，小娘子向上便拜。學士還禮不迭。解元將學士抱住，不要他還禮。拜了四拜，學士只還得兩個揖，甚不過意。拜罷，解元携小娘子近學士之旁，帶笑問道：「老先生請認一認，方纔説學生頗似華安，不識此女亦似秋香否？」學士熟視大笑，慌忙作揖，連稱得罪。解元道：「還該是學生告罪。」二人再至書房，解元命重整杯盤，洗盞更酌。酒中學士復叩其詳，解元將閶門舟中相遇始末細説一遍，各各撫掌大笑。學士道：「今日即不敢以記室相待，少不得行子婿之禮。」【眉批】善謔。〔一二〕解元道：「若要甥舅相行，恐又費丈人妝奩耳。」二人復大笑。是夜，盡歡而別。

學士回到舟中，將袖中詩句置於卓上，反覆玩味。「首聯道：『擬向華陽洞裏游』，是説有茅山進香之行了。『行踪端爲可人留』，分明爲中途遇了秋香，擔閣住了。第二聯：『願隨紅拂同高蹈，敢向朱家惜下流。』他屈身投靠，便有相挈而逃之意。第三聯：『好事已成誰索笑，屈身今去尚含羞。』這兩句，明白。末聯：『主人若問真名姓，只在康宣兩字頭。』『康』字與『唐』字頭一般，『宣』字與『寅』字頭無二，是影着『唐寅』二字，我自不能推詳耳。他此舉雖似情癡，然封還衣飾，一無所取，乃禮義之人，不枉名士風流也。」學士回家，將這段新聞向夫人説了。夫人亦駭然，於是厚具裝奩，約值千金，差當家老姆姆押送唐解元家。從此兩家遂爲親戚，往來不絶。至今吴中把此事傳作風流話柄。有唐解元《焚香默坐歌》，自述一生心事，最做得好。歌曰：

焚香嘿坐自省己，口裏喃喃想心裏。
心中有甚害人謀？口中有甚欺心語？
爲人能把口應心，孝弟忠信從此始。
其餘小德或出入，焉能磨涅吾行止。
頭插花枝手把杯，聽罷歌童看舞女。
食色性也古人言，今人乃以爲之耻。

及至心中與口中，多少欺人没天理。
陰爲不善陽掩之，則何益矣徒勞耳。
請坐且聽吾語汝，凡人有生必有死。
死見閻君面不慚，才是堂堂好男子。

【校記】

〔一〕「唐解元出奇玩世」，底本作「唐解元一笑姻緣」，據目録及佐伯本改。《奇觀》目録及正文均作「唐解元玩世出奇」。

〔二〕本條眉批底本無，據佐伯本補。

殷勤莫為桃
源悞此夕須
調琴瑟緣

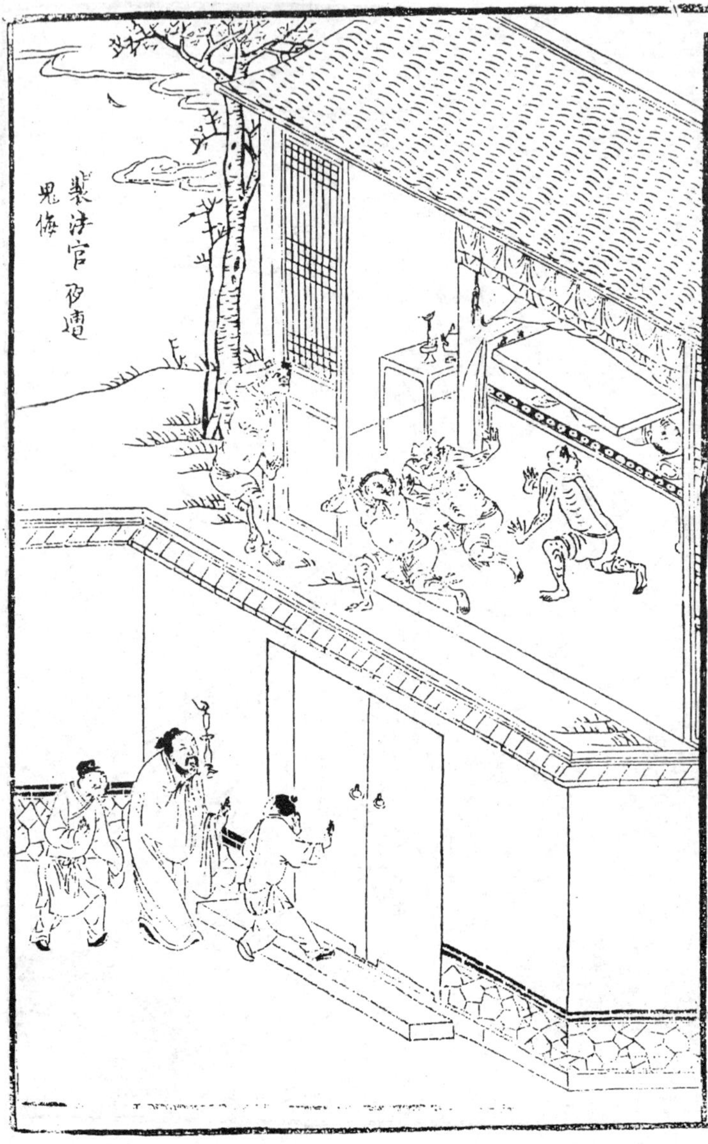
裴法官夜遭
鬼侮

第二十七卷　假神仙大鬧華光廟

欲學爲仙説與賢，長生不老是虛傳。
少貪色欲身康健，心不瞞人便是仙。

話説故宋時，杭州普濟橋有個寶山院，乃嘉泰中所建，又名華光廟，以奉五顯之神。那五顯？

一、顯聰昭聖孚仁福善王；
二、顯明昭聖孚義福順王；
三、顯正昭聖孚智福應王；
四、顯直昭聖孚愛福惠王；
五、顯德昭聖孚信福慶王。

此五顯，乃是五行之佐，最有靈應。或言五顯即五通，此謬言也。紹定初年，〔一〕丞相鄭清之重修，添造樓房精舍，極其華整。遭元時兵火，道侶流散，房垣倒塌，左右民居，亦皆凋落。至正初年，道士募緣修理，香火重興，不在話下。

單説本郡秀才魏宇，〔二〕所居於廟相近，同表兄服道勤讀書於廟旁之小樓。魏生年方一十七歲，丰姿俊雅，性復温柔，言語恂恂，宛如處子。每赴文會，同輩輒調戲之，呼爲魏娘子。魏生羞臉發赤，自此不會賓客，只在樓上温習學業，惟服生朝夕相見。一日，服生因母病回家侍疾，魏生獨居樓中讀書。約至二鼓，忽聞有人叩門。生疑表兄之來也，開而視之，見一先生，黄袍藍袖，絲拂綸巾，丰儀美髯，香風襲襲，有出世凌雲之表。背後跟着個小道童，也生得清秀，捧着個珠紅盒子。先生自説：「吾乃純陽吕洞賓，遨游四海，偶爾經過此地。空中聞子書聲清亮，殷勤嗜學，必取科甲，且有神仙之分。【眉批】人情好諛，故以諛入。吾與汝宿世有緣，合當度汝。知汝獨居，特特奉訪。」魏生聽説，又驚又喜，連忙下拜，請純陽南面坐定，自己側坐相陪。洞賓呼道童拿過盒子，擺在桌上，都是鮮異果品和那山珍海錯，馨香撲鼻。所用紫金杯、白玉壺，其壺不滿三寸，出酒不竭，其酒色如琥珀，味若醍醐。洞賓道：「此仙殺仙酒，惟吾仙家受用，以子有緣，故得同享。」魏生此時恍恍惚惚，如已在十洲三島之中矣。飲酒中間，洞賓道：「今夜與子奇遇，不可無詩。」魏生欲觀仙筆，即將文房四寶列於几上。洞賓不假思索，走筆賦詩四首：

黃鶴樓前靈氣生，蟠桃會上啜玄英。
劍横紫海秋光動，每夕乘雲上玉京。其一
嵯峨棟宇接雲煙，身在蓬壺境裏眠。
一覺不知天地老，醒來又見幾桑田。其二
一粒金丹羽化奇，就中玄妙少人知。
夜來忽聽鈞天樂，知是仙人跨鶴時。其三
劍氣横空海月浮，遨游頃刻遍神洲。
蟠桃歷盡三千度，不計人間九百秋。其四

字勢飛舞，魏生贊不絕口。洞賓問道：「子聰明過人，可隨意作一詩，以觀子仙緣之遲速也。」魏生亦賦二絕：

十二峰前瓊樹齊，此生何似躡天梯。
消磨寰宇塵氛净，漫着霞裳禮玉樞。其一
天空月空兩悠悠，絕勝飛吟亭上游。
夜静玉簫天宇碧，直隨鶴馭到瀛洲。其二

洞賓覽畢，目視魏生，微笑道：「子有瀛洲之志，真仙種也。昔西漢大將軍霍去病，禱於神君之廟，神君現形，願爲夫婦。去病大怒而去。後病篤，復遣人哀懇神君求救。神君曰：『霍將軍體弱，吾欲以太陰精氣補之。霍將軍不悟，認爲淫欲，遂爾見絕。今日之病，不可救矣。』去病遂死。仙家度人之法，不拘一定，豈是凡人所知，惟有緣者信之不疑耳。【眉批】會説法。吾更贈子一詩。」詩云：

相逢此夕在瓊樓，酬酢燈前且自留。
玉液斟來晶影動，珠璣賦就峽雲收。
漫將夙世人間了，且藉仙緣天上修。
從此岳陽消息近，白雲天際自悠悠。

魏生讀詩會意，亦答一絶句：

仙境清虛絶欲塵，凡心那雜道心真。
後庭無樹栽瓊玉，空羨隋陽堤上人。

二人唱和之後，意益綢繆。洞賓命童子且去：「今夜吾當宿此。」又向魏生道：「子能與吾相聚十晝夜，當令子神完氣足，日記萬言。」魏生信以爲然。酒酣，洞賓先寢。魏生和衣睡於洞賓之側。洞賓道：「凡人肌肉相湊，則神氣自能往來。若和衣各睡，吾不能有益於子也。」【眉批】會説。乃抱魏生於懷，爲之解衣，并枕而卧。洞賓軟款撫摩，漸至狎浪。魏生欲竊其仙氣，隱忍不辭。至鷄鳴時，洞賓與魏生説：「仙機不可漏泄。乘此未明，與子暫别，夜當再會。」推窗一躍，已不知所在。魏生大驚，决爲真仙。取夜來金玉之器看之，皆真物也，制度精巧可愛。枕席之間，餘香不散。魏生凝思不已。至夜，洞賓又來與生同寢。一連宿了十餘夜，情好愈密，彼此俱不忍捨。一夕，洞賓與魏生飲酒，説道：「我們的私事，昨日何仙姑赴會回來知道了，大發惱怒，要奏上玉帝，你我都受罪責。我再三求告，方纔息怒。他見我説你十分標致，要來看你。夜間相會時，你陪個小心，求服他，我自也在裏面攛掇。倘得歡喜起來，從了也不見得。若得打做一家，這事永不露出來，得他太陰真氣，亦能少助。」魏生聽説，心中大喜。到日間，疾忙置辦些美酒精饌果品，等候到晚。且喜這幾日服道勤不來，只魏生一個在樓上。魏生見更深人静了，焚起一爐好香，擺下酒果，又穿些華麗衣服，妝扮整齊，等待二仙，只見洞賓領着何仙姑徑來樓上。看這仙姑，顔色柔媚，光艷射人，神采奪目。魏生一見，神魂飄蕩，心意飛揚。那時身不由己，雙膝跪下在仙姑面前。何仙姑看見魏生果然標致，心裏真實歡喜，到假意做個惱怒的模樣，説道：「你兩個做得好事！撓亂清規，不守仙範，那裏是出家讀書人的道理！」雖然如此，嗔中有喜。〔三〕魏生叩頭討饒，洞賓也陪着小心，求服仙姑。仙姑說道：「你二人既然知罪，且饒這一次。」說了，便要起身。魏生再三苦留，說道：「塵俗粗殺，聊表寸意。」洞賓又懇懇攛掇，說：「略飲數杯見意，不必固辭；若去了，便傷了仙家和氣。」仙姑被留不過，只得勉意坐了。輪番把盞。洞賓又與仙姑說：「魏生高才能詩，今夕之樂，不可無咏。」仙姑說：「既然如此，請師兄起句。」洞賓也不推辭：

每日蓬壺戀玉卮，暫同仙伴樂須斯。洞賓
一宵清興因知己，幾朵金蓮映碧池。仙姑
物外幸逢環珮暖，人間亦許鳳皇儀。魏生
殷勤莫爲桃源誤，此夕須調琴瑟絲。洞賓

仙姑覽詩大怒，道：「你二人如何戲弄我？」魏生慌忙磕頭謝罪。洞賓勸道：「天上人間，其情則一。洛妃解珮，神女行雲，此皆吾仙家故事也。世上佳人才子，猶爲難遇。況魏生原有仙緣，神仙聚會，彼此一家，何必分體別形，效塵俗硜硜之態乎？」【眉批】會說。〔四〕說罷，仙姑低頭不語，弄其裙帶。洞賓道：「和議已成，魏宇可拜謝仙姑俯就之恩也。」魏生連忙下拜。仙姑笑扶而起，入席再酌，盡歡而罷。是夜，三人共寢。魏生先近仙姑，次後洞賓舉事，陽變陰闔，歡娛一夜。仙姑道：「我三人此會，真是奇緣，可於枕上聯詩一律。」仙姑首唱：

滿目輝光滿日煙，無情却被有情牽。仙姑
春來楊柳風前舞，雨後桃花浪裏顛。魏生
須信仙緣應不爽，漫將好事了當年。仙姑
香銷夢遶三千界，黄鶴棲遲一夜眠。洞賓

鷄鳴時，二仙起身欲别。魏生不捨，再三留戀，懇求今夜重會。仙姑含着羞説道：「你若謹慎，不向人言，我當源源而至。」自此以後，無夕不來。或時二仙同來，或時一仙自來。雖表兄服生同寓書樓，一壁之隔，窗中來去，全不露迹。

如此半載有餘。魏生漸漸黄瘦，肌膚銷鑠，飲食日減。夜間偏覺健旺，無奈日裏倦怠，只想就枕。服生見其如此模樣，叩其染病之故，魏生堅不肯吐。服生只得對他父親説知。魏公到樓上看了兒子，大驚，乃取鏡子教兒自家照看。魏生自睹尫羸之狀，亦覺駭然。魏公勸兒回家調理，兒子那裏肯回。乃請醫切脉，用藥調理。是夜，二仙又來。魏生述容顔黄瘦，父親要搬回之語。洞賓道：「凡人成仙，脱胎换骨，定然先將俗肌消盡，然後重换仙體。此非肉眼所知也。」魏生由此不疑，連藥也不肯吃。再過數日，看看一絲兩氣，魏公着了忙，〔五〕自携鋪蓋，往樓上守着兒子同宿。到夜半，兒子向着床裏説鬼話。魏公叫喚不醒，連隔房服道勤都起身來看。只見魏生口裏説：「二位師父怕怎的？不要去！」伸出手來，一把扯住，却扯了父親。魏公雙眼流淚，叫：「我兒！你病勢十死一生，兀自不肯實説！〔六〕那二位師父是何人？想是邪魅。」魏生道：「是兩個仙人來度我的，不是邪魅。」魏公見兒沉重，不管他肯不肯，顧了一乘小轎擡回家去將息。兒子道：「仙人與我紫金杯、白玉壺，在書櫃裏，與我檢好。」開櫃看時，那是紫金白玉，都是黄泥白泥捻就的。魏公道：〔七〕「我兒，眼見得不是仙人是邪魅了！」魏生恰纔心慌，只得將廟中初遇純陽，後遇仙姑始末，叙了一遍。魏公大驚，一面教媽媽收拾净房，伏侍兒子養病，一面出門訪問個祛妖的法師。

走不多步，恰好一個法師，手中拿着法環摇將過來，朝着打個問訊。魏公連忙答禮，問道：「師父何來？」這法師説道：「弟子是湖廣武當山張三丰老爺的徒弟，姓裴，法名守正，傳得五雷法，普救人世。因見宅上有妖氣，故特動問。」魏公聽得説話有些來歷，慌忙請法師到裏面客位裏坐。茶畢，就把兒子的事備細説與裴法師知道。裴道説：「令郎今在何處？」魏公就邀裴法師進到房裏看魏生。裴道一見魏生，就與魏公説：「令郎却被兩個雌雄妖精迷了。若再遲旬日不治，這命休了。」魏公聽説，慌忙下拜，説道：「萬望師父慈悲，垂救犬子則個，永不敢忘！」裴法師説：「我今晚就與你拿這精怪。」魏公說：「如此甚好。或是要甚東西，吾師說來，小人好去治辦。」裴守正說：「要一付熟三牲和酒果、五雷紙馬、香燭、硃砂、黄紙之類。」分付畢，又道：「暫且別去，晚上過來。」魏公送裴道出門，囑道：「晚上準望光降。」裴法師道：「不必說。」照舊又來街上，摇着法環而去。魏公慌忙買辦合用物件，都齊備了，只等裴法師來捉鬼。

到晚，裴法師來了。魏公接着法師，說：「東西俱已完備，不知要擺在那裏？」裴道說：「就擺在令郎房裏。」擡兩張桌子進去，擺下三牲福物，燒起香來。裴道戴上法冠，穿領法衣，仗着劍，步起罡來，念動呪訣，把硃砂書起符來。正要燒這符去，只見這符都是水濕的，燒不着。裴法師罵道：「畜生，不得無禮！」把劍望空中斫將去。這口劍被妖精接着，拿去懸空釘在屋中間，動也動不得。裴道心裏慌張，把平生的法術都使出來，一些也不靈。魏公看着裴道說：「師父頭上戴的道冠兒那裏去了？」裴道說：「我不曾除下，如何便没了？又是作怪！」連忙使人去尋，只見門外有個尿桶，這道冠兒浮在尿桶面上。撈得起來時，爛臭，如何戴得在頭上。裴道說：「這精怪妖氣太盛，我的法術敵他不過，你自別作計較。」魏公見說，心裏雖是煩惱，免不得把福物收了，請裴道來堂前散福，吃了酒飯。夜又深了，就留裴道在家安歇。彼此俱不歡喜。裴道也悶悶的，自去側房裏脱了衣服睡。纔要合眼，只見三四個黄衣力士，扛四五十斤一塊石板，壓在裴道身上，口裏説：「謝賊道的好法！」裴道壓得動身不得，氣也透不轉，慌了，只得叫道：「有鬼，救人，救人！」原來魏公家裏人正收拾未了，還不曾睡，聽得裴道叫響，魏公與家人拿着燈火，走進房來看裴道時，見裴道被塊青石板壓在身上動不得。兩三個人慌忙扛去這塊石板，救起裴道來，將薑湯灌了一回，東方已明，裴道也醒了。裴道梳洗已畢，又吃些早粥，辭了魏公自去，不在話下。魏公見這模樣，夫妻兩個淚不曾乾，也没奈何。

次日，表兄服道勤來看魏生。魏公與服生備説夜來裴道着鬼之事：「怎生是好？」服生説道：「本廟華光菩薩最靈感，原在廟裏被精了。我們備些福物，做道疏文燒了，神道正必勝邪，或可救得。」服生與同會李林等説了。這些會友，個個愛惜魏生，争出分子，備辦福物、香燭、紙馬、酒果，擺列在神道面前，與魏公拜獻，就把疏文宣讀：

惟神正氣攝乎山川，善惡不爽；威靈布於寰宇，禍福無私。今魏宇者，讀書本廟，禍被物精。男女不分，寅夜歡娱於一席；陰陽無間，晨昏耽樂於兩情。苟且相交，不顧踰墻之戒；無媒而合，自同鑽穴之污。先假純陽，比頑不已；後托何氏，淫樂無休。致使魏生形神搖亂，全無清爽之期；心志飛揚，已失永長之道。或月怪，或花妖，殛之以滅其迹；或山精，或水魅，袪之使屏其形。陽伸陰屈，物泰民安，萬衆皆欽，惟神是禱！李林等拜疏一去。

疏文念畢，燒化了紙，就在廟裏散福。衆人因論吕洞賓、何仙姑之事，李林道：「忠清巷新建一座純陽庵，我們明早同去拈香，通陳此事。倘然吕仙有靈，必然震怒。」衆人齊聲道好。次日，同會十人不約而齊，都到純陽祖師面前拈香拜禱，轉來回覆了魏公。

從此夜爲始，魏生漸覺清爽，但元神不能驟復。魏公心下已有三分歡喜。過了數日，自備三牲祭禮往華光廟，一則賽願，二則保福。衆友聞知，都來陪他拜神。禮畢，化紙，只見魏公雙眸緊閉，大踏步向供桌上坐了，端然不動，叫道：「魏則優，你兒子的性命虧我救了，我乃五顯靈官是也！」衆人知華光菩薩附體，都來參拜，叩問：「魏宇所患何等妖精？神力如何救拔？病體幾時方能全妥？」魏公口裏又説道：「這二妖乃是多年的龜精，一雌一雄，慣迷惑少年男女。吾神訪得真了，先差部下去拿他。二妖神通廣大，反爲所敗。吾神親往收捕，他兀自假冒吕洞賓、何仙姑名色，抗拒不服。大戰百合，不分勝敗。恰好洞賓、仙姑亦知此情，奏聞玉帝，命神將天兵下界。真仙既到，僞者自不能敵。二妖逃走，去烏江孟子河裏去躲。吾神將火輪去燒得出來，又與交戰。被洞賓先生飛劍斬了雄的黿精，雌的直驅在北海冰陰中受苦，永不赦出。吾神與洞賓、仙姑奏覆上帝，上帝要并治汝子迷惑之罪。吾神奏道：『他是年幼書生，一時被惑，父母朋友俱悔過求懺。況此生後有功名，可以恕之。』上帝方准免罰。你看我的袍袖，都戰裂了。那雄黿精的腹殼，被吾神劈來，埋於後園碧桃樹下。你若要兒子速愈，可取此殼煎膏，〔八〕用酒服之，便愈也。」説罷，魏公跌倒在地下。衆人扶起喚醒，問他時，魏公并不曉得菩薩附體一事。衆人向魏公説這備細。魏公驚異，就神帳中看神道袍袖，果然裂開。往後園碧桃樹下掘起浮土，見一黿板，約有三寸之長，〔九〕猶帶血肉。魏公取歸，煎膏入酒，與魏生吃，一日三服。比及膏完，病已全愈。於是父子往華光廟祭賽，與神道換袍，又往純陽庵燒香。後魏宇果中科甲。有詩爲證：

真妄由來本自心，神仙豈肯蹈邪淫！
人心不被邪淫惑，眼底蓬萊便可尋。

【校記】

〔一〕「紹定」，底本作「紹興」，佐伯本同，據三桂堂本改。

〔二〕「魏宇」，底本作「魏宗」，佐伯本同，據三桂堂本改。

〔三〕「嗔中有喜」，底本作「其中有喜」，據佐伯本改。

〔四〕本條眉批底本無，據佐伯本補。

〔五〕「魏公」，底本作「魏生」，佐伯本同，據三桂堂本改，早大本同三桂堂本。

〔六〕「說」字，底本墨釘，據佐伯本補，早大本同佐伯本。

〔七〕「魏」字，底本墨釘，據佐伯本補，早大本同佐伯本。

〔八〕「可取此殼煎膏」，底本及諸校本均作「可反此殼煎膏」，據前後文改。

〔九〕「三寸」，底本作「三了」，佐伯本同，據早大本改。

隱隱山藏三百寺
依稀雲鎖二高峰

心正自然邪不擾
身端怎有惡來欺

第二十八卷　白娘子永鎮雷峰塔

山外青山樓外樓，西湖歌舞幾時休？
暖風薰得游人醉，直把杭州作汴州。

話說西湖景致，山水鮮明。晉朝咸和年間，山水大發，洶湧流入西門。忽然水内有牛一頭見，渾身金色。後水退，其牛隨行至北山，不知去向。閧動杭州市上之人，皆以爲顯化，所以建立一寺，名曰金牛寺。西門，即今之湧金門，立一座廟，號金華將軍。當時有一番僧，法名渾壽羅，到此武林郡雲游，玩其山景，道：「靈鷲山前小峰一座，忽然不見，原來飛到此處。」當時人皆不信。僧言：「我記得靈鷲山前峰嶺，喚做靈鷲嶺。這山洞裏有個白猿，看我呼出爲驗。」果然呼出白猿來。山前有一亭，今喚做冷泉亭。又有一座孤山，生在西湖中。先曾有林和靖先生在此山隱居，使人搬挑泥石，砌成一條走路，東接斷橋，西接棲霞嶺，因此喚作孤山路。又唐時有刺史白樂天，築一條路，南至翠屏山，北至棲霞嶺，喚做白公堤，不時被山水衝倒，不只一番，用官錢修理。後宋時，蘇東坡來做太守，因見有這兩條路，被水衝壞，就買木石，起人夫，築得堅固。六橋上朱紅欄杆，堤上栽種桃柳，到春景融和，端的十分好景，堪描入畫。後人因此只喚做蘇公堤。又孤山路畔，起造兩條石橋，分開水勢，東邊喚做斷橋，〔二〕西邊喚做西靈橋。真乃：

隱隱山藏三百寺，依稀雲鎖二高峰。

説話的，只説西湖美景，仙人古迹。俺今日且説一個俊俏後生，只因游玩西湖，遇着兩個婦人，直惹得幾處州城，鬧動了花街柳巷。有分教才人把筆，編成一本風流話本。單説那子弟，姓甚名誰？遇着甚般樣的婦人？惹出甚般樣事？有詩爲證：

清明時節雨紛紛，路上行人欲斷魂。
借問酒家何處有，牧童遥指杏花村。〔三〕

話説宋高宗南渡，紹興年間，杭州臨安府過軍橋黑珠巷内，有一個宦家，姓李名仁，見做南廊閣子庫募事官，又與邵太尉管錢糧。家中妻子有一個兄弟許宣，排行小乙。他爹曾開生藥店，自幼父母雙亡，却在表叔李將仕家生藥舖做主管，年方二十二歲。那生藥店開在官巷口。忽一日，許宣在舖内做買賣，只見一個和尚來到門首，打個問訊道：「貧僧是保叔塔寺内僧，前日已送饅頭并卷子在宅上。今清明節近，追修祖宗，望小乙官到寺燒香，勿誤！」許宣道：「小子準來。」和尚相别去了。許宣至晚歸姐夫家去。原來許宣無有老小，只在姐姐家住，當晚與姐姐説：「今日保叔塔和尚來請燒菴子，明日要薦祖宗，走一遭了來。」

次日早起，買了紙馬、蠟燭、經幡、錢垛一應等項，吃了飯，換了新鞋襪衣服，把菴子錢馬，使條袱子包了，徑到官巷口李將仕家來。李將仕見了，問許宣何處去。許宣道：「我今日要去保叔塔燒菴子，追薦祖宗，乞叔叔容暇一日。」李將仕道：「你去便回。」許宣離了鋪中，入壽安坊、花市街，過井亭橋，往清河街後錢塘門，行石函橋，過放生碑，徑到保叔塔寺。尋見送饅頭的和尚，懺悔過疏頭，燒了菴子，到佛殿上看衆僧念經。吃齋罷，别了和尚，離寺迤逞閒走，過西寧橋、孤山路、四聖觀，來看林和靖墳，到六一泉閒走。不期雲生西北，霧鎖東南，落下微微細雨，漸大起來。正是清明時節，少不得天公應時，催花雨下，那陣雨下得綿綿不絶。許宣見脚下濕，脱下了新鞋襪，走出四聖觀來尋船，不見一隻。正没擺布處，只見一個老兒摇着一隻船過來。許宣暗喜，認時正是張阿公，叫道：「張阿公，搭我則個！」老兒聽得叫，認時，原來是許小乙，將船摇近岸來，道：「小乙官，着了雨，不知要何處上岸？」許宣道：「湧金門上岸。」這老兒扶許宣下船，離了岸，摇近豐樂樓來。

摇不上十數丈水面，只見岸上有人叫道：「公公，搭船則個！」許宣看時，是一個婦人，頭戴孝頭髻，烏雲畔插着些素釵梳，穿一領白絹衫兒，下穿一條細麻布裙。這婦人肩下一個丫鬟，身上穿着青衣服，頭上一雙角髻，戴兩條大紅頭鬚，插着兩件首飾，手中捧着一個包兒要搭船。那老張對小乙官道：「『因風吹火，用力不多』，一發搭了他去。」許宣道：「你便叫他下來。」【眉批】禍本。老兒見説，將船傍了岸邊。那婦人同丫環下船，見了許宣，起一點朱唇，露兩行碎玉，深深道一個萬福。許宣慌忙起身答禮。那娘子和丫鬟艙中坐定了。娘子把秋波頻轉，瞧着許宣。許宣平生是個老實之人，見了此等如花似玉的美婦人，傍邊又是個俊俏美女樣的丫鬟，也不免動念。【眉批】偏是老實人，着魔便深。那婦人道：「不敢動問官人高姓尊諱？」許宣答道：「在下姓許名宣，排行第一。」婦人道：「宅上何處？」許宣道：「寒舍住在過軍橋黑珠兒巷，生藥鋪内做買賣。」那娘子問了一回，許宣尋思道：「我也問他一問。」起身道：「不敢拜問娘子高姓，潭府何處？」那婦人答道：「奴家是白三班白直殿之妹，嫁了張官人，不幸亡過了，見葬在這雷嶺。爲因清明節近，今日帶了丫鬟，往墳上祭掃了方回，不想值雨。若不是搭得官人便船，實是狼狽。」又閒講了一回，迤逦船摇近岸。只見那婦人道：「奴家一時心忙，不曾帶得盤纏在身邊，萬望官人處借些船錢還了，并不有負。」【眉批】絆脚跟。許宣道：「娘子自便，不妨，些須船錢不必計較。」還罷船錢，那雨越不住。許宣晚了上岸。那婦人道：「奴家只在箭橋雙茶坊巷口。若不棄時，可到寒舍拜茶，納還船錢。」許宣道：「小事何消挂懷。天色晚了，改日拜望。」説罷，婦人共丫鬟自去。

許宣入湧金門，從人家屋檐下到三橋街，見一個生藥鋪，正是李將仕兄弟的店。許宣走到鋪前，正見小將仕在門前。小將仕道：「小乙哥晚了，那裏去？」許宣道：「便是去保叔塔燒菴子，着了雨，望借一把傘則個！」將仕見説，叫道：「老陳把傘來，與小乙官去。」不多時，老陳將一把雨傘撑開道：「小乙官，這傘是清湖八字橋老實舒家做的，八十四骨，紫竹柄的好傘，不曾有一些兒破，將去休壞了！仔細，仔細！」【眉批】冷話，趣。許宣道：「不必分付。」接了傘，謝了將仕，出羊垻頭來。到後市街巷口，只聽得有人叫道：「小乙官人。」許宣回頭看時，只見沈公井巷口小茶坊屋檐下，立着一個婦人，認得正是搭船的白娘子。許宣道：「娘子如何在此？」白娘子道：「便是雨不得住，鞋兒都踏濕了，教青青回家，取傘和脚下。又見晚下來，望官人搭幾步則個！」許宣和白娘子合傘到垻頭，道：「娘子到那裏去？」白娘子道：「過橋投箭橋去。」許宣道：「小娘子，小人自往過軍橋去，路又近了。不若娘子把傘將去，明日小人自來取。」【眉批】捱身入港，自取煩惱，凡多情多累，豈必白娘子哉？白娘子道：「却是不當，感謝官人厚意！」許宣沿人家屋檐下冒雨回來，只見姐夫家當直王安，拿着釘靴雨傘來接不着，却好歸來。到家内吃了飯，當夜思量那婦人，翻來覆去睡不着。夢中共日間見的一般，情意相濃。不想金鷄叫一聲，却是南柯一夢。正是：

心猿意馬馳千里，浪蝶狂蜂鬧五更。

到得天明，起來梳洗罷，吃了飯，到鋪中，心忙意亂，做些買賣也没心想。到午時後，思量道：「不説一謊，如何得這傘來還人？」當時許宣見老將仕坐在櫃上，向將仕説道：「姐夫叫許宣歸早些，要送人情，請暇半日。」將仕道：「去了，明日早些來！」許宣唱個喏，徑來箭橋雙茶坊巷口，尋問白娘子家裏。問了半日，没一個認得。正躊躕間，只見白娘子家丫鬟青青從東邊走來。許宣道：「姐姐，你家何處住？討傘則個。」青青道：「官人隨我來。」許宣跟定青青，走不多路，道：「只這裏便是。」許宣看時，見一所樓房，門前兩扇大門，中間四扇看街槅子眼，當中挂頂細密朱紅簾子，四下排着十二把黑漆交椅，挂四幅名人山水古畫。對門乃是秀王府墻。那丫頭轉入簾子内道：「官人請入裏面坐。」許宣隨步入到裏面，那青青低低悄悄叫道：「娘子，許小乙官人在此。」白娘子裏面應道：「請官人進裏面拜茶。」許宣心下遲疑。青青三回五次，催許宣進去。許宣轉到裏面，只見四扇暗槅子窗，揭起青布幕，一個坐起，棹上放一盆虎鬚菖蒲，兩邊也挂四幅美人，中間挂一幅神像，卓上放一個古銅香爐花瓶。那小娘子向前深深的道一個萬福，道：「夜來多蒙小乙官人應付周全，識荆之初，甚是感激不淺。」許宣道：「些微何足挂齒！」白娘子道：「少坐拜茶。」茶罷，又道：「片時薄酒三杯，表意而已。」許宣方欲推辭，青青已自把菜蔬果品流水排將出來。許宣道：「感謝娘子置酒，不當厚擾。」飲至數杯，許宣起身道：「今日天色將晚，路遠，小子告回。」娘子道：「官人的傘，舍親昨夜轉借去了，再飲幾杯，着人取來。」許宣道：「日晚，小子要回。」娘子道：「再飲一杯。」許宣道：「飲饌好了，多感，多感！」白娘子道：「既是官人要回，這傘相煩明日來取則個。」【眉批】又拖一脚，情節委婉。許宣只得相辭了回家。

至次日，又來店中做些買賣。又推個事故，却來白娘子家取傘。娘子見來，又備三杯相款。許宣道：「娘子還了小子的傘罷，不必多擾。」那娘子道：「既安排了，略飲一杯。」許宣只得坐下。那白娘子篩一杯酒，遞與許宣，啓櫻桃口，露榴子牙，嬌滴滴聲音，帶着滿面春風，告道：「小官人在上，真人面前説不得假話。奴家亡了丈夫，想必和官人有宿世姻緣，一見便蒙錯愛，正是你有心，我有意。煩小乙官人尋一個媒證，與你共成百年姻眷，不枉天生一對，却不是好！」許宣聽那婦人説罷，自己尋思：「真個好一段姻緣。若取得這個渾家，也不枉了。我自十分肯了，只是一件不諧：思量我日間在李將仕家做主管，夜間在姐夫家安歇，雖有些少東西，只好辦身上衣服，如何得錢來娶老小？」自沉吟不答。只見白娘子道：「官人何故不回言語？」許宣道：「多感過愛，實不相瞞，只爲身邊窘迫，不敢從命！」娘子道：「這個容易！我囊中自有餘財，不必挂念。」便叫青青道：「你去取一錠白銀下來。」只見青青手扶欄杆，脚踏胡梯，取下一個包兒來，遞與白娘子。娘子道：「小乙官人，這東西將去使用，少欠時再來取。」親手遞與許宣。許宣接得包兒，打開看時，却是五十兩雪花銀子。藏於袖中，起身告回。青青把傘來還了許宣。許宣接得相别，一徑回家，把銀子藏了。當夜無話。

明日起來，離家到官巷口，把傘還了李將仕。許宣將些碎銀子買了一隻肥好燒鵝、鮮魚精肉、嫩鷄果品之類提回家來，又買了一樽酒，分付養娘丫鬟安排整下。那日却好姐夫李募事在家。飲饌俱已完備，來請姐夫和姐姐吃酒。李募事却見許宣請他，到吃了一驚，道：「今日做甚麼子壞鈔？日常不曾見酒盞兒面，今朝作怪！」三人依次坐定飲酒。酒至數杯，李募事道：「尊舅，没事教你壞鈔做甚麽？」許宣道：「多謝姐夫，切莫笑話，輕微何足挂齒。感謝姐夫姐姐管雇多時。一客不煩二主人，許宣如今年紀長成，恐慮後無人養育，不是了處。今有一頭親事在此説起，望姐夫姐姐與許宣主張，結果了一生終身，也好。」姐夫姐姐聽得説罷，肚内暗自尋思道：「許宣日常一毛不拔，今日壞得些錢鈔，便要我替他討老小？」夫妻二人你我相看，只不回話。吃酒了，許宣自做買賣。過了三兩日，許宣尋思道：「姐姐如何不説起？」忽一日，見姐姐問道：「曾向姐夫商量也不曾？」姐姐道：「不曾。」許宣道：「如何不曾商量？」姐姐道：「這個事不比别樣的事，倉卒不得。又見姐夫這幾日面色心焦，我怕他煩惱，不敢問他。」許宣道：「姐姐你如何不上緊？這個有甚難處，你只怕我教姐夫出錢，故此不理。」許宣便起身到卧房中開箱，取出白娘子的銀來，把與姐姐道：「不必推故，只要姐夫做主。」姐姐道：「吾弟多時在叔叔家中做主管，積趲得這些私房，可知道要娶老婆。你且去，我安在此。」

却説李募事歸來，姐姐道：「丈夫，可知小舅要娶老婆，原來自趲得些私房，如今教我倒换些零碎使用。我們只得與他完就這親事則個！」李募事聽得，説道：「原來如此，得他積得些私房也好。拿來我看。」做妻的連忙將出銀子遞與丈夫。李募事接在手中，番來覆去，看了上面鑿的字號，大叫一聲：「苦！不好了，全家是死！」那妻吃了一驚，問道：「丈夫有甚麽利害之事？」李募事道：「數日前邵太尉庫内封記鎖押俱不動，又無地穴得入，平空不見了五十錠大銀。見今着落臨安府提捉賊人，十分緊急，没有頭路得獲，累害了多少人。出榜緝捕，寫着字號錠數，『有人捉獲賊人銀子者，賞銀五十兩；知而不首，及窩藏賊人者，除正犯外，全家發邊遠充軍』。這銀子與榜上字號不差，正是邵太尉庫内銀子。即今捉捕十分緊急，正是『火到身邊，顧不得親眷，自可去撥』。明日事露，實難分説。不管他偷的借的，寧可苦他，不要累我。只得將銀子出首，免了一家之害。」老婆見説了，合口不得，目睁口呆。當時拿了這錠銀子，徑到臨安府出首。

那大尹聞知這話，一夜不睡。次日，火速差緝捕使臣何立。何立帶了夥伴，并一班眼明手快的公人，徑到官巷口李家生藥店，提捉正賊許宣。到得櫃邊，發聲喊，把許宣一條繩子綁縛了，一聲鑼，一聲鼓，解上臨安府來。正直韓大尹升廳，押過許宣，當廳跪下，喝聲：「打！」許宣道：「告相公不必用刑，不知許宣有何罪？」大尹焦躁道：「真贓正賊，有何理説，還説無罪？邵太尉府中不動封鎖，不見了一號大銀五十錠。見有李募事出首，一定這四十九錠也在你處。想不動封皮，不見了銀子，你也是個妖人！」不要押，喝教：「拿些穢血來！」許宣方知是這事，大叫道：「不是妖人，待我分説！」大尹道：「且住，你且説這銀子從何而來？」許宣將借傘討傘的上項事，一一細説一遍。大尹道：「白娘子是甚麼樣人？見住何處？」許宣道：「憑他説是白三班白殿直的親妹子，如今見住箭橋邊，雙茶坊巷口，秀王墻對黑樓子高坡兒内住。」那大尹隨即便叫揖捕使臣何立，押領許宣，去雙茶坊巷口捉拿本婦前來。

何立等領了鈞旨，一陣做公的徑到雙茶坊巷口秀王府墻對黑樓子前看時：門前四扇看階，中間兩扇大門，門外避藉陛，坡前却是垃圾，一條竹子横夾着。何立等見了這個模樣，到都呆了。當時就叫捉了鄰人，上首是做花的丘大，下首是做皮匠的孫公。那孫公擺忙的吃他一驚，小腸氣發，跌倒在地。衆鄰舍都走來道：「這裏不曾有甚麼白娘子。這屋不五六年前有一個毛巡檢，合家時病死了。青天白日，常有鬼出來買東西，無人敢在裏頭住。幾日前，有個風子立在門前唱喏。」何立教衆人解下横門竹竿，裏面冷清清地，起一陣風，捲出一道腥氣來。衆人都吃了一驚，倒退幾步。許宣看了，則聲不得，一似呆的。做公的數中，有一個能膽大，排行第二，姓王，專好酒吃，都叫他做好酒王二。王二道：「都跟我來！」發聲喊，一齊閧將入去，看時板壁、坐起、卓凳都有。來到胡梯邊，教王二前行，衆人跟着，一齊上樓。樓上灰塵三寸厚。衆人到房門前，推開房門一望，床上挂着一張帳子，箱籠都有。只見一個如花似玉穿着白的美貌娘子，坐在床上。衆人看了，不敢向前。衆人道：「不知娘子是神是鬼？我等奉臨安府大尹鈞旨，喚你去與許宣執證公事。」那娘子端然不動。好酒王二道：「衆人都不敢向前，怎的是了？你可將一罎酒來，與我吃了，做我不着，捉他去見大尹。」衆人連忙叫兩三個下去提一罎酒來與王二吃。王二開了罎口，將一罎酒吃盡了，道：「做我不着！」將那空罎望着帳子内打將去。不打萬事皆休，纔然打去，只聽得一聲響，却是青天裏打一個霹靂，衆人都驚倒了！起來看時，床上不見了那娘子，只見明晃晃一堆銀子。衆人向前看了道：「好了。」計數四十九錠。衆人道：「我們將銀子去見大尹也罷。」扛了銀子，都到臨安府。

何立將前事禀覆了大尹。大尹道：「定是妖怪了。也罷，鄰人無罪寧家。」差人送五十錠銀子與邵太尉處，開個缘由，一一禀覆過了。許宣照「不應得爲而爲之」事理，重者决杖，免刺，配牢城營做工，滿日疏放。牢城營乃蘇州府管下。李募事因出首許宣，心上不安，將邵太尉給賞的五十兩銀子盡數付與小舅作爲盤費。李將仕與書二封，一封與押司范院長，一封與吉利橋下開客店的王主人。

許宣痛哭一場，拜别姐夫姐姐，帶上行枷，兩個防送人押着，離了杭州，到東新橋，下了航船。不一日，來到蘇州。先把書去見了范院長并王主人。王主人與他官府上下使了錢，打發兩個公人去蘇州府，下了公文，交割了犯人，討了回文，防送人自回。范院長、王主人保領許宣不入牢中，就在王主人門前樓上歇了。許宣心中愁悶，壁上題詩一首：

獨上高樓望故鄉，愁看斜日照紗窗。
平生自是真誠士，誰料相逢妖媚娘。
白白不知歸甚處？青青豈識在何方？
拋離骨肉來蘇地，思想家中寸斷腸！

有話即長，無話即短。不覺光陰似箭，日月如梭，又在王主人家住了半年之上。忽遇九月下旬，那王主人正在門首閒立，看街上人來人往。只見遠遠一乘轎子，傍邊一個丫鬟跟着，〔二〕道：「借問一聲，此間不是王主人家麽？」王主人連忙起身道：「此間便是。你尋誰人？」丫鬟道：「我尋臨安府來的許小乙官人。」主人道：「你等一等，我便叫他出來。」這乘轎子便歇在門前。王主人便入去，叫道：「小乙哥，有人尋你。」許宣聽得，急走出來，同主人到門前看時，正是青青跟着，轎子裏坐着白娘子。許宣見了，連聲叫道：「死冤家！自被你盜了官庫銀子，帶累我吃了多少苦，有屈無伸。如今到此地位，又赶來做甚麽？可羞死人！」那白娘子道：「小乙官人不要怪我，今番特來與你分辯這件事。我且到主人家裏面與你說。」白娘子叫青青取了包裹下轎。許宣道：「你是鬼怪，不許入來！」攩住了門不放他。那白娘子與主人深深道了個萬福，道：「奴家不相瞞，主人在上，我怎的是鬼怪？衣裳有縫，對日有影。不幸先夫去世，教我如此被人欺負。做下的事，是先夫日前所爲，非干我事。如今怕你怨暢我，特地來分説明白了，我去也甘心。」主人道：「且教娘子入來坐了說。」那娘子道：「我和你到裏面對主人家的媽媽說。」門前看的人，自都散了。

許宣入到裏面，對主人家并媽媽道：「我爲他偷了官銀子事，如此如此，因此教我吃場官司。如今又赶到此，有何理說？」白娘子道：「先夫留下銀子，我好意把你，我也不知怎的來的。」許宣道：「如何做公的捉你之時，門前都是垃圾，就帳子裏一響不見了你？」白娘子道：「我聽得人說你爲這銀子捉了去，我怕你說出我來，捉我到官，妝幌子羞人不好看。我無奈何，只得走去華藏寺前姨娘家躲了。使人擔垃圾堆在門前，把銀子安在床上，央鄰舍與我說謊。」許宣道：「你却走了去，教我吃官事！」白娘子道：「我將銀子安在床上，只指望要好，那裏曉得有許多事情？我見你配在這裏，我便帶了些盤纏，搭船到這裏尋你。〔四〕如今分説都明白了，我去也。敢是我和你前生没有夫妻之分！」那王主人道：「娘子許多路來到這裏，難道就去？且在此間住幾日，却理會。」青青道：「既是主人家再三勸解，娘子且住兩日，當初也曾許嫁小乙官人。」白娘子隨口便道：「羞殺人，終不成奴家没人要？只爲分别是非而來。」【眉批】故意反説，使人不疑。王主人道：「既然當初許嫁小乙哥，却又回去？且留娘子在此。」打發了轎子，不在話下。

過了數日，白娘子先自奉承好了主人的媽媽。那媽媽勸主人與許宣説合，選定十一月十一日成親，共百年諧老。光陰一瞬，早到吉日良時。白娘子取出銀兩，央王主人辦備喜筵，二人拜堂結親。酒席散後，共入紗厨。白娘子放出迷人聲態，顛鸞倒鳳，百媚千嬌，喜得許宣如遇神仙，只恨相見之晚。正好歡娱，不覺金鷄三唱，東方漸白。正是：

歡娱嫌夜短，寂寞恨更長。

自此日爲始，夫妻二人如魚似水，終日在王主人家快樂昏迷纏定。日往月來，又早半年光景。時臨春氣融和，花開如錦，車馬往來，街坊熱鬧。許宣問主人家道：「今日如何人人出去閒游，如此喧嚷？」主人道：「今日是二月半，男子婦人都去看卧佛，你也好去承天寺裏閒走一遭。」許宣見説，道：「我和妻子説一聲，也去看一看。」

許宣上樓來，和白娘子説：「今日二月半，男子婦人都去看卧佛，我也看一看就來。有人尋説話，回説不在家，不可出來見人。」白娘子道：「有甚好看，只在家中却不好？看他做甚麽？」許宣道：「我去閒耍一遭就回，不妨。」

許宣離了店内，有幾個相識，同走到寺裏看卧佛。繞廊下各處殿上觀看了一遭，方出寺來，見一個先生，穿着道袍，頭戴逍遥巾，腰繫黄絲縧，脚着熟麻鞋，坐在寺前賣藥，散施符水。許宣立定了看。那先生道：「貧道是終南山道士，到處雲游，散施符水，救人病患灾厄，有事的向前來。」那先生在人叢中看見許宣頭上一道黑氣，必有妖怪纏他，叫道：「你近來有一妖怪纏你，其害非輕！我與你二道靈符，救你性命。一道符三更燒，一道符放在自頭髮内。」許宣接了符，納頭便拜，肚内道：「我也八九分疑惑那婦人是妖怪，真個是實。」謝了先生，徑回店中。至晚，白娘子與青青睡着了，許宣起來道：「料有三更了。」將一道符放在自頭髮内，正欲將一道符燒化，只見白娘子嘆一口氣道：「小乙哥和我許多時夫妻，尚兀自不把我親熱，却信别人言語，半夜三更，燒符來壓鎮我！你且把符來燒看！」就奪過符來，一時燒化，全無動静。白娘子道：「却如何？説我是妖怪！」許宣道：「不干我事。卧佛寺前一雲游先生，知你是妖怪。」白娘子道：「明日同你去看他一看，如何模樣的先生。」次日，白娘子清早起來，梳妝罷，戴了釵環，穿上素净衣服，分付青青看管樓上。夫妻二人，來到卧佛寺前。只見一簇人，團團圍着那先生，在那裹散符水。只見白娘子睁一雙妖眼，到先生面前，喝一聲：「你好無禮！出家人枉在我丈夫面前説我是一個妖怪，書符來捉我！」那先生回言：「我行的是五雷天心正法，凡有妖怪，吃了我的符，他即變出真形來。」那白娘子道：「衆人在此，你且書符來我吃看！」那先生書一道符，遞與白娘子。白娘子接過符來，便吞下去。衆人都看，没些動静。衆人道：「這等一個婦人，如何説是妖怪？」衆人把那先生齊駡。那先生駡得口睁眼呆，半晌無言，惶恐滿面。白娘子道：「衆位官人在此，他捉我不得。我自小學得個戲術，且把先生試來與衆人看。」只見白娘子口内喃喃的，不知念些甚麽，把那先生却似有人擒的一般，縮做一堆，懸空而起，衆人看了齊吃一驚。許宣呆了。娘子道：「若不是衆位面上，把這先生吊他一年。」白娘子噴口氣，只見那先生依然放下，只恨爹娘少生兩翼，飛也似走了。衆人都散了，夫妻依舊回來，不在話下。日逐盤纏，都是白娘子將出來用度。正是夫唱婦隨，朝歡暮樂。

不覺光陰似箭，又是四月初八日，釋迦佛生辰。只見街市上人擡着栢亭浴佛，家家布施。許宣對王主人道：「此間與杭州一般。」只見鄰舍邊一個小的，叫做鐵頭，道：「小乙官人，今日承天寺裏做佛會，你去看一看。」許宣轉身到裏面，對白娘子説了。白娘子道：「甚麽好看，休去！」許宣道：「去走一遭，散悶則個。」娘子道：「你要去，身上衣服舊了不好看，我打扮你去。」叫青青取新鮮時樣衣服來。許宣着得不長不短，一似像體裁的，戴一頂黑漆頭巾，腦後一雙白玉環，穿一領青羅道袍，脚着一雙皂靴，手中拿一把細巧百摺描金美人珊瑚墜上樣春羅扇，打扮得上下齊整。那娘子分付一聲，如鶯聲巧囀道：「丈夫早早回來，切勿教奴記挂！」許宣叫了鐵頭相伴，徑到承天寺來看佛會，人人喝采，好個官人。只聽得有人説道：「昨夜周將仕典當庫内，不見了四五千貫金珠細軟物件。見今開單告官，挨查，没捉人處。」許宣聽得，不解其意，自同鐵頭在寺。其日燒香官人子弟男女人等往往來來，十分熱鬧。許宣道：「娘子教我早回，去罷。」轉身人叢中，不見了鐵頭，獨自個走出寺門來。只見五六個人似公人打扮，腰裏挂着牌兒，數中一個看了許宣，對衆人道：「此人身上穿的，手中拿的，好似那話兒。」數中一個認得許宣的道：「小乙官，扇子借我一看。」許宣不知是計，將扇遞與公人。那公人道：「你們看這扇子扇墜，與單上開的一般。」衆人喝聲：「拿了！」就把許宣一索子綁了，好似：

數隻皂雕追紫燕，一群餓虎啖羊羔。

許宣道：「衆人休要錯了，我是無罪之人。」衆公人道：「是不是，且去府前周將仕家分解！他店中失去五千貫金珠細軟、〔五〕白玉縧環、細巧百摺扇、珊瑚墜子，你還說無罪？真贓正賊，有何分說！實是大膽漢子，把我們公人作等閒看成。見今頭上、身上、脚上，都是他家物件，公然出外，全無忌憚！」許宣方纔呆了，半晌不則聲。許宣道：「原來如此。不妨，不妨，自有人偷得。」衆人道：「你自去蘇州府廳上分說。」

次日大尹升廳，押過許宣見了。大尹審問：「盜了周將仕庫內金珠寶物在於何處？從實供來，免受刑法拷打。」許宣道：「稟上相公做主，小人穿的衣服物件皆是妻子白娘子的，不知從何而來，望相公明鏡詳辨則個！」大尹喝道：「你妻子今在何處？」許宣道：「見在吉利橋下王主人樓上。」大尹即差緝捕使臣袁子明押了許宣，火速捉來。差人袁子明來到王主人店中，主人吃了一驚，連忙問道：「做甚麽？」許宣道：「白娘子在樓上麽？」主人道：「你同鐵頭早去承天寺裏，去不多時，白娘子對我說道：『丈夫去寺中閒耍，教我同青青照管樓上。此時不見回來，我與青青去寺前尋他去也，望乞主人替我照管。』出門去了，到晚不見回來。我只道與你去望親戚，到今日不見回來。」衆公人要王主人尋白娘子，前前後後遍尋不見。袁子明將王主人捉了，見大尹回話。大尹道：「白娘子在何處？」王主人細細稟覆了，道：「白娘子是妖怪。」大尹一一問了，道：「且把許宣監了！」王主人使用了些錢，保出在外，伺候歸結。

且説周將仕正在對門茶坊内閒坐，只見家人報道：「金珠等物都有了，在庫閣頭空箱子内。」周將仕聽了，慌忙回家看時，果然有了，只不見了頭巾、縧環、扇子并扇墜。周將仕道：「明是屈了許宣，平白地害了一個人，不好。」暗地裏到與該房説了，把許宣只問個小罪名。

却説邵太尉使李募事到蘇州幹事，來王主人家歇。主人家把許宣來到這裏，又吃官事，一一從頭説了一遍。李募事尋思道：「看自家面上親眷，如何看做落？」只得與他央人情，上下使錢。一日，大尹把許宣一一供招明白，都做在白娘子身上，只做「不合不出首妖怪」等事，杖一百，配三百六十里，押發鎮江府牢城營做工。【眉批】好個李募事。李募事道：「鎮江去便不妨，我有一個結拜的叔叔，姓李名克用，在針子橋下開生藥店。我寫一封書，你可去投托他。」許宣只得問姐夫借了些盤纏，拜謝了王主人并姐夫，就買酒飯與兩個公人吃，收拾行李起程。王主人并姐夫送了一程，各自回去了。

且説許宣在路，饑餐渴飲，夜住曉行，不則一日，來到鎮江。先尋李克用家，來到針子橋生藥舖内。只見主管正在門前賣生藥，老將仕從裏面走出來。兩個公人同許宣慌忙唱個喏道：「小人是杭州李募事家中人，有書在此。」主管接了，遞與老將仕。老將仕拆開看了道：「你便是許宣？」許宣道：「小人便是。」李克用教三人吃了飯，分付當直的同到府中，下了公文，使用了錢，保領回家。防送人討了回文，自歸蘇州去了。

許宣與當直一同到家中，拜謝了克用，參見了老安人。克用見李募事書，説道：「許宣原是生藥店中主管。」因此留他在店中做買賣，夜間教他去五條巷賣豆腐的王公樓上歇。克用見許宣藥店中十分精細，心中歡喜。原來藥舖中有兩個主管，一個張主管，一個趙主管。趙主管一生老實本分。張主管一生剋剥奸詐，倚着自老了，欺侮後輩。見又添了許宣，心中不悦，恐怕退了他，反生奸計，要疾妒他。忽一日，李克用來店中閒看，問：「新來的做買賣如何？」張主管聽了，心中道：「中我機謀了！」應道：「好便好了，只有一件。」克用道：「有甚麼一件？」老張道：「他大主買賣肯做，小主兒就打發去了，因此人説他不好。我幾次勸他，不肯依我。」老員外説：「這個容易，我自分付他便了，不怕他不依。」【眉批】又扯淡。〔六〕趙主管在傍聽得此言，私對張主管説道：「我們都要和氣。許宣新來，我和你照管他纔是。有不是寧可當面講，如何背後去説他？他得知了，只道我們嫉妒。」【眉批】趙主管可與交矣。老張道：「你們後生家，曉得甚麽！」天已晚了，各回下處。

趙主管來許宣下處道：「張主管在員外面前嫉妒你，你如今要愈加用心，大主小主兒買賣，一般樣做。」許宣道：「多承指教。我和你去閒酌一杯。」二人同到店中，左右坐下。酒保將要飯果碟擺下，二人吃了幾杯。趙主管説：「老員外最性直，受不得觸。你便依隨他生性，耐心做買賣。」許宣道：「多謝老兄厚愛，謝之不盡。」又飲了兩杯，天色晚了。趙主管道：「晚了路黑難行，改日再會。」許宣還了酒錢，各自散了。

許宣覺道有杯酒醉了，恐怕衝撞了人，從屋檐下回去。正走之間，只見一家樓上推開窗，將熨斗播灰下來，都傾在許宣頭上。立住脚，便罵道：「誰家潑男女，不生眼睛，好没道理！」只見一個婦人，慌忙走下來道：「官人休要駡，是奴家不是，一時失誤了，休怪！」許宣半醉，擡頭一看，兩眼相覷，正是白娘子。許宣怒從心上起，惡向膽邊生，無明火焰騰騰高起三千丈，掩納不住，便罵道：「你這賊賤妖精，連累得我好苦！吃了兩場官事！」恨小非君子，無毒不丈夫。正是：

踏破鐵鞋無覓處，得來全不費工夫。

許宣道：「你如今又到這裏，却不是妖怪？」赶將入去，把白娘子一把拿住道：「你要官休私休？」白娘子陪着笑面道：「丈夫，『一夜夫妻百夜恩』，和你說來事長。你聽我說：當初這衣服，都是我先夫留下的。我與你恩愛深重，教你穿在身上，恩將仇報，反成吳越？」許宣道：「那日我回來尋你，如何不見了？主人家說你同青青來寺前看我，因何又在此間？」白娘子道：「我到寺前，聽得說你被捉了去，教青青打聽不着，只道你脱身走了。怕來捉我，教青青連忙討了一隻船，到建康府娘舅家去，昨日纔到這裏。我也道連累你兩場官事，也有何面目見你！你怪我也無用了。情意相投做了夫妻，〔七〕如今好端端難道走開了？我與你情似太山，恩同東海，誓同生死，可看日常夫妻之面，取我到下處，和你百年諧老，却不是好！」許宣被白娘子一騙，回嗔作喜，沉吟了半晌，被色迷了心膽，留連之意，不回下處，就在白娘子樓上歇了。

次日，來上河五條巷王公樓家，對王公說：「我的妻子同丫鬟從蘇州來到這裏。」一一說了，道：「我如今搬回來一處過活。」王公道：「此乃好事，如何用說。」當日把白娘子同青青搬來王公樓上。次日，點茶請鄰舍。第三日，鄰舍又與許宣接風。酒筵散了，鄰舍各自回去，不在話下。第四日，許宣早起梳洗已罷，對白娘子說：「我去拜謝東西鄰舍，去做買賣去也。你同青青只在樓上照管，切勿出門！」分付已了，自到店中做買賣，早去晚回。

不覺光陰迅速，日月如梭，又過一月。〔八〕忽一日，許宣與白娘子商量，去見主人李員外并媽媽家眷。白娘子道：「你在他家做主管，去參見了他，也好日常走動。」到次日，雇了轎子，徑進裏面請白娘子上了轎，叫王公挑了盒兒，丫鬟青青跟隨，一齊來到李員外家。下了轎子，進到裏面，請員外出來。李克用連忙來見，白娘子深深道個萬福，拜了兩拜，媽媽也拜了兩拜，内眷都參見了。原來李克用年紀雖然高大，却專一好色，見了白娘子有傾國之姿，正是：

三魂不附體，七魄在他身。

那員外目不轉睛，看白娘子。當時安排酒飯管待。媽媽對員外道：「好個伶俐的娘子！十分容貌，温柔和氣，本分老成。」員外道：「便是杭州娘子生得俊俏。」飲酒罷了，白娘子相謝自回。李克用心中思想：「如何得這婦人共宿一宵？」眉頭一簇，計上心來，道：「六月十三是我壽誕之日，不要慌，教這婦人着我一個道兒。」

不覺烏飛兔走，纔過端午，又是六月初間。那員外道：「媽媽，十三日是我壽誕，可做一個筵席，請親眷朋友閒耍一日，也是一生的快樂。」當日親眷鄰友主管人等，都下了請帖。次日，家家户户都送燭麵手帕物件來。十三日都來赴筵，吃了一日。次日是女眷們來賀壽，也有廿來個。且説白娘子也來，十分打扮，上着青織金衫兒，下穿大紅紗裙，戴一頭百巧珠翠金銀首飾。帶了青青，都到裏面拜了生日，參見了老安人。東閣下排着筵席。原來李克用吃虱子留後腿的人，因見白娘子容貌，設此一計，大排筵席。【眉批】女色能爲人破慳，所以可貴。〔九〕各各傳杯弄盞，酒至半酣，却起身脱衣净手。李員外原來預先分付腹心養娘道：「若是白娘子登東，他要進去，你可另引他到後面僻净房内去。」李員外設計已定，先自躲在後面。正是：

不勞鑽穴踰墻事，穩做偷香竊玉人。

只見白娘子真個要去净手，養娘便引他到後面一間僻净房内去，養娘自回。那員外心中淫亂，捉身不住，不敢便走進去，却在門縫裏張。不張萬事皆休，則一張那員外大吃一驚，回身便走，來到後邊，望後倒了。

不知一命如何，先覺四肢不舉！

那員外眼中不見如花似玉體態，只見房中蟠着一條吊桶來粗大白蛇，兩眼一似燈盞，放出金光來。【眉批】何必露相。不露相，可并收李員外。豈妖怪亦守貞節耶！驚得半死，回身便走，一絆一交。衆養娘扶起看時，面青口白。主管慌忙用安魂定魄丹服了，方纔醒來。老安人與衆人都來看了，道：「你爲何大驚小怪做甚麼？」李員外不説其事，説道：「我今日起得早了，連日又辛苦了些，頭風病發，暈倒了。」〔一〇〕扶去房裏睡了。衆親眷再入席飲了幾杯，酒筵罷散，衆人作謝回家。

白娘子回到家中思想，恐怕明日李員外在舖中對許宣説出本相來，便生一條計，一頭脱衣服，一頭嘆氣。許宣道：「今日出去吃酒，因何回來嘆氣？」白娘子道：「丈夫，説不得！李員外原來假做生日，其心不善。因見我起身登東，他躲在裏面，欲要姦騙我，扯裙扯褲，來調戲我。欲待叫起來，衆人都在那裏，怕妝幌子。被我一推倒地，他怕羞没意思，假説暈倒了。這惶恐那裏出氣！」許宣道：「既不曾姦騙你，他是我主人家，出於無奈，只得忍了。這遭休去便了。」白娘子道：「你不與我做主，還要做人？」許宣道：「先前多承姐夫寫書，教我投奔他家。虧他不阻，收留在家做主管，如今教我怎的好？」白娘子道：「男子漢！我被他這般欺負，你還去他家做主管？」【眉批】話却不差。〔二〕許宣道：「你教我何處去安身？做何生理？」白娘子道：「做人家主管，也是下賤之事，不如自開一個生藥舖。」【眉批】這怪大有志氣。〔三〕許宣道：「虧你説，只是那討本錢？」白娘子道：「你放心，這個容易。我明日把些銀子，你先去賃了間房子却又説話。」

且説「今是古，古是今」，各處有這般出熱的。間壁有一個人，姓蔣名和，一生出熱好事。次日，許宣問白娘子討了些銀子，教蔣和去鎮江渡口馬頭上，賃了一間房子，買下一付生藥厨櫃，陸續收買生藥。十月前後，俱已完備，選日開張藥店，不去做主管。那李員外也自知惶恐，不去叫他。許宣自開店來，不匡買賣一日興一日，普得厚利。正在門前賣生藥，只見一個和尚將着一個募緣簿子道：「小僧是金山寺和尚，如今七月初七日是英烈龍王生日，伏望官人到寺燒香，布施些香錢。」許宣道：「不必寫名。我有一塊好降香，捨與你拿去燒罷。」即便開櫃取出遞與和尚。和尚接了道：「是日望官人來燒香！」打一個問訊去了。白娘子看見道：「你這殺才，把這一塊好香與那賊禿去換酒肉吃！」許宣道：「我一片誠心捨與他，花費了也是他的罪過。」【眉批】都説得是。

不覺又是七月初七日，許宣正開得店，只見街上鬧熱，人來人往。幫閒的蔣和道：「小乙官前日布施了香，今日何不去寺内閒走一遭？」許宣道：「我收拾了，略待略待，和你同去。」蔣和道：「小人當得相伴。」許宣連忙收拾了，進去對白娘子道：「我去金山寺燒香，你可照管家裏則個。」白娘子道：「『無事不登三寶殿』，去做甚麽？」許宣道：「一者不曾認得金山寺，要去看一看；二者前日布施了，要去燒香。」白娘子道：「你既要去，我也攩你不得，只要依我三件事。」許宣道：「那三件？」白娘子道：「一件，不要去方丈内去；二件，不要與和尚説話；三件，去了就回。來得遲，我便來尋你也。」許宣道：「這個何妨，都依得。」當時換了新鮮衣服鞋襪，袖了香盒，同蔣和徑到江邊，搭了船，投金山寺來。先到龍王堂燒了香，遶寺閒走了一遍，同衆人信步來到方丈門前。許宣猛省道：「妻子分付我休要進方丈内去。」立住了脚，不進去。蔣和道：「不妨事，他自在家中，回去只説不曾去便了。」【眉批】黄片腔。説罷，走入去，看了一回，便出來。

且説方丈當中座上，坐着一個有德行的和尚，眉清目秀，圓頂方袍，看了模樣，的是真僧。一見許宣走過，便叫侍者：「快叫那後生進來。」侍者看了一回，人千人萬，亂滾滾的，又不認得他，回説：「不知他走那邊去了。」和尚見説，持了禪杖，自出方丈來，前後尋不見。復身出寺來看，只見衆人都在那裏等風浪静了落船。那風浪越大了，道：「去不得。」正看之間，只見江心裏一隻船飛也似來得快。許宣對蔣和道：「這船大風浪過不得渡，那隻船如何到來得快！」正説之間，船已將近。看時，一個穿白的婦人，一個穿青的女子，來到岸邊。仔細一認，正是白娘子和青青兩個。許宣這一驚非小。白娘子來到岸邊，叫道：「你如何不歸？快來上船！」許宣却欲上船，只聽得有人在背後喝道：「業畜在此做甚麼？」許宣回頭看時，人説道：「法海禪師來了！」禪師道：「業畜，敢再來無禮，殘害生靈！老僧爲你特來。」白娘子見了和尚，摇開船，和青青把船一翻，兩個都翻下水底去了。許宣回身看着和尚便拜：「告尊師，救弟子一條草命！」禪師道：「你如何遇着這婦人？」許宣把前項事情從頭說了一遍。禪師聽罷，道：「這婦人正是妖怪，汝可速回杭州去。如再來纏汝，可到湖南浄慈寺裏來尋我。有詩四句：

本是妖精變婦人，西湖岸上賣嬌聲。
汝因不識遭他計，有難湖南見老僧。」

許宣拜謝了法海禪師，同蔣和下了渡船，過了江，上岸歸家。白娘子同青青都不見了，方纔信是妖精。到晚來，教蔣和相伴過夜，心中昏悶，一夜不睡。次日早起，叫蔣和看着家裏，却來到針子橋李克用家，把前項事情告訴了一遍。李克用道：「我生日之時，他登東，我撞將去，不期見了這妖怪，驚得我死去；我又不敢與你說這話。既然如此，你且搬來我這裏住着，別作道理。」許宣作謝了李員外，依舊搬到他家。不覺住過兩月有餘。

忽一日，立在門前，只見地方總甲分付排門人等，俱要香花燈燭，迎接朝廷恩赦。原來是宋高宗策立孝宗，降赦通行天下，只除人命大事，其餘小事，盡行赦放回家。許宣遇赦，歡喜不勝，吟詩一首。詩云：

感謝吾皇降赦文，〔三〕網開三面許更新。
死時不作他邦鬼，生日還爲舊土人。
不幸逢妖愁更困，〔四〕何期遇宥罪除根。
歸家滿把香焚起，拜謝乾坤再造恩。

許宣吟詩已畢，央李員外衙門上下打點使用了錢，見了大尹，給引還鄉。拜謝東鄰西舍，李員外媽媽合家大小，二位主管，俱拜別了。央幫閒的蔣和買了些土物帶回杭州。

來到家中，見了姐夫姐姐，拜了四拜。李募事見了許宣，焦躁道：「你好生欺負人！我兩遭寫書教你投托人，你在李員外家娶了老小，不直得寄封書來教我知道，直恁的無仁無義！」許宣說：「我不曾娶妻小。」姐夫道：「見今兩日前，有一個婦人帶着一個丫鬟，道是你的妻子。說你七月初七日去金山寺燒香，不見回來，那裏不尋到，直到如今，打聽得你回杭州，同丫鬟先到這裏，等你兩月了。」教人叫出那婦人和丫鬟見了許宣。許宣看見，果是白娘子、青青。許宣見了，目睜口呆，吃了一驚，不在姐夫姐姐面前說這話本，只得任他埋怨了一場。

李募事教許宣共白娘子去一間房內去安身。許宣見晚了，怕這白娘子，心中慌了，不敢向前，朝着白娘子跪在地下道：「不知你是何神何鬼，可饒我的性命！」白娘子道：「小乙哥，是何道理？我和你許多時夫妻，又不曾虧負你，如何説這等没力氣的話。」許宣道：「自從和你相識之後，帶累我吃了兩場官司。我到鎮江府，你又來尋我。前日金山寺燒香，歸得遲了，你和青青又直赶來，見了禪師，便跳下江裏去了。我只道你死了，不想你又先到此。望乞可憐見，饒我則個！」白娘子圓睁怪眼，道：「小乙官，我也只是爲好，誰想到成怨本！我與你平生夫婦，共枕同衾，許多恩愛，如今却信別人閒言語，教我夫妻不睦。我如今實對你説，若聽我言語，喜喜歡歡，萬事皆休；若生外心，教你滿城皆爲血水，人人手攀洪浪，脚踏渾波，皆死於非命。」驚得許宣戰戰兢兢，半晌無言可答，不敢走近前去。青青勸道：「官人，娘子愛你杭州人生得好，又喜你恩情深重。聽我説，與娘子和睦了，休要疑慮。」許宣吃兩個纏不過，叫道：「却是苦耶！」只見姐姐在天井裏乘凉，聽得叫苦，連忙來到房前，只道他兩個兒廝鬧，拖了許宣出來。白娘子關上房門自睡。

許宣把前因後事，一一對姐姐告訴了一遍。却好姐夫乘凉歸房，姐姐道：「他兩口兒廝鬧了，如今不知睡了也未，你且去張一張了來。」李募事走到房前看時，裏頭黑了，半亮不亮。將舌頭咶破紙窗，不張萬事皆休，一張時，見一條吊桶來大的蟒蛇，睡在床上，伸頭在天窗内乘凉，鱗甲内放出白光來，照得房内如同白日。【眉批】看郄后事，焉知此白蟒非美婦變來，何定蟒變美婦也？吃了一驚，回身便走。來到房中，不説其事，道：「睡了，不見則聲。」許宣躲在姐姐房中，不敢出頭，姐夫也不問他。過了一夜。

次日，李募事叫許宣出去，到僻静處問道：「你妻子從何娶來？實實的對我説，不要瞞我。自昨夜親眼看見他是一條大白蛇，〔一五〕我怕你姐姐害怕，不説出來。」許宣把從頭事，一一對姐夫説了一遍。李募事道：「既是這等，白馬廟前一個呼蛇戴先生，如法捉得蛇，我同你去接他。」二人取路來到白馬廟前，只見戴先生正立在門口。二人道：「先生拜揖。」先生道：「有何見諭？」許宣道：「家中有一條大蟒蛇，相煩一捉則個！」先生道：「宅上何處？」許宣道：「過軍橋黑珠兒巷内李募事家便是。〔一六〕」取出一兩銀子道：「先生收了銀子，待捉得蛇，另又相謝。」先生收了道：「二位先回，小子便來。」李募事與許宣自回。

那先生裝了一瓶雄黄藥水，一直來到黑珠兒巷内，問李募事家。人指道：「前面那樓子内便是。」先生來到門前，揭起簾子，咳嗽一聲，并無一個人出來。敲了半晌門，只見一個小娘子出來問道：「尋誰家？」先生道：「此是李募事家麽？」小娘子道：「便是。」先生道：「説宅上有一條大蛇，却纔二位官人來請小子捉蛇。」小娘子道：「我家那有大蛇？你差了。」先生道：「官人先與我一兩銀子，説捉了蛇後有重謝。」白娘子道：「没有，休信他們哄你。」先生道：「如何作要？」白娘子三回五次發落不去，焦燥起來，道：「你真個會捉蛇？只怕你捉他不得！」戴先生道：「我祖宗七八代呼蛇捉蛇，量道一條蛇有何難捉！」娘子道：「你説捉得，只怕你見了要走！」先生道：「不走，不走！如走，罰一錠白銀。」娘子道：「隨我來。」到天井内，那娘子轉個灣，走進去了。那先生手中提着瓶兒，立在空地上。不多時，只見刮起一陣冷風，風過處，只見一條吊桶來大的蟒蛇，連射將來，正是：

人無害虎心，虎有傷人意。

且説那戴先生吃了一驚，望後便倒，雄黄罐兒也打破了。那條大蛇張開血紅大口，露出雪白齒，來咬先生。先生慌忙爬起來，只恨爹娘少生兩脚，一口氣跑過橋來，正撞着李募事與許宣。許宣道：「如何？」那先生道：「好教二位得知。」把前項事從頭説了一遍。取出那一兩銀子付還李募事道：「若不生這雙脚，連性命都没了。二位自去照顧别人。」急急的去了。許宣道：「姐夫，如今怎麽處？」李募事道：「眼見實是妖怪了。如今赤山埠前張成家欠我一千貫錢，你去那裏静處，討一間房兒住下。那怪物不見了你，自然去了。」許宣無計可奈，只得應承。同姐夫到家時，静悄悄的没些動静。李募事寫了書帖，和票子做一封，教許宣往赤山埠去。只見白娘子叫許宣到房中道：「你好大膽，又叫甚麼捉蛇的來！你若和我好意，佛眼相看；若不好時，帶累一城百姓受苦，都死於非命！」許宣聽得，心寒膽戰，不敢則聲。將了票子，悶悶不已，來到赤山埠前，尋着了張成。隨即袖中取票時，不見了，只叫得苦。慌忙轉步，一路尋回來時，那裏見！

正悶之間，來到净慈寺前，忽地裏想起那金山寺長法海禪師曾分付來：「倘若那妖怪再來杭州纏你，可來净慈寺内來尋我。」如今不尋，更待何時？急入寺中，問監寺道：「動問和尚，法海禪師曾來上刹也未？」那和尚道：「不曾到來。」許宣聽得説不在，越悶，折身便回來長橋堍下，自言自語道：「『時衰鬼弄人』，我要性命何用？」看着一湖清水，却待要跳，正是：

閻王判你三更到，定不容人到四更。

許宣正欲跳水，只聽得背後有人叫道：「男子漢何故輕生？死了一萬口，只當五千雙，〔一七〕有事何不問我？」許宣回頭看時，正是法海禪師，背馱衣鉢，手提禪杖，原來真個纔到。也是不該命盡，再遲一碗飯時，性命也休了。許宣見了禪師，納頭便拜，道：「救弟子一命則個！」禪師道：「這業畜在何處？」許宣把上項事一一訴了，道：

「如今又直到這裏，求尊師救度一命。」禪師於袖中取出一個鉢盂，遞與許宣道：「你若到家，不可教婦人得知，悄悄的將此物劈頭一罩。切勿手輕，緊緊的按住，不可心慌。你便回去。」

且說許宣拜謝了禪師，[二八]回家，只見白娘子正坐在那裏，口内喃喃的罵道：「不知甚人挑撥我丈夫和我做冤家，打聽出來，和他理會！」正是有心等了没心的，許宣張得他眼慢，背後悄悄的，望白娘子頭上一罩，用盡平生氣力納住，不見了女子之形。隨着鉢盂慢慢的按下，不敢手鬆，緊緊的按住。只聽得鉢盂内道：「和你數載夫妻，好没一些兒人情！略放一放！」許宣正没了結處，報道：「有一個和尚，説道：『要收妖怪。』」許宣聽得，連忙教李募事請禪師進來。來到裏面，許宣道：「救弟子則個！」不知禪師口裏念的甚麽，念畢，輕輕的揭起鉢盂，只見白娘子縮做七八寸長，如傀儡人像，雙眸緊閉，做一堆兒伏在地下。禪師喝道：「是何業畜妖怪，怎敢纏人？可説備細！」白娘子答道：「禪師，我是一條大蟒蛇。因爲風雨大作，來到西湖上安身，同青青一處。不想遇着許宣，春心蕩漾，按納不住，一時冒犯天條，却不曾殺生害命。【眉批】難得。望禪師慈悲則個！」禪師又問：「青青是何怪？」白娘子道：「青青是西湖内第三橋下潭内千年成氣的青魚。一時遇着，拉他爲伴。他不曾得一日歡娱，并望禪師憐憫！」【眉批】難中尚照顧青青，白娘子真仁義之妖也。禪師道：「念你千年修煉，免你一死，可現本相！」白娘子不肯。禪師勃然大怒，口中念念有詞，大喝道：「揭諦何在？快與我擒青魚怪來，和白蛇現形，聽吾發落！」須臾庭前起一陣狂風，風過處，只聞得豁剌一聲響，半空中墜下一個青魚，有一丈多長，向地撥剌的連跳幾跳，縮做尺餘長一個小青魚。看那白娘子時，也復了原形，變了三尺長一條白蛇，兀自昂頭看着許宣。禪師將二物置於鉢盂之内，扯下褊衫一幅，封了鉢盂口。拿到雷峰寺前，將鉢盂放在地下，令人搬磚運石，砌成一塔。後來許宣化緣，砌成了七層寶塔，千年萬載，白蛇和青魚不能出世。且說禪師押鎮了，留偈四句：

西湖水乾，江湖不起。
雷峰塔倒，白蛇出世。

法海禪師言偈畢，又題詩八句以勸後人：

奉勸世人休愛色，愛色之人被色迷。
心正自然邪不擾，身端怎有惡來欺？
但看許宣因愛色，帶累官司惹是非。
不是老僧來救護，白蛇吞了不留些。

法海禪師吟罷，各人自散。惟有許宣情願出家，禮拜禪師爲師，就雷峰塔披剃爲僧。修行數年，一夕坐化去了。衆僧買龕燒化，造一座骨塔，千年不朽。臨去世時，亦有詩四句，留以警世。詩曰：

祖師度我出紅塵，鐵樹開花始見春。
化化輪回重化化，生生轉變再生生。
欲知有色還無色，須識無形却有形。
色即是空空即色，空空色色要分明。

【校記】

〔一〕「東邊」，底本及諸校本均作「角邊」，據文意改。

〔二〕「遥指」，底本及諸校本均作「摇指」，據《全唐詩》改。

〔三〕「傍邊」，底本作「防邊」，佐伯本同，據三桂堂本改。

〔四〕「裏」字，底本墨釘，據佐伯本補。

〔五〕「五千貫」，底本及諸校本均作「五十貫」，據文意改。

〔六〕本條眉批，佐伯本無。

〔七〕「情意相投」，底本及諸校本均作「情意相招」，據文意改。

〔八〕「一月」，底本作「一日」，據佐伯本改。

〔九〕本條眉批，佐伯本無。

〔一〇〕「暈倒了」，底本及諸校本均作「運倒了」，據文意改。下徑改，不出校。

〔一〕本條眉批底本無，據佐伯本補。

〔二〕本條眉批底本無，據佐伯本補。

〔三〕「降赦文」，底本作「降教文」，據佐伯本改。

〔四〕「困」字，底本缺失，據佐伯本補，早大本作「喜」。

〔五〕「昨夜」，底本及諸校本均作「作夜」，據文意改。

〔六〕「過軍橋」，底本及諸校本均作「過軍將橋」，據上下文刪「將」字。

〔七〕「五千雙」，底本作「五百雙」，佐伯本同，據三桂堂本改。

〔八〕「禪師」，底本及諸校本均作「祖師」，據前後文改。下同。

似向東君誇
艷態倚闌咲
對牡丹叢

夕陽消柳外
暝色暗花間

第二十九卷　宿香亭張浩遇鶯鶯

閒向書齋閱古今，生非草木豈無情。
佳人才子多奇遇，難比張生遇李鶯。

話説西洛有一才子，姓張名浩，字巨源，自兒曹時清秀異衆。既長，才擒蜀錦，貌瑩寒冰，容止可觀，言詞簡當。承祖父之遺業，家藏鏹數萬，以財豪稱于鄉里。貴族中有慕其門第者，欲結婚姻，雖媒妁日至，〔一〕浩正色拒之。人謂浩曰：「君今冠矣。男子二十而冠，何不求良家令德女子配君？其理安在？」浩曰：「大凡百歲姻緣，必要十分美滿。【眉批】是亦一道。某雖非才子，實慕佳人。不遇出世嬌姿，寧可終身鰥處。且俟功名到手之日，此願或可遂耳。」緣此至弱冠之年，猶未納室。浩性喜厚自奉養，所居連檐重閣，洞户相通，華麗雄壯，與王侯之家相等。浩猶以爲隘窄，又於所居之北創置一園，中有：

風亭月榭，杏塢桃溪。雲樓上倚晴空，水閣下臨清泚。横塘曲岸，露偃月虹橋；朱檻雕欄，叠生雲怪石。爛熳奇花艷蕊，深沉竹洞花房。飛異域佳禽，植上林珍果。緑荷密鎖尋芳路，翠柳低籠鬬草場。

浩暇日多與親朋宴息其間。西都風俗，每至春時，園圃無大小，皆修莳花木，灑掃亭軒，縱游人玩賞，以此遞相誇逞，士庶爲常。浩閭巷有名儒廖山甫者，學行俱高，可爲師範，與浩情愛至密。浩喜園館新成，花木茂盛，一日，邀山甫閒步其中。行至宿香亭共坐。【眉批】亭名亦好。時當仲春，桃李正芳，牡丹花放，嫩白妖紅，環遶亭砌。浩謂山甫曰：「淑景明媚，非詩酒莫稱韶光。今日幸無俗事，先飲數杯，然後各賦一詩，咏目前景物。雖園圃消疏，不足以當君之盛作，若得一詩，可以永爲壯觀。」山甫曰：「願聽指揮。」浩喜，即呼小童，具飲器筆硯于前。酒三行，方欲索題，忽遥見亭下花間，有流鶯驚飛而起。山甫曰：「鶯語堪聽，何故驚飛？」浩曰：「此無他，料必有游人偷折花耳。邀先生一往觀之。」遂下宿香亭，徑入花陰，躡足潛身，尋踪而去。過太湖石畔，〔二〕芍藥欄邊，見一垂鬟女子，年方十五，携一小青衣，倚欄而立。但見：

新月籠眉，春桃拂臉。意態幽花未艷，肌膚嫩玉生光。蓮步一折，着弓弓扣繡鞋兒；螺髻雙垂，插短短紫金釵子。似向東君誇艷態，〔三〕倚欄笑對牡丹叢。

浩一見之，神魂飄蕩，不能自持。又恐女子驚避，引山甫退立花陰下。端詳久之，真出世色也。告山甫曰：「塵世無此佳人，想必上方花月之妖！」山甫曰：「花月之妖，豈敢晝見？天下不乏美婦人，但無緣者自不遇耳。」浩曰：「浩閲人多矣，未嘗見此殊麗。使浩得配之，足快平生。兄有何計，使我早遂佳期，則成我之恩，與生我等矣！」山甫曰：「以君之門第才學，欲結婚姻，易如反掌，何須如此勞神？」浩曰：「君言未當。若不遇其人，寧可終身不娶；今既遇之，即頃刻亦難捱也。媒妁通問，必須歲月，將無已在枯魚之肆乎！」【眉批】登徒子非好色者，此真好色也。〔四〕山甫曰：「但患不諧，苟得諧，何患晚也？請詢其踪迹，然後圖之。」浩此時情不自禁，遂整巾正衣，向前而揖。女子斂袂答禮。浩啓女子曰：「貴族誰家？何因至此？」女子笑曰：「妾乃君家東鄰也。今日長幼赴親族家會，惟妾不行。聞君家牡丹盛開，故與青衣潛啓隙户至此。」浩聞此語，乃知李氏之女鶯鶯也，與浩童稚時曾共扶欄之戲。再告女子曰：「敝園荒蕪，不足寓目，幸有小館，欲備殽酒，盡主人接鄰里之歡，如何？」女曰：「妾之此來，本欲見君。若欲開樽，决不敢領。願無及亂，略訴此情。」浩拱手鞠躬而言曰：「願聞所諭。」女曰：「妾自幼年慕君清德，緣家有嚴親，禮法所拘，無因與君聚會。今君猶未娶，妾亦垂髫，若不以醜陋見疏，爲通媒妁，使妾異日奉箕帚之末，立祭祀之列，奉侍翁姑，和睦親族，成兩姓之好，無七出之玷，此妾之素心也。不知君心還肯從否？」【眉批】此女大有心人。浩聞此語，喜出望外，告女曰：「若得與麗人偕老，平生之樂事足矣！但未知緣分何如耳？」女曰：「兩心既堅，緣分自定。君果見許，願求一物爲定，使妾藏之，異時表今日相見之情。」浩倉卒中無物表意，遂取繫腰紫羅繡帶，謂女曰：「取此以待定議。」女亦取擁項香羅，謂浩曰：「請君作詩一篇，親筆題于羅上，庶幾他時可以取信。」浩心轉喜，呼童取筆硯，指欄中未開牡丹爲題，賦詩一絕于香羅之上。詩曰：

沉香亭畔露凝枝，斂艷含嬌未放時。
自是名花待名手，風流學士獨題詩。

女見詩大喜，取香羅在手，謂浩曰：「君詩句清妙，中有深意，真才子也。此事切宜緘口，勿使人知。無忘今日之言，必遂他時之樂。父母恐回，妾且歸去。」道罷，蓮步却轉，與青衣緩緩而去。

浩時酒興方濃，春心淫蕩，不能自遏，自言：「『下坡不赶，次後難逢。』爭忍棄人歸去？雜花影下，細草如茵，略效鴛鴦，死亦無恨！」遂奮步赶上，雙手抱持。女子顧戀恩情，不忍移步絕裾而去。正欲啓口致辭，含羞告免，忽自後有人言曰：「相見已非正禮，此事決然不可！若能用我一言，可以永諧百歲。」浩捨女回視，乃山甫也。女子已去。山甫曰：「但凡讀書，蓋欲知禮別嫌。今君誦孔聖之書，何故習小人之態？若使女子去遲，父母先回，必詢究其所往，則女禍延及于君。豈可戀一時之樂，損終身之德？請君三思，恐成後悔！」【眉批】畢竟理長，非腐也。浩不得已，怏怏復回宿香亭上，與山甫盡醉散去。

自此之後，浩但當歌不語，對酒無歡，月下長吁，花前偷淚。俄而緑暗紅稀，春光將暮。〔五〕浩一日獨步閒齋，反覆思念。一段離愁，方恨無人可訴。忽有老尼惠寂自外而來，乃浩家香火院之尼也。浩禮畢，問曰：「吾師何來？」寂曰：「專來傳達一信。」浩問：「何人致意于我？」寂移坐促席謂浩曰：「君東鄰李家女子鶯鶯，再三申意。」浩大驚，告寂曰：「寧有是事？吾師勿言！」寂曰：「此事何必自隱？聽寂拜聞：李氏爲寂門徒二十餘年，其家長幼相信。今日因往李氏誦經，知其女鶯鶯染病，寂遂勸令勤服湯藥。鶯屏去侍妾，私告寂曰：『此病豈藥所能愈耶？』【眉批】真有心人也。寂再三詢其仔細，鶯遂説及園中與君相見之事。又出羅巾上詩，向寂言：『此即君所作也。』令我致意于君，幸勿相忘，以圖後會。蓋鶯與寂所言也，君何用隱諱耶？」浩曰：「事實有之，非敢自隱，但慮傳揚遐邇，取笑里閭。今日吾師既知，使浩如何而可？」寂曰：「早來既知此事，遂與鶯父母説及鶯親事。【眉批】尼亦非孟浪者。答云：『女兒尚幼，未能幹家。』觀其意在二三年後，方始議親。更看君緣分如何？」言罷，起身謂浩曰：「小庵事冗，不及款話，如日後欲寄音信，但請垂諭。」遂相別去。自此香閨密意，書幌幽懷，皆托寂私傳。光陰迅速，倏忽之間，已經一載。節過清明，桃李飄零，牡丹半折。浩倚欄凝視，睹物思人，情緒轉添。久之，自思去歲此時，相逢花畔，今歲花又重開，玉人難見。沉吟半晌，不若折花數枝，托惠寂寄鶯鶯同賞。遂召寂至，告曰：「今折得花數枝，煩吾師持往李氏，但云吾師所獻。若見鶯鶯，作浩起居：去歲花開時，相見于西欄畔；今花又開，人猶間阻。相憶之心，言不可盡！願似葉如花，年年長得相見。」寂曰：「此事易爲，君可少待。」遂持花去。踰時復來，浩迎問：「如何？」寂于袖中取彩箋小柬，告浩曰：「鶯鶯寄君，切勿外啓！」寂乃辭去。浩啓封視之，曰：

妾鶯鶯拜啓：相別經年，無日不懷思憶。前令乳母以親事白於父母，堅意不可。事須後圖，不可倉卒。願君無忘妾，妾必不負君！姻若不成，誓不他適。其他心事，詢寂可知。昨夜宴花前，衆皆歡笑，獨妾悲傷。偶成小詞，略訴心事，君讀之，可以見妾之意。讀畢毀之，切勿外泄！詞曰：

紅疏緑密時暄，還是困人天。相思極處，凝情月下，〔六〕灑淚花前。誓約已知俱有願，奈目前兩處懸懸。鸞凰未偶，清宵最苦，月甚先圓？

浩覽畢，斂眉長嘆，曰：「好事多磨，信非虚也！」展放案上，反覆把玩，不忍住手，〔七〕感刻寸心，淚下如雨。又恐家人見疑，詢其所因，遂伏案掩面，偷聲潛泣。良久，舉首起視，見日影下窗，暝色已至。浩思適來書中言「心事詢寂可知」，〔八〕今抱愁獨坐，不若詢訪惠寂，究其仔細，庶幾少解情懷。遂徐步出門，路過李氏之家，時夜色已闌，門户皆閉。浩至此，想像鶯鶯，心懷愛慕，步不能移，指李氏之門曰：「非插翅步雲，安能入此？」方徘徊未進，忽見旁有隙户半開，左右寂無一人。浩大喜曰：「天賜此便，成我佳期！遠托惠寂，不如潛入其中，探問鶯鶯消息。」浩爲情愛所重，不顧禮法，躡足而入。既到中堂，匿身回廊之下，左右顧盼，見：

閑庭悄悄，深院沉沉。静中聞風響玎璫，暗裏見流螢聚散。更籌漸急，窗中風弄殘燈；夜色已闌，階下月移花影。香閨想在屏山後，遠似巫陽千萬重。

浩至此，茫然不知所往。獨立久之，心中頓省，自思設若敗露，爲之奈何？不惟身受苦楚，抑且玷辱祖宗，此事當款曲圖之。不期隙户已閉，返轉回廊，方欲尋路復歸，忽聞室中有低低而唱者。〔九〕浩思深院浄夜，何人獨歌？遂隱住側身，静聽所唱之詞，乃

《行香子》詞：

雨後風微，綠暗紅稀。燕巢成、蝶遶殘枝。楊花點點，永日遲遲。動離懷，牽別恨，鷓鴣啼。　辜負佳期，虛度芳時。爲甚褪盡羅衣？宿香亭下，紅芍欄西。當時情，今日恨，有誰知！

但覺如雛鶯囀翠柳陰中，彩鳳鳴碧梧枝上。想是清夜無人，調韻轉美。浩審詞察意，若非鶯鶯，誰知宿香亭之約？但得一見其面，死亦無悔。方欲以指擊窗，詢問仔細，忽有人叱浩曰：「良士非媒不聘，女子無故不婚。今女按板于窗中，小子踰墻到廳下，皆非善行，玷辱人倫。執詣有司，永作淫奔之戒。」浩大驚退步，失脚墮于砌下。久之方醒，開目視之，乃伏案晝寢于書窗之下，時日將晡矣。浩曰：「異哉夢也！何顯然如是？莫非有相見之期，故先垂吉兆告我？」方心緒擾擾未定，惠寂復來。浩訊其意，寂曰：「適來只奉小柬而去，有一事偶忘告君。鶯鶯傳語，他家所居房後，乃君家之東墻也，高無數尺。其家初夏二十日，親族中有婚姻事，是夕舉家皆往，鶯托病不行。令君至期，于墻下相待，欲踰墻與君相見，君切記之。」惠寂且去，浩欣喜之心，言不能盡。

屈指數日，已至所約之期。浩遂張帷幄，具飲饌，器用玩好之物，皆列于宿香亭中。日既晚，悉逐僮僕出外，惟留一小鬟。反閉園門，倚梯近墻，屏立以待。未久，夕陽消柳外，暝色暗花間，斗柄指南，夜傳初鼓。浩曰：「惠寂之言豈非誑我乎？」語猶未絶，粉面新妝，半出短墻之上。浩舉目仰視，乃鶯鶯也。【眉批】鶯鶯跳墻，翻案甚奇。急升梯扶臂而下，携手偕行，至宿香亭上。明燭并坐，細視鶯鶯，欣喜轉盛，告鶯曰：「不謂麗人果肯來此！」鶯曰：「妾之此身，異時欲作閨門之事，今日寧肯誑語！」浩曰：「肯飲少酒共慶今宵佳會，可乎？」鶯曰：「難禁酒力，恐來朝獲罪于父母。」浩曰：「酒既不飲，略歇如何？」鶯笑倚浩懷，嬌羞不語。浩遂與解帶脱衣，入鴛幃共寢。但見：

寶炬摇紅，麝裀吐翠。金縷繡屏深掩，紺紗斗帳低垂。并蓮鴛枕，如雙雙比目同波；共展香衾，似對對春蠶作繭。向人尤殢春情事，一搦纖腰怯未禁。

須臾，香汗流酥，相偎微喘，雖楚王夢神女，劉阮入桃源，相得之歡，皆不能比。少頃，鶯告浩曰：「夜色已闌，妾且歸去。」浩亦不敢相留，遂各整衣而起。浩告鶯曰：「後會未期，切宜保愛！」鶯曰：「去歲偶然相遇，猶作新詩相贈。今夕得侍枕席，何故無一言見惠？豈非猥賤之軀，不足當君佳句？」浩笑謝鶯曰：「豈有此理！謹賦一絶：

華胥佳夢徒聞説，解佩江皋浪得聲。

一夕東軒多少事，韓生虛負竊香名。」

鶯得詩，謂浩曰：「妾之此身，今已爲君所有，幸終始成之。」遂携手下亭，轉柳穿花，至墻下，浩扶策，鶯升梯而去。

自此之後，雖音耗時通，而會遇無便。經數日，忽惠寂來告曰：「鶯鶯致意：其父守官河朔，來日挈家登程，願君莫忘舊好。候回日，當議秦晉之禮。」惠寂辭去。浩神悲意慘，度日如年，抱恨懷愁，俄經二載。一日，浩季父召浩，語曰：「吾聞不孝以無嗣爲大，今汝將及當立之年，猶未納室，雖未至絶嗣，而内政亦不可缺。此中有孫氏者，累世仕宦，家業富盛，其女年已及笄，幼奉家訓，習知婦道。我欲與汝主婚，結親孫氏。今若失之，後無令族。」浩素畏季父賦性剛暴，不敢抗拒，又不敢明言李氏之事，【眉批】男子不如婦人，其張浩、李鶯乎？遂通媒妁，與孫氏議姻。擇日將成，而鶯鶯之父任滿方歸。浩不能忘舊情，乃遣惠寂密告鶯曰：「浩非負心，實被季父所逼，復與孫氏結親。負心違願，痛徹心髓！」鶯謂寂曰：「我知其叔父所爲，我必能自成其事。」〔一〇〕寂曰：「善爲之！」遂去。

鶯啓父母曰：「兒有過惡，玷辱家門，願先啓一言，然後請死。」父母驚駭，詢問：「我兒何自苦如此？」鶯曰：「妾自幼歲慕西鄰張浩才名，曾以此身私許偕老。曾令乳母白父母，欲與浩議姻，當日尊嚴不蒙允許。【眉批】坐父母一款不是。今聞浩與孫氏結婚，棄妾此身，將歸何地？然女行已失，不可復嫁他人，此願若違，含笑自絕。」父母驚謂鶯曰：「我止有一女，所恨未能選擇佳婿。若早知，可以商議。今浩既已結婚，爲之奈何？」鶯曰：「父母許以兒歸浩，則妾自能措置。」父曰：「但願親成，一切不問。」鶯曰：「果如是，容妾訴于官府。」遂取紙作狀，更服舊妝，徑至河南府訟庭之下。龍圖閣待制陳公方據案治事，見一女子執狀向前。公停筆問曰：「何事？」鶯鶯斂身跪告曰：「妾誠誑妄，上瀆高明，有狀上呈。」公令左右取狀展視，云：

告狀妾李氏：切聞語云：「女非媒不嫁。」此雖至論，亦有未然。何也？昔文君心喜司馬，賈午志慕韓壽，此二女皆有私奔之名，而不受無媒之謗。蓋所歸得人，青史標其令德，注在篇章，使後人繼其所爲，免委身于傭俗。妾于前歲慕西鄰張浩才名，已私許之偕老。言約已定，誓不變更。今張浩忽背前約，使妾呼天叩地，無所告投。【眉批】坐浩一款不是。切聞律設大法，禮順人情。若非判府龍圖明斷，孤寡終身何恃！〔二〕爲此冒耻瀆尊，幸望台慈，特賜予决！謹狀。

陳公讀畢，謂鶯鶯曰：「汝言私約已定，有何爲據？」鶯取懷中香羅并花箋上二詩，皆浩筆也。陳公命追浩至公庭，責浩與李氏既已約婚，安可再孫氏？浩倉卒但以叔父所逼爲辭，實非本心。再訊鶯曰：「爾意如何？」鶯曰：「張浩才名，實爲佳婿。使妾得之，當克勤婦道。實龍圖主盟之大德。」陳公曰：「天生才子佳人，不當使之孤另。我今曲與汝等成之。」【眉批】好官府。遂于狀尾判云：

花下相逢，已有終身之約；中道而止，竟乖偕老之心。在人情既出至誠，論律文亦有所禁。宜從先約，可斷後婚。

判畢，謂浩曰：「吾今判合與李氏爲婚。」二人大喜，拜謝相公恩德，遂成夫婦，偕老百年。後生二子，俱擢高科。話名《宿香亭張浩遇鶯鶯》。

當年崔氏賴張生，今日張生仗李鶯。
同是風流千古話，西廂不及宿香亭。

【校記】

〔一〕「媒妁」，底本及諸校本均作「媒灼」，據文意改。

〔二〕「過太湖」，底本及諸校本均作「遇太湖」，據文意改。

〔三〕「向東君」，底本作「白東君」，佐伯本同，據三桂堂本改。

〔四〕本條眉批，佐伯本無。

〔五〕「暮」，底本及諸校本均作「慕」，據文意改。

〔六〕「情」，底本及諸校本均作「晴」，據文意改。

〔七〕「不忍住手」，底本作「不忍什手」，據佐伯本改，三桂堂本作「不忍釋手」。

〔八〕「詢」，底本及諸校本均作「訊」，據前後文改。

〔九〕「室中」，底本作「空中」，佐伯本同，據三桂堂本改。

〔一〇〕「自成其事」，底本作「自成甚事」，佐伯本同，據早大本改。

〔一一〕「何恃」，底本作「何侍」，佐伯本同，據三桂堂本改。

踏青士女紛紛至
賞翫遊人隊隊來

金明池畔逢双美
了却人間生死縁

第三十卷　金明池吴清逢愛愛

朱文燈下逢劉倩，師厚燕山遇故人。
隔斷死生終不泯，人間最切是深情。

話説大唐中和年間，博陵有個才子，姓崔名護，生得風流俊雅，才貌無雙。偶遇春榜動，選場開，收拾琴劍書箱，前往長安應舉。時當暮春，崔生暫離旅舍，往城南郊外游賞。但覺口燥咽乾，唇焦鼻熱。一來走得急，那時候也有些熱了。這崔生只爲口渴，又無溪澗取水，只見一個去處：

灼灼桃紅似火，依依緑柳如煙。竹籬，茅舍，黄土壁，白板扉。哰哰犬吠桃源中，兩兩黄鸝鳴翠柳。

崔生去叩門，覓一口水。立了半日，不見一人出來。正無計結，忽聽得門内笑聲，崔生鷹覷鶻望，去門縫裏一瞧，元來那笑的，却是一個女孩兒，約有十六歲。那女兒出來開門，崔生見了，口一發燥，咽一發乾，唇一發焦，鼻一發熱，連忙叉手向前道：「小娘子拜揖。」那女兒回個嬌嬌滴滴的萬福道：「官人寵顧茅舍，有何見諭？」崔生道：「卑人博陵崔護，别無甚事，只因走遠氣喘，敢求勺水解渴則個。」女子聽罷，并無言語，疾忙進去，用纖纖玉手捧着磁甌，盛半甌茶，遞與崔生。崔生接過，呷入口，透心也似凉，好爽利！只得謝了自回。想着功名，自去赴選。誰想時運未到，金榜無名，離了長安，匆匆回鄉去了。

倏忽一年，又遇開科，崔生又起身赴試。追憶故人，且把試事權時落後，急往城南。一路上東觀西望，只怕錯認了女兒住處。頃刻到門前，依舊桃紅柳緑，犬吠鶯啼。崔生至門，見寂寞無人，心中疑惑，還去門縫裏瞧時，不聞人聲。徘徊半晌，去白板扉上題四句詩：

去年今日此門中，人面桃花相映紅。
人面不知何處去？桃花依舊笑春風。

題罷自回。明日放心不下，又去探看，忽見門兒呀地開了，走出一個人來。生得：

鬚眉皓白，鬢髮稀疏。身披白布道袍，手執斑竹拄杖。堪爲四皓商山客，做得磻溪執釣人。

那老兒對崔生道：「君非崔護麽？」崔生道：「丈丈拜揖，卑人是也，不知丈丈何以見識？」那老兒道：「君殺我女兒，怎生不識？」驚得崔護面色如土，道：「卑人未嘗到老丈宅中，何出此言？」老兒道：「我女兒去歲獨自在家，遇你來覓水，去後昏昏如醉，不離床席。昨日忽說道：『去年今日曾遇崔郎，今日想必來也。』【眉批】情靈一至此。走到門前，望了一日，不見。轉身擡頭，忽見白板扉上詩，長哭一聲，瞥然倒地。老漢扶入房中，一夜不醒。早間忽然開眼道：『崔郎來了，爹爹好去迎接。』今君果至，豈非前定？且請進去一看。」誰想崔生入得門來，裏面哭了一聲，仔細看時，女兒死了。老兒道：「郎君今番真個償命！」崔生此時又驚又痛，便走到床前，坐在女兒頭邊，輕輕放起女兒的頭，伸直了自家腿，將女兒的頭放在腿上，襯着女兒的臉道：「小娘子，崔護在此！」【眉批】好醫生。頃刻間那女兒三魂再至，七魄重生，須臾就走起來。老兒十分歡喜，就賠妝奩招贅崔生爲婿。後來崔生發迹爲官，夫妻一世團圓。正是：

月缺再圓，鏡離再合。
花落再開，人死再活。

爲甚今日說這段話？這個便是死中得活。有一個多情的女兒，没興遇着個子弟，不能成就，干折了性命，反作成别人洞房花燭。正是：

有緣千里能相會，無緣對面不相逢。

説這女兒遇着的子弟，却是宋朝東京開封府有一員外，姓吴名子虚。平生是個真實的人，止生得一個兒子，名唤吴清。正是愛子嬌痴，獨兒得惜。那吴員外愛惜兒子，一日也不肯放出門。那兒子却是風流博浪的人，專要結識朋友，覓柳尋花。忽一日，有兩個朋友來望，却是金枝玉葉、鳳子龍孫，是宗室趙八節使之子，兄弟二人，大的諱應之，小的諱茂之，都是使錢的勤兒。兩個叫院子通報。吴小員外出來迎接，分賓而坐。獻茶畢，問道：「幸蒙恩降，不知又何使令？」二人道：「即今清明時候，金明池上士女喧闐，游人如蟻。欲同足下一游，尊意如何？」小員外大喜道：「蒙二兄不棄寒賤，當得奉陪。」小員外便教童兒挑了酒樽食疊，備三匹馬，與兩個同去，迤運早到金明池。陶穀學士有首詩道：

萬座笙歌醉後醒，遶池羅幕翠煙生。
雲藏宫殿九重碧，日照乾坤五色明。
波面畫橋天上落，岸邊游客鑑中行。
駕來將幸龍舟宴，花外風傳萬歲聲。

三人遶池游玩，但見：

桃紅似錦，柳緑如煙。花間粉蝶雙雙，枝上黄鸝兩兩。踏青士女紛紛至，賞玩游人隊隊來。

三人就空處飲了一回酒。吴小員外道：「今日天氣甚佳，只可惜少個侑酒的人兒。」二趙道：「酒已足矣，不如閒步消遣，觀看士女游人，强似呆坐。」三人挽手同行。剛動脚不多步，忽聞得一陣香風，絶似麝蘭香，又帶些脂粉氣。吴小員外迎這陣香風上去，忽見一簇婦女，如百花鬬彩，萬卉争妍。内中一位小娘子，剛則十五六歲模樣，身穿杏黄衫子。生得如何？

眼横秋水，眉拂春山。髮似雲堆，足如蓮蕊。兩顆櫻桃分素口，一枝楊柳鬬纖腰。未領略遍體温香，早已睹十分丰韻。

吴小員外看見，不覺遍體蘇麻，急欲挨身上前，却被趙家兩兄弟拖回，道：「良家女子，不可調戲。恐耳目甚多，惹禍招非。」【眉批】道學語用得着。小員外雖然依允，却似勾去了魂靈一般。那小娘子隨着衆女娘自去了。

小員外與二趙相别自回，一夜不睡，道：「好個十相具足的小娘子，恨不曾訪問他居止姓名。若訪問得明白，央媒説合，或有三分僥倖。」次日，放心不下，换了一身齊整衣服，又約了二趙，在金明池上尋昨日小娘子踪迹；

分明昔日陽臺路，不見當時行雨人。

吴小員外在游人中往來尋趁，不見昨日這位小娘子，心中悶悶不悦。趙大哥道：「足下情懷少樂，想尋春之興未遂。此間酒肆中，多有當鑪少婦。愚弟兄陪足下一行，倘有看得上眼的，沽飲三杯，也當春風一度，如何？」小員外道：「這些老妓夙娼，〔一〕殘花敗柳，學生平日都不在意。」趙二哥道：「街北第五家，小小一個酒肆，到也精雅。内中有個量酒的女兒，大有姿色，年紀也只好二八，只是不常出來。」小員外欣然道：「煩相引一看。」三人移步街北，果見一個小酒店，外邊花竹扶疏，裏面杯盤羅列。趙二哥指道：「此家就是。」三人入得門來，悄無人聲。不免喚一聲：「有人麽？有人麽？」須臾之間，似有如無，覺得嬌嬌媚媚，妖妖嬈嬈，走一個十五六歲花朵般多情女兒出來。那三個子弟見了女兒，齊齊的三頭對地，六臂向身，唱個喏道：「小娘子拜揖。」那多情的女兒見了三個子弟，一點春心動了，按捺不下，一雙脚兒出來了，則是麻麻地進去不得。緊挨着三個子弟坐地，便教迎兒取酒來。那四個可知道喜！四口兒并來，没一百歲。【眉批】人不可以有年。方纔舉得一杯，忽聽得驢兒蹄響，車兒輪響，却是女兒的父母上墳回來。三人敗興而返。

迤逗春色凋殘，勝游難再，只是思憶之心，形于夢寐。轉眼又是一年。三個子弟不約而同，再尋舊約。頃刻已到，但見門户蕭然，當壚的人不知何在。三人少歇一歇問信，則見那舊日老兒和婆子走將出來。三人道：「丈丈拜揖。有酒打一角來。」便問：「丈丈，去年到此見個小娘子量酒，今日如何不見？」那老兒聽了，簌地兩行淚下：「覆官人，老漢姓盧名榮。官人見那量酒的，就是老拙女兒，小名愛愛。去年今日合家去上墳，不知何處來三個輕薄厮兒，和他吃酒，見我回來散了，中間别事不知。老拙兩個薄薄罪過他兩句言語，不想女兒性重，頓然悒怏，不吃飲食，數日而死。這屋後小丘，便是女兒的墳。」説罷，又簌簌地淚下。三人噤口不敢再問，連忙還了酒錢，三個馬兒連着，一路傷感不已，回頭顧盼，淚下沾襟，怎生放心得下！正是：

夜深喧暫息，池臺惟月明。
無因駐清景，日出事還生。

那三個正行之際，恍惚見一婦人，素羅罩首，紅帕當胸，顫顫摇摇，半前半却，覷着三個，低聲萬福。那三個如醉如痴，罔知所措。道他是鬼，又衣裳有縫，地下有影；道是夢裏，自家掐着又疼。只見那婦人道：「官人認得奴家，即去歲金明池上人也。官人今日到奴家相望，爹媽詐言我死，虚堆個土墳，待瞞過官人們。奴家思想前生有緣，〔二〕幸得相遇。如今搬在城裏一個曲巷小樓，且是瀟灑。倘不棄嫌，屈尊一顧。」三人下馬齊行，瞬息之間，便到一個去處。入得門來，但見：

小樓連苑，斗帳藏春。低檐淺映紅簾，曲閣遥開錦帳。半明半暗，人居掩映之中；萬緑萬紅，春滿風光之内。

上得樓兒，那女兒便叫：「迎兒，安排酒來，與三個姐夫賀喜。」無移時，酒到痛飲。那女兒所事熟滑，唱一個嬌滴滴的曲兒，舞一個妖媚媚的破兒，搊一個緊颼颼的箏兒，道一個甜甜嫩嫩的千歲兒。那弟兄兩個飲散，相別去了。吴小員外回身轉手，搭定女兒香肩，摟定女兒細腰，捏定女兒纖手，醉眼乜斜，只道樓兒便是床上，火急做了一班半點兒事。端的是：

春衫脱下，繡被鋪開。酥胸露一朵雪梅，纖足啓兩彎新月。未開桃蕊，怎禁他浪蝶深偷；半折花心，忍不住狂蜂恣採。涔然粉汗，微喘相偎。

睡到天明，起來梳洗，吃些早飯，兩口兒絮絮叨叨，不肯放手。吴小員外焚香設誓，囓臂爲盟，那女兒方纔掩着臉，笑了進去。吴小員外自一路悶悶回家，見了爹媽。道：「我兒，昨夜宿于何處？教我一夜不睡，亂夢顛倒。」小員外道：「告爹媽，兒爲兩個朋友是皇親國戚，要我陪宿，不免依他。」爹媽見説是皇親，又曾來望，便不疑他。誰想情之所鍾，解釋不得。有詩爲證：

　　剗平荆棘蓋樓臺，樓上笙歌鼎沸開。
　　歡笑未終離别起，從前荆棘又生來。

那小員外與女兒兩情厮投，好説得着。可知哩，笋芽兒般後生，遇着花朵兒女娘，又是芳春時候，正是：

　　佳人窈窕當春色，才子風流正少年。

小員外只爲情牽意惹，不隔兩日，少不得去伴女兒一宵。只一件，但見女兒時，自家覺得精神百倍，容貌勝常；纔到家，便顔色憔悴，形容枯槁。漸漸有如鬼質，看看不似人形。飲食不思，藥餌不進。

父母見兒如此，父子情深，顧不得朋友之道，也顧不得皇親國戚，便去請趙公子兄弟二人來，告道：「不知二兒日前帶我豚兒何處非爲？今已害得病深。若是醫得好，一句也不敢言。萬一有些不測，不免擊鼓訴冤，那時也怪老漢不得。」那兄弟二人聽罷，切切偶語：「我們雖是金枝玉葉，争奈法度極嚴，若子弟賢的，一般如凡人叙用；若有些争差的，罪責却也不小。萬一被這老子告發時，畢竟於我不利。」疾忙回言：「丈丈，賢嗣之疾，本不由我弟兄。」遂將金明池酒店上遇見花枝般多情女兒始末叙了一遍。〔三〕老兒大驚，道：「如此説，我兒着鬼了！二位有何良計可以相救？」二人道：「有個皇甫真人，他有劄妖符劍，除非請他來施設，退了這邪鬼，方保無恙。」老兒拜謝道：「全在二位身上。」二人回身就去。却是：

青龍共白虎同行，吉凶事全然未保。

兩個上了路，遠遠到一山中，白雲深處，見一茅庵：

黄茅蓋屋，白石壘墻。陰陰松暝鶴飛回，小小池晴龜出曝。翠柳碧梧夾路，玄猿白鶴迎門。

頃刻間，庵裏走出個道童來，道：「二位莫不是尋師父救人麽？」二人道：「便是，相煩通報則個。」道童道：「若是別患，俺師父不去，只劄情欲之妖。」却爲甚的？情能生人，亦能死人。生是道家之心，死是道家之忌。」二人道：「正要劄情欲之妖，救人之死。」小童急去，請出皇甫真人。真人見道童已説過了：「吾可一去。」迤逦同到吴員外家。纔到門首，便道：「這家被妖氣罩定，却有生氣相臨。」却好小員外出見，真人吃了一驚，道：「鬼氣深了！九死一生，只有一路可救。」驚得老夫妻都來跪告真人：「俯垂法術，救俺一家性命！」真人道：「你依吾説，急往西方三百里外避之。若到所在，這鬼必然先到。倘若滿了一百二十日，這鬼不去，員外拚着一命，不可救治矣！」員外應允。備素齋，請皇甫真人齋罷，相別自去。老員外速教收拾擔仗，往西京河南府去避死，正是：

曾觀前定録，生死不由人。

小員外請兩個趙公子相伴同行。沿路去時，由你登山涉嶺，過澗渡橋，閒中鬧處，有伴無人，但小員外吃食，女兒在旁供菜；員外臨睡，女兒在傍解衣；若員外登厠，女兒拿着衣服。處處莫避，在在難離。【眉批】有此順從，直得一死。不覺在洛陽幾日。忽然一日屈指算時，却好一百二十日，如何是好？那兩個趙公子和從人守着小員外，請到酒樓散悶，又愁又怕，都閣不住淚汪汪地。又怕小員外看見，急急拭了。小員外目睜口呆，罔知所措。正低了頭倚着闌干，恰好皇甫真人騎個驢兒過來。趙公子看見了，慌忙下樓，當街拜下，扯住真人，求其救度。吴清從人都一齊跪下拜求。真人便就酒樓上結起法壇，焚香步罡，口中念念有詞，行持了畢，把一口寶劍遞與小員外道：「員外本當今日死。且將這劍去，到晚緊閉了門。黄昏之際，定來敲門。休問是誰，速把劍斬之。若是有幸，斬得那鬼，員外便活；若不幸誤傷了人，員外只得納死。總然一死，還有可脱之理。」分付罷，真人自騎驢去了。小員外得了劍，巴到晚間，閉了門。漸次黄昏，只聽得剥啄之聲。員外不露聲息，悄然開門，便把劍斫下，覺得隨手倒地。員外又驚又喜，心窩裏突突地跳，連叫：「快點燈來！」衆人點燈來照，連店主人都來看。不看猶可，看時，衆人都吃了一大驚：

分開八片頂陽骨，傾下半桶冰雪水。

店主人認得砍倒的尸首，却是店裏奔走的小厮阿壽，十五歲了。因往街上登東，關在門外，故此敲門，恰好被劍砍壞了。當時店中嚷動，地方來，見了人命事，便將小員外縛了，兩個趙公子也被縛了。等待來朝，將一行人解到河南府。大尹聽得是殺人公事，看了辭狀，即送獄司勘問。吴清將皇甫真人斬妖事，備細說了。獄司道：「這是荒唐之言。見在殺死小厮，真正人命，如何抵釋！」喝教手下用刑。却得跟隨小員外的在衙門中使透了銀子。獄卒禀道：「吴清久病未痊，受刑不起。那兩個宗室，止是干連小犯。」獄官借水推船，權把吴清收監，候病痊再審，二趙取保在外。一面着地方將棺木安放尸首，聽候堂上吊驗，斬妖劍作兇器駐庫。

却說吴小員外是夜在獄中垂淚嘆道：「爹娘止生得我一人，從小寸步不離，何期今日死於他鄉！早知左右是死，背井離鄉，着甚麽來！」又嘆道：「小娘子呵，只道生前相愛，誰知死後纏綿。恩變成仇，害得我骨肉分離，死無葬身之地。我好苦也！我好恨也！」嗟怨了半夜，不覺睡去。夢見那花枝般多情的女兒，妖妖嬈嬈走近前來，深深道個萬福道：「小員外休得悵恨奴家。奴自身亡之後，感太元夫人空中經過，憐奴無罪早殀，授以太陰煉形之術，以此元形不損，且得游行世上。感員外隔年垂念，因而冒恥相從；亦是前緣宿分，合有一百二十日夫妻。今已完滿，奴自當去。前夜特來奉别，不意員外起其惡意，將劍砍奴。今日受一夜牢獄之苦，以此相報。阿壽小厮，自在東門外古墓之中，只教官府覆驗尸首，便得脱罪。奴又與上元夫人求得玉雪丹二粒，員外試服一粒，管取百病消除，元神復舊。又一粒員外謹藏之，他日成就員外一段佳姻，以報一百二十日夫妻之恩。」【眉批】不枉叫做多情女兒。說罷，出藥二粒，如鷄豆般，其色正紅，分明是兩粒火珠。那女兒將一粒納於小員外袖內，一粒納於口中，叫聲：「奴去也！還鄉之日，千萬到奴家荒墳一顧，也表員外不忘故舊之情。」

小員外再欲叩問詳細，忽聞鐘聲聒耳，驚醒將來。口中覺有異香，腹裏一似火團展轉，汗流如雨。巴到天明，汗止，身子頓覺健旺，摸摸袖内，一粒金丹尚在，宛如夢中所見。小員外隱下餘情，只將女鬼托夢説阿壽小厮見在，請覆驗尸首，便知真假。獄司禀過大尹，開棺檢視，原來是舊笤帚一把，并無他物。尋到東門外古墓，那阿壽小厮如醉夢相似，睡於破石槨之内。衆人把薑湯灌醒，問他如何到此，那小厮一毫不知。獄司帶那小厮并笤帚到大尹面前，教店主人來認，實是阿壽未死，方知女鬼的做作。大尹即將衆人赶出。皇甫真人已知斬妖劍不靈，自去入山修道去了。二趙接得吳小員外，連稱恭喜，酒店主人也來謝罪。

三人別了主人家，領着僕從，歡歡喜喜回開封府來。離城還有五十餘里，是個大鎮，權歇馬上店，打中火。只見間壁一個大户人家門首，貼一張招醫榜文：

本宅有愛女患病垂危，人不能識。倘有四方明醫，善能治療者，奉謝青蚨十萬，花紅羊酒奉迎，决不虛示。

吳小員外看了榜文，問店小二道：「間壁何宅？患的是甚病，没人識得？」小二道：「此地名褚家莊。間壁住的，就是褚老員外。生得如花似玉一位小娘子，年方一十六歲。若干人來求他，老員外不肯輕許。一月之間，忽染一病，發狂顛語，不思飲食。許多太醫下藥，病只有增無減。好一主大財鄉，没人有福承受得。可惜好個小娘子，世間難遇。如今看看欲死，老夫妻兩口兒晝夜啼哭，只祈神拜佛，做好事保福，也不知費了若干錢鈔了。」小員外聽説，心中暗喜，道：「小二哥，煩你做個媒，我要娶這小娘子爲妻。」小二道：「小娘子十生九死，官人便要講親，也待病痊。」小員外道：「我會醫的是狂病。不願受謝，只要許下成婚，手到病除。」小二道：「官人請坐，小人即時傳語。」須臾之間，只見小二同着褚公到店中來，與三人相見了，問道：「那一位先生善醫？」二趙舉手道：「這位吳小員外。」褚公道：「先生若醫得小女病痊，帖上所言，毫釐不敢有負。」吳小員外道：「學生姓吳名清，本府城內大街居住。父母在堂，薄有家私，豈希罕萬錢之贈。但學生年方二十，尚未婚配，久慕宅上小娘子容德俱全，倘蒙許諧秦晉，自當勉效盧扁。」二趙在傍，又幫襯許多好言，誇吳氏名門富室，又誇小員外做人忠厚。褚公愛女之心，無所不至，不由他不應承了。便道：「若果然醫得小女好時，老漢賠薄薄妝奩，送至府上成婚。」吳清向二趙道：「就煩二兄爲媒，不可退悔！」褚公道：「豈敢！」

當下褚公連三位都請到家中，設宴款待。吳清性急，就教老員外：「引進令愛房中，看病下藥。」褚公先行，吳清隨後，也是緣分當然，吳小員外進門時，那女兒就不狂了。吳小員外假要看脉，養娘將羅幃半揭，幃中但聞金釧索琅的一聲，舒出削玉團冰的一隻纖手來。正是：

未識半面花容，先見一雙玉腕。

小員外將兩手脉俱已看過，見神見鬼的道：「此病乃邪魅所侵，非學生不能治也。」遂取所存玉雪丹一粒，以新汲井花水，令其送下。那女子頓覺神清氣爽，病體脱然，褚公感謝不盡。是日，三人在褚家莊歡飲。至夜，褚公留宿于書齋之中。次日，又安排早飯相請。二趙道：「擾過，就告辭了。只是吳小員外姻事，不可失信。」褚公道：

「小女蒙活命之恩，豈敢背恩忘義？所諭敢不如命！」小員外就拜謝了岳丈。褚公備禮相送，爲程儀之敬。三人一無所受，作别還家。

吴老員外見兒子病好回來，歡喜自不必説。二趙又將婚姻一事説了，老員外十分之美，少不得擇日行聘。六禮既畢，褚公備千金嫁裝，親送女兒過門成親。吴小員外在花燭之下，看了新婦，吃了一驚：好似初次在金明池上相逢這個穿杏黄衫的美女。過了三朝半月，夫婦厮熟了，吴小員外叩問妻子，去年清明前二日，果係探親入城，身穿杏黄衫，曾到金明池上游玩。正是「人有所願，天必從之」。那褚家女子小名，也唤做愛愛。

吴小員外一日對趙氏兄弟説知此事，二趙各各稱奇：「此段姻緣乃盧女成就，不可忘其功也。」吴小員外即日到金明池北盧家店中，述其女兒之事，獻上金帛，拜認盧榮老夫婦爲岳父母，求得開壙一見，願買棺改葬。盧公是市井小人，得員外認親，無有不從。小員外央陰陽生擇了吉日，先用三牲祭禮澆奠，然後啓土開棺。那愛愛小娘子面色如生，香澤不散，乃知太陰煉形之術所致。吴小員外嘆羡了一回。改葬已畢，請高僧廣做法事七晝夜。其夜又夢愛愛來謝，自此踪影遂絶。後吴小員外與褚愛愛百年諧老。盧公夫婦亦賴小員外送終，此小員外之厚德也。有詩爲證：

金明池畔逢雙美，了却人間生死緣。
世上有情皆似此，分明火宅現金蓮。

【校記】

〔一〕「老妓夙娼」，底本作「老妓夙唱」，佐伯本同，據三桂堂本改，早大本同三桂堂本。

〔二〕「思想」二字，底本墨釘，據佐伯本補，早大本作「與你」。

〔三〕「金明池」，底本作「金明包」，據佐伯本改。

慚無面目拜宗祖
悽凉對学生

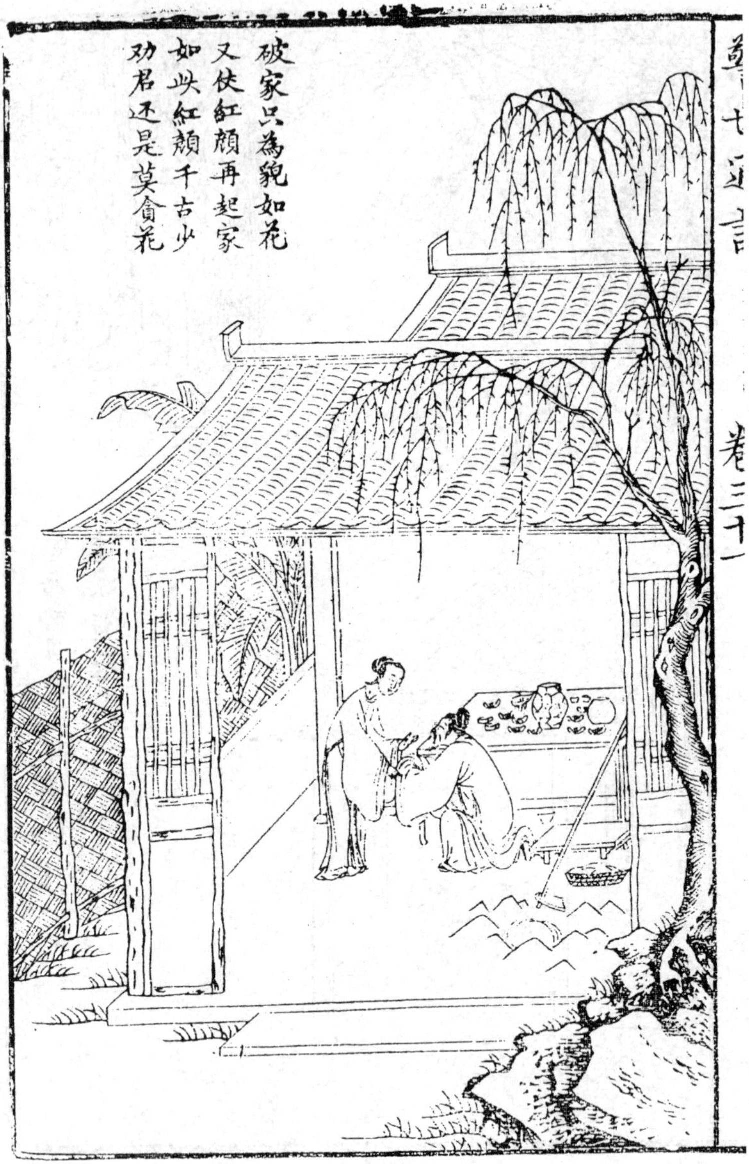
破家只為貌如花
又仗紅顏再起家
如此紅顏千古少
劝君还是莫貪花
警世通言　卷三十一

第三十一卷　趙春兒重旺曹家莊

東鄰昨夜報吴姬，一曲琵琶蕩客思。
不是婦人偏可近，從來世上少男兒。

這四句詩是誇獎婦人的。自古道：「有志婦人，勝如男子。」且如婦人中，只有娼流最賤，其中出色的儘多。有一個梁夫人，能於塵埃中識拔韓世忠。世忠自卒伍起爲大將，與金兀术四太子相持於江上，梁夫人脱簪珥犒軍，親自執桴，擂鼓助陣，大敗金人。後世忠封蘄王，退居西湖，與梁夫人諧老百年。又有一個李亞仙，他是長安名妓，有鄭元和公子闞他，吊了稍，在悲田院做乞兒，大雪中唱《蓮花落》。亞仙聞唱，知是鄭郎之聲，收留在家，繡繻裹體，剔目勸讀，一舉成名，中了狀元，亞仙直封至一品夫人。這兩個是紅粉班頭，青樓出色：

若與尋常男子比，好將巾幗换衣冠。

如今說一個妓家故事，雖比不得李亞仙、粱夫人恁般大才，却也在千辛百苦中熬鍊過來，助夫成家，有個小小結果，這也是千中選一。話說揚州府城外，有個地名叫曹家莊，莊上曹太公是個大户之家。院君已故，止生一位小官人，名曹可成。那小官人人材出衆，百事伶俐。只有兩件事非其所長，一者不會讀書，二者不會作家。常言道：「獨子得惜。」因是個富家愛子，養驕了他；又且自小納粟入監，出外都稱相公，一發縱蕩了。專一穿花街，串柳巷，吃風月酒，用脂粉錢，真個滿面春風，揮金如土，人都喚他做「曹呆子」。太公知他浪費，禁約不住，只不把錢與他用。他就瞞了父親，背地將田產各處抵借銀子。那敗子借債，有幾般不便宜處：第一，折色短少，不能足數，遇狠心的，還要搭些貨物。第二，利錢最重。第三，利上起利，過了一年十個月，只倒換一張文書，并不催取，誰知本重利多，便有銅斗家計，不彀他盤算。第四，居中的人還要扣些謝禮，他把中人就自看做一半債主，狐假虎威，需索不休。第五，寫借票時，只揀上好美産，要他寫做抵頭，既寫之後，這産業就不許你賣與他人。及至准算與他，又要減你的價錢。准算過，〔二〕便有幾兩贏餘，要他找絕，他又東扭西捏，朝三暮四，没有得爽利與你。有此五件不便宜處，所以往往破家。爲尊長的只管拿住兩頭不放，却不知中間都替别人家發財去了，十分家當，實在没用得五分。這也是只顧生前，不顧死後。左右把與他敗的，到不如自眼裏看他結末了，也得明白。

明識兒孫是下流，故將鎖鑰用心收。
兒孫自有兒孫算，枉與兒孫作馬牛。

閒話休叙。却説本地有個名妓，叫做趙春兒，是趙大媽的女兒。真個花嬌月艷，玉潤珠明，專接富商巨室，賺大主錢財。曹可成一見，就看上了，一住整月，在他家撒漫使錢。兩下如膠似漆，一個願討，一個願嫁，神前罰願，燈下設盟。爭奈父親在堂，不敢娶他入門。那妓者見可成是慷慨之士，要他贖身。原來妓家有這個規矩：初次破瓜的，叫做梳櫳孤老；若替他把身價還了鴇兒，由他自在接客，無拘無管，這叫做贖身孤老。但是贖身孤老要歇時，别的客只索讓他，十夜五夜，不論宿錢。後來若要娶他進門，别不費財禮。又有這許多脾胃處。曹可成要與春兒贖身，大媽索要五百兩，分文不肯少。可成各處説法，尚未到手。

忽一日，聞得父親唤銀匠在家傾成許多元寶，未見出笏。用心體訪，曉得藏在卧房床背後複壁之内，用帳子掩着。可成覷個空，趄進房去，偷了幾個出來。又怕父親查檢，照樣做成貫鉛的假元寶，一個换一個。〔二〕大模大樣的與春兒贖了身，又置辦衣飾之類。以後但是要用，就將假銀换出真銀，多多少少都放在春兒處，憑他使費，并不檢查。真個來得易，去得易，日漸日深，換個行雲流水，也不曾計個數目是幾錠幾兩。春兒見他撒漫，只道家中有餘，亦不知此銀來歷。

忽一日，太公病篤，喚可成夫婦到床頭叮囑道：「我兒，你今三十餘歲，也不爲年少了。『敗子回頭便作家！』你如今莫去花柳游蕩，收心守分。我家當之外，還有些本錢，又没第二個兄弟分受，儘彀你夫妻受用。」遂指床背後説道：「你揭開帳子，有一層複壁，裏面藏着元寶一百個，共五千兩，這是我一生的精神。向因你務外，不對你説。如今交付你夫妻之手，置些産業，傳與子孫，莫要又浪費了！」又對媳婦道：「娘子，你夫妻是一世之事，莫要冷眼相看，須將好言諫勸丈夫，同心合膽，共做人家。我九泉之下，也得瞑目。」説罷，須臾死了。可成哭了一場，少不得安排殯葬之事。暗想複壁内，正不知還存得多少真銀？當下搬將出來，鋪滿一地，看時，都是貫鉛的假貨，整整的數了九十九個，剛剩得一個真的。五千兩花銀，費過了四千九百五十兩。可成良心頓萌，早知這東西始終還是我的，何須性急！如今大事在身，空手無措，反欠下許多債負，懊悔無及，對着假錠放聲大哭。渾家勸道：「你平日務外，既往不咎。〔三〕如今現放着許多銀子，不理正事，只管哭做甚麽？」可成將假錠偷换之事，對渾家叙了一遍。渾家平昔間爲老公務外，諫勸不從，氣得有病在身。今日哀苦之中，又聞了這個消息，如何不惱！登時手足俱冷。扶回房中，上了床，不彀數日，也死了。這的是：

從前作過事，没興一齊來。

可成連遭二喪，痛苦無極，勉力支持。過了七七四十九日，各債主都來算帳，把曹家莊祖業田房，盡行盤算去了。因出房與人，上緊出殯。此時孤身無靠，權退在墳堂屋内安身。不在話下。

且説趙春兒久不見可成來家，心中思念。聞得家中有父喪，又渾家爲假錠事氣死了，恐怕七嘴八張，不敢去吊問。後來曉得他房産都費了，搬在墳堂屋裏安身，甚是淒慘，寄信去請他來，可成無顔相見，回了幾次。連連來請，只得含羞而往。春兒一見，抱頭大哭，道：「妾之此身，乃君身也。幸妾尚有餘貲可以相濟，有急何不告我！」乃治酒相款，是夜留宿。明早，取白金百兩贈與可成，囑付他拿回家省吃省用。「缺少時，再來對我説。」可成得了銀子，頓忘苦楚，迷戀春兒，不肯起身，就將銀子買酒買肉，請舊日一班閒漢同吃。春兒初次不好阻他，到第二次，就將好言苦勸，説：「這班閒漢，有損無益。當初你一家人家，都是這班人壞了，如今再不可近他了。我勸你回去是好話。且待三年服滿之後，還有事與你商議。」一連勸了幾次。可成還是敗落財主的性子，疑心春兒厭薄他，忿然而去。春兒放心不下，悄地教人打聽他，雖然不去跳槽，依舊大吃大用。春兒暗想，他受苦不透，還不知稼穡艱難，且由他磨鍊去。過了數日，可成盤纏竭了，有一頓，没一頓，却不伏氣去告求春兒。春兒心上雖念他，也不去惹他上門了。約莫十分艱難，又教人送些柴米之類，小小周濟他，只是不敷。

却説可成一般也有親友，自己不能周濟，看見趙春兒家擔東送西，心上反不樂，到去攛掇可成道：「你當初費過幾千銀子在趙家，連這春兒的身子都是你贖的。你今如此落莫，他却風花雪月受用。何不去告他一狀，追還些身價也好。」可成道：「當初之事，也是我自家情願，相好在前；今日重新番臉，却被子弟們笑話。」又有嘴快的，將此話學與春兒聽了，春兒暗暗點頭：「可見曹生的心腸還好。」又想道：「『人無千日好，花無百日紅。』若再有人攛掇，怕不變卦？」躊躕了幾遍，又教人去請可成到家，説道：「我當初原許嫁你，難道是哄你不成？一來你服制未滿，怕人議論；二來知你艱難，趁我在外尋些衣食之本。你切莫聽人閒話，壞了夫妻之情。」可成道：「外人雖不説好話，我却有主意，你莫疑我。」住了一二晚，又贈些東西去了。

光陰似箭，不覺三年服滿。春兒備了三牲祭禮、香燭紙錢，到曹氏墳堂拜奠，又將錢三串，把與可成做起靈功德。可成歡喜。功德完滿，可成到春兒處作謝。春兒留款，飲酒中間，可成問從良之事。春兒道：「此事我非不願，只怕你還想娶大娘！」可成道：「我如今是什麽日子，還説這話？」春兒道：「你目下雖如此説，怕日後掙得好時，又要尋良家正配，可不枉了我一片心機？」可成就對天説起誓來。春兒道：「你既如此堅心，我也更無别話。只是墳堂屋裏，不好成親。」可成道：「在墳邊左近，有一所空房要賣，只要五十兩銀子。若買得他的，到也方便。」春兒就湊五十兩銀子，把與可成買房。又與些零碎銀錢，教他收拾房室，置辦些家火。擇了吉日。至期，打叠細軟，做幾個箱籠裝了，帶着隨身伏侍的丫鬟，叫做翠葉，唤個船隻，驀地到曹家。神不知，鬼不覺，完其親事。

收將野雨閒雲事，做就牽絲結髮人。

畢姻之後，春兒與可成商議過活之事。春兒道：「你生長富室，不會經營生理，還是贖幾畝田地耕種，這是務實的事。」可成自誇其能，説道：「我經了許多折挫，學得乖了，不到得被人哄了。」春兒湊出三百兩銀子，交與可成。可成是散漫慣了的人，銀子到手，思量經營那一樁好，往城中東占西卜。有先前一班閒漢遇見了，曉得他納了春姐，手中有物，都來哄他：某事有利無利，某事利重利輕，某人五分錢，某人合子錢。不一時，都哄盡了，空手而回，却又去問春兒要銀子用。氣得春兒兩淚交流，道：「『常將有日思無日，莫待無時思有時。』你當初浪費，以有今日，如今是有限之物，費一分没一分了。」初時硬了心腸，不管閒事。以後夫妻之情，看不過，只得又是一五一十擔將出來，無過是買柴糴米之類。拿出來多遍了，覺得漸漸空虚，一遍少似一遍。可成先還有感激之意，一年半載，理之當然，只道他還有多少私房，不肯和盤托出，終日鬧炒，逼他拿出來。春兒被逼不過，彆口氣，將箱籠上鑰匙一一交付丈夫，説道：「這些東西，左右是你的，如今都交與你，省得欠挂！我今後自和翠葉紡績度日，我也不要你養活，你也莫纏我。」

春兒自此日爲始，就吃了長齋，朝暮紡績自食。可成一時雖不過意，却喜又有許多東西，暗想道：「且把來變買銀兩，今番贖取些恒業，爲恢復家緣之計，也在渾家面上争口氣。」雖然腹内躊躕，却也説而不作。常言「食在口頭，錢在手頭」，費一分，没一分，坐吃山空。不上一年，又空言了，更無出没，瞞了老婆，私下把翠葉這丫頭賣與人去。春兒又失了個紡績的伴兒，又氣又苦，從前至後，把可成訴説一場。可成自知理虧，懊悔不迭，禁不住眼中流淚。又過幾時，没飯吃了，對春兒道：「我看你朝暮紡績，到是一節好生意。你如今又没伴，我又没事做，何不將紡績教會了，也是一隻飯碗。」春兒又好笑又好惱，忍不住駡道：「你堂堂一軀男子漢，不指望你養老婆，難道一身一口，再没個道路尋飯吃？」可成道：「賢妻説得是。『鳥瘦毛長，人貧智短。』你教我那一條道路尋得飯吃的，我去做。」春兒道：「你也曾讀書識字，這裏村前村後，少個訓蒙先生，墳堂屋裏又空着，可不聚集幾個村童教學，得些學俸，好盤用。」可成道：「『有智婦人，勝如男子。』賢妻説得是。」當下便與鄉老商議，聚了十來個村童，教書寫仿，甚不耐煩，出於無奈。過了些時，漸漸慣了，枯茶淡飯，絶不想分外受用。春兒又不時牽前扯後的訴説他，可成并不敢回答一字。追思往事，要便流淚。想當初偌大家私，没來由付之流水，不須題起；就是春兒帶來這些東西，若會算計時，儘可過活，如今悔之無及。

如此十五年。忽一日，可成入城，撞見一人，豸補銀帶，烏紗皂靴，乘輿張蓋而來，僕從甚盛。其人認得是曹可成，出轎施禮，可成躲避不迭。路次相見，各問寒暄。此人姓殷名盛，同府通州人。當初與可成同坐監，同撥歷的，近選得浙江按察使經歷，在家起身赴任，好不熱鬧。可成别了殷盛，悶悶回家，對渾家説道：「我的家當已敗盡了，還有一件敗不盡的，是監生。今日看見通州殷盛選了三司首領官，往浙江赴任，好不興頭！我與他是同撥歷的，我的選期已透了，怎得銀子上京使用。」春兒道：

「莫做這夢罷，見今飯也没得吃，還想做官？」過了幾日，可成欣羨殷監生榮華，三不知又説起。春兒道：「還這官要多少使用？」可成道：「本多利多。如今的世界，中科甲的也只是財來財往，莫説監生官。使用多些，就有個好地方，多趁得些銀子；再肯營幹時，還有一兩任官做。使用得少，把個不好的缺打發你，一年二載，就升你做王官，有官無職，監生的本錢還弄不出哩。」春兒道：「好缺要多少？」可成道：「好缺也費得千金。」春兒道：「百兩尚且難措，何況千金？還是訓蒙安穩。」可成含着雙淚，只得又去墳堂屋裏教書。正是：

慚無面目辭家祖，賸把凄凉對學生。

忽一日，春兒睡至半夜醒來，見可成披衣坐於床上，哭聲不止。【眉批】其志猶可取。問其緣故，可成道：「適纔夢見得了官職，在廣東潮州府。我身坐府堂之上，衆書吏參謁。我方吃茶，有一吏，瘦而長，黄鬚數莖，捧文書至公座，偶不小心觸吾茶甌，翻污衣袖，不覺驚醒。醒來乃是一夢。自思一貧如洗，此生無復冠帶之望，上辱宗祖，下玷子孫，是以悲泣耳！」春兒道：「你生於富家，長在名門，難道没幾個好親眷？何不去借貸，爲求官之資？倘得一命，償之有日。」可成道：「我因自小務外，親戚中都以我爲不肖，擯棄不納。今窮困如此，枉自開口，人誰托我？便肯借時，將何抵頭？」

春兒道：「你今日爲求官借貸，比先前浪費不同，或者肯借也不見得。」可成道：「賢妻説得是。」次日真個到三親四眷家去了一巡：也有閉門不納的，也有回説不在的；就是相見時，説及借貸求官之事，也有冷笑不答的，也有推辭没有的，又有念他開口一場，少將錢米相助的。可成大失所望，回復了春兒。

早知借貸難如此，悔却當初不作家。

可成思想無計，只是啼哭。春兒道：「哭恁麽？没了銀子便哭，有了銀子又會撒漫起來。」可成道：「到此地位，做妻子的還信我不過，莫説他人！」哭了一場：「不如死休！只可惜負了趙氏妻十五年相隨之意。如今也顧不得了。」可成正在尋死，春兒上前解勸道：「『物有一變，人有千變。若要不變，除非三尺蓋面。』天無絶人之路，你如何把性命看得恁輕？」可成道：「螻蟻尚且貪生，豈有人不惜死？只是我今日生而無用，到不如死了乾净，省得連累你終身。」春兒道：「且不要忙，你真個收心務實，我還有個計較。」可成連忙下跪道：「我的娘，你有甚計較？早些救我性命！」春兒道：「我當初未從良時，結拜過二九一十八個姊妹，一向不曾去拜望。如今爲你這冤家，只得忍着羞去走一遍。一個姊妹出十兩，十八個姊妹，也有一百八十兩銀子。」可成道：「求賢妻就去。」春兒道：「初次上門，須用禮物，就要備十八副禮。」可成道：「莫説一十八副禮，就是一副禮也無措。」春兒道：「若留得我一兩件首飾在，今日也還好活動。」可成又啼哭起來。春兒道：「當初誰叫你快活透了，今日有許多眼淚！你且去理會起送文書，待文書有了，那京中使用，我自去與人討面皮；若弄不來文書時，可不枉了？」可成道：「我若起不得文，誓不回家！」一時間説了大話，出門去了，暗想道：「要備起送文書，府縣公門也得些使用。」不好又與渾家纏帳，只得自去向那幾個村童學生的家裏告借，一錢五分的湊來，好不費力。若不是十五年折挫到於如今，這些須之物把與他做一封賞錢，也還不彀，那個看在眼裏。正是彼一時此一時。

可成湊了兩許銀子，到江都縣幹辦文書。縣裏有個朱外郎，爲人忠厚，與可成舊有相識，曉得他窮了，在衆人面前替他周旋其事，寫個欠票，等待有了地方，加利寄還。可成歡歡喜喜，懷着文書回來，一路上叫天地，叫祖宗，只願渾家出去告債，告得來便好。走進門時，只見渾家依舊坐在房裏績麻，光景甚是凄凉。口雖不語，心下慌張，想告債又告不來了，不覺眼淚汪汪，又不敢大驚小怪，懷着文書立於房門之外，低低的叫一聲：「賢妻。」【眉批】如畫，一出絶妙戲文。春兒聽見了，手中擘麻，口裏問道：「文書之事如何？」可成便脚揣進房門，在懷中取出文書，放於桌上道：「托賴賢妻福蔭，文書已有了。」春兒起身，將文書看了，肚裏想道：「這呆子也不呆了。」相着可成問道：「你真個要做官？只怕爲妻的叫奶奶不起。」可成道：「説那裏話！今日可成前程，全賴賢妻扶持挈帶，但不識借貸之事如何？」春兒道：「都已告過，只等你有個起身日子，大家送來。」可成也不敢問借多借少，慌忙走去肆中擇了個吉日，回復了春兒。春兒道：「你去鄰家借把鋤頭來用用。」須臾鋤頭借到。春兒拿開了績麻的籃兒，指這搭地説道：「我嫁你時，就替你辦一頂紗帽埋於此下。」可成想道：「紗帽埋在地下，却不朽了？」莫要拗他，且鋤着看怎地。」運起鋤頭，狠力幾下，只聽得噹的一聲響，翻起一件東西。可成到驚了一跳，〔四〕檢起看，是個小小磁罎，罎裏面裝着散碎銀兩和幾件銀酒器。春兒叫丈夫拿去城中傾兑，看是多少。可成傾了錁兒，兑準一百六十七兩，拿回家來，雙手捧與渾家，笑容可掬。春兒本知數目，有心試他，見分毫不曾苟且，心下甚喜。叫再取鋤頭來，將十五年常坐下績麻去處，一個小矮凳兒搬開了，教可成再鋤下去。鋤出一大磁罎，内中都是黄白之物，不下千金。原來春兒看見可成浪費，預先下着，悄地埋藏這許多東西，終日在上面坐着績麻，一十五年并不露半字，真女中丈夫也！【眉批】春兒有用之才，不枉做奶奶。

可成見了許多東西，掉下淚來。春兒道：「官人爲甚悲傷？」可成道：「想着賢妻一十五年勤勞辛苦，布衣蔬食，誰知留下這一片心機。都因我曹可成不肖，以至連累受苦。今日賢妻當受我一拜！」説罷，就拜下去。春兒慌忙扶起道：「今日苦盡甘來，博得好日，共享榮華。」可成道：「盤纏儘有，我上京聽選，留賢妻在家，形孤影隻。不若同到京中，百事也有商量。」春兒道：「我也放心不下，如此甚好。」當時打疊行李，〔五〕討了兩房童僕，僱下船隻，夫妻兩口同上北京。正是：

運去黄金失色，時來鐵也生光。

可成到京，尋個店房，安頓了家小，吏部投了文書。有銀子使用，就選了出來。初任是福建同安縣二尹，就升了本省泉州府經歷，都是老婆幫他做官，宦聲大振。又且京中用錢謀爲，公私兩利，升了廣東潮州府通判。適值朝覲之年，太守進京，同知、推官俱缺，上司道他有才，批府印與他執掌，擇日升堂管事。吏書參謁已畢，門子獻茶。方纔舉手，有一外郎捧文書到公座前，觸翻茶甌，淋漓滿袖。可成正欲發怒，看那外郎瘦而長，有黄鬚數莖，猛然想起數年之前，曾有一夢，今日光景，宛然夢中所見。始知前程出處，皆由天定，非偶然也。那外郎驚慌，磕頭謝罪。可成好言撫慰，全無怒意，合堂稱其大量。是日退堂，與奶奶述其應夢之事。春兒亦駭然，説道：「據此夢，量官人功名止於此任。當初墳堂中教授村童，衣不蔽體，食不充口；今日三任爲牧民官，位至六品大夫，太學生至此足矣。常言『知足不辱』，官人宜急流勇退，爲山林娱老之計。」【眉批】更是大見識。〔六〕可成點頭道是。坐了三日堂，就托病辭官。上司因本府掌印無人，不允所辭。勉强視事，分明又做了半年知府。新官上任，交印已畢，次日又出致仕文書。上司見其懇切求去，只得准了。百姓攀轅臥轍者數千人，可成一一撫慰。夫妻衣錦還鄉。三任官資約有數千金，贖取舊日田産房屋，重在曹家莊興旺，爲宦門巨室。這雖是曹可成改過之善，却都虧趙春兒贊助之力也。後人有詩贊云：

破家只爲貌如花，又仗紅顔再起家。
如此紅顔千古少，勸君還是莫貪花。

【校記】

〔一〕「准算過」，底本作「若算過」，據佐伯本改。

〔二〕「一個換一個」，底本及諸校本均作「一個換個」，據文意補。

〔三〕「既往不咎」，底本及諸校本均作「既往不救」，據文意改。

〔四〕「驚了一跳」，底本作「驚了一挑」，據佐伯本改。

〔五〕「打叠行李」，底本作「打一行李」，據佐伯本改。

〔六〕本條眉批底本無，據佐伯本補。

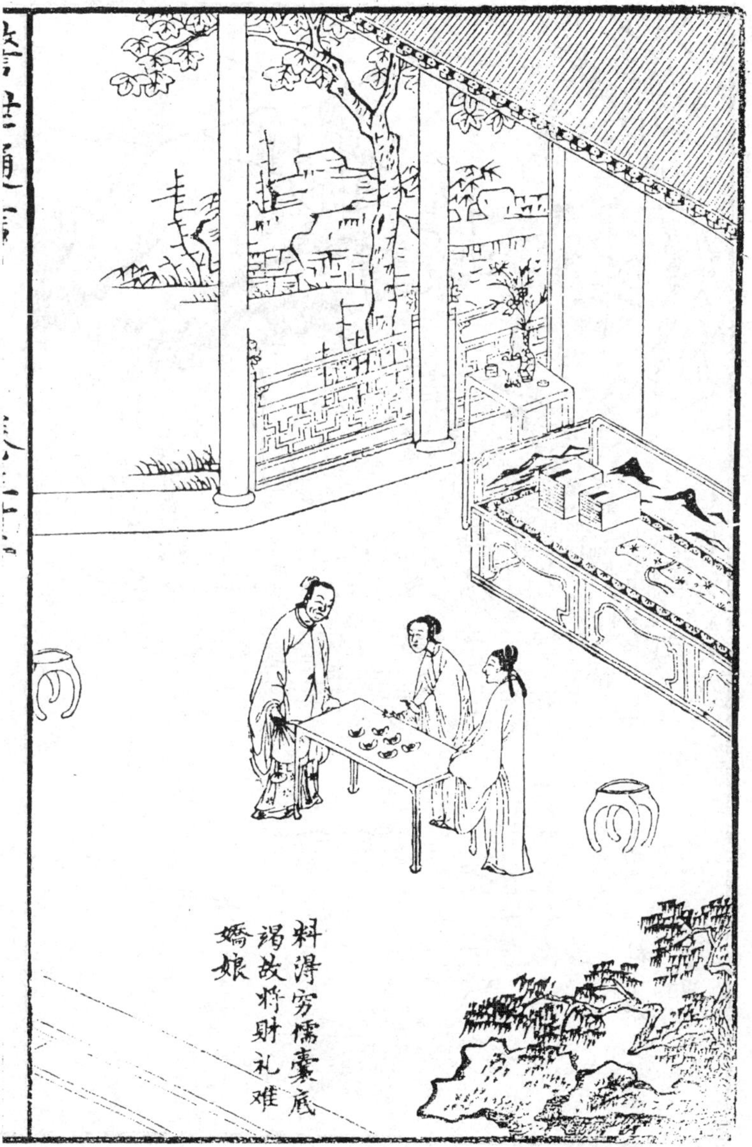
料得穷儒囊底
竭故将财礼难
娇娘

杜十娘怒沉百宝箱

第三十二卷　杜十娘怒沉百寶箱

掃蕩殘胡立帝畿，龍翔鳳舞勢崔嵬。
左環滄海天一帶，右擁太行山萬圍。
戈戟九邊雄絕塞，衣冠萬國仰垂衣。
太平人樂華胥世，永永金甌共日輝。

這首詩，單誇我朝燕京建都之盛。說起燕都的形勢，北倚雄關，南壓區夏，真乃金城天府，萬年不拔之基。當先洪武爺掃蕩胡塵，定鼎金陵，是爲南京。到永樂爺從北平起兵靖難，遷於燕都，是爲北京。只因這一遷，把個苦寒地面變作花錦世界。自永樂爺九傳至於萬曆爺，此乃我朝第十一代的天子。這位天子，聰明神武，德福兼全，十歲登基，在位四十八年，削平了三處寇亂。那三處？

日本關白平秀吉，西夏哱承恩，播州楊應龍。

平秀吉侵犯朝鮮，哱承恩、楊應龍是土官謀叛，先後削平。遠夷莫不畏服，争來朝貢。真個是：

一人有慶民安樂，四海無虞國太平。

話中單表萬曆二十年間，日本國關白作亂，侵犯朝鮮。朝鮮國王上表告急，天朝發兵泛海往救。有户部官奏准：目今兵興之際，糧餉未充，暫開納粟入監之例。原來納粟入監的，有幾般便宜：好讀書，好科舉，好中，結末來又有個小小前程結果。以此宦家公子、富室子弟，到不願做秀才，都去援例做太學生。自開了這例，兩京太學生各添至千人之外。内中有一人，姓李名甲，字干先，浙江紹興府人氏。父親李布政所生三兒，惟甲居長，自幼讀書在庠，未得登科，援例入於北雍。因在京坐監，與同鄉柳遇春監生同游教坊司院内，與一個名姬相遇。那名姬姓杜名媺，排行第十，院中都稱爲杜十娘，生得：

渾身雅艷，遍體嬌香。兩彎眉畫遠山青，一對眼明秋水潤。臉如蓮萼，分明卓氏文君；唇似櫻桃，何減白家樊素。可憐一片無瑕玉，誤落風塵花柳中。

那杜十娘自十三歲破瓜，今一十九歲，七年之内，不知歷過了多少公子王孫，一個個情迷意蕩，破家蕩産而不惜。院中傳出四句口號來，道是：

坐中若有杜十娘，斗筲之量飲千觴。
院中若識杜老𡟴，千家粉面都如鬼。

却説李公子風流年少，未逢美色，自遇了杜十娘，喜出望外，把花柳情懷，一擔兒挑在他身上。那公子俊俏龐兒，温存性兒，又是撒漫的手兒，幫襯的勤兒，與十娘一雙兩好，情投意合。十娘因見鴇兒貪財無義，久有從良之志，又見李公子忠厚志誠，甚有心向他。奈李公子懼怕老爺，不敢應承。雖則如此，兩下情好愈密，朝歡暮樂，終日相守，如夫婦一般。海誓山盟，各無他志。真個：

恩深似海恩無底，義重如山義更高。

再説杜媽媽，女兒被李公子占住，别的富家巨室聞名上門，求一見而不可得。初時李公撒漫用錢，大差大使，媽媽脅肩諂笑，奉承不暇。日往月來，不覺一年有餘，李公子囊篋漸漸空虚，手不應心，媽媽也就怠慢了。老布政在家聞知兒子闞院，幾遍寫字來喚他回去。他迷戀十娘顔色，終日延捱。後來聞知老爺在家發怒，越不敢回。古人云：「以利相交者，利盡而疏。」那杜十娘與李公子真情相好，見他手頭愈短，心頭愈熱。媽媽也幾遍教女兒打發李甲出院，見女兒不統口，又幾遍將言語觸突李公子，要激怒他起身。公子性本温克，詞氣愈和。【眉批】就是没志氣的朽東西。媽媽没奈何，日逐只將十娘叱罵道：「我們行户人家，吃客穿客，前門送舊，後門迎新，門庭鬧如火，錢帛堆成垜。自從那李甲在此，混帳一年有餘，莫説新客，連舊主顧都斷了。分明接了個鍾馗老，連小鬼也没得上門，弄得老娘一家人家，有氣無煙，成什麼模樣！」

杜十娘被罵，耐性不住，便回答道：「那李公子不是空手上門的，也曾費過大錢來。」媽媽道：「彼一時，此一時，你只教他今日費些小錢兒，把與老娘辦些柴米，養你兩口也好。【眉批】也怪不得媽兒。別人家養的女兒便是搖錢樹，千生萬活，偏我家晦氣，養了個退財白虎！開了大門七件事，般般都在老身心上。到替你這小賤人白白養着窮漢，教我衣食從何處來？你對那窮漢説：有本事出幾兩銀子與我，到得你跟了他去，我別討個丫頭過活却不好？」十娘道：「媽媽，這話是真是假？」媽媽曉得李甲囊無一錢，衣衫都典盡了，料他没處設法，便應道：「老娘從不説謊，當真哩。」十娘道：「娘，你要他許多銀子？」媽媽道：「若是別人，千把銀子也討了。可憐那窮漢出不起，只要他三百兩，我自去討一個粉頭代替。只一件，須是三日内交付與我，左手交銀，右手交人。若三日没有銀時，老身也不管三七二十一，公子不公子，一頓孤拐，打那光棍出去。那時莫怪老身！」十娘道：「公子雖在客邊乏鈔，諒三百金還措辦得來。只是三日忒近，限他十日便好。」媽媽想道：「這窮漢一雙赤手，便限他一百日，他那裏來銀子？没有銀子，便鐵皮包臉，料也無顔上門。那時重整家風，孅兒也没得話講。」答應道：「看你面，便寬到十日。第十日没有銀子，不干老娘之事。」十娘道：「若十日内無銀，料他也無顔再見了。只怕有了三百兩銀子，媽媽又翻悔起來。」【眉批】十娘精細。〔一〕媽媽道：「老身年五十一歲了，又奉十齋，怎敢説謊？不信時與你拍掌爲定。若翻悔時，做猪做狗！」

從來海水斗難量，可笑虔婆意不良。
料定窮儒囊底竭，故將財禮難嬌娘。

是夜，十娘與公子在枕邊，議及終身之事。公子道：「我非無此心。但教坊落籍，其費甚多，非千金不可。我囊空如洗，如之奈何！」十娘道：「妾已與媽媽議定，只要三百金，但須十日内措辦。郎君游資雖罄，然都中豈無親友可以借貸？【眉批】窮之以見德。倘得如數，妾身遂爲君之所有，省受虔婆之氣。」公子道：「親友中爲我留戀行院，都不相顧。明日只做束裝起身，各家告辭，就開口假貸路費，湊聚將來，或可滿得此數。」【眉批】果然僥倖成事，後來活計如何，亦是不終日之計。李甲蠢物，不知十娘何以眷之？起身梳洗，别了十娘出門。十娘道：「用心作速，專聽佳音。」公子道：「不須分付。」公子出了院門，來到三親四友處，假説起身告別，衆人到也歡喜。後來叙到路費欠缺，意欲借貸。常言道：「説着錢，便無緣。」親友們就不招架。他們也見得是，道李公子是風流浪子，迷戀煙花，年許不歸，父親都爲他氣壞在家。他今日抖然要回，未知真假，倘或説騙盤纏到手，又去還脂粉錢，父親知道，將好意翻成惡意，始終只是一怪，不如辭了乾净。便回道：「目今正值空乏，不能相濟，慚愧，慚愧！」人人如此，個個皆然，并没有個慷慨丈夫，肯統口許他一十二十兩。李公子一連奔走了三日，分毫無獲，又不敢回决十娘，權且含糊答應。到第四日又没想頭，就羞回院中。【眉批】不出媽兒所料。平日間有了杜家，連下處也没有了，今日就無處投宿，只得往同鄉柳監生寓所借歇。

柳遇春見公子愁容可掬，問其來歷。公子將杜十娘願嫁之情，備細説了。遇春摇首道：「未必，未必。那杜孅曲中第一名姬，要從良時，怕没有十斛明珠，千金聘禮，那鴇兒如何只要三百兩？想鴇兒怪你無錢使用，白白占住他的女兒，設計打發你出門。那婦人與你相處已久，又礙却面皮，不好明言。明知你手内空虚，故意將三百兩賣個人情，限你十日，若十日没有，你也不好上門。【眉批】自是常理。〔二〕便上門時，他會説你笑你，落得一場褻瀆，自然安身不牢，此乃煙花逐客之計。足下三思，休被其惑。據弟愚意，不如早早開交爲上。」公子聽説，半晌無言，心中疑惑不定。遇春又道：「足下莫要錯了主意。你若真個還鄉，不多幾兩盤費，還有人搭救；若是要三百兩時，莫説十日，就是十個月也難。如今的世情，那肯顧緩急二字的！那煙花也算定你没處告債，故意設法難你。」公子道：「仁兄所見良是。」口裏雖如此説，心中割捨不下。依舊又往外邊東央西告，只是夜裏不進院門了。公子在柳監生寓中，一連住了三日，共是六日了。杜十娘連日不見公子進院，十分着緊，就教小廝四兒街上去尋。【眉批】十娘不能忘情李生，只取他一片熱心耳。〔三〕四兒尋到大街，恰好遇見公子。四兒叫道：「李姐夫，娘在家裏望你。」公子自覺無顏，回復道：「今日不得工夫，明日來罷。」四兒奉了十娘之命，一把扯住，死也不放，道：「娘叫咱尋你，是必同去走一遭。」李公子心上也牽挂着表子，没奈何，只得隨四兒進院，見了十娘，嘿嘿無言。十娘問道：「所謀之事如何？」公子眼中流下淚來。十娘道：「莫非人情淡薄，不能足三百之數麼？」公子含淚而言，道出二句：

「不信上山擒虎易，果然開口告人難。

一連奔走六日，并無銖兩，一雙空手，羞見芳卿，故此這幾日不敢進院。今日承命呼唤，忍耻而來。非某不用心，實是世情如此。」十娘道：「此言休使虔婆知道。郎君今夜且住，妾别有商議。」十娘自備酒肴，與公子歡飲。睡至半夜，十娘對公子道：「郎君果不能辦一錢耶？妾終身之事，當如何也？」公子只是流涕，不能答一語。

漸漸五更天曉。十娘道：「妾所卧絮褥内藏有碎銀一百五十兩，此妾私畜，郎君可持去。三百金，妾任其半，郎君亦謀其半，庶易爲力。限只四日，萬勿遲誤！」十娘起身將褥付公子，公子驚喜過望，唤童兒持褥而去。徑到柳遇春寓中，又把夜來之情與遇春説了。將褥拆開看時，絮中都裹着零碎銀子，取出兑時，果是一百五十兩。遇春大驚道：「此婦真有心人也。既係真情，不可相負，吾當代爲足下謀之。」公子道：「倘得玉成，决不有負。」當下柳遇春留李公子在寓，自出頭各處去借貸，兩日之内，凑足一百五十兩交付公子道：「吾代爲足下告債，非爲足下，實憐杜十娘之情也。」【眉批】柳生大有心人，可敬。〔四〕李甲拿了三百兩銀子，喜從天降，笑逐顔開，欣欣然來見十娘。剛是第九日，還不足十日。十娘問道：「前日分毫難借，今日如何就有一百五十兩？」公子將柳監生事情又述了一遍。十娘以手加額道：「使吾二人得遂其願者，柳君之力也！」兩個歡天喜地，又在院中過了一晚。

次日，十娘早起，對李甲道：「此銀一交，便當隨郎君去矣。舟車之類，合當預備。妾昨日於姊妹中借得白銀二十兩，郎君可收下爲行資也。」公子正愁路費無出，但不敢開口，得銀甚喜。說猶未了，鴇兒恰來敲門叫道：「孄兒，今日是第十日了。」公子聞叫，啓户相延道：「承媽媽厚意，正欲相請。」便將銀三百兩放在卓上。鴇兒不料公子有銀，嘿然變色，似有悔意。十娘道：「兒在媽媽家中八年，所致金帛，不下數千金矣。今日從良美事，又媽媽親口所訂，三百金不欠分毫，又不曾過期。倘若媽媽失信不許，郎君持銀去，兒即刻自盡。恐那時人財兩失，悔之無及也。」鴇兒無詞以對。腹内籌畫了半晌，只得取天平兑準了銀子，說道：「事已如此，料留你不住了。只是你要去時，即今就去。平時穿戴衣飾之類，毫釐休想！」說罷，將公子和十娘推出房門，討鎖來就落了鎖。此時九月天氣，十娘纔下床，尚未梳洗，隨身舊衣，就拜了媽媽兩拜，李公子也作了一揖。一夫一婦，離了虔婆大門。

鯉魚脱却金鈎去，〔五〕擺尾摇頭再不來。

公子教十娘且住片時：「我去唤個小轎擡你，權往柳榮卿寓所去，再作道理。」十娘道：「院中諸姊妹平昔相厚，〔六〕理宜話别。況前日又承他借貸路費，不可不一謝也。」乃同公子到各姊妹處謝别。姊妹中惟謝月朗、徐素素與杜家相近，尤與十娘親厚。十娘先到謝月朗家，月朗見十娘秃髻舊衫，驚問其故。十娘備述來因，又引李甲相見。十娘指月朗道：「前日路資，是此位姐姐所貸，郎君可致謝。」李甲連連作揖。

月朗便教十娘梳洗，一面去請徐素素來家相會。十娘梳洗已畢，謝、徐二美人各出所有，翠鈿金釧，瑶簪寶珥，錦袖花裙，鸞帶繡履，把杜十娘裝扮得焕然一新，備酒作慶賀筵席。月朗讓卧房與李甲、杜嬂二人過宿。次日，又大排筵席，遍請院中姊妹。凡十娘相厚者，無不畢集，都與他夫婦把盞稱喜。吹彈歌舞，各逞其長，務要盡歡，直飲至夜分。十娘向衆姊妹一一稱謝。衆姊妹道：「十姊爲風流領袖，今從郎君去，我等相見無日。何日長行，姊妹們尚當奉送。」月朗道：「候有定期，小妹當來相報。但阿姊千里間關，同郎君遠去，囊篋蕭條，曾無約束，此乃吾等之事，當相與共謀之，勿令姊有窮途之慮也。」衆姊妹各唯唯而散。

是晚，公子和十娘仍宿謝家。至五鼓，十娘對公子道：「吾等此去，何處安身？郎君亦曾計議有定着否？」【眉批】此等計議，在院中該早定，何待今日？公子道：「老父盛怒之下，若知娶妓而歸，必然加以不堪，反致相累。展轉尋思，尚未有萬全之策。」十娘道：「父子天性，豈能終絶？既然倉卒難犯，不若與郎君於蘇、杭勝地，權作浮居。郎君先回，求親友於尊大人面前勸解和順，然後携妾于歸，彼此安妥。」【眉批】亦妥帖。公子道：「此言甚當。」次日，二人起身辭了謝月朗，暫往柳監生寓中，整頓行裝。杜十娘見了柳遇春，倒身下拜，謝其周全之德：「異日我夫婦必當重報。」遇春慌忙答禮道：「十娘鍾情所歡，不以貧窶易心，此乃女中豪傑。僕因風吹火，諒區區何足挂齒！」三人又飲了一日酒。

次早，擇了出行吉日，僱倩轎馬停當。十娘又遣童兒寄信，別謝月朗。臨行之際，只見肩輿紛紛而至，乃謝月朗與徐素素拉衆姊妹來送行。月朗道：「十姊從郎君千里間關，囊中消索，吾等甚不能忘情。今合具薄贐，十姊可檢收，或長途空乏，亦可少助。」說罷，命從人挈一描金文具至前，封鎖甚固，正不知什麽東西在裏面。十娘也不開看，也不推辭，但殷勤作謝而已。須臾，輿馬齊集，僕夫催促起身。柳監生三杯別酒，和衆美人送出崇文門外，各各垂淚而別。正是：

他日重逢難預必，此時分手最堪憐。

再説李公子同杜十娘行至潞河，捨陸從舟。却好有瓜州差使船轉回之便，講定船錢，包了艙口。比及下船時，李公子囊中并無分文餘剩。你道杜十娘把二十兩銀子與公子，如何就没了？公子在院中闝得衣衫藍縷，銀子到手，未免在解庫中取贖幾件穿着，又製辦了鋪蓋，剩來只勾轎馬之費。公子正當愁悶，十娘道：「郎君勿憂，衆姊妹合贈，必有所濟。」乃取鑰開箱。公子在傍自覺慚愧，也不敢窺覷箱中虛實。只見十娘在箱裏取出一個紅絹袋來，擲於卓上道：「郎君可開看之。」公子提在手中，覺得沉重，啓而觀之，皆是白銀，計數整五十兩。十娘仍將箱子下鎖，亦不言箱中更有何物，但對公子道：「承衆姊妹高情，不惟途路不乏，即他日浮寓吴、越間，亦可稍佐吾夫妻山水之費矣。」公子且驚且喜道：「若不遇恩卿，我李甲流落他鄉，死無葬身之地矣。此情此德，白頭不敢忘也！」自此每談及往事，公子必感激流涕，十娘亦曲意撫慰，一路無話。

不一日，行至瓜州，大船停泊岸口，公子别僱了民船，安放行李。約明日侵晨，剪江而渡。其時仲冬中旬，月明如水，公子和十娘坐於舟首。公子道：「自出都門，困守一艙之中，四顧有人，未得暢語。今日獨據一舟，更無避忌。且已離塞北，初近江南，宜開懷暢飲，以舒向來抑鬱之氣。恩卿以爲何如？」十娘道：「妾久疏談笑，亦有此心，郎君言及，足見同志耳。」【眉批】尚非開懷之時，宜其不永。公子乃携酒具於船首，與十娘鋪氈并坐，傳杯交盞。飲至半酣，公子執卮對十娘道：「恩卿妙音，六院推首。某相遇之初，每聞絶調，輒不禁神魂之飛動。心事多違，彼此鬱鬱，鸞鳴鳳奏，久矣不聞。今清江明月，深夜無人，肯爲我一歌否？」十娘興亦勃發，【眉批】都不老成。遂開喉頓嗓，取扇按拍，嗚嗚咽咽，歌出元人施君美《拜月亭》雜劇上「狀元執盞與嬋娟」一曲，名《小桃紅》。真個：

聲飛霄漢雲皆駐，響入深泉魚出游。

却説他舟有一少年，姓孫名富，字善賫，徽州新安人氏。家資巨萬，積祖揚州種鹽。年方二十，也是南雍中朋友。生性風流，慣向青樓買笑，紅粉追歡，若嘲風弄月，到是個輕薄的頭兒。事有偶然，其夜亦泊舟瓜州渡口，獨酌無聊，忽聽得歌聲嘹亮，鳳吟鸞吹，不足喻其美。起立船頭，佇聽半晌，方知聲出鄰舟。正欲相訪，音響倏已寂然，乃遣僕者潛窺踪迹，訪於舟人。但曉得是李相公僱的船，并不知歌者來歷。孫富想道：「此歌者必非良家，怎生得他一見？」展轉尋思，通宵不寐。捱至五更，忽聞江風大作。及曉，彤雲密布，狂雪飛舞。怎見得，有詩爲證：

千山雲樹滅，萬徑人踪絶。
扁舟簑笠翁，獨釣寒江雪。

因這風雪阻渡，舟不得開。孫富命艄公移船，泊於李家舟之傍。孫富貂帽狐裘，推窗假作看雪。值十娘梳洗方畢，纖纖玉手揭起舟傍短簾，自潑盂中殘水。粉容微露，却被孫富窺見了，果是國色天香。魂摇心蕩，迎眸注目，等候再見一面，杳不可得。沉思久之，乃倚窗高吟高學士《梅花詩》二句道：【眉批】施君美一隻曲，高學士兩句詩，斷送了杜十娘一生，可恨，可恨！

雪滿山中高士卧，月明林下美人來。

李甲聽得鄰舟吟詩，舒頭出艙，看是何人。只因這一看，正中了孫富之計。孫富吟詩，正要引李公子出頭，他好乘機攀話。當下慌忙舉手，就問：「老兄尊姓何諱？」李公子叙了姓名鄉貫，少不得也問那孫富。孫富也叙過了。又叙了些太學中的閒話，漸漸親熟。孫富便道：「風雪阻舟，乃天遣與尊兄相會，實小弟之幸也。舟次無聊，欲同尊兄上岸，就酒肆中一酌，少領清誨，萬望不拒。」公子道：「萍水相逢，何當厚擾？」孫富道：「説那裏話！『四海之内，皆兄弟也。』」喝教艄公打跳，童兒張傘，迎接公子過船，就於船頭作揖。然後讓公子先行，自己隨後，各各登跳上涯。

行不數步，就有個酒樓。二人上樓，揀一副潔净座頭，靠窗而坐。酒保列上酒肴。孫富舉杯相勸，二人賞雪飲酒。先説些斯文中套話，漸漸引入花柳之事。二人都是過來之人，志同道合，説得入港，一發成相知了。

孫富屏去左右，低低問道：「昨夜尊舟清歌者，何人也？」李甲正要賣弄在行，【眉批】機事不密，總由不老成之故。遂實説道：「此乃北京名姬杜十娘也。」孫富道：「既係曲中姊妹，何以歸兄？」公子遂將初遇杜十娘，如何相好，後來如何要嫁，如何借銀討他，始末根由，備細述了一遍。孫富道：「兄携麗人而歸，固是快事，但不知尊府中能相容否？」公子道：「賤室不足慮，所慮者老父性嚴，尚費躊躇耳！」孫富將機就機，便問道：「既是尊大人未必相容，兄所携麗人，何處安頓？亦曾通知麗人，共作計較否？」公子攢眉而答道：「此事曾與小妾議之。」孫富欣然問道：「尊寵必有妙策。」公子道：「他意欲僑居蘇杭，流連山水。使小弟先回，求親友宛轉於家君之前，俟家君回嗔作喜，然後圖歸。高明以爲何如？」孫富沉吟半晌，故作愀然之色，道：「小弟乍會之間，交淺言深，誠恐見怪。」公子道：「正賴高明指教，何必謙遜？」孫富道：「尊大人位居方面，必嚴帷薄之嫌，平時既怪兄游非禮之地，今日豈容兄娶不節之人？況且賢親貴友，誰不迎合尊大人之意者？兄枉去求他，必然相拒。就有個不識時務的進言於尊大人之前，見尊大人意思不允，他就轉口了。兄進不能和睦家庭，退無詞以回復尊寵。即使留連山水，亦非長久之計。萬一資斧困竭，豈不進退兩難！」【眉批】小人説來，偏近道理。

公子自知手中只有五十金，此時費去大半，説到資斧困竭，進退兩難，不覺點頭道是。孫富又道：「小弟還有句心腹之談，兄肯俯聽否？」公子道：「承兄過愛，更求盡言。」孫富道：「疏不間親，還是莫説罷。」公子道：「但説何妨！」孫富道：「自古道：『婦人水性無常。』況煙花之輩，少真多假。他既係六院名姝，〔七〕相識定滿天下；或者南邊原有舊約，借兄之力，挈帶而來，以爲他適之地。」公子道：「這個恐未必然。」孫富道：「即不然，江南子弟，最工輕薄。兄留麗人獨居，難保無踰墻鑽穴之事。若挈之同歸，愈增尊大人之怒。爲兄之計，未有善策。况父子天倫，必不可絶。若爲妾而觸父，因妓而棄家，海内必以兄爲浮浪不經之人。異日妻不以爲夫，弟不以爲兄，同袍不以爲友，兄何以立於天地之間？兄今日不可不熟思也！」【眉批】若非私意，竟是忠告。

公子聞言，茫然自失，移席問計：「據高明之見，何以教我？」孫富道：「僕有一計，於兄甚便。只恐兄溺枕席之愛，未必能行，使僕空費詞説耳！」公子道：「兄誠有良策，使弟再睹家園之樂，乃弟之恩人也，又何憚而不言耶？」孫富道：「兄飄零歲餘，嚴親懷怒，閨閣離心。設身以處兄之地，誠寢食不安之時也。然尊大人所以怒兄者，不過爲迷花戀柳，揮金如土，異日必爲棄家蕩産之人，不堪承繼家業耳！兄今日空手而歸，正觸其怒。【眉批】刺心。兄倘能割衽席之愛，見機而作，僕願以千金相贈。兄得千金以報尊大人，只説在京授館，并不曾浪費分毫，尊大人必然相信。從此家庭和睦，當無間言。須臾之間，轉禍爲福。兄請三思，僕非貪麗人之色，實爲兄效忠於萬一也！」

李甲原是没主意的人，本心懼怕老子，被孫富一席話，説透胸中之疑，起身作揖道：「聞兄大教，頓開茅塞。但小妾千里相從，義難頓絶，容歸與商之。得其心肯，當奉復耳。」孫富道：「説話之間，宜放婉曲。彼既忠心爲兄，必不忍使兄父子分離，定然玉成兄還鄉之事矣。」【眉批】又下説詞。二人飲了一回酒，風停雪止，天色已晚，孫富教家僮算還了酒錢，與公子携手下船。正是：

逢人且説三分話，未可全抛一片心。

却説杜十娘在舟中，擺設酒果，欲與公子小酌，竟日未回，挑燈以待。公子下船，十娘起迎。見公子顔色匆匆，似有不樂之意，乃滿斟熱酒勸之。公子摇首不飲，一言不發，竟自床上睡了。十娘心中不悦，乃收拾杯盤，爲公子解衣就枕，問道：「今日有何見聞，而懷抱鬱鬱如此？」公子嘆息而已，終不啓口。問了三四次，公子已睡去了。十娘委决不下，坐於床頭而不能寐。到夜半，公子醒來，又嘆一口氣。十娘道：「郎君有何難言之事，頻頻嘆息？」公子擁被而起，欲言不語者幾次，撲簌簌掉下淚來。十娘抱持公子於懷間，軟言撫慰道：「妾與郎君情好，已及二載，千辛萬苦，歷盡艱難，得有今日。然相從數千里，未曾哀戚。今將渡江，方圖百年歡笑，如何反起悲傷？必有其故。夫婦之間，死生相共，有事儘可商量，萬勿諱也。」公子再四被逼不過，只得含淚而言道：「僕天涯窮困，蒙恩卿不棄，委曲相從，誠乃莫大之德也。但反覆思之，老父位居方面，拘於禮法，況素性方嚴，恐添嗔怒，必加黜逐。你我流蕩，將何底止？夫婦之歡難保，父子之倫又絕。日間蒙新安孫友邀飲，爲我籌及此事，寸心如割！」十娘大驚道：「郎君意將如何？」公子道：「僕事内之人，當局而迷。孫友爲我畫一計頗善，但恐恩卿不從耳！」十娘道：「孫友者何人？計如果善，何不可從？」公子道：「孫友名富，新安鹽商，少年風流之士也。夜間聞子清歌，因而問及。僕告以來歷，并談及難歸之故，渠意欲以千金聘汝。我得千金，可藉口以見吾父母，而恩卿亦得所天。但情不能捨，是以悲泣。」説罷，淚如雨下。

十娘放開兩手，冷笑一聲道：「爲郎君畫此計者，此人乃大英雄也！郎君千金之資既得恢復，而妾歸他姓，又不致爲行李之累，發乎情，止乎禮，誠兩便之策也。那千金在那裏？」公子收淚道：「未得恩卿之諾，金尚留彼處，未曾過手。」十娘道：「明早快快應承了他，不可挫過機會。但千金重事，須得兑足交付郎君之手，妾始過舟，勿爲賈豎子所欺。」

時已四鼓，十娘即起身挑燈梳洗道：「今日之妝，乃迎新送舊，非比尋常。」於是脂粉香澤，用意修飾，花鈿繡襖，極其華艷，香風拂拂，光采照人。裝束方完，天色已曉，孫富差家童到船頭候信。十娘微窺公子，欣欣似有喜色，乃催公子快去回話，及早兑足銀子。【眉批】若真心不捨，十娘必更有説。公子親到孫富船中，回復依允。孫富道：「兑銀易事，須得麗人妝臺爲信。」公子又回復了十娘，十娘即指描金文具道：「可便擡去。」孫富喜甚，即將白銀一千兩，送到公子船中。十娘親自檢看，足色足數，分毫無爽。乃手把船舷，以手招孫富。孫富一見，魂不附體。十娘啓朱唇，開皓齒，道：「方纔箱子可暫發來，内有李郎路引一紙，可檢還之也。」孫富視十娘已爲甕中之鱉，即命家童送那描金文具，安放船頭之上。

十娘取鑰開鎖，内皆抽替小箱。十娘叫公子抽第一層來看，只見翠羽明璫，瑶簪寶珥，充牣於中，約值數百金。十娘遽投之江中。李甲與孫富及兩船之人，無不驚詫。又命公子再抽一箱，乃玉簫金管；〔八〕又抽一箱，盡古玉紫金玩器，約值數千金。十娘盡投之於水。舟中岸上之人，觀者如堵，齊聲道：「可惜，可惜！」正不知什麼緣故。最後又抽一箱，箱中復有一匣。開匣視之，夜明之珠，約有盈把。其他祖母緑、〔九〕猫兒眼，諸般異寶，目所未睹，莫能定其價之多少。衆人齊聲喝采，喧聲如雷。十娘又欲投之於江。李甲不覺大悔，抱持十娘慟哭，那孫富也來勸解。

十娘推開公子在一邊，向孫富罵道：「我與李郎備嘗艱苦，不是容易到此。汝以奸淫之意，巧爲讒説，一旦破人姻緣，斷人恩愛，乃我之仇人。我死而有知，必當訴之神明，尚妄想枕席之歡乎！」又對李甲道：「妾風塵數年，私有所積，本爲終身之計。自遇郎君，山盟海誓，白首不渝。前出都之際，假托衆姊妹相贈，箱中韞藏百寶，不下萬金。將潤色郎君之裝，歸見父母，或憐妾有心，收佐中饋，得終委托，生死無憾。誰知郎君相信不深，惑於浮議，中道見棄，負妾一片真心。今日當衆目之前，開箱出視，使郎君知區區千金，未爲難事。妾櫝中有玉，恨郎眼内無珠。命之不辰，風塵困瘁，甫得脱離，又遭棄捐。今衆人各有耳目，共作證明，妾不負郎君，郎君自負妾耳！」於是衆人聚觀者，無不流涕，都唾罵李公子負心薄倖。公子又羞又苦，且悔且泣，方欲向十娘謝罪，十娘抱持寶匣，向江心一跳。衆人急呼撈救，但見雲暗江心，波濤滚滚，杳無踪影。可惜一個如花似玉的名姬，一旦葬於江魚之腹！

三魂渺渺歸水府，七魄悠悠入冥途。

當時旁觀之人，皆咬牙切齒，争欲拳毆李甲和那孫富。慌得李、孫二人，手足無措，急叫開船，分途遁去。李甲在舟中，看了千金，轉憶十娘，終日愧悔，鬱成狂疾，終身不痊。孫富自那日受驚，得病卧床月餘，終日見杜十娘在傍詬罵，奄奄而逝。人以爲江中之報也。

却説柳遇春在京坐監完滿，束裝回鄉，停舟瓜步。偶臨江净臉，失墜銅盆於水，覓漁人打撈。及至撈起，乃是個小匣兒。遇春啓匣觀看，内皆明珠異寳，無價之珍。遇春厚賞漁人，留於床頭把玩。是夜夢見江中一女子，凌波而來，視之，乃杜十娘也。近前萬福，訴以李郎薄倖之事，又道：「向承君家慷慨，以一百五十金相助。本意息肩之後，徐圖報答，不意事無終始。然每懷盛情，悒悒未忘。早間曾以小匣托漁人奉致，聊表寸心，從此不復相見矣。」言訖，猛然驚醒，方知十娘已死，嘆息累日。

後人評論此事，以爲孫富謀奪美色，輕擲千金，固非良士；李甲不識杜十娘一片苦心，碌碌蠢才，無足道者。獨謂十娘千古女俠，豈不能覓一佳侶，共跨秦樓之鳳？乃錯認李公子，明珠美玉，投於盲人，以致恩變爲仇，萬種恩情，化爲流水，深可惜也！有詩嘆云：

不會風流莫妄談，單單情字費人參。
若將情字能參透，唤作風流也不慚。

【校記】

〔一〕本條眉批底本無，據佐伯本補。

〔二〕本條眉批底本無，據佐伯本補。

〔三〕本條眉批底本無，據佐伯本補。

〔四〕本條眉批底本無，據佐伯本補。

〔五〕「金鈎」，底本及諸校本均作「金釣」，據《奇觀》改。

〔六〕「諸姊妹」，底本作「者姊妹」，據佐伯本改，《奇觀》同佐伯本。

〔七〕「六院名妹」，底本作「六院名妹」，據佐伯本改，《奇觀》同佐伯本。

〔八〕「玉簫」，底本作「玉肅」，據佐伯本改，《奇觀》同佐伯本。

〔九〕「祖母緑」，底本及諸校本均作「祖母禄」，據《奇觀》改。

喬彥傑客途娶妾

周春香索處懷私
咸亨
交泰

第三十三卷　喬彦傑一妾破家

世事紛紛難訴陳，知機端不誤終身。
若論破國亡家者，盡是貪花戀色人。

話説大宋仁宗皇帝明道元年，這浙江路寧海軍，即今杭州是也。在城衆安橋北首觀音庵相近，有一個商人，姓喬名俊，字彦傑，祖貫錢塘人。自幼年喪父母，長而魁偉雄壯，好色貪淫。娶妻高氏，各年四十歲。夫妻不生得男子，止生一女，年一十八歲，小字玉秀，至親三口兒。止有一僕人，唤作賽兒。這喬俊看來有三五萬貫資本，專一在長安崇德收絲，往東京賣了，販棗子、胡桃雜貨回家來賣，一年有半年不在家。門首交賽兒開張酒店，僱一個酒大工叫做洪三，在家造酒。其妻高氏，掌管日逐出進錢鈔一應事務，不在話下。

明道二年春間，喬俊在東京賣絲已了，買了胡桃、棗子等貨。船到南京上新河泊，正要行船，因風阻了，一住三日，風大，開船不得。忽見鄰船上有一美婦，生得肌膚似雪，髻挽烏雲。喬俊一見，心甚愛之。乃訪問稍工道：「你船中是甚麼客人？緣何有宅眷在内？」稍工答道：「是建康府周巡檢病故，今家小扶靈柩回山東去。這年小的婦人，乃是巡檢的小娘子。官人問他做甚？」喬俊道：「稍工，你與我問巡檢夫人，若肯將此妾與人，我情願多與他些財禮，討此婦爲妾。説得這事成了，我把五兩銀子謝你。」稍工遂乃下船艙裏去説這親事。言無數句，話不一席，有分教這喬俊娶這個婦人爲妾，直使得：

一家人口因他喪，萬貫家資指日休。

當下稍工下船艙問老夫人道：「小人告夫人：跟前這個小娘子，肯嫁與人麽？」老夫人道：「你有甚好頭腦説他？若有人要娶他，就應承罷，只要一千貫文財禮。」稍工便説：「鄰船上有一販棗子客人，要娶一個二娘子，特命小人來與夫人説知。」夫人便應承了。稍工回復喬俊説：「夫人肯與你了，要一千貫文財禮哩！」喬俊聽説大喜，即便開箱，取出一千貫文，便教稍工送過夫人船上去。夫人接了，説與稍工，教請喬俊過船來相見。喬俊換了衣服，徑過船來拜見夫人。夫人問明白了鄉貫姓氏，就叫侍妾近前分付道：「相公已死，家中兒子利害。我今做主，將你嫁與這個官人爲妾，即今便過喬官人船上去，寧海郡大馬頭去處，快活過了生世。你可小心伏侍，不可托大！」這婦人與喬俊拜辭了老夫人，夫人與他一個衣箱物件之類，却送過船去。喬俊取五兩銀子謝了稍工，心中十分歡喜，乃問婦人：「你的名字叫做甚麽？」婦人乃言：「我叫作春香，年二十五歲。」當晚就舟中與春香同鋪而睡。

次日天晴，風息浪平，大小船隻一齊都開。喬俊也行了五六日，早到北新關，歇船上岸，叫一乘轎子擡了春香，自隨着徑入武林門裏。來到自家門首下了轎，打發轎子去了。喬俊引春香入家中來。自先走入裏面去與高氏相見，說知此事，出來引春香入去參見。高氏見了春香，焦躁起來，說：「丈夫，你既娶來了，我難以推故。你只依我兩件事，我便容你。」喬俊道：「你且說那兩件事？」高氏啓口說出，直教喬俊有家難奔，有國難投。正是：

婦人之語不宜聽，割户分門壞五倫。
勿信妻言行大道，世間男子幾多人？

當下高氏說與丈夫：「你今已娶來家，我說也自枉然了。只是要你與他別住，不許放在家裏！」【眉批】禍本。喬俊聽得說：「這個容易，我自賃房屋一間與他另住。」高氏又說：「自從今日爲始，我再不與你做一處。家中錢本什物、首飾衣服，我自與女兒兩個受用，不許你來討。一應官司門户等事，你自教賤婢支持，莫再來纏我。你依得麽？」喬俊沉吟了半晌，心裏道：「欲待不依，又難過日子。罷罷！」乃言：「都依你。」高氏不語。次日早起去搬貨物行李回家，就央人賃房一間，在銅錢局前，今對貢院是也。揀個吉日，喬俊帶了周氏，點家火一應什物完備，搬將過去。住了三朝兩日，歸家走一次。

光陰似箭，日月如梭，不覺半年有餘。喬俊刮取人頭帳目及私房銀兩，還勾做本錢。收絲已完，打點家中柴米之類，分付周氏：「你可耐静，我出去多只兩月便回。如有急事，可回去大娘家裏説知。」道罷，徑到家裏説與高氏：「我明日起身去後，多只兩月便回。倘有事故，你可照管周氏，看夫妻之面！」女兒道：「爹爹早回！」别了妻女，又來新住處打點，明早起程。此時是九月間，出門搭船，登途去了。一去兩個月，周氏在家終日倚門而望，不見丈夫回來。看看又是冬景至了。其年大冷。忽一日晚彤雲密布，紛紛揚揚，下一天大雪。高氏在家思忖，丈夫一去，因何至冬時節，只管不回？這周氏寒冷，賽兒又病重，起身不得。乃叫洪三將些柴米炭火錢物，送與周氏。【眉批】有此美意，何不搬回做一家？周氏見雪下得大，閉門在家哭泣。聽得敲門，只道是丈夫回來，慌忙開門，見了洪大工挑了東西進門。周氏乃問大工：「大娘大姐一向好麽？」大工答道：「大娘見大官人不回，記挂你無盤纏，教我送柴米錢鈔與你用。」周氏見説，回言：「大工，你回家去，多多拜上大娘大姐！」大工別了，自回家去。次日午牌時分，周氏門首又有人敲門。周氏道：「這等大雪，又是何人敲門？」只因這人來，有分教周氏再不能與喬俊團圓。正是：

閉門屋裏坐，禍從天上來。

當日雪下得越大，周氏在房中向火。忽聽得有人敲門，起身開門看時，見一人頭戴破頭巾，身穿舊衣服，便問周氏道：「嫂子，喬俊在家麽？」周氏答道：「自從九月出門，還未回哩。」那人説：「我是他里長。今來差喬俊去海寧砌江塘，做夫十日，歇二十日，又做十日。他既不在家，我替你們尋個人，你出錢僱他去做工。」【眉批】周氏合當推向大娘家去。周氏答道：「既如此，只憑你教人替了，我自還你工錢。」里長相別出門。次日飯後，領一個後生，年約二十歲，與周氏相見。里長説與周氏：「此人是上海縣人，姓董名小二，自幼他父母俱喪。如今專靠與人家做工過日，每年只要你三五百貫錢，冬夏做些衣服與他穿。我看你家裏又無人，可僱他在家走動也好。」周氏見説，心中歡喜，道：「委實我家無人走動。看這人，想也是個良善本分的，工錢便依你罷了。」當下遂謝了里長，留在家裏。至次日，里長來叫去海寧做夫，周氏取些錢鈔與小二，跟着里長去了十日，回來。這小二在家裏小心謹慎，燒香掃地，件件當心。

且說喬俊在東京賣絲，與一個上廳行首沈瑞蓮來往，倒身在他家使錢，因此留戀在彼，全不管家中妻妾，只戀花門柳户，逍遥快樂。那知家裏賽兒病了兩個餘月，死了。高氏叫洪三買具棺木，扛出城外化人場燒了。高氏立性貞潔，自在門前賣酒，無有半點狂心。【眉批】真聖賢決不做自了漢，高氏自倚貞潔何用？不想周氏自從安了董小二在家，到有心看上他。有時做夫回來，熱羹熱飯搬與他吃。小二見他家無人，勤謹做活。周氏時常眉來眼去的勾引他，這小二也有心，只是不敢上前。【眉批】欲火近乾柴，即使不着，亦非體矣。

一日正是十二月三十日夜，周氏叫小二去買些酒果魚肉之類過年。〔二〕到晚，周氏叫小二關了大門，去竈上盪一注子酒，切些肉做一盤，安排火盆，點上了燈，就擺在房内床面前卓兒上。小二在灶前燒火，周氏輕輕的叫道：「小二，你來房裏來，將些東西去吃。」小二千不合萬不合走入房内，有分教小二死無葬身之地。正是：

僮僕人家不可無，豈知撞了不良徒。

分明一段蹺蹊事，瞞着堂堂大丈夫。

此時周氏叫小二到床前，便道：「小二，你來，你來，我和你吃兩杯酒，今夜你就在我房裏睡罷。」小二道：「不敢！」周氏罵了兩三聲「蠻子」，雙手把小二抱到床邊，挨肩而坐。便將小二扯過懷中，解開主腰兒，教他摸胸前麻團也似白妳。小二淫心蕩漾，便將周氏臉摟過來，將舌尖兒度在周氏口内，任意快樂。周氏將酒篩下，兩個吃一個交杯酒，兩人合吃五六杯。周氏道：「你在外頭歇，我在房内也是自歇，寒冷難熬。你今無福，不依我的口。」小二跪下道：「感承娘子有心，小人亦有意多時了，只是不敢説。今日娘子擡舉小人，此恩殺身難報。」二人説罷，解衣脱帶，就做了夫妻。一夜快樂，不必説了。天明，小二先起來，燒湯洗碗做飯，周氏方起，梳妝洗面罷，吃飯。正是：

少女少郎，情色相當。

却如夫妻一般在家過活，左右鄰舍皆知此事，無人閒管。

却説高氏因無人照管門前酒店，忽一日，聽得閒人説：「周氏與小二通奸。」且信且疑，放心不下。【眉批】疑人勿用。因此教洪大工去與周氏説：「且搬回家，省得兩邊家火。」【眉批】遲了。周氏見洪大工來説，沉吟了半晌，勉强回言道：「既是大娘好意，今晚就將家火搬回家去。」洪大工得了言語，自回家了。周氏便叫小二商量：「今大娘要我搬回家去，料想違他不得，只是你却如何？」小二答道：「娘子，大娘家裏也無人，小人情願與大娘家送酒走動。只是一件，不比此地，不得與娘子快樂了。不然，就今日拆散了罷。」說罷，兩個摟抱着，哭了一回。周氏道：「你且安心，我今收拾衣箱什物，你與我挑回大娘家去。我自與大娘說，留你在家，暗地裏與我快樂。【眉批】老臉皮。且等丈夫回來，再做計較。」小二見說，纔放心歡喜，回言道：「萬望娘子用心！」當日下午收拾已了，小二先挑了箱籠來。捱到黄昏，洪大工提個燈籠去接周氏。周氏取具鎖鎖了大門，同小二回家。正是：

飛蛾撲火身須喪，蝙蝠投竿命必傾。

當時小二與周氏到家，見了高氏。高氏道：「你如今回到家一處住了，如何帶小二回來？何不打發他去了？」周氏道：「大娘門前無人照管，不如留他在家使喚，待等丈夫回時，打發他未遲。」高氏是個清潔的人，心中想道：「在我家中，我自照管着他，【眉批】何苦定要費此照管。〔一〕有甚皂絲麻綫？」遂留下教他看店，討酒鏇，一應都會得。不覺又過了數月。周氏雖和小二有情，終久不比自住之時兩個任意取樂。

一日，周氏見高氏説起小二諸事勤謹，又本分，便道：「大娘何不將大姐招小二爲婿，却不便當？」高氏聽得大怒，罵道：「你這個賤人，好没志氣！我女兒招傭工人爲婿？」【眉批】此時該打發小二去了。周氏不敢言語，吃高氏罵了三四日。高氏只倚着自身正大，全不想周氏與他通姦，故此要將女兒招他。若還思量此事，只消得打發了小二出門，後來不見得自身同女打死在獄，滅門之事。

且說小二自三月來家，古人云：「一年長工，二年家公，三年太公。」不想喬俊一去不回，小二在大娘家一年有餘，出入房室，諸事托他，【眉批】既疑小二，又重托他，何也？便做喬家公，欺負洪三。或早或晚，見了玉秀，便將言語調戲他。不則一日，不想玉秀被這小二姦騙了。其事周氏也知，只瞞着高氏。似此又過了一月。其時是六月半，天道大熱，玉秀在房内洗浴。高氏走入房中，看見女兒妳大，吃了一驚。待女兒穿了衣裳，叫女兒到面前問道：「你吃何人弄了身體，這妳大了？你好好實説，我便饒你！」玉秀推托不過，只得實説：「我被小二哄了。」高氏跌脚叫苦：「這事都是這小婆娘做一路，壞了我女孩兒。此事怎生是好？」欲待聲張起來，又怕嚷動人知，苦了女兒一世之事。當時沉吟了半晌，眉頭一蹙，計上心來，只除害了這蠻子，方纔免得人知。【眉批】此時逐了小二，還是下策，欲殺之，是無策矣。此惜女之過。

不覺又過了兩月。忽值八月中秋節到，高氏叫小二買些魚肉果子之物，安排家宴。當晚高氏、周氏、玉秀在後園賞月，叫洪三和小二别在一邊喫。高氏至夜三更，叫小二賞了兩大碗酒。小二不敢推辭，一飲而盡，不覺大醉，倒了。洪三也有酒，自去酒房裏睡了。這小二只因酒醉，中了高氏計策，當夜便是：

東嶽新添枉死鬼，陽間不見少年人。

當時高氏使女兒自去睡了，便與周氏說：「我只管家事買賣，那知你與這蠻子通姦。你兩個做了一路，故意教他姦了我的女兒。丈夫回來，教我怎的見他分說？我是個清清白白的人，如今討了你來，彼你玷辱我的門風，如何是好？我今與你只得沒奈何害了這蠻子性命，神不知，鬼不覺。倘丈夫回來，你與我女兒俱各免得出醜，各無事了。你可去將條索來。」周氏初時不肯，被高氏罵道：「都是你這賤人與他通姦，因此壞了我女兒，你還戀着他！」周氏吃罵得沒奈何，只得去房裏取了麻索，遞與高氏。高氏接了，將去小二頸項下一絞。原來婦人家手軟，縛了一個更次，絞不死。小二喊起來，高氏急了，無家火在手邊，教周氏去竈前捉把劈柴斧頭，把小二腦門上一斧，腦漿流出死了。高氏與周氏商量：「好却好了，這死尸須是今夜發落便好。」周氏道：「可叫洪三起來，將塊大石縛在尸上，馱去丢在新橋河裏水底去了，待他尸首自爛，神不知，鬼不覺。」高氏大喜，便到酒作坊裏叫起洪大工來。

大工走入後園，看見了小二尸首道：「袪除了這害最好，倘留他在家，大官人回來，也有老大的口面。」周氏道：「你可趁天未明，把尸首馱去新河裏，把塊大石縛住，墜下水裏去。若到天明，倘有人問時，只説道小二偷了我家首飾物件，夜間逃走了。他家一向又無人往來的，料然没事。」洪大工馱了尸首，高氏將燈照出門去。此時有五更時分，洪大工馱到河邊，掇塊大石，綁縛在尸首上，丢在河内，直推開在中心裏。這河有丈餘深水，當時沉下水底去了，料道永無踪迹。洪大工回家，輕輕的關了大門，高氏與周氏各回房裏睡了。高氏雖自清潔，也欠些聰明之處，錯幹了此事。既知其情，只可好好打發了小二出門便了。千不合，萬不合，將他絞死。後來却被人首告，打死在獄，滅門絶户，悔之何及！

且説洪大工睡至天明，起來開了酒店，高氏依舊在門前賣酒。玉秀眼中不見了小二，也不敢問。周氏自言自語，假意道：「小二這厮無禮，偷了我首飾物件，夜間逃走了。」玉秀自在房裏，也不問他。那鄰舍也不管他家小二在與不在。高氏一時害了小二性命，疑决不下，早晚心中只恐事發，終日憂悶過日。正是：

要人知重勤學，怕人知事莫做。

却説武林門外清湖閘邊，有個做靴的皮匠，姓陳名文，渾家程氏五娘。夫妻兩口兒，止靠做靴鞋度日。此時是十月初旬，這陳文與妻子争論，一口氣，走入門裏滿橋邊皮市裏買皮，當日不回，次日午後也不回。程五娘心内慌起來。又過了一夜，亦不見回。獨自一個在家煩惱。將及一月，并無消息，這程五娘不免走入城裏問訊。徑到皮市裏來，問賣皮店家，皆言：「一月前何曾見你丈夫來買皮？莫非死在那裏了？」有多口的道：「你丈夫穿甚衣服出來？」程五娘道：「我丈夫頭戴萬字頭巾，身穿着青絹一口中。一月前説來皮市裏買皮，至今不見信息，不知何處去了？」衆人道：「你可城内各處去尋，便知音信。」程五娘謝了衆人，遶城中逢人便問。一日，并無踪迹。

過了兩日，吃了早飯，又入城來尋問。不端不正，走到新橋上過。正是事有湊巧，物有偶然，只見河岸上有人喧哄説道：「有個人死在河裏，身上穿領青衣服，泛起在橋下水面上。」程五娘聽得説，連忙走到河岸邊，分開人衆一看時，只見水面上漂浮一個死尸，穿着青衣服。遠遠看時，有些相像。程氏便大哭道：「丈夫緣何死在水裏？」看的人都呆了。程氏又哀告衆人：「那個伯伯肯與奴家捜過我的丈夫尸首到岸邊，奴家認一認看。奴家自奉酒錢五十貫。」當時有一個破落户，叫做王酒酒，專一在街市上幫閒打哄，賭騙人財。這厮是個潑皮，没人家理他。當時也在那裏看，聽見程五娘許説五十貫酒錢，便説道：「小娘子，我與你捜過尸首來岸邊你認看。」五娘哭罷，道：「若得伯伯如此，深恩難報。」這王酒酒見隻過往船，便跳上船去，叫道：「稍工，你可住一住，等我替這個小娘子拽這尸首到岸邊。」當時王酒酒拽那尸首來。王酒酒認得喬家董小二的尸首，口裏不說出來，只教程氏認看。【眉批】和姦罪不至死，所以董小二仍算枉殺。只因此起，有分教高氏一家死于非命。正是：

鬧裏鑽頭熱處歪，遇人猛惜愛錢財。
誰知錯認尸和首，引出冤家禍患來。

此時王酒酒在船上，將竹篙推那尸首到岸邊來。程氏看時，見頭面皮肉却被水浸壞了，全不認得。看身上衣服却認得，是丈夫的模樣，號號大哭，哀告王酒酒道：「煩伯伯同奴去買口棺木來盛了，却又作計較。」王酒酒便隨程五娘到褚堂仵作李團頭家，買了棺木，叫兩個火家來河下撈起尸首，盛於棺内，就在河岸邊存着。那時新橋下無甚人家住，每日止有船隻來往。程氏取五十貫錢，謝了王酒酒。

王酒酒得了錢，一徑走到高氏酒店門前，以買酒爲名，便對高氏説：「你家緣何打死了董小二，丢在新橋河内？如今泛將起來。【眉批】何以知其打死？只爲私情事，衆所共聞故。你道一場好笑，那裏走一個來錯認做丈夫尸首，買具棺木盛了，改日却來埋葬。」高氏道：「王酒酒，你莫胡言亂語。我家小二，偷了首飾衣服在逃，追獲不着，那得這話！」王酒酒道：「大娘子，你不要賴！瞞了別人，不要瞞我。你今送我些錢鈔買求我，我便任那婦人錯認了去。你若白賴不與我，我就去本府首告，叫你吃一場人命官司。」高氏聽得，便罵起來：「你這破落户，千刀萬剮的賊，不長俊的乞丐！見我丈夫不在家，今來詐我？」【眉批】高氏一生受了剛愎自用之過。王酒酒被罵，大怒而去。能殺的婦人，到底無志氣，胡亂與他些錢鈔，也不見得弄出事來。當時高氏千不合萬不合，罵了王酒酒這一頓，被那厮走到寧海郡安撫司前，叫起屈來。

安撫相公正坐廳上押文書，叫左右唤至廳下，問道：「有何屈事？」王酒酒跪在廳下，告道：「小人姓王名青，錢塘縣人，今來首告。鄰居有一喬俊，出外爲商未回，其妻高氏，與妾周氏，一女玉秀，與家中一僱工人董小二有姦情。不知怎的緣故，把董小二謀死，丢在新橋河裏，如今泛起。小人去與高氏言説，反被本婦百般辱駡。他家有個酒大工，叫做洪三，敢是同心謀害的。小人不甘，因此叫屈。望相公明鏡昭察！」安撫聽罷，着外郎録了王青口詞，押了公文，差兩個牌軍押着王青，去捉拿三人并洪三，火急到廳。

當時公人徑到高氏家，捉了高氏、周氏、玉秀、洪三四人，關了大門，取鎖鎖了，同到安撫司廳上，〔三〕一行人跪下。相公是蔡州人，姓黄名正大，爲人奸狡，貪濫酷刑。問高氏：「你家董小二何在？」高氏道：「小二拐物在逃，不知去向。」王青道：「要知明白，只問洪三，便知分曉。」安撫遂將洪三拖翻拷打，兩腿五十黄荆，血流滿地。打熬不過，只得招道：「董小二先與周氏有姦，後搬回家，姦了玉秀。高氏知覺，恐丈夫回來，辱滅了門風。于今年八月十五日中秋夜賞月，教小的同小二兩個在一邊吃酒，我兩個都醉了。小的怕失了事，自去酒房内睡了。到五更時分，只見高氏、周氏來酒房門邊，叫小的去後園内，只見小二尸首在地，教我速駝去丢在河内去。小的問高氏因由，高氏備將前事説道：『二人通同姦騙女兒，倘或丈夫回日，怎的是好？我今出于無奈，因是赶他不出去，又怕説出此情，只得用麻索絞死了。』小的是個老實的人，説道：『看這厮忒無理，也祛除了一害。』小的便將小二尸首，駝在新橋河邊，用塊大石，縛在他身上，沉在水底下。只此便是實話。」安撫見洪三招狀明白，點指畫字。二婦人見洪三已招，驚得魂不附體，玉秀抖做一塊。

安撫叫左右將三個婦人過來供招，〔四〕玉秀只得供道：「先是周氏與小二有姦。母高氏收拾回家，將奴調戲，奴不從。後來又調戲，奴又不從。將奴强抱到後園姦騙了。到八月十五日茹果吃酒賞月，〔五〕母高氏先叫奴去房内睡了，并不知小二死亡之事。」安撫又問周氏：「你既與小二有姦，緣何將女孩兒壞了？你好好招承，免至受苦。」周氏兩淚交流，只得從頭一一招了。安撫又問高氏：「你緣何謀殺小二？」高氏抵賴不過，從頭招認了。都押下牢監了。安撫俱將各人供狀立案，次日差縣尉一人，帶領仵作行人，押了高氏等去新河橋下檢尸。當日鬧動城裏城外人都得知，男子婦人，挨肩擦背，不計其數，一齊來看。正是：

好事不出門，惡事傳千里。

却說縣尉押着一行人到新橋下，打開棺木，取出尸首，檢看明白。將尸放在棺內，縣尉帶了一干人回話。董小二尸雖是斧頭打碎頂門，麻索絞痕見在。安撫叫左右將高氏等四人各打二十下，都打得昏暈復醒。【眉批】四人豈無首從，好糊塗官府。取一面長枷，將高氏枷了。周氏、玉秀、洪三俱用鐵索鎖了，押下大牢內監了。王青隨衙聽候。且說那皮匠婦人，也知得錯認了，再也不來哭了。思量起來，一場惶恐，幾時不敢見人。這話且不說。

再說玉秀在牢中，湯水不吃，次日死了。又過了兩日，周氏也死了。洪三看看病重，獄卒告知安撫，安撫令官醫醫治，不痊而死。止有高氏渾身發腫，棒瘡疼痛，熬不得，飯食不吃，服藥無用，也死了。可憐不勾半個月日，四個都死在牢中。獄卒通報，知府與吏商量，喬俊久不回家，妻妾在家謀死人命，本該償命。兇身人等俱死，具表申奏朝廷，方可决斷。不則一日，聖旨倒下，開讀道：「兇身俱已身死，將家私抄扎入官。小二尸首，又無苦主親人來領，燒化了罷。」當時安撫即差吏去，打開喬俊家大門，將細軟錢物，盡數入官。【眉批】喬俊何罪，乃没其家私耶？燒了董小二尸首，不在話下。

却說喬俊合當窮苦，在東京沈瑞蓮家，全然不知家中之事。住了兩年，財本使得一空，被虔婆常常發語道：「我女兒戀住了你，又不能接客，怎的是了？你有錢鈔，將些出來使用；無錢，你自離了我家，等我女兒接别個客人。終不成餓死了我一家罷！」喬俊是個有錢過的人，今日無了錢，被虔婆赶了數次，眼中淚下。尋思要回鄉，又無盤纏。那沈瑞蓮見喬俊淚下，也哭起來，道：「喬郎，是我苦了你！我有些日前趲下的零碎錢，與你些，做盤纏回去了罷。你若有心，到家取得些錢，再來走一遭。」喬俊大喜，當晚收拾了舊衣服，打了一個衣包。沈行首取出三百貫文，把與喬俊打在包内。别了虔婆，駝了衣包，手提了一條棍棒，又辭了瑞蓮，兩個流淚而别。

且說喬俊於路搭船，不則一日，來到北新關。天色晚了，便投一個相識船主人家宿歇，明早入城。那船主人見了喬俊，吃了一驚，道：「喬官人，你一向在那裏去了，只管不回？你家中小娘子周氏，與一個僱工人有姦。大娘子取回一家住了，却又與你女兒有姦。我聽得人說，不知争姦也是怎的，大娘子謀殺了僱工人，酒大工洪三將尸丢在新橋河内。有了兩個月，尸首泛將起來，被人首告在安撫司，捉了大娘子、小娘子、你女兒并酒大工洪三到官。拷打不過，只得招認。監在牢裏，受苦不過，如今四人都死了。朝廷文書下來，抄扎你家財産入官。你如今投那裏去好？」喬俊聽罷，却似：

分開八片頂陽骨，傾下半桶冰雪來。

這喬俊驚得呆了半晌，語言不得。那船主人排些酒飯與喬俊吃，那裏吃得下！兩行珠淚如雨收不住，哽咽悲啼。心下思量：「今日不想我閃得有家難奔，有國難投，如何是好？」番來覆去，過了一夜。

次日黑早起來，辭了船主人，背了衣包，急急奔武林門來。到着自家對門一個古董店王將仕門首立了，看自家房屋，俱拆没了，止有一片荒地。却好王將仕開門，喬俊放下衣包，向前拜道：「老伯伯，不想小人不回，家中如此模樣！」王將仕道：「喬官人，你一向在那裏不回？」喬俊道：「只爲消折了本錢，歸鄉不得，并不知家中的消息。」王將仕邀喬俊到家中坐定道：「賢侄聽老身説，你去後家中如此如此。」把從頭之事，一一説了。「只好笑一個皮匠婦人，因丈夫死在外邊，到來錯認了尸。却被王酒酒那厮首告，害了你大妻、小妾、女兒并洪三到官，被打得好苦惱，受疼不過，都死在牢裏，家産都抄扎入官了。你如今那裏去好？」喬俊聽罷，兩淚如傾，辭别了王將仕。上南不是，落北又難，嘆了一口氣，道：「罷罷罷！我今年四十餘歲，兒女又無，財産妻妾俱喪了，去投誰的是好？」一徑走到西湖上第二橋，望着一湖清水便跳，投入水下而死。這喬俊一家人口，深可惜哉！

却説王青這一日午後，同一般破落户在西湖上閒蕩，剛到第二橋坐下，大家商量凑錢出來買碗酒吃。衆人道：「還勞王大哥去買，有些便宜。」只見王酒酒接錢在手，向西湖裏一撒，兩眼睁得圓滴溜，口中大駡道：「王青！那董小二姦人妻女，自取其死，與你何干？你只爲詐錢不遂，害得我喬俊好苦！一門親丁四口，死無葬身之地。今日須償還我命來！」【眉批】少此項報應不得。衆人知道是喬俊附體，替他磕頭告饒。只見王青打自己把掌約有百餘，駡不絶口，跳入湖中而死。衆人傳説此事，都道喬俊雖然好色貪淫，却不曾害人，今受此慘禍，九泉之下，怎放得王青過！這番索命，亦天理之必然也。後人有詩云：

喬俊貪淫害一門，王青毒害亦亡身。
從來好色亡家國，豈見詩書誤了人。

【校記】

〔一〕「買」，底本及佐伯本作「罷」，據早大本改，三桂堂本同早大本。

〔二〕本條眉批底本無，據佐伯本補。

〔三〕「同」，底本作「我」，據佐伯本改。

〔四〕「左右」，底本作「右右」，佐伯本同，據三桂堂本改。

〔五〕「茹果吃酒」，底本及諸校本均作「如果吃酒」，據文意改。

只因一幅香羅
帕惹起千秋
恨歌

郎馬未離青柳下
妾心先在白雲邊

第三十四卷　王嬌鸞百年長恨

天上烏飛兔走，人間古往今來。昔年歌管變荒臺，轉眼是非興敗。須識鬧中取静，莫因乖過成呆。不貪花酒不貪財，一世無灾無害。

話説江西饒州府餘干縣長樂村，有一小民叫做張乙，因販些雜貨到於縣中，夜深投宿城外一邸店。店房已滿，不能相容。間壁鎖下一空房，却無人住。張乙道：「店主人何不開此房與我？」主人道：「此房中有鬼，不敢留客。」張乙道：「便有鬼，我何懼哉！」主人只得開鎖，將燈一盞，掃帚一把，交與張乙。張乙進房，把燈放穩，挑得亮亮的。房中有破床一張，塵埃堆積，用掃帚掃净，展上鋪蓋。討些酒飯吃了，推轉房門，脱衣而睡。夢見一美色婦人，衣服華麗，自來薦枕，夢中納之。及至醒來，此婦宛在身邊。張乙問是何人，此婦道：「妾乃鄰家之婦，因夫君遠出，不能獨宿，是以相就。勿多言，久當自知。〔一〕」張亦不再問。天明，此婦辭去，至夜又來，歡好如初。如此三夜。店主人見張客無事，偶話及此房内曾有婦人縊死，往往作怪，今番却太平了。張乙聽在肚裏。至夜，此婦仍來，張乙問道：「今日店主人説這房中有縊死女鬼，莫非是你？」此婦并無慚諱之意，答道：「妾身是也，然不禍于君，君幸勿懼。」張乙道：「試説其詳。」此婦道：「妾乃娼女，姓穆，行廿二，人稱我爲廿二娘。與餘干客人楊川相厚。楊許娶妾歸去，妾將私財百金爲助。一去三年不來，妾爲鴇兒拘管，無計脱身，挹鬱不堪，遂自縊而死。鴇兒以所居售人，今爲旅店。此房，昔日妾之房也，一靈不泯，猶依棲於此。楊川與你同鄉，可認得麽？」張乙道：「認得。」此婦道：「今其人安在？」張乙道：「去歲已移居饒州南門，娶妻開店，生意甚足。」婦人嗟嘆良久，更無别語。

又過了二日，張乙要回家。婦人道：「妾願始終隨君，未識許否？」張乙道：「倘能相隨，有何不可。」婦人道：「君可製一小木牌，題曰『廿二娘神位』，置于篋中。但出牌呼妾，妾便出來。」張亦許之。婦人道：「妾尚有白金五十兩埋于此床之下，没人知覺，君可取用。」張掘地果得白金一瓶，心中甚喜。過了一夜，次日張乙寫了牌位，收藏好了，别店主而歸。到于家中，將此事告與渾家。渾家初時不喜，見了五十兩銀子，遂不嗔怪。張乙于東壁立了廿二娘神主，其妻戲往呼之，白日裏竟走出來，與妻施禮。【眉批】白日能見形者，借男子之精氣也。妻初時也驚訝，後遂慣了，不以爲事。夜來張乙夫婦同床，此婦亦來，也不覺床之狹窄。

過了十餘日，此婦道：「妾尚有夙債在于郡城，君能隨我去索取否？」張利其所有，一口應承，即時顧船而行。船中供下牌位，此婦同行同宿，全不避人。不則一日，到了饒州南門，此婦道：「妾往楊川家討債去。」張乙方欲問之，此婦倏已上岸。張隨後跟去，見此婦竟入一店中去了。問其店，正楊川家也。張久候不出，忽見楊舉家驚惶，少頃哭聲振地。問其故，店中人云：「主人楊川向來無病，忽然中惡，九竅流血而死。」張乙心知廿二娘所爲，嘿然下船，向牌位苦叫，亦不見出來了。方知有夙債在郡城，乃楊川負義之債也。有詩嘆云：

王魁負義曾遭譴，李益虧心亦改常。
請看楊川下梢事，皇天不佑薄情郎。

方纔説穆廿二娘事，雖則死後報冤，却是鬼自出頭，還是渺茫之事。如今再説一件故事，叫做「王嬌鸞百年長恨」。這個冤更報得好。此事非唐非宋，出在國朝天順初年。廣西苗蠻作亂，各處調兵征剿，有臨安衛指揮王忠所領一枝浙兵，違了限期，被參降調河南南陽衛中所千户。即日引家小到任。王忠年六十餘，止一子王彪，頗稱驍勇，督撫留在軍前效用。到有兩個女兒，長曰嬌鸞，次曰嬌鳳。鸞年十八，鳳年十六。鳳從幼育于外家，就與表兄對姻，只有嬌鸞未曾許配。夫人周氏，原係繼妻。周氏有嫡姐，嫁曹家，寡居而貧。夫人接他相伴甥女嬌鸞，舉家呼爲曹姨。嬌鸞幼通書史，舉筆成文。因愛女，慎于擇配，所以及笄未嫁，每每臨風感嘆，對月凄凉。惟曹姨與鸞相厚，知其心事，他雖父母亦不知也。

一日清明節届，和曹姨及侍兒明霞後園打鞦韆耍子。正在鬧熱之際，忽見墻缺處有一美少年，紫衣唐巾，舒頭觀看，連聲喝采。荒得嬌鸞滿臉通紅，推着曹姨的背，急回香房。侍女也進去了。生見園中無人，踰墻而入，鞦韆架子尚在，餘香彷佛。正在凝思，忽見草中一物，拾起看時，乃三尺綫繡香羅帕也。【眉批】此禍胎也。生得此如獲珍寶，聞有人聲自内而來，復踰墻而出，仍立于墻缺邊。看時，乃是侍兒來尋香羅帕的。生見其三回五轉，意興已倦，微笑而言：「小娘子，羅帕已入人手，何處尋覓？」侍兒擡頭見是秀才，便上前萬福道：「相公想已檢得，乞即見還，感德不盡！」那生道：「此羅帕是何人之物？」侍兒道：「是小姐的。」那生道：「既是小姐的東西，還得小姐來討，方纔還他。」侍兒道：「相公府居何處？」那生道：「小生姓周名廷章，蘇州府吴江縣人。父親爲本學司教，隨任在此，與尊府只一墻之隔。」原來衛署與學宮基址相連，衛叫做東衙，學叫做西衙。花園之外，就是學中的隙地。侍兒道：「貴公子又是近鄰，失瞻了。妾當禀知小姐，奉命相求。」廷章道：「敢聞小姐及小娘子大名？」侍兒道：「小姐名嬌鸞，主人之愛女。妾乃貼身侍婢明霞也。」廷章道：「小生有小詩一章，相煩致于小姐，即以羅帕奉還。」明霞本不肯替他寄詩，因要羅帕入手，只得應允。廷章道：「煩小娘子少待。」廷章去不多時，携詩而至，桃花箋叠成方勝。明霞接詩在手，問：「羅帕何在？」廷章笑道：「羅帕乃至寶，得之非易，豈可輕還。小娘子且將此詩送與小姐看了，待小姐回音，小生方可奉璧。」明霞没奈何，只得轉身。

只因一幅香羅帕，惹起千秋《長恨歌》。

話説鸞小姐自見了那美少年，雖則一時慚愧，却也挑動個「情」字。口中不語，心下躊躇道：「好個俊俏郎君！若嫁得此人，也不枉聰明一世。」忽見明霞氣忿忿的入來，嬌鸞問：「香羅帕有了麽？」明霞口稱：「怪事！香羅帕到被西衙周公子收着，就是墻缺内喝采的那紫衣郎君。」嬌鸞道：「與他討了就是。」明霞道：「怎麽不討？也得他肯還！」嬌鸞道：「他爲何不還？」明霞道：「他説：『小生姓周名廷章，蘇州府吴江人氏。父爲司教，隨任在此。與吾家只一墻之隔。既是小姐的香羅帕，必須小姐自討。』」嬌鸞道：「你怎麽説？」明霞道：「我説待妾禀知小姐，奉命相求。他道有小詩一章，煩吾傳遞，待有回音，纔把羅帕還我。」明霞將桃花箋遞與小姐。嬌鸞見了這方勝，已有三分之喜，拆開看時，乃七言絶句一首：

帕出佳人分外香，天公教付有情郎。
殷勤寄取相思句，擬作紅絲入洞房。

嬌鸞若是個有主意的，拚得棄了這羅帕，把詩燒却，分付侍兒，下次再不許輕易傳遞，天大的事都完了。奈嬌鸞一來是及瓜不嫁，知情慕色的女子，二來滿肚才情不肯埋没，亦取薛濤箋答詩八句：

妾身一點玉無瑕，生自侯門將相家。
静裏有親同對月，閒中無事獨看花。
碧梧只許來奇鳳，翠竹那容入老鴉。
寄語異鄉孤另客，莫將心事亂如麻。

明霞捧詩方到後園，廷章早在缺墻相俟。明霞道：「小姐已有回詩了，可將羅帕還我。」廷章將詩讀了一遍，益慕嬌鸞之才，必欲得之，道：「小娘子耐心，小生又有所答。」再回書房，寫成一絶：

　　居傍侯門亦有緣，異鄉孤另果堪憐。

　　若容鸞鳳雙棲樹，一夜簫聲入九天。

明霞道：「羅帕又不還，只管寄什麽詩？我不寄了。」廷章袖中出金簪一根道：「這微物奉小娘子，權表寸敬，多多致意小姐。」明霞貪了這金簪，又將詩回復嬌鸞。嬌鸞看罷，悶悶不悦。明霞道：「詩中有甚言語觸犯小姐？」嬌鸞道：「書生輕薄，都是調戲之言。」明霞道：「小姐大才，何不作一詩罵之，以絶其意？」嬌鸞道：「後生家性重，不必罵，且好言勸之可也。」【眉批】鸞心久已有生矣。再取薛箋題詩八句：

　　獨立庭際傍翠陰，侍兒傳語意何深。

　　滿身竊玉偷香膽，一片撩雲撥雨心。

　　丹桂豈容稚子折，珠簾那許曉風侵。

　　勸君莫想陽臺夢，努力攻書入翰林。

自此一倡一和，漸漸情熟，往來不絶。明霞的足迹不斷後園，廷章的眼光不離墻缺。詩篇甚多，不暇細述。時屆端陽，王千户治酒于園亭家宴。廷章于墻缺往來，明知小姐在于園中，無由一面，侍女明霞亦不能通一語。正在氣悶，忽撞見衛卒孫九。那孫九善作木匠，長在衛裏服役，〔二〕亦多在學中做工。廷章遂題詩一絶封固了，將青蚨二百賞孫九買酒吃，托他寄與衙中明霞姐。孫九受人之托，忠人之事，伺候到次早，纔覷個方便，寄得此詩于明霞。明霞遞于小姐，拆開看之，前有敘云「端陽日園中望嬌娘子不見，口占一絶奉寄」：〔三〕

配成綵綫思同結，傾就蒲觴擬共斟。

霧隔湘江歡不見，錦葵空有向陽心。

後寫「松陵周廷章拜稿」。嬌娘看了，置于書几之上。適當梳頭，未及酬和。忽曹姨走進香房，看見了詩稿，大驚道：「嬌娘既有西廂之約，可無東道之主？此事如何瞞我？」嬌鸞含羞答道：「雖有吟咏往來，實無他事，非敢瞞姨娘也。」曹姨道：「周生江南秀士，門户相當，何不教他遣媒説合，成就百年姻緣，豈不美乎？」嬌鸞點頭道：「是。」梳妝已畢，遂答詩八句：

深鎖香閨十八年，不容風月透簾前。

繡衾香暖誰知苦，錦帳春寒只愛眠。

生怕杜鵑聲到耳，死愁蝴蝶夢來纏。

多情果有相憐意，好倩冰人片語傳。

廷章得詩，遂假托父親周司教之意，央趙學究往王千户處求這頭親事。〔四〕王千户亦重周生才貌。但嬌鸞是愛女，况且精通文墨，自己年老，一應衛中文書筆札，都靠着女兒相幫，少他不得，不忍棄之于他鄉，以此遲疑未許。【眉批】爲結末遞《長恨歌》張本。廷章知姻事未諧，心中如刺，乃作書寄于小姐，前寫「松陵友弟廷章拜稿」：

自睹芳容，未寧狂魄。夫婦已是前生定，至死靡他；〔五〕媒妁傳來今日言，爲期未决。遥望香閨深鎖，如唐太宗離月宫而空想嫦娥；要從花圃戲游，似牽牛郎隔天河而苦思織女。倘復遷延于月日，必當夭折于溝渠。生若無緣，死亦不瞑。勉成拙律，深冀哀憐。詩曰：

未有佳期慰我情，可憐春價值千金。
悶來窗下三杯酒，愁向花前一曲琴。
人在鎖窗深處好，悶回羅帳静中吟。
孤恓一樣昏黄月，肯許相携訴寸心？

嬌鸞看罷，即時復書，前寫「虎衙愛女嬌鸞拜稿」：

輕荷點水，弱絮飛簾。拜月亭前，懶對東風聽杜宇；畫眉窗下，强消長晝刺鴛鴦。人正困于妝臺，詩忽墜于香案。啓觀來意，無限幽懷。自憐薄命佳人，惱殺多情才子。一番信到，一番使妾倍支吾；幾度詩來，幾度令人添寂寞。休得跳東墻學攀花之手，可以仰北斗駕折桂之心。眼底無媒，書中有女。自此衷情封去札，莫將消息問來人。謹和佳篇，仰祈深諒！詩曰：

秋月春花亦有情，也知身價重千金。
雖窺青瑣韓郎貌，羞聽東墻崔氏琴。
痴念已從空裏散，好詩惟向夢中吟。
此生但作乾兄妹，直待來生了寸心。

廷章閱書，贊嘆不已。讀詩至末聯「此生但作乾兄妹」，忽然想起一計道：「當初張珙、申純皆因兄妹得就私情，王夫人與我同姓，何不拜之爲姑？便可通家往來，于中取事矣。」遂托言西衙窄狹，且是喧鬧，欲借衛署後園觀書。周司教自與王千户開口。王翁道：「彼此通家，就在家下吃些見成茶飯，不煩饋送。」周翁感激不盡，回向兒子説了。廷章道：「雖承王翁盛意，非親非故，難以打攪。孩兒欲備一禮，拜認周夫人爲姑。姑姪一家，庶乎有名。」周司教是糊塗之人，只要討些小便宜，【眉批】要討便宜，便是糊塗之本。道：「任從我兒行事。」廷章又央人通了王翁夫婦，擇個吉日，備下綵段書儀，寫個表姪的名刺，上門認親，極其卑遜，極其親熱。王翁是個武人，只好奉承，【眉批】文官難説不愛奉承。遂請入中堂，教奶奶都相見了。連曹姨也認做姨娘，嬌鸞是表妹，一時都請見禮。王翁設宴後堂，權當會親。一家同席，廷章與嬌鸞暗暗歡喜。席上眉來眼去，自不必說。當日盡歡而散。

姻緣好惡猶難問，踪迹親疏已自分。

次日王翁收拾書室，接内姪周廷章來讀書。却也曉得隔絶内外，將内宅後門下鎖，不許婦女入于花園。〔六〕廷章供給，自有外廂照管。雖然搬做一家，音書來往反不便了。嬌鸞松筠之志雖存，風月之情已動，况既在席間眉來眼去，怎當得園上鳳隔鸞分？愁緒無聊，鬱成一病，朝凉暮熱，茶飯不沾。王翁迎醫問卜，全然不濟。廷章幾遍到中堂問病，王翁只教致意，不令進房。廷章心生一計，因假説：「長在江南，曾通醫理。表妹不知所患何症，待姪兒診脉便知。」王翁向夫人説了，又教明霞道達了小姐，方纔迎入。廷章坐于床邊，假以看脉爲由，撫摩了半晌。【眉批】生儘多賊智，亦乘王翁之愚耳。其時王翁夫婦俱在，不好交言，只説得一聲保重，出了房門。對王翁道：「表妹之疾，是抑鬱所致。常須于寬敞之地散步陶情，更使女伴勸慰，開其鬱抱，自當勿藥。」王翁敬信周生，更不疑惑，便道：「衙中只有園亭，并無别處寬敞。」廷章故意道：「若表妹不時要園亭散步，恐小姪在彼不便，暫請告歸。」王翁道：「既爲兄妹，復何嫌阻？」即日教開了後門，將鎖鑰付曹姨收管，就教曹姨陪侍女兒任情閒耍；明霞伏侍，寸步不離，自以爲萬全之策矣。

却説嬌鸞原爲思想周郎致病，得他撫摩一番，已自歡喜。又許散步園亭，陪伴伏侍者都是心腹之人，病便好了一半。每到園亭，廷章便得相見，同行同坐。有時亦到廷章書房中吃茶，漸漸不避嫌疑，挨肩擦背。廷章捉個空，向小姐懇求，要到香閨一望。嬌鸞目視曹姨，低低向生道：「鎖鑰在彼，兄自求之。」廷章已悟。次日廷章取吴綾二端，金釧一副，央明霞獻與曹姨，姨問鸞道：「周公子厚禮見惠，不知何事？」嬌鸞道：「年少狂生，不無過失，渠要姨包容耳。」曹姨道：「你二人心事，我已悉知。但有往來，決不泄漏！」因把匙鑰付與明霞。鸞心大喜，遂題一絶，寄廷章云：

暗將私語寄英才，倘向人前莫亂開。
今夜香閨春不鎖，月移花影玉人來。

廷章得詩，喜不自禁。是夜黄昏已罷，樵鼓方聲，廷章悄步及于内宅，後門半啓，捱身而進。自那日房中看脉出園上來，依稀記得路徑，緩緩而行。但見燈光外射，明霞候于門側。廷章步進香房，與鸞施禮，便欲摟抱。鸞將生攩開，唤明霞快請曹姨來同坐。廷章大失所望，自陳苦情，責其變卦，一時急淚欲流。鸞道：「妾本貞姬，君非蕩子。只因有才有貌，所以相愛相憐。妾既私君，終當守君之節；君若棄妾，豈不負妾之誠？必矢明神，誓同白首，若還苟合，有死不從。」説罷，曹姨適至，向廷章謝日間之惠。廷章遂央姨爲媒，誓諧伉儷，口中呪願如流而出。【眉批】輕咒者必慢神。曹姨道：「二位賢甥，既要我爲媒，可寫合同婚書四紙。將一紙焚于天地，以告鬼神；一紙留于吾手，以爲媒證。你二人各執一紙，爲他日合巹之驗。女若負男，疾雷震死，男若負女，亂箭亡身。再受陰府之愆，永墮酆都之獄。」生與鸞聽曹姨説得痛切，各各歡喜。遂依曹姨所説，寫成婚書誓約。先拜天地，後謝曹姨。姨乃出清果醇醪，與二人把盞稱賀。三人同坐飲酒，直至三鼓，曹姨別去。生與鸞携手上床，雨雲之樂可知也。五鼓，鸞促生起身，囑付道：「妾已委身于君，君休負恩于妾。神明在上，鑒察難逃。今後妾若有暇，自遣明霞奉迎，切莫輕行，以招物議。」廷章字字應承，留戀不捨。鸞急教明霞送出園門。是日鸞寄生二律云：

昨夜同君喜事從，芙蓉帳暖語從容。
貼胸交股情偏好，撥雨撩雲興轉濃。
一枕鳳鸞聲細細，半窗花月影重重。
曉來窺視鴛鴦枕，無數飛紅撲繡絨。其一
衾翻紅浪效綢繆，乍抱郎腰分外羞。

月正圓時花正好，雲初散處雨初收。

一團恩愛從天降，萬種情懷得自由。

寄語今宵中夕夜，不須攲枕看牽牛。其二

廷章亦有酬答之句。自此鸞疾盡愈，門鎖竟弛。或三日，或五日，鸞必遣明霞召生。來往既頻，恩情愈篤。如此半年有餘。

周司教任滿，升四川峨眉縣尹。廷章戀鸞之情，不肯同行，只推身子有病，怕蜀道艱難；况學業未成，師友相得，尚欲留此讀書。【眉批】未能爲子，豈能爲夫。周司教平昔縱子，言無不從。起身之日，廷章送父出城而返。鸞感廷章之留，是日邀之相會，愈加親愛。如此又半年有餘。其中往來詩篇甚多，不能盡載。

廷章一日閱邸報，見父親在峨眉不服水土，告病回鄉。久别親闈，欲謀歸覲，又牽鸞情愛，不忍分離。事在兩難，憂形于色。鸞探知其故，因置酒勸生道：「夫婦之愛，瀚海同深；父子之情，高天難比。若戀私情而忘公義，不惟君失子道，累妾亦失婦道矣。」曹姨亦勸道：「今日暮夜之期，原非百年之算。公子不如暫回鄉故，且覲雙親。倘于定省之間，即議婚姻之事，早完誓願，免致情牽。」廷章心猶不決。嬌鸞教曹姨竟將公子欲歸之情，對王翁説了。【眉批】嬌鸞志氣不減齊姜，惜周公子之非晉公子也。此日正是端陽，王翁治酒與廷章送行，且致厚贐。廷章義不容已，只得收拾行李。是夜，鸞另置酒香閨，邀廷章重伸前誓，再訂婚期。曹姨亦在坐。千言萬語，一夜不睡。臨別，又問廷章住居之處，廷章道：「問做甚麽？」鸞道：「恐君不即來，妾便于通信耳。」廷章索筆寫出四句：

思親千里返姑蘇，家住吴江十七都。
須問南麻雙漾口，延陵橋下督糧吴。

廷章又解説：「家本吴姓，祖當里長督糧，有名督糧吴家，周是外姓也。此字雖然寫下，欲見之切，度日如歲。多則一年，少則半載，定當持家君柬帖，親到求婚，決不忍閨閣佳人懸懸而望。」言罷，相抱而泣。將次天明，鸞親送生出園。有聯句一律：

綢繆魚水正投機，無奈思親使別離。廷章
花圃從今誰待月？蘭房自此懶圍棋。嬌鸞
惟憂身遠心俱遠，非慮文齊福不齊。廷章
低首不言中自省，强將別淚整蛾眉。嬌鸞

須臾天曉，鞍馬齊備。王翁又于中堂設酒，妻女畢集，爲上馬之餞。廷章再拜而別。鸞自覺悲傷欲泣，潛歸內室，取烏絲箋題詩一律，使明霞送廷章上馬，伺便投之。

章于馬上展看云：

同攜素手并香肩，送別那堪雙淚懸。
郎馬未離青柳下，妾心先在白雲邊。
妾持節操如姜女，君重綱常類閔騫。
得意匆匆便回首，香閨人瘦不禁眠。

廷章讀之淚下。一路上觸景興懷，未嘗頃刻忘鸞也。

閒話休叙。不一日，到了吴江家中，參見了二親，一門歡喜。原來父親已與同里魏同知家議親，正要接兒子回來行聘完婚。生初時有不願之意，後訪得魏女美色無雙，且魏同知十萬之富，裝奩甚豐。慕財貪色，遂忘前盟。過了半年，魏氏過門，夫妻恩愛，如魚似水，竟不知王嬌鸞爲何人矣。

但知今日新妝好，不顧情人望眼穿。

却説嬌鸞一時勸廷章歸省，是他賢慧達理之處。然已去之後，未免懷思。白日凄凉，黄昏寂寞，燈前有影相親，帳底無人共語。每遇春花秋月，不覺夢斷魂勞。捱過一年，杳無音信。忽一日，明霞來報道：「姐姐可要寄書與周姐夫麽？」嬌鸞道：「那得有這方便？」明霞道：「適纔孫九説臨安衛有人來此下公文。臨安是杭州地方，路從吴江經過，是個便道。」嬌鸞道：「既有便，可教孫九囑付那差人不要去了。」即時修書一封，曲叙别離之意，囑他早至南陽，同歸故里，踐婚姻之約，成終始之交。書多不載。書後有詩十首，録其一云：

端陽一别杳無音，兩地相看對月明。
暫爲椿萱辭虎衛，莫因花酒戀吴城。
游仙閣内占離合，拜月亭前問死生。
此去願君心自省，同來與妾共調羹。

封皮上又題八句：

此書煩遞至吴衙，門面春風足可誇。
父列當今宣化職，祖居自古督糧家。
已知東宅鄰西宅，猶恐南麻混北麻。
去路逢人須借問，延陵橋在那村些？

又取銀釵二股，爲寄書之贈。書去了七個月，并無回耗。時值新春，又訪得前衛有個張客人要往蘇州收貨。嬌鸞又取金花一對，央孫九送與張客，求他寄書。書意同前。亦有詩十首，録其一云：

春到人間萬物鮮，香閨無奈别魂牽。
東風浪蕩君尤蕩，皓月團圓妾未圓。
情洽有心勞白髮，天高無計托青鸞。
衷腸萬事憑誰訴？寄與才郎仔細看。

封皮上題一絶：

蘇州咫尺是吴江，吴姓南麻世督糧。
囑付行人須着意，好將消息問才郎。

張客人是志誠之士，往蘇州收貨已畢，賫書親到吴江。正在長橋上問路，恰好周廷章過去，聽得是河南聲音，問的又是南麻督糧吴家，情知嬌鸞書信，怕他到彼，知其再娶之事，遂上前作揖通名，邀往酒館三杯，拆書看了。就于酒家借紙筆，匆匆寫下回書，推説父病未痊，方侍醫藥，所以有誤佳期，不久即圖會面，無勞注想。書後又寫：「路次借筆不備，希諒！」張客收了回書，不一日，回到南陽，付孫九回復鸞小姐。鸞拆書看了，雖然不曾定個來期，也當畫餅充饑，望梅止渴。

過了三四個月，依舊杳然無聞。嬌鸞對曹姨道：「周郎之言欺我耳！」曹姨道：「誓書在此，皇天鑒知。周郎獨不怕死乎？」忽一日，聞有臨安人到，乃是嬌鸞妹子嬌鳳生了孩兒，遣人來報喜。嬌鸞彼此相形，愈加感嘆，且喜又是寄書的一個順便，再修書一封托他。這是第三封書，亦有詩十首，末一章云：

叮嚀才子莫蹉跎，百歲夫妻能幾何？
王氏女爲周氏室，文官子配武官娥。
三封心事煩青鳥，萬斛閒愁鎖翠蛾。
遠路尺書情未盡，相思兩處恨偏多。

封皮上亦寫四句：

此書煩遞至吴江，糧督南麻姓字香。〔七〕
去路不須馳步問，延陵橋下暫停航。

鸞自此寢廢餐忘，香消玉減，暗地淚流，懨懨成病。父母欲爲擇配，嬌鸞不肯，情願長齋奉佛。曹姨勸道：「周郎未必來矣，毋拘小信，自誤青春。」嬌鸞道：「人而無信，是禽獸也。寧周郎負我，我豈敢負神明哉？」光陰荏苒，不覺已及三年。嬌鸞對曹姨説道：「聞説周郎已婚他族，此信未知真假。然三年不來，其心腸亦改變矣，但不得一實信，吾心終不死。」曹姨道：「何不央孫九親往吴江一遭，多與他些盤費。若周郎無他更變，使他等候同來，豈不美乎？」嬌鸞道：「正合吾意。」亦求姨娘一字，促他早早登程可也。」當下嬌鸞寫就古風一首。其略云：

憶昔清明佳節時，與君邂逅成相知。嘲風弄月通來往，撥動風情無限思。侯門曳斷千金索，携手挨肩游畫閣。好把青絲結死生，盟山誓海情不薄。白雲渺渺草青青，才子思親欲別情。頓覺桃臉無春色，愁聽傳書雁幾聲。君行雖不排鸞馭，勝似征蠻父兄去。悲悲切切斷腸聲，執手牽衣理前誓。與君成就鸞鳳友，切莫蘇城戀花柳。自君之去妾攢眉，脂粉慵調髮如帚。姻緣兩地相思重，雪月風花誰與共？可憐夫婦正當年，空使梅花蝴蝶夢。臨風對月無歡好，凄凉枕上魂顛倒。一宵忽夢汝娶親，來朝不覺愁顔老。盟言願作神雷電，九天玄女相傳遍。只歸故里未歸泉，何故音容難得見？【眉批】怨極，然不得不怨矣。〔八〕才郎意假妾意真，再馳驛使陳丹心。可憐三七羞花貌，寂寞香閨思不禁。

曹姨書中亦備説女甥相思之苦，相望之切。二書共作一封。封皮亦題四句：

蕩蕩名門宰相衙，更兼糧督鎮南麻。
逢人不用亭舟問，橋跨延陵第一家。

孫九領書，夜宿曉行，直至吳江延陵橋下。猶恐傳遞不的，直候周廷章面送。廷章一見孫九，滿臉通紅，不問寒温，取書納于袖中，竟進去了。少頃教家童出來回復道：「相公娶魏同知家小姐，今已二年。南陽路遠，不能復來矣。回書難寫，仗你代言。這幅香羅帕乃初會鸞姐之物，并合同婚書一紙，〔九〕央你送還，以絶其念。本欲留你一飯，誠恐老爹盤問嗔怪。白銀五錢權充路費，下次更不勞往返。」孫九聞言大怒，擲銀于地不受，【眉批】孫九可取。走出大門，罵道：「似你短行薄情之人，禽獸不如！可憐負了鸞小姐一片真心，皇天斷然不佑你！」説罷，大哭而去。【眉批】絶似南霽雲乞救不得，哭回睢陽光景。路人争問其故，孫老兒數一數二的逢人告訴。自此周廷章無行之名，播于吴江，爲衣冠所不齒。正是：

平生不作虧心事，世上應無切齒人。

再説孫九回至南陽，見了明霞，便悲泣不已。明霞道：「莫非你路上吃了苦？莫非周家郎君死了？」孫九只是摇頭，停了半晌，方説備細，如此如此：「他不發回書，只將羅帕、婚書送還，以絶小姐之念。我也不去見小姐了。」説罷，拭淚嘆息而去。明霞不敢隱瞞，備述孫九之語。嬌鸞見了這羅帕，已知孫九不是個謊話，不覺怨氣填胸，怒色盈面。就請曹姨至香房中，告訴了一遍。曹姨將言勸解，嬌鸞如何肯聽？整整的哭了三日三夜，將三尺香羅帕，反覆觀看，欲尋自盡，又想道：「我嬌鸞名門愛女，美貌多才。若嘿嘿而死，却便宜了薄情之人。」乃製絶命詩三十二首及《長恨歌》

一篇。詩云：

倚門默默思重重，自嘆雙雙一笑中。
情惹游絲牽嫩緑，恨隨流水縮殘紅。
當時只道春回准，今日方知色是空。
回首憑欄情切處，閒愁萬里怨東風。

餘詩不載。其《長恨歌》略云：

《長恨歌》，爲誰作？題起頭來心便惡。朝思暮想無了期，再把鸞箋訴情薄。妾家原在臨安路，麟閣功勳受恩露。後因親老失軍機，降調南陽衛千户。深閨養育嬌鸞身，不曾舉步離中庭。豈知二九災星到，忽隨女伴妝臺行。鞦韆戲蹴方纔罷，忽驚墻角生人話。含羞歸去香房中，倉忙尋覓香羅帕。羅帕誰知入君手，空令梅香往來走。得蒙君贈香羅詩，惱妾相思淹病久。感君拜母結妹兄，來詞去簡饒恩情。只恐恩情成苟合，兩曾結髮同山盟。山盟海誓還不信，又托曹姨作媒證。婚書寫定燒蒼穹，始結于飛在天命。情交二載甜如蜜，才子思親忽成疾。妾心不忍君心愁，反勸才郎歸故籍。叮嚀此去姑蘇城，花街莫聽陽春聲。一睹慈顔便回首，香閨可念人孤另。囑付殷勤别才子，棄舊憐新任從爾。那知一去意忘還，終日思君不如死。有人來説君重婚，幾番欲信仍難憑。後因孫九去復返，方知伉儷諧文君。此情恨殺薄情者，千里姻緣難割捨。到手恩情都負之，得意風流在何也？莫論妾愁長與短，無處箱囊詩不滿。題殘錦札五千張，寫秃毛錐三百管。玉閨人瘦嬌無力，佳期反作長相憶。枉將八字推子平，空把三生卜《周易》。從頭一一思量起，往日交情不虧汝。既然恩愛如浮雲，何不當初莫相與？鶯鶯燕燕皆成對，何獨天生我無配。嬌鳳妹子少二年，適添孩兒已三歲。自嘶輕棄千金軀，伊歡我獨心孤悲。【眉批】遺而痛。先年誓願今何在？舉頭三尺有神祇。君往江南妾江北，千里關山遠相隔。若能兩翅忽然生，飛向吴江近君側。〔一〇〕初交你我天地知，今來無數人揚非。虎門深鎖千金色，天教一笑遭君機。恨君短行歸陰府，譬似皇天不生我。從今書遞故人收，不望回音到中所。可憐鐵甲將軍家，玉閨養女嬌如花。只因頗識琴書味，風流不久歸黄沙。白羅丈二懸高梁，飄然眼底魂茫茫。報道一聲嬌鸞縊，滿城笑殺臨安王。妾身自愧非良女，擅把閨情賤輕許。相思債滿還九泉，九泉之下不饒汝。當初寵妾非如今，我今怨汝如海深。自知妾意皆仁意，誰想君心似獸心。再將一幅羅紋綃，殷勤遠寄郎家遥。自嘆興亡皆此物，殺人可恕情難饒。反覆叮嚀只如此，往日閒愁今日止。君今肯念舊風流，飽看嬌鸞書一紙。

書已寫就，欲再遣孫九。孫九咬牙怒目，決不肯去。正無其便，偶值父親痰火病發，唤嬌鸞替他檢閱文書。嬌鸞看文書裏面有一宗乃勾本衛逃軍者，其軍乃吴江縣人，鸞心生一計，乃取從前倡和之詞，并今日《絶命詩》及《長恨歌》彙成一帙，合同婚書二紙，置于帙内，總作一封，入于官文書内，封筒上填寫「南陽衛掌印千户王投下直隸蘇州府吴江縣當堂開拆」，〔二〕打發公差去了。【眉批】亦由不忍自没其才情，非但欲周章廷之惡也。王翁全然不知。是晚，嬌鸞沐浴更衣，哄明霞出去烹茶，關了房門，用杌子填足，先將白練挂于梁上，取原日香羅帕，向咽喉扣住，接連白練，打個死結，蹬開杌子，兩脚懸空，煞時間三魂漂渺，七魄幽沉。剛年二十一歲。

始終一幅香羅帕，成也蕭何敗也何。

明霞取茶來時，見房門閉緊，敲打不開，慌忙報與曹姨。曹姨同周老夫人打開房門看了，這驚非小。王翁也來了，合家大哭，竟不知什麼意故。少不得買棺殮葬。此事閣過休題。

再説吴江闕大尹接得南陽衛文書，拆開看時，深以爲奇，此事曠古未聞。適然本府趙推官隨察院樊公祉按臨本縣，闕大尹與趙推官是金榜同年，因將此事與趙推官言及。趙推官取而觀之，遂以奇聞報知樊公。樊公將詩歌及婚書反覆詳味，〔二〕深惜嬌鸞之才而恨周廷章之薄倖。乃命趙推官密訪其人。次日，擒拿解院，樊公親自詰問。廷章初時抵賴，後見婚書有據，不敢開口。樊公喝教重責五十收監。行文到南陽衛查嬌鸞曾否自縊。不一日，文書轉來，説嬌鸞已死。樊公乃于監中吊取周廷章到察院堂上，樊公罵道：「調戲職官家子女，一罪也；停妻再娶，二罪也；因奸致死，三罪也。婚書上説：『男若負女，萬箭亡身。』我今没有箭射你，用亂棒打殺你，以爲薄倖男子之戒。」喝教合堂皂快齊舉竹批亂打。下手時宫商齊響，着體處血肉交飛。頃刻之間，化爲肉醬。滿城人無不稱快。周司教聞知，登時氣死。魏女後來改嫁。向貪新娶之財色，而没恩背盟，果何益哉！有詩嘆云：

一夜恩情百夜多，負心端的欲如何？
若云薄倖無冤報，請讀當年《長恨歌》。

【校記】

〔一〕「久當自知」，底本作「又當自知」，據佐伯本改。

〔二〕「服役」，底本作「服後」，據佐伯本改，早大本同佐伯本。

〔三〕「口占一絶」，底本作「口古一絶」，佐伯本同，據《奇觀》改，三桂堂本作「述古一絶」。

〔四〕「究」字，底本墨釘，據佐伯本補。

〔五〕「至」字，底本墨釘，佐伯本同，據早大本改，三桂堂本作「須」，《奇觀》同早大本。

〔六〕「不許」，底本及諸校本均作「不計」，據《奇觀》改。

〔七〕「南」字，底本墨釘，據佐伯本補。

〔八〕本條眉批底本無，據佐伯本補。

〔九〕「合同」，底本及諸校本均作「令同」，據《奇觀》改。

〔一〇〕「君側」，底本作「若惻」，據佐伯本改。

〔一一〕「封筒」，底本及諸校本均作「封同」，據《奇觀》改。

〔一二〕「詳味」，底本作「祥味」，佐伯本「詳」字墨釘，據三桂堂本改，《奇觀》同三桂堂本。

商戚婆下瞞了計拚
耗閨中匪名心

地下新添冤恨鬼
人間少了俏孤孀

第三十五卷〔一〕　况太守路斷死孩兒〔二〕

春花秋月足風流，不分紅顏易白頭。
試把人心比松柏，幾人能爲歲寒留？

這四句詩泛論春花秋月，惱亂人心，所以才子有悲秋之辭，佳人有傷春之咏。往往詩謎寫恨，目語傳情，月下幽期，花間密約，但圖一刻風流，不顧終身名節。這是兩下相思，各還其債，不在話下。又有一等男貪而女不愛，女愛而男不貪，雖非兩相情願，却有一片精誠。如冷廟泥神，朝夕焚香拜禱，也少不得靈動起來。其緣短的，合而終暌；倘緣長的，疏而轉密。這也是風月場中所有之事，亦不在話下。又有一種男不慕色，女不懷春，志比精金，心如堅石。没來由被旁人播弄，設圈設套，一時失了把柄，墮其術中，事後悔之無及。如宋時玉通禪師，修行了五十年，因觸了知府柳宣教，被他設計，教妓女紅蓮假扮寡婦借宿，百般誘引，壞了他的戒行。這般會合，那些個男歡女愛，是偶然一念之差。如今再説個誘引寡婦失節的，却好與玉通禪師的故事做一對兒。正是：

未離恩山休問道，尚沉欲海莫參禪。

話説宣德年間，南直隸揚州府儀真縣有一民家，姓丘名元吉，家頗饒裕。娶妻邵氏，姿容出衆，兼有志節。夫婦甚相愛重，相處六年，未曾生育，不料元吉得病身亡。邵氏年方二十三歲，哀痛之極，立志守寡，終身永無他適。不覺三年服滿。父母家因其年少，去後日長，勸他改嫁。叔公丘大勝，也叫阿媽來委曲譬喻他幾番。那邵氏心如鐵石，全不轉移，設誓道：「我亡夫在九泉之下，邵氏若事二姓，更二夫，不是刀下亡，便是繩上死！」衆人見他主意堅執，誰敢再去强他。自古云：「呷得三斗醋，做得孤孀婦。」孤孀不是好守的。替邵氏從長計較，到不如明明改個丈夫，雖做不得上等之人，還不失爲中等，不到得後來出醜。正是：

作事必須踏實地，爲人切莫務虛名。

邵氏一口説了滿話，衆人中賢愚不等，也有嘖嘖誇奬他的，也有似疑不信睁着眼看他的。誰知邵氏立心貞潔，閨門愈加嚴謹。止有一侍婢，叫做秀姑，房中作伴，針指營生。一小廝叫做得貴，年方十歲，看守中門。一應薪水買辦，都是得貴傳遞。童僕已冠者，皆遣出不用。庭無閒雜，内外肅然。如此數年，人人信服。那個不説邵大娘少年老成，治家有法。

光陰似箭，不覺十周年到來。邵氏思念丈夫，要做些法事追薦。叫得貴去請叔公丘大勝來商議，延七衆僧人，做三晝夜功德。邵氏道：「奴家是寡婦，全仗叔公過來主持道場。」大勝應允。

話分兩頭。却説鄰近新搬來一個漢子，姓支名助，原是破落户，平昔不守本分，不做生理，專一在街坊上赶熱管閒事過活。聞得人説邵大娘守寡貞潔，且是青年標致，天下難得。支助不信，不論早暮，常在丘家門首閒站。果然門無雜人，只有得貴小厮買辦出入。支助就與得貴相識，漸漸熟了。閒話中，問得貴：「聞得你家大娘生得標致，是真也不？」得貴生於禮法之家，一味老實，遂答道：「標致是真。」又問道：「大娘也有時到門前看街麽？」得貴摇手道：「從來不曾出中門，莫説看街，罪過，罪過！」一日得貴正買辦素齋的東西，支助撞見，又問道：「你家買許多素品爲甚麽？」得貴道：「家主十周年，做法事要用。」支助道：「幾時？」得貴道：「明日起，三晝夜，正好辛苦哩！」支助聽在肚裏，想道：「既追薦丈夫，他必然出來拈香。我且去偷看一看，什麽樣嘴臉？真像個孤孀也不？」

却説次日，丘大勝請到七衆僧人，都是有戒行的，在堂中排設佛像，鳴鐃擊鼓，誦經禮懺，甚是志誠。丘大勝勤勤拜佛。邵氏出來拈香，晝夜各只一次，拈過香，就進去了。支助趁這道場熱鬧，幾遍混進去看，再不見邵氏出來。又問得貴，方知日間只晝食拈香一遍。支助到第三日，約莫晝食時分，又踅進去，閃在槅子傍邊隱着。見那些和尚都穿着袈裟，站在佛前吹打樂器，宣和佛號。香火道人在道場上手忙脚亂的添香換燭。本家止有得貴，只好往來答應，那有工夫照管外邊。就是丘大勝同着幾個親戚，也都呆看和尚吹打，那個來稽查他。少頃邵氏出來拈香，被支助看得仔細。常言：「若要俏，添重孝。」縞素妝束，加倍清雅。分明是：

廣寒仙子月中出，姑射神人雪裏來。

支助一見，遍體酥麻了，回家想念不已。是夜，道場完滿，衆僧直至天明方散。邵氏依舊不出中堂了。支助無計可施，想着：「得貴小厮老實，我且用心下釣子。」

其時五月端五日，支助拉得貴回家，吃雄黄酒。得貴道：「我不會吃酒，紅了臉時，怕主母嗔罵。」【眉批】若非支助之奸，則邵氏貞婦也，得貴亦良僕也。小人之害可畏矣。支助道：「不吃酒，且吃隻粽子。」得貴跟支助家去。支助教渾家剥了一盤粽子，一碟糖，一碗肉，一碗鮮魚，兩雙筯，兩個酒杯，放在卓上。支助把酒壺便篩。得貴道：「我説過不吃酒，莫篩罷。」支助道：「吃杯雄黄酒應應時令。我這酒淡，不妨事。」得貴被央不過，只得吃了。支助道：「後生家莫吃單杯，須吃個成雙。」得貴推辭不得，又吃了一杯。支助自吃了一回，〔三〕夾七夾八説了些街坊上的閒話。又斟一杯勸得貴，得貴道：「醉得臉都紅了，如今真個不吃了。」支助道：「臉左右紅了，多坐一時回去，打甚麼緊！只吃這一杯罷，我再不勸你了。」

得貴前後共吃了三杯酒，他自幼在丘家被邵大娘拘管得嚴，何曾嘗酒的滋味？今日三杯落肚，便覺昏醉。支助乘其酒興，低低説道：「得貴哥，我有句閒話問你。」得貴道：「有甚話儘説。」支助道：「你主母孀居已久，想必風情亦動。倘得個漢子同眠同睡，可不喜歡？從來寡婦都牽挂着男子，只是難得相會。【眉批】可殺，可恨。〔四〕你引我去試他一試何如？若得成事，重重謝你。」得貴道：「説甚麼話！虧你不怕罪過！我主母極是正氣，閨門整肅，日間男子不許入中門，夜間同使婢持燈照顧四下，各門鎖訖，然後去睡。便要引你進去，何處藏身？況且使婢不離身畔，〔五〕閒話也説不得一句，你却恁地亂講！」

支助道：「既如此，你的房門可來照麽？」得貴道：「怎麽不來照？」支助道：「得貴哥，你今年幾歲了？」得貴道：「十七歲了。」支助道：「男子十六歲精通，你如今十七歲，難道不想婦人？」得貴道：「便想也没用處。」支助道：「放着家裏這般標致的，早暮在眼前，好不動興！」得貴道：「説也不該，他是主母，動不動非打則罵，見了他，好不怕哩！虧你還敢説取笑的話。」支助道：「你既不肯引我去，我教導你一個法兒，作成你自去上手何如？」得貴摇首道：「做不得，做不得，我也没有這樣膽！」支助道：「你莫管做得做不得，教你個法兒，且去試他一試。若得上手，莫忘我今日之恩。」得貴一來乘着酒興，二來年紀也是當時了，被支助説得心癢，【眉批】君子所以遠損友也。便問道：「你且説如何去試他？」支助道：「你夜睡之時，莫關了房門，由他開着。如今五月，天氣正熱，你却赤身仰卧，把那話兒弄得硬硬的，待他來照門時，你只推做睡着了。他若看見，必然動情。一次兩次，定然打熬不過，上門就你。」【眉批】可恨。得貴道：「倘不來如何？」支助道：「拚得這事不成，也不好嗔責你，有益無損。」得貴道：「依了老哥的言語，果然成事，不敢忘報。」須臾酒醒，得貴别了，是夜依計而行。正是：

商成燈下瞞天計，撥轉閨中匪石心。

論來邵氏家法甚嚴，那得貴長成十七歲，嫌疑之際，也該就打發出去，另换個年幼的小厮答應，豈不盡善？只爲得貴從小走使服的，且又粗蠢又老實，邵氏自己立心清正，不想到別的情節上去，所以因循下來。

却説是夜，邵氏同婢秀姑點燈出來照門，見得貴赤身仰卧，罵：「這狗奴才，門也不關，赤條條睡着，是甚麼模樣！」叫秀姑與他扯上房門。若是邵氏有主意，天明後叫得貴來，説他夜裏懶惰放肆，罵一場，打一頓，得貴也就不敢了。他久曠之人，却似眼見希奇物，壽增一紀，絶不做聲。得貴膽大了，到夜來，依前如此。邵氏同婢又去照門，看見又罵道：「這狗才一發不成人了，被也不蓋。」叫秀姑替他把卧單扯上，莫驚醒他。此時便有些動情，奈有秀姑在傍礙眼。

到第三日，得貴出外，撞見了支助。支助就問他曾用計否？得貴老實，就將兩夜光景都叙了。支助道：「他叫丫頭替你蓋被，又教莫驚醒你，便有愛你之意，今夜决有好處。」其夜，得貴依原開門，假睡而待。邵氏有意，遂不叫秀姑跟隨，自己持燈來照。徑到得貴床前，看見得貴赤身仰卧，那話兒如鎗一般，禁不住春心蕩漾，欲火如焚。自解去小衣，爬上床去，還只怕驚醒了得貴，悄悄地跨在身上，從上而壓下。得貴忽然抱住，番身轉來，與之雲雨：

一個久疏樂事，一個初試歡情。一個認着故物肯輕抛，一個嘗了甜頭難遽放。一個饑不擇食，豈嫌小厮粗醜；一個狎恩恃愛，那怕主母威嚴。分明惡草藤蘿，也共名花登架去；可惜清心冰雪，化爲春水向東流。十年清白已成虛，一夕垢污難再洗。

事畢，邵氏向得貴道：「我苦守十年，一旦失身于你，此亦前生冤債。你須謹口，莫泄于人，我自有看你之處。」得貴道：「主母分付，怎敢不依！」自此夜爲始，每夜邵氏以看門爲由，必與得貴取樂而後入。又恐秀姑知覺，到放個空，教得貴連秀姑姦騙了。邵氏故意欲責秀姑，却教秀姑引進得貴，以塞其口。彼此河同水密，各不相瞞。得貴感支助教導之恩，時常與邵氏討東討西，將來奉與支助。支助指望得貴引進，得貴怕主母嗔怪，不敢開口。支助幾遍討信，〔六〕得貴只是延捱下去。過了三五個月，邵氏與得貴如夫婦無異。

也是數該敗露。邵氏當初做了六年親，不曾生育，如今纔得三五月，不覺便胸高腹大，有了身孕。恐人知覺不便，將銀與得貴，教他悄地贖貼墜胎的藥來，打下私胎，免得日後出醜。得貴一來是個老實人，不曉得墜胎是甚麼藥；二來自得支助指教，以爲恩人，凡事直言無隱。今日這件私房關目，也去與他商議。那支助是個棍徒，見得貴不肯引進自家，心中正在不忿，却好有這個機會，便是生意上門。心生一計，哄得貴道：「這藥只有我一個相識人家最效，我替你贖去。」乃往藥舖中贖了固胎散四服，與得貴帶回。邵氏將此藥做四次吃了，腹中未見動静，叫得貴再往别處贖取好藥。得貴又來問支助：「前藥如何不效？」支助道：「打胎只是一次，若一次打不下，再不能個了。况這藥只此一家最高，今打不下，必是胎受堅固。若再用狼虎藥去打，恐傷大人之命。」得貴將此言對邵氏説了，邵氏信以爲然。

到十月將滿，支助料是分娩之期，去尋得貴説道：「我要合補藥，必用一血孩子。你主母今當臨月，生下孩子，必然不養，或男或女，可將來送我。你虧我處多，把這一件謝我，亦是不費之惠，只瞞過主母便是。」得貴應允。過了數日，果生一男，邵氏將男溺死，用蒲包裹來，教得貴密地把去埋了。得貴答應曉得，却不去埋，背地悄悄送與支助。支助將死孩收訖，一把扯住得貴，喝道：「你主母是丘元吉之妻。家主已死多年，當家寡婦，這孩子從何而得？今番我去出首。」得貴慌忙掩住他口，説道：「我把你做恩人，每事與你商議，今日何反面無情？」支助變着臉道：「幹得好事！你强奸主母，罪該凌遲，難道叫句恩人就罷了？既知恩當報恩，你作成得我什麽事？你今若要我不開口，可問主母討一百兩銀子與我，我便隱惡而揚善；若然没有，決不干休。見有血孩作證，你自到官司去辨，連你主母做不得人。我在家等你回話，你快去快來。」急得得貴眼淚汪汪，回家料瞞不過，只得把這話對邵氏説了。邵氏埋怨道：

「此是何等東西，却把做禮物送人，坑死了我也！」説罷，流淚起來。得貴道：「若是別人，我也不把與他，因他是我的恩人，所以不好推托。」邵氏道：「他是你什麽恩人？」得貴道：「當初我赤身仰卧，都是他教我的方法來調引你。没有他時，怎得你我今日恩愛？他説要血孩合補藥，我好不奉他？誰知他不懷好意！」邵氏道：「你做的事，忒不即溜。當初是我一念之差，墮在這光棍術中，今已悔之無及。若不將銀買轉孩子，他必然出首，那時難以挽回。」只得取出四十兩銀子，教得貴拿去與那光棍贖取血孩，背地埋藏，以絶禍根。得貴老實，將四十兩銀子雙手遞與支助，説道：「只有這些，你可將血孩還我罷！」支助得了銀子，貪心不足，思想：「此婦美貌，又且囊中有物。借此機會，倘得捱身入馬，他的家事在我掌握之中，豈不美哉！」乃向得貴道：「我説要銀子，是取笑話。你當真送來，我只得收受了。那血孩我已埋訖。你可在主母前引薦我與他相處，倘若見允，我替他持家，無人敢欺負他，可不兩全其美？不然，我仍在地下掘起孩子出首，限你五日内回話。」得貴出於無奈，只得回家，述與邵氏。邵氏大怒道：「聽那光棍放屁，不要理他！」得貴遂不敢再説。

却説支助將血孩用石灰腌了，仍放蒲包之内，藏於隱處。等了五日，不見得貴回話。又捱了五日，共是十日。料得産婦也健旺了，乃往丘家門首，伺候得貴出來，問道：「所言之事濟否？」得貴摇頭道：「不濟，不濟！」支助更不問第二句，望門内直闖進去。得貴不敢攔阻，到走往街口遠遠的打聽消息。邵氏見有人走進中堂，罵道：「人家内外各别，你是何人，突入吾室？」支助道：「小人姓支名助，是得貴哥的恩人。」邵氏心中已知，便道：「你要尋得貴，在外邊去，此非你歇脚之所。」支助道：「小人久慕大娘，有如飢渴。小人縱不才，料不在得貴哥之下，大娘何必峻拒？」邵氏聽見話不投機，轉身便走。支助赶上，雙手抱住，説道：「你的私孩，現在我處。若不從我，我就首官。」邵氏忿怒無極，只恨擺脱不開，乃以好言哄之，道：「日裏怕人知覺，到夜時，我叫得貴來接你。」支助道：「親口許下，切莫失信。」放開了手，走幾步，又回頭，説道：「我也不怕你失信！」一直出外去了。

氣得邵氏半晌無言，珠淚紛紛而墜。推轉房門，獨坐兀子上，左思右想，只是自家不是。當初不肯改嫁，要做上流之人，如今出乖露醜，有何顔見諸親之面？又想道：「日前曾對衆發誓：『我若事二姓，更二夫，不是刀下亡，便是繩上死。』我今拚這性命，謝我亡夫于九泉之下，却不乾净！」秀姑見主母啼哭，不敢上前解勸，守住中門，專等得貴回來。得貴在街上望見支助去了，方纔回家。見秀姑問：「大娘呢？」秀姑指道：「在裏面。」得貴推開房門看主母。却説邵氏取床頭解手刀一把，欲要自刎，擔手不起。哭了一回，把刀放在卓上。在腰間解下八尺長的汗巾打成結兒，懸于梁上，要把頸子套進結去。心下展轉悽慘，禁不住嗚嗚咽咽的啼哭。忽見得貴推門而進，抖然觸起他一點念頭：「當初都是那狗才做圈做套，來作弄我，〔七〕害了我一生名節！」說時遲，那時快，只就這點念頭起處，仇人相見，分外眼睜，提起解手刀，望得貴當頭就劈。那刀如風之快，惱怒中氣力倍加，把得貴頭腦劈做兩界，血流滿地，登時嗚呼了。邵氏着了忙，便引頸受套，兩脚蹬開兀子，做一個鞦韆把戲：

地下新添冤恨鬼，人間少了俏孤孀。

常言：「賭近盜，淫近殺。」今日只爲一個「淫」字，害了兩條性命。且說秀姑平昔慣了，但是得貴進房，怕有別事，就遠遠閃開。今番半晌不見則聲，心中疑惑。去張望時，只見上吊一個，下横一個，唬得秀姑軟做一團。按定了膽，把房門款上。急跑到叔公丘大勝家中報信。丘大勝大驚，轉報邵氏父母，同到丘家，關上大門，將秀姑盤問致死緣由。元來秀姑不認得支助，連血孩詐去銀子四十兩的事，都是瞞着秀姑的。以此秀姑只將邵氏得貴平昔奸情叙了一遍。「今日不知何故兩個都死了？」三番四復問他，只如此說。邵公邵母聽説奸情的話，滿面羞慚，自回去了，不管其事。丘大勝只得帶秀姑到縣裏出首。知縣驗了二尸，一名得貴，刀劈死的；一名邵氏，縊死的。審問了秀姑口辭，知縣道：「邵氏與得貴奸情是的。主僕之分已廢，必是得貴言語觸犯，邵氏不忿，一時失手，誤傷人命，情慌自縊，更無别情。」責令丘大勝殯殮。秀姑知情，問杖官賣。

再説支助自那日調戲不遂回家，還想赴夜來之約。聽説弄死了兩條人命，唬了一大跳，好幾時不敢出門。一日早起，偶然檢着了石灰醃的血孩，連蒲包拿去抛在江裏。遇着一個相識叫做包九，在儀真閘上當夫頭，問道：「支大哥，你抛的是甚麽東西？」支助道：「醃幾塊牛肉，包好了，要帶出去吃的，不期臭了。九哥，你兩日没甚事，到我家吃三杯。」包九道：「今日忙些個，蘇州府況鍾老爺馳驛復任，即刻船到，在此趲夫哩！」支助道：「既如此，改日再會。」支助自去了。

却説況鍾原是吏員出身，禮部尚書胡瀠薦爲蘇州府太守，在任一年，百姓呼爲「況青天」。因丁憂回籍，聖旨奪情起用，特賜馳驛赴任。船至儀真閘口，況爺在艙中看書，忽聞小兒啼聲，出自江中，想必溺死之兒。【眉批】邵氏冤魂所爲，然不遇察吏不斷也。〔八〕差人看來，回報：「没有。」如此兩度，況爺又聞啼聲，問衆人皆云不聞。況爺口稱怪事，推窗親看，只見一個小小蒲包，浮于水面。況爺叫水手撈起，打開看了，回復：「是一個小孩子。」況爺問：「活的死的？」水手道：「石灰醃過的，像死得久了。」

況爺想道：「死的如何會啼？況且死孩子抛掉就罷了，何必灰腌，必有緣故！」叫水手，把這死孩連蒲包放在船頭上：「如有人曉得來歷，密密報我，我有重賞。」水手奉鈞旨，拿出船頭。恰好夫頭包九看見小蒲包，認得是支助抛下的：「他説是臭牛肉，如何却是個死孩？」遂進艙禀況爺：「小人不曉得這小孩子的來歷，却認得抛那小孩子在江裏這個人，叫做支助。」況爺道：「有了人，就有來歷了。」一面差人密拿支助，一面請儀真知縣到察院中同問這節公事。

況爺帶了這死孩，坐了察院。等得知縣來時，支助也拿到了。況爺上坐，知縣坐于左手之傍。況爺因這儀真不是自己屬縣，不敢自專，讓本縣推問。那知縣見況公是奉過敕書的，又且爲人古怪，怎敢僭越。推遜了多時，況爺只得開言，叫：「支助，你這石灰腌的小孩子，是那裏來的？」支助正要抵賴，却被包九在傍指實了，只得轉口道：「小的見這牘東西在路傍不便，將來抛向江裏，其實不知來歷。」況爺問包九：「你看見他在路傍檢的麽？」包九道：「他抛下江裏，小的方纔看見。問他什麽東西，他説是臭牛肉。」況爺大怒道：「既假説臭牛肉，必有瞞人之意！」喝教手下選大毛板，先打二十再問。況爺的板子利害，二十板抵四十板還有餘，打得皮開肉綻，鮮血迸流。支助只是不招。況爺喝教夾起來。況爺的夾棍也利害，第一遍，支助還熬過；第二遍，就熬不得了。招道：「這死孩是邵寡婦的。寡婦與家童得貴有奸，養下這私胎來。得貴央小的替他埋藏，被狗子爬了出來。故此小的將來抛在江裏。」況爺見他言詞不一，又問：「你肯替他埋藏，必然與他家通情。」支助道：「小的并不通情，只是平日與得貴相熟。」況爺道：「他埋藏只要朽爛，如何把石灰腌着？」支助支吾不來，只得磕頭道：「青天爺爺，這石灰其實是小的腌的。小的知邵寡婦家殷實，欲留這死孩去需索他幾兩銀子。不期邵氏與得貴都死了，小的不遂其願，故此抛在江裏。」況爺道：「那婦人與小厮果然死了麽？」知縣在傍邊起身打一躬，答應道：「死了，是知縣親驗過的。」況爺道：「如何便會死？」知縣道：「那小厮是刀劈死的，婦人是自縊的。知縣也曾細詳，他兩個奸情已久，主僕之分久廢。必是小厮言語獨犯，那婦人一時不忿，提刀劈去，誤傷其命，情慌自縊，别無他説。」況爺肚裏躊躇：「他兩個既然奸密，就是語言小傷，怎下此毒手！早間死孩兒啼哭，必有緣故！」遂問道：「那邵氏家還有别人麽？」知縣道：「還有個使女，叫做秀姑，官賣去了。」況爺道：「官賣，一定就在本地。煩貴縣差人提來一審，便知端的。」知縣忙差快手去了。

不多時，秀姑拿到，所言與知縣相同。況爺躊躇了半晌，走下公座，指着支助，問秀姑道：「你可認得這個人？」秀姑仔細看了一看，説道：「小婦人不識他姓名，曾認得他嘴臉。」况爺道：「是了，他和得貴相熟，必然曾同得貴到你家來。你可實說，若半句含糊，便上拶。」秀姑道：「平日間實不曾見他上門，只是結末來，他突入中堂，調戲主母，被主母赶去。隨後得貴方來，主母正在房中啼哭。得貴進房，不多時兩個就都死了。」况爺喝駡支助：「光棍！你不曾與得貴通情，如何敢突入中堂？這兩條人命，都因你起！」叫手下：「再與我夾起來！」支助被夾昏了，不由自家做主，從頭至尾，如何教導得貴哄誘主母；如何哄他血孩到手，詐他銀子；如何挾制得貴要他引入同奸；如何闖入內室，抱住求奸，被他如何哄脱了，備細説了一遍：「後來死的情由，其實不知。」况爺道：「這是真情了。」放了夾，叫書吏取了口詞明白。知縣在旁，自知才力不及，惶恐無地。况爺提筆，竟判審單：

審得支助，奸棍也。始窺寡婦之色，輒起邪心；既乘弱僕之愚，巧行誘語。開門裸卧，盡出其謀；固胎取孩，悉墮其術。求奸未能，轉而求利；求利未厭，仍欲求奸。在邵氏一念之差，盗鈴尚思掩耳；乃支助幾番之詐，探篋加以踰墻。以恨助之心恨貴，恩變爲仇；於殺貴之後自殺，死有餘愧。主僕既死勿論，秀婢已杖何言。惟是惡魁，尚逃法網。包九無心而遇，腌孩有故而啼。天若使之，罪難容矣！宜坐致死之律，兼追所詐之贜。

況爺念了審單，連支助亦甘心服罪。況爺將此事申文上司，無不誇獎大才；萬民傳頌，以爲包龍圖復出，不是過也。這一家小說，又題做《況太守斷死孩兒》。有詩爲證：

俏邵娘見欲心亂，蠢得貴福過災生。
支赤棍奸謀似鬼，況青天折獄如神。

【校記】

〔一〕「第三十五卷」，底本作「第三十四卷」，據目録及佐伯本改。
〔二〕「況太守路斷死孩兒」，底本作「況太守斷死孩兒」，據目録及佐伯本補。
〔三〕「吃了一回」，底本作「去了一回」，據佐伯本改。
〔四〕本條眉批底本無，據佐伯本補。
〔五〕「況且」，底本作「池上」，據佐伯本改。
〔六〕「討信」，底本作「討個」，據佐伯本改。
〔七〕「來作弄我」，底本作「朱作弄我」，佐伯本同，據早大本改。
〔八〕本條眉批底本無，據佐伯本補。

趙知縣怒焚妖庙

皂角林大王假形

第三十六卷　趙知縣火燒皂角林〔一〕

富貴還將智力求，仲尼年少合封侯。
時人不解蒼天意，空使身心半夜愁。

話説漢帝時，西川成都府有個官人，姓欒名巴，少好道術，官至郎中，授得豫章太守，擇日上任。不則一日，到得半路，遠近接見；到了豫章，交割牌印已畢。元來豫章城内有座廟，喚做廬山廟。好座廟！但見：

蒼松偃蓋，古檜蟠龍。侵雲碧瓦鱗鱗，映日朱門赫赫。巍峨形勢，控萬里之澄江；生殺威靈，總一方之禍福。新建廟牌鐫古篆，兩行庭樹種宫槐。

這座廟甚靈，有神能于帳中共人説話，空中飲酒擲杯。豫章一郡人，盡來祈求福德，能使江湖分風擧帆，如此靈應。這欒太守到郡，往諸廟拈香。次至廬山廟，廟祝參見。太守道：「我聞此廟有神最靈，能對人言，我欲見之集福。」太守拈香下拜道：

「欒巴初到此郡，特來拈香，望乞聖慈，明彰感應。」問之數次，不聽得帳内則聲。太守焦燥道：「我能行天心正法，此必是鬼，見我害怕，故不敢則聲。」向前招起帳幔，打一看時，可煞作怪，那神道塑像都不見了。這神道是個作怪的物事，被欒太守來看，故不敢出來。太守道：「廟鬼詐爲天官，損害百姓。」即時教手下人把廟來拆毁了。太守又恐怕此鬼游行天下，所在血食，誑惑良民，不當穩便，乃推問山川社稷，求鬼踪迹。

却説此鬼走至齊郡，化爲書生，風姿絶世，才辨無雙，齊郡太守却以女妻之。欒太守知其所在，即上章解去印綬，直至齊郡，相見太守，往捕其鬼。太守召其女婿出來，只是不出。欒太守曰：「賢婿非人也，是陰鬼詐爲天官，在豫章城内被我追捕甚急，故走來此處。今欲出之甚易。」乃請筆硯書成一道符，向空中一吹，一似有人接去的。那一道符，徑入太守女兒房中。且説書生在房裏覷着渾家道：「我去必死！」那書生口銜着符，走至欒太守面前。欒太守打一喝：「老鬼何不現形！」那書生即變爲一老狸，叩頭乞命。欒太守道：「你不合損害良民，依天條律令處斬。」喝一聲，但見刀下，狸頭墜地，遂乃平静。

説話的説這欒太守斷妖則甚？今日一個官人，只因上任，平白地惹出一件蹺蹊作怪底事來，險些壞了性命。却説大宋宣和年間，有個官人姓趙名再理，東京人氏，授得廣州新會縣知縣。這廣裏怎見得好？有詩道：

蘇木沉香劈作柴，荔枝圓眼遶籬栽。
船通異國人交易，水接他邦客往來。
地暖三冬無積雪，天和四季有花開。
廣南一境真堪羨，琥珀硨磲玳瑁階。

當下辭别了母親妻子，帶着幾個僕從，迤運登程。非止一日，到得本縣，衆官相賀。第一日謁廟行香，第二日交割牌印，第三日打斷公事。只見：

鼕鼕牙鼓響，公吏兩邊排。

閻王生死案，東岳攝魂臺。

知縣恰纔坐衙，忽然打一噴涕，廳上階下衆人也打噴涕。客將覆判縣郎中："非敢學郎中打噴涕。離縣九里有座廟，唤做皂角林大王廟。廟前有兩株皂角樹，多年結成皂角，無人敢動，蛀成末子。往時官府到任，未理公事，先去拈香。今日判縣郎中不曾拈香，大王靈聖，一陣風吹皂角末到此。衆人聞了皂角末，都打噴涕。"【眉批】怪甚。知縣道："作怪！"即往大王廟燒香。到得廟前，離鞍下馬。廟祝接到殿上，拈香拜畢。知縣揭起帳幔，看神道怎生結束：

戴頂簇金蛾帽子，着百花戰袍，繫藍田碧玉帶，抹緑繡花靴。臉子是一個骷髏，去骷髏眼裏生出兩隻手來，左手提着方天戟，右手結印。

知縣大驚，問廟官：「春秋祭賽何物？」廟官覆知縣：「春間賽七歲花男，秋間賽個女兒。都是地方斂錢，預先買貧户人家兒女，臨祭時將來，背剪在柱上，剖腹取心，勸大王一杯。」知縣大怒，教左右執下廟官送獄勘罪：「下官初授一任，爲民父母，豈可枉害人性命！」【眉批】有膽識。即時教從人打那泥神，點火把廟燒做白地。【眉批】是。

一行人簇擁知縣上馬。只聽得喝道：「大王來！大王來！」問左右是甚大王，客將覆告：「是皂角林大王。」知縣看時，紅紗引道，鬧裝銀鞍馬，上坐着一個鬼王，眼如漆丸，嘴尖數寸，妝束如廟中所見。知縣叫取弓箭來，一箭射去。昏天閉日，霹靂交加，射百道金光，大風起飛砂走石，不見了皂角林大王。人從扶策知縣歸到縣衙。明日，依舊判斷公事。衆父老下狀要與皂角林大王重修廟宇，知縣焦燥，把衆父老赶出來。說這廣州有數般瘴氣：

欲說嶺南景，聞知便大憂。
巨象成群走，巴蛇捉對游。

鵂鳥藏枯木，含沙隱渡頭。
野猿啼叫處，惹起故鄉愁。

趙知縣自從燒了皂角林大王廟，更無些個事。在任治得路不拾遺，犬不夜吠，豐稔年熟。

時光似箭，不覺三年。新官上任，趙知縣帶了人從歸東京。在路行了幾日，離那廣州新會縣有二千餘里，來到座館驛，喚做峰頭驛。知縣入那館驛安歇，僕從唱了下宿喏。到明朝，天色已曉，趙知縣開眼看時，衣服箱籠都不見。叫人從時，没有人應。叫管驛子，也不應。知縣披了被起來，開放閣門看時，不見一人一騎，館驛前後并没一人，荒忙出那館驛門外看時：

經年無客過，盡日有雲收。

思量：「人從都到那裏去了？莫是被强寇劫掠？」披着被，飛也似下那峰頭驛。行了數里，没一個人家，趙知縣長嘆一聲，自思量道：「休，休！生作湘江岸上人，死作路途中之鬼。」

遠遠地見一座草舍，知縣道：「慚愧！」行到草舍，見一個老丈，便道：「老丈拜揖，救趙再理性命則個！」那老兒見知縣披着被，便道：「官人如何恁的打扮？」知縣道：「老丈，再理是廣州新會縣知縣，來到這峰頭驛安歇。到曉，人從行李都不見。」老兒道：「却不作怪！」也虧那老兒，便交知縣入來，取些舊衣服換了，安排酒飯請他。住了五六日，又措置盤費攛掇知縣回東京去。知縣謝了出門。

夜住曉行，不則一日，來到東京。歸去那對門茶坊裏，叫點茶婆婆：「認得我？」婆婆道：「官人失望。」趙再理道：「我便是對門趙知縣，歸到峰頭驛安歇，到曉起來，人從擔仗都不見一個。罪過村間一老兒，與我衣服盤費。不止一日，來到這裏。」婆婆道：「官人錯了！對門趙知縣歸來兩個月了。」趙再理道：「先歸的是假，我是真的。」婆婆道：「那得有兩個知縣？」再理道：「相煩婆婆叫我媽媽過來。」婆婆仔細看時，果然和先前歸來的不差分毫。只得走過去，只見趙知縣在家坐地。婆婆道了萬福，却和外面一般的。入到裏面，見了媽媽道：「外面又有一個知縣歸來。」媽媽道：「休要胡說！我只有一個兒子，那得有兩個知縣來。」婆婆道：「且去看一看。」走到對門，趙再理道：「媽媽認得兒？」媽媽道：「漢子休胡說！我只有一個兒子，那得兩個？」趙再理道：「兒是真的！兒歸到峰頭驛，睡了一夜，到曉，人從行李都不見了。如此這般，來到這裏。」看的人挨肩疊背，擁約不開。趙再理捽着娘不肯放。點茶的婆婆道：「生知縣時須有個瘢痕隱記。」媽媽道：「生那兒時，脊背下有一搭紅記。」脱下衣裳，果然有一搭紅記。看的人發一聲喊：「先歸的是假的！」【眉批】有心假也要假得像，不似今人假得全不像。

却說對門趙知縣問門前爲甚亂嚷，院子道：「門前又一個知縣歸來。」趙知縣道：「甚人敢恁的無狀！我已歸來了，如何又一個趙知縣？」出門，看的人都四散走開。知縣道：「媽媽，這漢是甚人，如何扯住我的娘無狀？」娘道：「我兒身上有紅記，是真的。」趙知縣也脱下衣裳。衆人大喊一聲，看那脊背上也有一搭紅記。衆人道：「作怪！」

趙知縣送趙再理去開封府。正直大尹升堂，那先回的趙知縣，公然冠帶入府，與大尹分賓而坐，談是説非。大尹先自信了，【眉批】迎賓館談是説非者皆假也，不信者幾人哉。〔二〕反將趙再理喝罵，幾番便要用刑拷打。趙再理理直氣壯，不免將峰頭驛安歇事情，高聲抗辨。大尹再三不決，猛省思量：「有告劄文憑是真的。」便問趙再理道：「你是真的，告劄文憑在那裏？」【眉批】行李人從都不見了，却問他告劄文憑，豈不可笑？往時長洲地方呈稱河内有無頭死尸，縣令某問尸有傷否，事頗類此。趙再理道：「在峰頭驛都不見了。」大尹台旨，教客將請假的趙知縣來。太守問：「判縣郎中，可有告劄文字，在何處？」知縣道：「有。」令人去媽媽處取來呈上。大尹叫：「趙再理，你既是真的，如何官告文憑，却在他處？」再理道：「告大尹，只因在峰頭驛失去了。却問他幾年及第？試官是兀誰？當年做甚題目？因何授得新會縣知縣？」大尹思量道：「也是。」問那假的趙知縣，一一對答，【眉批】也難他不倒。如趙再理所言，并無差誤。大尹一發决斷不下。

那假的趙知縣歸家，把金珠送與推款司。【眉批】不着。自古「官不容針，私通車馬。」推司接了假的知縣金珠，開封府斷配真的出境，直到兖州奉符縣。兩個防送公人，帶着衣包雨傘，押送上路。不則一日，行了三四百里路，地名青巖山脚下，前後都没有人家。公人對趙再理道：「官人，商量句話，你到牢城營裏，也是擔土挑水，作塌殺你，不如就這裏尋個自盡。非甘我二人之罪，正是上命差遣，蓋不由己。我兩個去本地官司討得回文。你便早死，我們也得早早回京。」趙再理聽説，叫苦連天：「罷，罷！死去陰司告狀理會！」當時顫做一團，閉着眼等候棍子落下。公人手裏把著棍子，口裏念道：「善去陰司，好歸地府。」恰纔舉棍要打，只聽得背後有人大叫道：「防送公人不得下手！」【眉批】世間多少男子漢，誰肯擔出良心救人，不如此六七歲孩兒遠矣。諕得公人放下棍子，看時，見一個六七歲孩兒，裹着光紗帽，緑襴衫，玉束帶，甜鞋净襪，來到目前。公人問：「是誰？」説道：「我非是人。」諕得兩個公人喏喏連聲。便道：「他是真的趙知縣，却如何打殺他？我與你一笏銀，好看承他到奉符縣。若壞了他性命，教你兩個都回去不得。」一陣風，不見了小兒。二人便對趙知縣道：「莫怪，不知道是真的！若得回東京，切莫題名。」迤逦來到奉符縣牢城營，端公交割了。公人説上項事，端公便安排書院，請那趙知縣教兩個孩兒讀書，不教他重難差役。然雖如此，坐過公堂的人，却教他做這勾當，好生愁悶，難過日子。不覺捱了一年。

時遇春初，往後花園閒步散悶，見花柳生芽，百禽鳴舞。思想爲官一場，功名已付之度外，奈何骨肉分離，母子夫妻俱不相認。不知前生作何罪業，受此惡報！糊口於此，終無出頭之日，凄然墮下淚來。猛見一所池子，思量：「不如就池裏投水而死，早去陰司地府告理他。」嘆了口氣，覷着池裏一跳。只聽得有人叫道：「不得投水！」回頭看時，又見個光紗帽、緑襴衫、玉束帶孩兒，道：「知縣，婆婆教你三月三日上東峰東岳左廊下，見九子母娘娘，與你一件物事，上東京報仇。」趙知縣拜謝道：「尊神，如今在東京假趙某的是甚人？」孩兒道：「是廣州皂角林大王。」説罷，一陣風不見了。

巴不得到三月三日，辭了端公，往東峰東岱岳燒香。上得岳廟，望那左廊下，見九子母娘娘，拜祝再三。轉出廟後，有人叫：「趙知縣！」回頭看時，見一個孩兒，挽着三個角兒，棋子布背心，道：「婆婆叫你。」隨那小兒，行半里田地看時，金釘朱户，碧瓦雕梁。望見殿上坐着一個婆婆，眉分兩道雪，髻挽一窩絲，有三四個孩兒，叫：「恩人來了。」如何叫趙知縣是恩人？他在廣州做知縣時，一年便救了兩個小厮，三年便救幾人性命，因此叫做恩人。【眉批】小厮也知恩報恩，世上負心人視此可愧。〔三〕知縣在階下拜求。婆婆便請知縣上殿來：〔四〕「且坐，安排酒來。」數杯酒後，婆婆道：「見今在東京奪你家室的，是皂角林大王。官司如何斷決得！我念你有救童男童女之功，却用救你。」【眉批】此是以爲九子母也。便叫第三個孩兒：「你取將那件物事。」孩兒手裏托着黄帕，包着一個盒兒。婆婆去頭上拔一隻金釵，分付知縣道：「你去那山脚下一所大池邊頭一株大樹，把金釵去那樹上敲三敲，那水面上定有夜叉出來。你説是九子母娘娘差來，便帶你到龍宫海藏取一件物事在盒子内，便可往東京壞那皂角林大王。」

知縣拜謝婆婆，便下東峰東岱岳來。到山脚下，尋見池子邊大樹，用金釵去敲三敲。一陣風起，只見水面上一個夜叉出來，問：「是甚人？」便道：「奉九子母娘娘命，來見龍君。」夜叉便入去，不多時，復出來，叫知縣閉目。只聽得風雨之聲。夜叉叫開眼，看時：

靄靄祥雲籠殿宇，依依薄霧罩回廊。

夜叉教知縣把那盒子來，知縣便解開黄袱，把那盒子與夜叉。夜叉揭開盒蓋，去那殿角頭叫惡物過來。只見一件東西，似龍無角，似虎有鱗，入于盒内，把盒蓋定，把黄袱包了，付與知縣牢收，直到東京去壞皂角林大王。〔五〕夜叉依舊教他閉目，引出水中。

知縣離了東峰東岱岳，到奉符縣，一路上自思量：「要去問牢城營端公，還是不去好？我是配來的罪人，定不肯放我去，留住便壞了我的事，不如一徑取路。」過了奉符縣，趁金水銀堤汴河船，直到東京開封府前，大聲叫屈：「我是真的趙知縣，却配我到兖州奉符縣。如今占住我渾家的不是人，是廣州新會縣皂角林大王！」衆人都擁將來看，便有做公的捉入府來，驅到廳前階下。大尹問道：「配去的罪人，輒敢道我打斷不明！」趙知縣告大尹：「再理授得廣州新會縣知縣，第一日打斷公事，忽然打一個噴涕，廳上廳下人都打噴涕。客將稟覆：『離縣九里有座皂角林大王廟，廟前有兩株皂角樹，多年蛀成末，無人敢動。判縣郎中不曾拈香，所以大王顯靈，吹皂角末來打噴涕。』再理即時備馬往廟拈香，見神道形容怪異，眼裏伸出兩隻手來。問廟祝春秋祭賽何物，覆道：『春賽祭七歲花男，秋賽祭一童女，前綁在將軍柱上，剖腹取心供養。』再理即時將廟官送獄究罪，焚燒了廟宇神像。回來路上，又見喝：『大王來！』紅紗照道。再理又射了一箭，次後無事。撚指三年任滿，到半路館驛安歇。到天明起來，三十餘人從者不見一人。上至頭巾，下至衣服，并不見。只得披着被走鄉中，虧一個老兒贈我衣服盤費，得到東京。不想大尹將再理斷配去奉符縣。因上東峰東岱岳，遇九子母娘娘，得其一物，在盒子中，能壞得皂角林大王。若請那假知縣來，壞他不得，甘罪無辭。」大尹道：「你且開盒子先看一看，是甚物件。」再理告大尹：「看不得！揭開後壞人性命。」

大尹教押過一邊。即時請將假知縣來，到廳坐下。大尹道：「有人在此告判縣郎中非人，乃是廣州新會縣皂角林大王。」假知縣聽説，面皮通紅，問道：「是誰説的？」大尹道：「那真趙知縣上東峰東岱岳，遇九子母娘娘所説。」假知縣大驚，倉徨欲走。那真的趙知縣在階下，也不等大尹台旨，解開黄袱，揭開盒子，只見風雨便下，伸手不見掌。須臾，雲散風定，就廳上不見了假的知縣。大尹諕得戰做一團，只得將此事奏知道君皇帝。降了三個聖旨：第一，開封府問官追官勒停；第二，趙知縣認了母子，仍舊補官；第三，廣州一境不許供養神道。

趙知縣到家，母親妻子號淘大哭。「怎知我兒却是真的！」【眉批】一假而母不認子、妻不識夫、僕不辨主，假之爲害如此。〔六〕叫那三十餘人從問時，覆道：「驛中五更前後，教備馬起行，怎知是假的！」衆人都來賀喜，問盒中是何物，便壞得皂角林大王。趙知縣道：「下官亦不認得是何物。若不是九子母娘娘，滿門被這皂角林大王所壞。須往東峰東岱岳燒香拜謝則個。」即便揀日，帶了媽媽、渾家、僕從，上汴河船，直到兖州奉符縣，謝了端公。那端公曉得是真趙知縣，奉承不迭。

住了三兩日，上東峰東岱岳來。入得廟門，徑來左廊下謝那九子母娘娘。燒罷香，拜謝出門。媽媽和渾家先下山去。趙知縣帶兩個僕人往山後閒行，見怪石上坐一個婆婆，顏如瑩玉，叫一聲：「趙再理，你好喜也！」趙知縣上前認時，便是九子母娘娘。趙知縣即時拜謝。娘娘道：「早來祈禱之事，吾已都知。盒子中物，乃是東峰東岱岳一個猢狸精。皂角林大王，乃是陰鼠精。非狸不能捕鼠。知縣不妨到御前奏上，宣揚道力。」道罷，一陣風不見了。趙知縣駭然大驚。下山來，對媽媽、渾家說知，感謝不盡。直到東京，奏知道君皇帝。此時道教方當盛行，降一道聖旨，逢州遇縣，都蓋九子母娘娘神廟。至今廟宇猶有存者。詩云：

世情宜假不宜真，信假疑真害正人。
若是世人能辨假，真人不用訴明神。

【校記】

〔一〕「趙知縣火燒皂角林」，底本作「皂角林大王假形」，據目録及佐伯本改。

〔二〕「迎」字，底本墨釘，據佐伯本補，早大本同佐伯本。

〔三〕「愧」字，底本缺失，據佐伯本補。

〔四〕「婆」字，底本墨釘，據佐伯本補，早大本同佐伯本。

〔五〕「大王」，底本作「文王」，據佐伯本改，早大本同佐伯本。

〔六〕「妻不識夫」，底本作「妻不失夫」，據佐伯本改。

身如柳絮飄揚
命似藕絲將斷

萬秀娘仇報
山亭兒

第三十七卷　萬秀娘仇報山亭兒

春濃花艷佳人膽，月黑風高壯士心。
講論只憑三寸舌，秤評天下淺和深。

話説山東襄陽府，唐時喚做山南東道。這襄陽府城中，一個員外姓萬，人叫做萬員外。這個員外，排行第三，人叫做萬三官人。在襄陽府市心裏住，一壁開着乾茶鋪，一壁開着茶坊。家裏一個茶博士，姓陶，小名叫做鐵僧。自從小時綰着角兒，便在萬員外家中掉盞子，養得長成二十餘歲，是個家生孩兒。當日茶市罷，萬員外在布簾底下，張見陶鐵僧這廝，欒四十五見錢在手裏。萬員外道：「且看如何？」元來茶博士市語，唤做「走州府」。且如道市語説「今日走到餘杭縣」，這錢，一日只稍得四十五錢，餘杭是四十五里；若説一聲「走到平江府」，早一日稍三百六十足。若還信脚走到「西川成都府」，一日却是多少里田地！萬員外望見了，且道：「看這廝如何？」

只見陶鐵僧欒了四五十錢，鷹覷鶻望，看布簾裏面，約莫没人見，把那見錢懷中便搋。

萬員外慢騰騰地掀開布簾出來，櫃身裏凳子上坐地，則見陶鐵僧舒手去懷裏摸一摸，唤做「自搜」，腰間解下衣帶，取下布袱，兩隻手提住布袱角，向空一抖，拍着肚皮和腰，意思間分説：教萬員外看道，我不曾偷你錢。萬員外叫過陶鐵僧來問道：「方纔我見你欒四五十錢在手裏，望這布簾裏一望了，便搋了。你實對我説，錢却不計利害。見你解了布袱，空中抖一抖，真個瞞得我好！你這錢藏在那裏？説與我，我到饒你；若不説，送你去官司。」陶鐵僧叉大拇指不離方寸地道：「告員外，實不敢相瞞，是有四五十錢，安在一個去處。」那厮指道：「安在挂着底浪蕩燈鐵片兒上。」萬員外把凳子站起脚上去，果然是一垛兒，安着四五十錢。萬員外復身再來凳上坐地，叫這陶鐵僧來問道：「你在我家裏幾年？」陶鐵僧道：「從小裏，隨先老底便在員外宅裏掉茶盞抹托子。自從老底死後，罪過員外收留，養得大，却也有十四五年。」萬員外道：「你一日只做偷我五十錢，十日五百，一個月一貫五百，一年十八貫，十五來年，你偷了我二百七十貫錢。如今不欲送你去官司，你且閒休！」【眉批】是個財主，算法不漏水滴。當下發遣了陶鐵僧。這陶鐵僧辭了萬員外，收拾了被包，離了萬員外茶坊裏。

這陶鐵僧小後生家，尋常和囉槌不曾收拾得一個，包裹裏有得些個錢物，没十日都使盡了。又被萬員外分付盡一襄陽府開茶坊底行院，這陶鐵僧没經紀，無討飯吃處。【眉批】人而不仁，疾之已甚。當時正是秋間天色，古人有一首詩道：

柄柄芰荷枯，葉葉梧桐墜。
細雨灑霏微，催促寒天氣。
蛩吟敗草根，雁落平沙地。
不是路迷人，怎知這滋味。

一陣價起底是秋風，一陣價下底是秋雨。陶鐵僧當初只道是除了萬員外不要得我，别處也有經紀處；却不知吃這萬員外都分付了行院，没討飯吃處。那廝身上兩件衣裳，生絹底衣服，漸漸底都曹破了；黄草衣裳，漸漸底捲將來。曾記得建康府中二官人有一詞兒，名唤做《鷓鴣天》：

黄草秋深最不宜，肩穿袖破使人悲。領單色舊褋先捲，怎奈金風早晚吹。
纔挂體，皺雙眉，出門羞赧見相知。鄰家女子低聲問，覓與奴糊隔帛兒。

陶鐵僧看着身上黄草布衫捲將來，風颼颼地起，便再來周行老家中來。心下自道：「萬員外忒恁地毒害！便做我拿了你三五十錢，你只不使我便了。『那個猫兒不偷食？』【眉批】説得近理。直分付盡一襄陽府開茶坊底教不使我，致令我而今没討飯吃處。這一秋一冬，却是怎地計結？做甚麼是得？」正恁地思量，則見一個男女來行老家中道：「行老，我問你借一條匾擔。」那周行老便問道：「你借匾擔做甚麼？」那個哥哥道：「萬三員外女兒萬秀娘，死了夫婿，今日歸來。我問你借匾擔去挑籠仗則個。」陶鐵僧自道：「我若還不被赶了，今日我定是同去搬擔，也有百十錢撰。」當時越思量越煩惱，轉恨這萬員外。陶鐵僧道：「我如今且出城去，看這萬員外女兒歸，怕路上見他，告這小娘子則個。怕勸得他爹爹，再去求得這經紀也好。」【眉批】鐵僧初意甚善，原非必不可用之人。陶鐵僧拽開脚出這門去，相次到五里頭，獨自行。身上又不齊不整，一步懶了一步。正恁地行，只聽得後面一個人叫道：「鐵僧，我叫你。」回頭看那叫底人時，却是：

人材凜凜，掀翻地軸鬼磨王；容貌堂堂，撼動天關夜叉將。

陶鐵僧唱喏道：「大官人叫鐵僧做甚麼？」大官人道：「我幾遍在你茶坊裏吃茶，都不見你。」鐵僧道：「上覆大官人，這萬員外不近道理，赶了鐵僧多日。」則恁地赶了鐵僧，兀自來利害，如今直分付一襄陽府開茶坊行院，教不得與鐵僧經紀。大官人看，鐵僧身上衣裳都破了，一陣秋風起，飯也不知在何處吃？不是今秋餓死，定是今冬凍死。」那大官人問道：「你如今却那裏去？」鐵僧道：「今日聽得説萬員外底女兒萬秀娘死了夫婿，帶着一個房臥，也有數萬貫錢物，到晚歸來。欲待攔住萬小娘子，告他則個。」大官人聽得，道是：

入山擒虎易，開口告人難。

大官人說：「大丈夫，告他做甚麽？把似告他，何似自告！」自便把指頭指一個去處，叫鐵僧道：「這裏不是說話處，隨我來。」兩個離了五里頭大路，入這小路上來。見一個小小地莊舍寂静去處，這座莊：

前臨剪徑道，背靠殺人岡。遠看黑氣冷森森，近視令人心膽喪。料應不是孟嘗家，只會殺人并放火。

大官人見莊門閉着，不去敲那門，就地上捉一塊磚兒，撒放屋上。須刻之間，聽得裏面掣玷抽櫰，開放門，一個大漢出來。看這個人兜腮捲口，面上刺着六個大字。這漢不知怎地，人都叫他做大字焦吉。出來與大官人厮叫了，指着陶鐵僧問道：「這個是甚人？」大官人道：「他今日看得外婆家報與我，是好一拳買賣。」三個都入來大字焦吉家中。大官人腰裏把些碎銀子，教焦吉買些酒和肉來共吃。陶鐵僧吃了，便去打聽消息，回來報說道：「好教大官人得知，如今籠仗什物，有二十來擔，都搬入城去了。只有萬員外底女兒萬秀娘與他萬小員外，一個當直，唤做周吉，一擔細軟頭面金銀錢物籠子，共三個人，兩匹馬，到黄昏前後到這五里頭，要趕門入去。」大官人聽得説，三人把三條朴刀，叫：「鐵僧隨我來。」去五里頭林子前等候。

果是黄昏左右，萬小員外和那萬秀娘，當直周吉，兩個使馬的，共五個人，待要入城去。行到五里頭，見一所林子，但見：

遠觀似突兀雲頭，近看似倒懸雨脚。影摇千尺龍蛇動，聲撼半天風雨寒。

那五個人方纔到林子前，只聽得林子内大喊一聲，叫道：「紫金山三百個好漢，且未消出來，恐怕諕了小員外共小娘子！」三個好漢，三條朴刀，諕得五個人頂門上蕩了三魂，脚板下走了七魄。兩個使馬底都走了，只留下萬秀娘、萬小員外、當直周吉三人。大漢道：「不壞你性命，只多留下買路錢。」萬小員外教周吉把與他。周吉取一錠二十五兩銀子把與這大漢。【眉批】不見機。那焦吉見了道：「這厮，却不㔾耐你！我們却只直你一錠銀子！」拿起手中朴刀，看着周吉，要下手了。那萬小員外和萬秀娘道：「如壯士要時，都把去不妨。」大字焦吉擔着籠子，却待入這林子去，只聽得萬小員外叫一聲道：「鐵僧，却是你來劫我！」諕得焦吉放了擔子，道：「却不利害！若放他們去，明日襄陽府下狀，捉鐵僧一個去，我兩個怎地計結？」都趕來看着小員外，手起刀舉，道聲：「着！」看小員外時：

身如柳絮飄颺，命似藕絲將斷。

大字焦吉一下朴刀，殺了萬小員外和那當直周吉，拖這兩個死尸入林子裏面去，擔了籠仗。陶鐵僧牽了小員外底馬，大官人牽了萬秀娘底馬。萬秀娘道：「告壯士，饒我性命則個！」當夜都來焦吉莊上來。連夜敲開酒店門，買些個酒，買些個食，吃了。打開籠仗裹金銀細軟頭面物事，做三分：陶鐵僧分了一分，焦吉分了一分，大官人也分了一分。這大官人道：「物事都分了，萬秀娘却是我要，待把來做個扎寨夫人。」當下只留這萬秀娘在焦吉莊上。萬秀娘離不得是把個甜言美語，啜持過來。【眉批】萬秀娘忍小耻而報大仇，是大有作用女子。

在焦吉莊上不則一日，這大官人無過是出路時搶金劫銀，在家時飲酒食肉。一日大醉，正是：

三杯竹葉穿心過，兩朵桃花上臉來。

萬秀娘問道：「你今日也説大官人，明日也説大官人，你如今必竟是我底丈夫。

犬馬尚分毛色，爲人豈無姓名？

敢問大官人姓甚名誰？」大官人乘着酒興，就身上指出一件物事來，道：「是，我是襄陽府上一個好漢，不認得時，我説與你道，教你：

頂門上走了三魂，脚板下蕩散七魄。」

掀起兩隻腿上間朱刺着底文字，道：「這個便是我姓名，我便唤做十條龍苗忠。我却説與你。」原來是：

壁間猶有耳，窗外豈無人？

大字焦吉在窗子外面聽得，説道：「你看我哥哥苗大官人，却没事説與他姓名做甚麼？」走入來道：「哥哥，你只好推了這牛子休！」元來强人市語唤殺人做「推牛子」。焦吉便要教這十條龍苗忠殺了萬秀娘，唤做：

斬草除根，萌芽不發；斬草若不除根，春至萌芽再發。

苗忠那裏肯聽焦吉説，便向焦吉道：「錢物平分，我只有這一件偏倍得你們些子，你却恁地吃不得，要來害他。我也不過只要他做個扎寨夫人，又且何妨！」焦吉道：「異日却爲這婦女變做個利害，却又不壞了我！」

忽一日，等得苗忠轉脚出門去，焦吉道：「我幾回説與我這哥哥，教他推了這牛子，左右不肯。把似你今日不肯，明日又不肯，不如我與你下手推了這牛子，免致後患。」那焦吉懷裏和鞘搋着一把尖長靶短背厚刃薄八字尖刀，走入那房裏來。萬秀娘正在房裏坐地，只見焦吉掣那尖刀執在手中，左手捽住萬秀娘，右手提起那刀，方欲下手。只見一個人從後面把他腕子一捉，捉住焦吉道：「你却真個要來壞他，也不看我面！」焦吉回頭看時，便是十條龍苗忠。那苗忠道：「只消叫他離了你這莊裏便了，何須只管要壞他？」【眉批】離了莊更不可知矣，苗忠説差了。當時焦吉見他恁地説，放下了。當日天色晚了：

紅輪西墜，玉兔東生。佳人秉燭歸房，江上漁翁罷釣。螢火點開青草面，蟾光穿破碧雲頭。

到一更前後，苗忠道：「小娘子，這裏不是安頓你去處。你須見他們行坐時只要壞你。」萬秀娘道：「大官人，你如今怎地好？」苗忠道：「容易事。」便背了萬秀娘，夜裏走了一夜，天色漸漸曉，到一所莊院。苗忠放那萬秀娘在地上，敲莊門，裏面應道：「便來。」不移時，一個莊客出來。苗忠道：「報與莊主，説道苗大官人在門前。」莊客入去報了莊主。那莊中一個官人出來，怎地打扮？且看那官人：

背繫帶磚項頭巾，着鬬花青羅褙子，腰繫襪頭襠袴，脚穿時樣絲鞋。

兩個相揖罷，將這萬秀娘同來草堂上，三人分賓主坐定。苗忠道：「相煩哥哥，甚不合寄這個人在莊上則個。」官人道：「留在此間不妨。」苗忠向那人同吃了幾碗酒，吃些個早飯，苗忠掉了自去。

那官人請那萬秀娘來書院裏，說與萬秀娘道：「你更知得一事麽？十條龍苗大官人把你賣在我家中了。」萬秀娘聽得道，簌簌地兩行淚下。有一首《鷓鴣天》，道是：

碎似真珠顆顆停，清如秋露臉邊傾。灑時點盡湘江竹，感處曾摧數里城。思薄倖，憶多情，玉纖彈處暗銷魂。有時看了鮫綃上，無限新痕壓舊痕。

萬秀娘哭了，口中不說，心下尋思道：「苗忠底賊！你劫了我錢物，殺了我哥哥，又殺了當直周吉，姦騙了我身己，剗地把我來賣了！教我如何活得？」則好過了數日，當夜天昏地慘，月色無光，各自都去睡了。萬秀娘移步出那脚子門，來後花園裏，仰面觀天禱祝道：「我這爹爹萬員外，想是你尋常不近道理，而今教我受這折罰，有今日之事。苗忠底賊！你劫了我錢物，殺了我哥哥，殺了我當直周吉，騙了我身己，又將我賣在這裏！」就身上解下抹胸，看着一株大桑樹上，掉將過去道：「哥哥員外陰靈不遠，當直周吉，你們在鬼門關下相等。我生爲襄陽府人，死爲襄陽府鬼。」欲待把那頸項伸在抹胸裏自吊，忽然黑地裏隱隱見假山子背後一個大漢，手裏把着一條朴刀，走出來指着萬秀娘道：「不得做聲！我都聽得你說底話。你如今休尋死處，我救你出去，不知如何？」萬秀娘道：「恁地時可知道好。敢問壯士姓氏？」那大漢道：「我姓尹名宗。我家中有八十歲底老母，我尋常孝順，人都叫做孝順尹宗。當初來這裏，指望偷些個物事，賣來養這八十歲底老娘。今日却限撞着你，也是『路見不平，拔刀相助』，救你出去。却無他事，不得慌。」【眉批】賊盜中有君子，君子中有賊盜。把這萬秀娘一肩肩到園墻根底，用力打一聳，萬秀娘騎着牆頭。尹宗把朴刀一點，跳過牆去，接這萬秀娘下去。一背背了，方纔待行，則見黑地裏把一條筆頭鎗看得清，喝聲道：「着！」向尹宗前心便擢將來，扢折地一聲響。這漢是園牆外面巡邏底，見一個大漢把條朴刀，跳過牆來，背着一個婦女，一筆頭鎗擢將來。黑地裏尹宗側身躲過，一鎗擢在牆上，正摇索那鎗頭不出。尹宗背了萬秀娘，提着朴刀，拽開脚步便走。

相次走到尹宗家中，尹宗在路上説與萬秀娘道：「我娘却是怕人，不容物。你到我家中，實把這件事説與我娘道。」萬秀娘聽得道：「好。」巴得到家中，尹宗底娘聽得道：「兒子歸來。」那婆婆開放門，便着手來接這兒子，將爲道兒子背上偷得甚底物事了喜歡，則見兒子背着一個婦女。婆婆不問事由，拿起一條柱杖，看着尹宗落夾背便打，也打了三四柱杖，道：「我教你去偷些個物事來養我老，你却没事背這婦女歸來則甚？」那尹宗吃了三四柱杖，未敢説與娘道。萬秀娘見那婆婆打了兒子，肚裏便怕。尹宗却放下萬秀娘，教他參拜了婆婆，把那前面話對着婆婆説了一遍，道謝尹宗：「救妾性命。」婆婆道：「何不早說？」尹宗便問娘道：「我如今送他歸去，不知如何？」婆婆問道：「你而今怎地送他歸去？」尹宗道：「路上一似姊妹，解房時便説是哥哥妹妹。」婆婆道：「且待我來教你。」即時走入房裏去，取出一件物事。婆婆提出一領千補百衲舊紅衲背心，披在萬秀娘身上。指了尹宗道：「你見我這件衲背心，便似見娘一般，路上切不得胡亂生事，淫污這婦女。」【眉批】賢哉母氏。〔一〕萬秀娘辭了婆婆。尹宗脊背上背着萬秀娘，迤逦取路，待要奔這襄陽府路上來。

當日天色晚，見一所客店，姊妹兩人解了房，討些飯吃了。萬秀娘在客店内床上睡，尹宗在床面前打舖。夜至三更前後，萬秀娘在那床上睡不着，肚裏思量道：「荷得尹宗救我，便是我重生父母，再長爺娘一般。只好嫁與他，共做個夫妻謝他。」萬秀娘移步下床，款款地摇覺尹宗道：「哥哥，有三二句話與哥哥説。妾荷得哥哥相救，别無答謝，有少事拜覆，未知尊意如何？」尹宗見説，拿起朴刀在手，道：「你不可胡亂。」【眉批】烈性男子。萬秀娘心裏道：「我若到家中，正嫁與他，尹宗定不肯胡亂做些個。」得這尹宗却是大孝之人，依娘言語，不肯胡行。萬秀娘見他焦躁，便轉了話道：「哥哥，若到襄陽府，怕你不須見我爹爹媽媽。」尹宗道：「只是恁地時不妨。來日到襄陽府城中，我自回，你自歸去。」到得來日，尹宗背着萬秀娘走，相將到襄陽府，則有得五七里田地。正是：

遥望樓頭城不遠，順風聽得管弦聲。

看看望見襄陽府，平白地下一陣雨：

雲生東北，霧湧西南。須臾倒甕傾盆，頃刻懸河注海。

這陣雨下了不住，却又没處躲避。尹宗背着萬秀娘落路來，見一個莊舍，要去這莊裏躲雨。只因來這莊裏，教兩人變做：

青雲有路，翻爲苦楚之人；白骨無墳，變作失鄉之鬼。

這尹宗分明是推着一車子没興骨頭，入那千萬丈琉璃井裏。這莊却是大字焦吉家裏。萬秀娘見了焦吉那莊，目睁口癡，罔知所措。焦吉見了萬秀娘，又不敢問，正恁地躊躕。則見一個人吃得八分來醉，提着一條朴刀，從外來。萬秀娘道：「哥哥，兀底便是劫了我底十條龍苗忠！」尹宗聽得道，提手中朴刀，奔那苗忠。當時苗忠一條朴刀來迎這尹宗。元來有三件事奈何尹宗不得：第一，是苗忠醉了；第二，是苗忠没心，尹宗有心；第三，是苗忠是賊人心虚。苗忠自知奈何尹宗不得，提着朴刀便走。尹宗把一條朴刀赶將來，走了一里田地，苗忠却遇着一堵牆，跳將過去。【眉批】窮寇莫追。尹宗只顧赶將來，不知大字焦吉也把一條朴刀，却在後面，把那尹宗壞了性命。果謂是：

蝗螂正是遭黄雀，豈解堤防挾彈人。

那尹宗一個，怎抵當得兩人！不多時，前面焦吉，後面苗忠，兩個回來。苗忠放下手裹朴刀，右手换一把尖長靶短背厚刃薄八字尖刀，左手捽住萬秀娘胸前衣裳，罵道：「你這個賤人！却不是叵耐你，幾乎教我吃這大漢壞了性命。你且吃取我幾刀！」正是：

故將挫玉摧花手，來折江梅第一枝。

那萬秀娘見苗忠刀舉，生一個急計，一隻手托住苗忠腕子道：「且住！你好没見識。你情知道我又不識這個大漢姓甚名誰，又不知道他是何等樣人，不問事由，背着我去，恰好走到這裏。我便認得這裏是焦吉莊上，故意教他行這路，特地來尋你。如今你倒壞了我，却不是錯了！」【眉批】秀娘大有急智。苗忠道：「你也説得是。」把那刀來入了鞘，却來啜醋萬秀娘道：「我争些個錯壞了你。」正恁地説，則見萬秀娘左手捽住苗忠，右手打一個漏風掌，打得苗忠耳門上似起一個霹靂，那苗忠：

睁開眉下眼，咬碎口中牙！

那苗忠怒起來，却見萬秀娘説道：「苗忠底賊，我家中有八十歲底老娘，你共焦吉壞了我性命，你也好休！」道罷，僻然倒地。苗忠方省得是這尹宗附體在秀娘身上。即時扶起來，救得蘇醒，當下都没甚話説。

却説這萬員外，打聽得兒子萬小員外和那當直周吉，被人殺了，兩個死尸在城外五里頭林子，更劫了一萬餘貫家財，萬秀娘不知下落。去襄陽府城裏下狀，出一千貫賞錢，捉殺人劫賊，那裏便捉得。萬員外自備一千貫，過了幾個月，没捉人處。州府賞錢，和萬員外賞錢，共添做三千貫，明示榜文，要捉這賊，則是没捉處。當日萬員外鄰舍一個公公，七十餘歲，養得一個兒子，小名叫做合哥。大伯道：「合哥，你只管躲懶，没個長進。今日也好去上行些個『山亭兒』來賣。」合哥挑着兩個土袋，搋着二三百錢，來焦吉莊裏問焦吉上行些個「山亭兒」，揀幾個物事，唤做：

山亭兒，庵兒，寶塔兒，石橋兒，屏風兒，人物兒。

買了幾件了。合哥道：「更把幾件好様式底『山亭兒』賣與我。」大字焦吉道：「你自去屋角頭窗子外面自揀幾個。」當時合哥移步來窗子外面，正在那裏揀「山亭兒」，則聽得窗子裏面一個人，低低地叫道：「合哥。」那合哥聽得道：「這人好似萬員外底女兒聲嚮。」合哥道：「誰叫我？」應聲道：「是萬秀娘叫。」那合哥道：「小娘子，你如何在這裏？」萬秀娘説：「一言難盡，我被陶鐵僧領他們劫我在這裏。相煩你歸去，説與我爹爹媽媽，教去下狀，差人來捉這大字焦吉，十條龍苗忠，和那陶鐵僧。如今與你一個執照歸去。」〔二〕就身上解下一個刺繡香囊，從那窗窟籠子掉出，自入去。【眉批】秀娘步步精細。合哥接得，貼腰揣着，還了焦吉「山亭兒」錢，挑着擔子便行。焦吉道：「你這廝在窗子邊和甚麽人説話？」諕得合哥一似：

分開八片頂陽骨，傾下半桶冰雪水。

合哥放下「山亭兒」擔子，看着焦吉道：「你見甚麽，便説我和兀誰説話？」焦吉探那窗子裏面，真個没誰。擔起擔子便走，一向不歇脚，直入城來，把一擔「山亭兒」和擔一時盡都把來傾在河裏，掉臂揮拳歸來。爺見他空手歸來，問道：「『山亭兒』在那裏？」合哥應道：「傾在河裏了。」問道：「擔子呢？」應道：「攧在河裏。」「匾擔呢？」應道：「攧在河裏。」【眉批】趣。大伯焦躁起來道：「打殺這廝，你是甚意思？」合哥道：「三千貫賞錢劈面地來。」大伯道：「是如何？」合哥道：「我見萬員外女兒萬秀娘在一個去處。」大伯道：「你不得胡説，他在那裏？」合哥就懷裏取出那刺繡香囊，教把看了，同去萬員外家裏。萬員外見説，看了香囊，叫出他這媽媽來，看見了刺繡香囊，認得真個是秀娘手迹，舉家都哭起來。萬員外道：「且未消得哭。」即時同合哥來州裏下狀。官司見説，即特差士兵二十餘人，各人盡帶着器械，前去緝捉這場公事。當時教這合哥引着一行人，取苗忠莊上去，即時就公廳上責了限狀，唱罷諾，迤逦登程而去。真個是：

個個威雄似虎，人人猛烈如龍。雨具麻鞋，行纏搭膊。手中杖牛頭鐺，撥互叉，鼠尾刀，畫皮弓，柳葉箭。在路上饑餐渴飲，夜住曉行。纔過杏花村，又經芳草渡。好似皂雕追紫燕，渾如餓虎趕黃羊。

其時合哥兒一行到得苗忠莊上，分付教衆緝捕人：「且休來，待我先去探問。」多時不見合哥兒回來，那衆人商議道：「想必是那苗忠知得這事，將身躲了。」合哥回來，與衆人低低道：「作一計引他，他便出來。」離不得到那苗忠莊前莊後，打一觀看，不見踪由。衆做公底人道：「是那苗忠每常間見這合哥兒來家中，如父母看待，這番却是如何？」別商量一計，先教差一人去，用火燒了那苗忠莊，便知苗忠躲在那裏。苗忠一見土兵燒起那莊子，便提着一條朴刀，向西便走。做公底一發赶將來，正是：

有似皂雕追困雁，渾如雪鶻打寒鳩。

那十條龍苗忠慌忙走去，到一個林子前，苗忠入這林子内去。方纔走得十餘步，則見一個大漢，渾身血污，手裏搦着一條朴刀，在林子裏等他，便是那吃他壞了性命底孝順尹宗在這裏相遇。所謂是：

勸君莫要作冤仇，狹路相逢難躲避。

苗忠認得尹宗了，欲待行，被他攔住路。正恁地進退不得，後面做公底赶上，將一條索子縛了苗忠并大字焦吉、茶博士陶鐵僧，解在襄陽府來，押下司理院。綳爬吊拷，一一勘正，三人各自招伏了。同日將大字焦吉、十條龍苗忠、茶博士陶鐵僧，押赴市曹，照條處斬。合哥便請了那三千貫賞錢。萬員外要報答孝義尹宗，差人迎他母親到家奉養。【眉批】第一義。又去官中下狀用錢，就襄陽府城外五里頭，爲這尹宗起立一座廟宇。直到如今，襄陽府城外五頭孝義廟，便是這尹宗底，至今古迹尚存，香煙不斷。話名只喚做《山亭兒》，亦名《十條龍》、《陶鐵僧》、《孝義尹宗事迹》。後人評得好：

萬員外刻深招禍，陶鐵僧窮極行兇。
生報仇秀娘堅忍，死爲神孝義尹宗。

【校記】

〔一〕「賢哉母氏」，底本作「賢哉母」，佐伯本同，據卷十六同句式補。

〔二〕「歸去」，底本作「歸未」，據佐伯本改，早大本同佐伯本。

期人在燈前
相待哉田家
又恐燕鶯猜

他两个貪欢貪
笑人隄防門外
有人瞧

第三十八卷　蔣淑真刎頸鴛鴦會

眼意心期卒未休，暗中終擬約登樓。
光陰負我難相偶，情緒牽人不自由。
遥夜定憐香蔽膝，悶時應弄玉搔頭。
櫻桃花謝梨花發，腸斷青春兩處愁。

右詩單説着「情色」二字。此二字，乃一體一用也。故色絢於目，情感于心，情色相生，心目相視，雖亘古迄今，仁人君子，弗能忘之。晉人有云：「情之所鍾，正在我輩。」慧遠曰：「情色覺如磁石，遇針不覺合爲一處。無情之物尚爾，何况我終日在情裏做活計耶？」

如今只管説這「情色」二字則甚？且説個臨淮武公業，於咸通中任河南府功曹參軍。愛妾曰非煙，姓步氏，容止纖麗，弱不勝綺羅，善秦聲，好詩弄筆，公業甚嬖之。

比鄰乃天水趙氏第也，亦衣纓之族。其子趙象，端秀有文學。忽一日於南垣隙中窺見非煙，而神氣俱喪，廢食思之。遂厚賂公業之閽人，以情相告。閽有難色，後爲賂所動，【眉批】天下何事不爲賂所敗？令妻伺非煙閒處，具言象意。非煙聞之，但含笑而不答。閽媪盡以語象。象發狂心蕩，不知所如。乃取薛濤箋，題一絶於上。詩曰：

緑暗紅稀起暝煙，獨將幽恨小庭前。
沉沉良夜與誰語，星隔銀河月半天。

寫訖，密緘之，祈閽媪達於非煙。非煙讀畢，吁嗟良久，向媪而言曰：「我亦曾窺見趙郎，大好才貌。今生薄福，不得當之。嘗嫌武生粗悍，非青雲器也。」乃復酬篇，寫於金鳳箋。詩曰：

畫檐春燕須知宿，蘭浦雙鴛肯獨飛。
長恨桃源諸女伴，等閒花裏送郎歸。【眉批】情語。

封付閽媪，令遺象。象啓緘，喜曰：「吾事諧矣！」但静坐焚香，時時虔禱以候。

越數日，將夕，閽媪促步而至，笑且拜曰：「趙郎願見神仙否？」象驚，連問之。傳非煙語曰：「功曹今夜府直，可謂良時。妾家後庭，即君之前垣也。若不渝約好，專望來儀，方可候晤。」語罷，〔一〕既曛黑，象乘梯而登，非煙已置重榻於下。既下，見非煙艷妝盛服，迎入室中，相携就寢，盡繾綣之意焉。及曉，象執非煙手曰：「接傾城之貌，挹希世之人，已擔幽明，永奉歡狎。」言訖，潛歸。兹後不盈旬日，常得一期於後庭矣。展幽徹之恩，罄宿昔之情，以爲鬼鳥不知，人神相助。如是者周歲。無何，非煙數以細故撻其女奴。奴銜之，乘間盡以告公業。【眉批】天下又何事不爲忿所敗？公業曰：「汝慎勿揚聲，我當自察之！」後至堂直日，乃密陳狀請假。迨夜，如常入直，遂潛伏里門。俟暮鼓既作，躡足而回，循墻至後庭。見非煙方倚户微吟，象則據垣斜睇。公業不勝其忿，挺前欲擒象。象覺跳出。公業持之，得其半襦。乃入室，呼非煙詰之。非煙色動，不以實告。公業愈怒，縛之大柱，鞭撻血流。非煙但云：「生則相親，死亦無恨！」遂飲杯水而絶。【眉批】可憐。象乃變服易名，遠竄於江湖間，稍避其鋒焉。可憐雨散雲消，花殘月缺。

且如趙象知機識務，離脱虎口，免遭毒手，可謂善悔過者也。【眉批】趙象畢竟終身不安。於今又有個不識竅的小二哥，也與個婦人私通，日日貪歡，朝朝迷戀，後惹出一場禍來，尸横刀下，命赴陰間。致母不得侍，妻不得顧，子號寒於嚴冬，女啼饑于永晝。静而思之，着何來由？况這婦人不害了你一條性命了？【眉批】提綱語。真個：

娥眉本是嬋娟刃，殺盡風流世上人。

說話的，你道這婦人住居何處？姓甚名誰？元來是浙江杭州府武林門外落鄉村中，一個姓蔣的生的女兒，小字淑真。生得甚是標致，臉襯桃花，比桃花不紅不白；眉分柳葉，如柳葉猶細猶彎。自小聰明，從來機巧，善描龍而刺鳳，能剪雪以裁雲。心中只是好些風月，又飲得幾杯酒。【眉批】此回書於街坊婦人俚鄙之態，摹寫曲盡，亦能手也。年已及笄，父母議親，東也不成，西也不就。每興鑿穴之私，常感傷春之病。自恨芳年不偶，鬱鬱不樂。垂簾不捲，羞殺紫燕雙飛；高閣慵憑，厭聽黃鶯并語。未知此女幾時得偶素願？因成商調《醋葫蘆》小令十篇，繫於事後，少述斯女始末之情。奉勞歌伴，先聽格律，後聽蕪詞：

湛秋波，兩剪明，露金蓮，三寸小。弄春風楊柳細身腰，比紅兒態度應更嬌。他生得諸般齊妙，縱司空見慣也魂消。

況這蔣家女兒如此容貌，如此伶俐，緣何豪門巨族，王孫公子，文士富商，不行求聘？却這女兒心性有些蹺蹊，描眉畫眼，傳粉施朱，梳個縱鬢頭兒，着件叩身衫子，做張做勢，喬模喬樣，或倚檻凝神，或臨街獻笑，因此閭里皆鄙之。所以遷延歲月，頓失光陰，不覺二十餘歲。

隔鄰有一兒子，名叫阿巧，未曾出幼，常來女家嬉戲。不料此女已動不正之心有日矣。況阿巧不甚長成，父母不以爲怪，遂得通家往來無間。一日，女父母他適，阿巧偶來，其女相誘入室，强合焉。忽聞扣户聲急，阿巧驚遁而去，女父母至家亦不知也。且此女欲心如熾，久渴此事，自從情竇一開，不能自已。阿巧回家，驚氣衝心而殞。【眉批】一條命。女聞其死，哀痛彌極，但不敢形諸顔頰。奉勞歌伴，再和前聲：

鎖修眉，恨尚存，痛知心，人已亡。霎時間雲雨散巫陽，自别來幾日行坐想。

空撇下一天情況，則除是夢裏見才郎。

這女兒自因阿巧死後，心中好生不快活，自思量道：「皆由我之過，送了他青春一命。」日逐蹀躞不下。倏爾又是一個月來。女兒晨起梳妝，父母偶然視聽，其女顔色精神，語言恍惚。老兒因謂媽媽曰：「莫非淑真做出來了？」殊不知其女春色飄零，蝶粉蜂黄都退了；韶華狼藉，花心柳眼已開殘。媽媽老兒互相埋怨了一會，只怕親戚耻笑。「常言道：『女大不中留。』留在家中，却如私鹽包兒，脱手方可。不然，直待事發，弄出醜來，不好看。」那媽媽和老兒説罷，央王嫂嫂作媒：「將高就低，添長補短，發落了罷。」

一日，王嫂嫂來説，嫁與近村李二郎爲妻。且李二郎是個農莊之人，又四十多歲，只圖美貌，不計其他。過門之後，兩個頗説得着。瞬息間十有餘年，李二郎被他徹夜盤弄，衰憊了。【眉批】老夫得女妻者，可視爲鑒。年將五十之上，此心已灰。奈何此婦在妙齡，酷好不厭，仍與夫家西賓有事。李二郎一見，病發身故。【眉批】兩條命。這婦人眼見斷送兩人性命了。奉勞歌伴，再和前聲：

結姻緣，十數年，動春情，三四番。蕭墻禍起片時間，到如今反爲難上難。把一對鳳鸞驚散，倚闌干無語淚偷彈。

那李大郎斥退西賓，擇日葬弟之柩。這婦人不免守孝三年。其家已知其非，着人防閑。本婦自揣於心，亦不敢妄爲矣。朝夕之間，受了多少的熬煎，或缺一餐，家人都不理他了。將及一年之上，李大郎自思留此無益，不若逐回，庶免辱門敗户。遂喚原媒眼同，將婦罄身赶回。本婦如鳥出籠，似魚漏網，其餘物飾，亦不計較。本婦抵家，父母只得收留，那有好氣待他，如同使婢。婦亦甘心忍受。

一日，有個張二官過門，因見本婦，心甚悦之。挽人説合，求爲繼室。女父母允諾，恨不推將出去。且張二官是個行商，多在外，少在内，不曾打聽得備細。設下盒盤羊酒，涓吉成親。這婦人不去則罷，這一去，好似：

猪羊奔屠宰之家，一步步來尋死路。

是夜，畫燭摇光，粉香噴霧。綺羅筵上，依舊兩個新人；錦繡衾中，各出一般舊物。奉勞歌伴，再和前聲：

喜今宵，月再圓，賞名園，花正芳。笑吟吟携手上牙床，恣交歡恍然入醉鄉。不覺的渾身通暢，把斷弦重續兩情償。

他兩個自花燭之後，日則并肩而坐，夜則疊股而眠，如魚藉水，似漆投膠。一個全不念前夫之恩愛，一個那曾題亡室之音容。婦羨夫之殷富，夫憐婦之丰儀。兩個過活了一月。

一日，張二官人早起，分付虞候收拾行李，要往德清取帳。這婦人怎生割捨得他去。張二官人不免起身，這婦人簌簌垂下淚來。張二官道：「我你既爲夫婦，不須如此。」各道保重而別。別去又過了半月光景，這婦人是久曠之人，既成佳配，未盡暢懷，又值孤守岑寂，好生難遣。覺身子困倦，步至門首閒望。對門店中一後生，約三十已上年紀，資質豐粹，舉止閒雅。遂問隨侍阿瞞，阿瞞道：「此店乃朱秉中開的。此人和氣，人稱他爲朱小二哥。〔二〕」婦人問罷，夜飯也不吃，上樓睡了。樓外乃是官河，舟船歇泊之處。將及二更，忽聞梢人嘲歌聲隱約，側耳而聽，其歌云：

二十去了廿一來，不做私情也是呆。
有朝一日花容退，雙手招郎郎不來。

婦人自此復萌覬覦之心，往往倚門獨立。朱秉中時來調戲，彼此相慕，目成眉語，但不能一叙款曲爲恨也。奉勞歌伴，再和前聲：

美温温，顔面肥，光油油，鬢髮長。他半生花酒肆顛狂，對人前扯拽都是謊。全無有風雲氣象，一味裏竊玉與偷香。【眉批】風雲氣象亦不着。〔三〕

這婦人羡慕朱秉中不已，只是不得湊巧。一日，張二官討帳回家，夫婦相見了，叙些間闊的話。本婦似有不悦之意，只是勉强奉承，一心倒在朱秉中身上了。張二官在家又住了一個月之上。正值仲冬天氣，收買了雜貨赶節，賃船裝載到彼，發賣之間，不甚稱意，把貨都賒與人上了，舊帳又討不上手。俄然逼歲，不得歸家過年，預先寄些物事回家支用，不題。

且説朱秉中因見其夫不在，乘機去這婦人家賀節。留飲了三五杯，意欲做些暗昧之事。奈何往來之人，應接不暇，取便約在燈宵相會。秉中領教而去。撚指間又届十三日試燈之夕，於是：户户鳴鑼擊鼓，家家品竹彈絲。游人隊隊踏歌聲，仕女翩翩垂舞袖。鰲山綵結，嵬峨百尺聳晴空；鳳篆香濃，漂渺千層籠綺陌。閒庭内外，溶溶寶燭光輝；傑閣高低，爍爍華燈照耀。奉勞歌伴，再和前聲：

奏簫韶，一派鳴，綻池蓮，萬朵開。看六街三市鬧挨挨，笑聲高滿城春似海。

期人在燈前相待，幾回價又恐燕鶯猜。

其夜，秉中侵早的更衣着靴，只在街上往來。本婦也在門首抛聲衒俏。兩個相見暗喜，准定目下成事。不期伊母因往觀燈，就便探女。女扃户邀入參見，不免留宿。【眉批】好事多磨，惡事亦不容易做。秉中等至夜分，悶悶歸臥。次夜如前，正遇本婦，怪問如何爽約。挨身相就，止做得個「吕」字兒而散。少間，具酒奉母。母見其無情無緒，向女言曰：「汝如今遷於喬木，只宜守分，也與父母争一口氣。」豈知本婦已約秉中等了二夜了，可不是鬼門上占卦？平旦，買兩盒餅饊，僱頂轎兒，送母回了。薄晚，秉中張個眼慢，鑽進婦家，就便上樓。本婦燈也不看，解衣相抱，〔四〕曲盡于飛。然本婦平生相接數人，或老或少，那能造其奥處。自經此合，身酥骨軟，飄飄然其滋味不可勝言也。且朱秉中日常在花柳叢中打交，深諳十要之術。那十要？

一要濫於撒漫，二要不算工夫。
三要甜言美語，四要軟款温柔。
五要乜斜纏帳，六要施逞鎗法。
七要妝聾做啞，八要擇友同行。
九要穿着新鮮，十要一團和氣。

若狐媚之人，缺一不可行也。

再説秉中已回，張二官又到。本婦便害些木邊之目，田下之心，要好只除相見。奉勞歌伴，再和前聲：

報黄昏，角數聲，助凄涼，淚幾行。論深情海角未爲長，難捉摸這般心内癢。不能勾相偎相傍，惡思量縈損九回腸。

這婦人自慶前夕歡娱，直至佳境，又約秉中晚些相會，要連歇幾十夜。誰知張二官家來，心中納悶，就害起病來，頭疼腹痛，骨熱身寒。張二官顒望回家，將息取樂，因見本婦身子不快，倒戴了一個愁帽。遂請醫調治，倩巫燒獻，藥必親嘗，衣不解帶，反受辛苦，不似在外了。

且説秉中思想，行坐不安。托故去望張二官，稱道：「小弟久疏趨侍，昨聞榮回，今特拜謁。奉請明午於蓬舍，少具鷄酒，聊與兄長洗塵，幸勿他却！」翌日，張二官赴席，秉中出妻女奉勸，大醉扶歸。已後還了席，往往來來。【眉批】欲取固與，不爲還席。本婦但聞秉中在座，説也有，笑也有，病也無；倘或不來，就呻吟叫唤，鄰里厭聞。

張二官指望便好，誰知日漸沉重。本婦病中，但瞑目就見向日之阿巧和李二郎偕來索命，勢漸獰惡。本婦懼怕，難以實告，惟向張二官道：「你可替我求問：『幾時脱體？』」如言徑往洞虛先生卦肆，卜下卦來，判道：「此病大分不好，有橫死老幼陽人死命爲禍，非今生，乃宿世之冤。今夜就可辦備福物酒果冥衣各一分，用鬼宿度河之次，向西鋪設，苦苦哀求，庶有少救；不然，决不好也。」奉勞歌伴，再和前聲：

挪揄來，苦怨咱，朦朧着，便見他。病懨懨害的眼兒花，瘦身軀怎禁没亂殺。則説不和我干休罷，幾時節離了兩冤家。【眉批】詞俱當行。

張二官正依法祭祀之間，本婦在床，又見阿巧和李二郎擊手言曰：「我輩已訴於天，着來取命。你央後夫張二官再四懇求，意甚虔恪。我輩且容你至五五之間，待同你一會之人，却假弓長之手，與你相見。」言訖，歘然不見了。本婦當夜似覺精爽些個，後看看復舊。張二官喜甚，不題。

却見秉中旦夕親近，餽送迭至，意頗疑之，尤未爲信。一日，張二官入城催討貨物，回家進門，正見本婦與秉中執手聯坐。張二官倒退揚聲，秉中迎出相揖。他兩個亦不知其見也。張二官當時見他殷勤，已自生疑七八分了；今日撞個滿懷，輳成十分。張二官自思量道：「他兩個若犯在我手裏，教他死無葬身之地！」遂往德清去做買賣。到了德清，已是五月初一日。安頓了行李在店中，上街買一口刀，懸挂腰間。至初四日連夜奔回，匿於他處，不在話下。

再題本婦渴欲一見，終日去接秉中。秉中也有些病在家裏。延至初五日，阿瞞又來請赴鴛鴦會，秉中勉强赴之，樓上已筵張水陸矣：盛兩盂煎石首，貯二器炒山鷄，酒泛菖蒲，糖燒角黍。其餘肴饌蔬果，未暇盡録。兩個遂相轟飲，亦不顧其他也。奉勞歌伴，再和前聲：

緑溶溶，酒滿斟，紅焰焰，燭半燒。正中庭花月影兒交，直吃得玉山時自倒。他兩個貪歡貪笑，不堤防門外有人瞧。

兩個正飲間，秉中自覺耳熱眼跳，心驚肉戰，欠身求退。本婦怒曰：「怪見終日請你不來，你何輕賤我之甚！你道你有老婆，我便是無老公的？你殊不知我做鴛鴦會的主意。夫此二鳥，飛鳴宿食，鎮常相守；爾我生不成雙，死作一對。」昔有韓憑妻美，郡王欲奪之，夫妻皆自殺。王恨，兩塚瘞之，後塚上生連理樹，上有鴛鴦，悲鳴飛去。此兩個要效鴛鴦比翼交頸，不料便成語讖。況本婦甫能鬭闔得病好，就便荒淫無度，正是：

偷鷄猫兒性不改，養漢婆娘死不休。

再說張二官提刀在手，潛步至門，梯樹竊聽。見他兩個戲謔歌呼，歷歷在耳，氣得按捺不下，打一磚去。本婦就吹滅了燈，聲也不則了。連打了三塊，本婦教秉中先睡：「我去看看便來。」【眉批】如畫。阿瞞持燭先行，開了大門，并無人迹。本婦叫道：「今日是個端陽佳節，那家不吃幾杯雄黄酒？」正要罵間，張二官跳將下來，喝道：「潑賤！你和甚人夤夜吃酒？」本婦諕得戰做一團，只説：「不不不！」張二官乃曰：「你同我上樓一看，如無便罷，慌做甚麼！」本婦又見阿巧、李二郎一齊都來，自分必死，延頸待盡。【眉批】李二郎索命，理之當然，阿巧何爲來哉？秉中赤條條驚下床來，匍匐口稱：「死罪，死罪！情願將家私并女奉報，哀憐小弟母老妻嬌，子幼女弱！」張二官那裏准他。【眉批】好漢。則見刀過處，一對人頭落地，兩腔鮮血衝天。正是：

當時不解恩成怨，今日方知色是空。

當初本婦卧病，已聞阿巧、李二郎言道：「五五之間，待同你一會之人，假弓長之手，再與相見。」果至五月五日，被張二官殺死。「一會之人」乃秉中也。禍福未至，鬼神必先知之，可不懼歟！故知士矜才則德薄，女衒色則情放。若能如執盈，如臨深，則爲端士淑女矣，豈不美哉！惟願率土之民，夫婦和柔，琴瑟諧協，有過則改之，未萌則戒之，敦崇風教，未爲晚也。在座看官，漫聽這一本《鴛鴦刎頸會》。奉勞歌伴，再和前聲：

見拋磚，意暗猜，入門來，魂已驚。舉青鋒過處喪多情，到今朝你心還未省。

送了他三條性命，果冤冤相報有神明。

又調《南鄉子》一闋，詞曰：

春老怨啼鵑，玉損香消事可憐。一對風流傷白刃，冤冤，惆悵勞魂赴九泉。
抵死苦留連，想是前生有業緣。景色依然人已散，天天，千古多情月自圓。

【校記】

〔一〕「語罷」，底本及諸校本均作「誥罷」，據文意改。

〔二〕「人稱他爲」，底本及諸校本均作「人稱爲他」，據《清平山堂話本·刎頸鴛鴦會》改。

〔三〕本條眉批，底本僅存「象」字，據佐伯本補。

〔四〕「解衣」，底本及諸校本均作「解夜」，據《清平山堂話本·刎頸鴛鴦會》改。

刘本道捕
鱼逢怪

福禄寿三星度世

第三十九卷〔一〕　福禄壽三星度世

欲學爲仙説與賢，長生不死是虚傳。
少貪色欲身康健，心不瞞人便是仙。

説這四句詩，單説一個官人，二十年燈窗用心，苦志勤學，誰知時也，運也，命也，連舉不第，没分做官，有分做仙去。這大宋第三帝主，乃是真宗皇帝。景德四年秋八月中，這個官人水鄉爲活，捕魚爲生。捕魚有四般：

攀繒者仰，鳴榔者鬧，垂釣者静，撒網者舞。

這個官人，在一座州，謂之江州軍，號定江軍。去這江州東門，謂之九江門外，一條江，隨地呼爲潯陽江：

萬里長江水似傾，東連大海若雷鳴。
一江護國清泠水，不請衣糧百萬兵。

這官人于八月十四夜，解放漁船，用棹竿掉開，至江中。水光月色，上下相照。這官人用手拿起網來，就江心一撒，連撒三網，一鱗不獲。只聽得有人叫道：「劉本道，劉本道，大丈夫不進取光顯，何故捕魚而墮志？」那官人吃一驚，連名道姓，叫得好親。收了網四下看時，不見一人。再將網起來撒，又有人叫，四顧又不見人。似此三番，當夜不曾捕魚，使船傍岸。

到明日十五夜，再使船到江心，又有人連名道姓，叫「劉本道」。本道焦燥，放下網聽時，是後面有人叫。使船到後看時，其聲從蘆葦中出。及至尋入蘆葦之中，并無一人。却不作怪！使出江心，舉網再撒，約莫網重，收網起來看時，本道又驚又喜，打得一尾赤稍金色鯉魚，約長五尺。本道道謝天地，來日將入城去賣，有三五日糧食。將船傍岸，纜住鯉魚，放在船板底下，活水養着。待欲將身入艙內解衣睡，覺肚中又饑又渴。看船中時，别無止饑止渴的物。怎的好？番來覆去，思量去那江岸上，有個開村酒店張大公家，買些酒吃纔好。就船中取一個盛酒的葫蘆上岸來。左脅下挾着棹竿，右手提着葫蘆，乘着月色，沿江而走。肚裏思量：「知他張大公睡也未睡？未睡時，叫開門，沽些酒吃；睡了時，只得忍饑渴睡一夜。」迤逦行來，約離船邊半里多路，見一簇人家。這裏便是張大公家。到他門前，打一望，裏面有燈也無，但見張大公家有燈。怎見得？有隻詞名《西江月》，單咏着這燈花：

零落不因春雨，吹殘豈藉東風。結成一朵自然紅，費盡工夫怎種？有焰難藏粉蝶，〔二〕生花不惹游蜂。更闌人静畫堂中，曾伴玉人春夢。

本道見張大公家有燈，叫道：「我來問公公沽些酒吃。」公公睡了便休，未睡時，可沽些與我。」張大公道：「老漢未睡。」開了門，問劉官人討了葫蘆，問了升數，入去盛將出來，道：「酒便有，却是冷酒。」本道説與公公：「今夜無錢，來日賣了魚，却把錢來還。」張大公道：「妨甚事。」張大公關了門。本道挾着棹竿，提着葫蘆，一面行，肚中又饑，顧不得冷酒，一面吃，就路上也吃了二停。到得船邊，月明下見一個人，毬頭光紗帽，寬袖緑羅袍，身材不滿三尺，覷着本道掩面大哭道：「吾之子孫，被汝獲盡！」本道見了，大驚：「江邊無這般人，莫非是鬼？」放下葫蘆，將手中棹竿去打，叫聲：「着！」打一看時，火光迸散，豁刺刺地一聲響，本道凝睛看時，不是有分爲仙，險些做個江邊失路鬼，波内横亡人。有詩爲證：

高人多慕神仙好，幾時身在蓬萊島。
由來仙境在人心，清歌試聽《漁家傲》。

此理漁人知得少，不經指示誰能曉。
君欲求魚何處非，鵲橋有路通仙道。

當下本道看時，不見了毬頭光紗帽、寬袖緑羅袍、身不滿三尺的人。却不作怪！到這纜船岸邊，却待下船去，本道叫聲苦，不知高低，去江岸邊不見了船。「不知甚人偷了我的船去？」看那江對岸，萬籟無聲；下江一帶，又無甚船隻。今夜却是那裏去歇息？思量：「這船無人偷我的。多時捕魚不曾失了船，今日却不見了這船。不是下江人偷去，還是上江人偷我的。」本道不來下江尋船，將葫蘆中酒吃盡了，葫蘆撇在江岸，沿那岸走。從二更走至三更，那裏見有船。思量：「今夜何處去好？」

走來走去，不知路徑。走到一座莊院前，放下棹竿，打一望，只見莊裏停着燈。本道進退無門，欲待叫，這莊上素不相識；欲待不叫，又無棲止處。只得叫道：「有人麽？念本道是打魚的，因失了船，尋來到此。夜深無止宿處，萬望莊主暫借莊上告宿一宵。」只聽得莊内有人應道：〔三〕「來也。官人少待。」却是女人聲息。那女娘開放莊門，本道低頭作揖。女娘答禮相邀道：「官人請進，且過一宵了去。」本道謝了，挾着棹竿，隨那女娘入去。女娘把莊門掩上，引至草堂坐地，問過了姓名，殷勤啓齒道：「敢怕官人肚饑，安排些酒食與官人充饑，未知何如？」本道道：「謝娘子，胡亂安頓一個去處，教過得一夜，深謝相留！」女娘道：「不妨，有歇卧處。」説猶未了，只聽得外面有人聲唤：「阿耶！阿耶！我不撩撥你，却打了我！這人不到别處去，定走來我莊上借宿。」這人叫開門，㈣本道吃一驚：「告娘子，外面聲唤的是何人？」女娘道：「是我哥哥。」本道且走入一壁厢黑地裏立着看時，女娘移身去開門，與哥哥叫聲萬福。那人叫唤：「阿耶！阿耶！妹妹關上門，隨我入來。」女娘將莊門掩了，請哥哥到草堂坐地。本道看那草堂上的人，叫聲苦：「我這性命須休！」正是猪羊入屠宰之家，一脚脚來尋死路。有詩爲證：

撇了先妻娶晚妻，晚妻終不戀前兒。
先妻却在晚妻喪，蓋爲冤家没盡期。

本道看草堂上那個人，便是毬頭光紗帽、寬袖緑羅袍，身材不滿三尺的人。「我曾打他一棹竿，去那江裏死了。我却如何到他莊上借宿？」本道顧不得那女子，挾着棹竿，偷出莊門，奔下江而走。

却説莊上那個人聲唤，看着女子道：「妹妹，安排乳香一塊，暖一碗熱酒來與我吃，且定我脊背上疼。」即時女子安排與哥哥吃。問道：「哥哥做甚聲唤？」哥哥道：「好教你得知，我又不撩撥他。我在江邊立地，見那厮沽酒回來，我掩面大哭道：『吾之子孫，盡被汝獲之。』那廝將手中棹竿打一下，被我變一道火光走入水裏去。那廝上岸去了，我却把他的打魚船攝過。那廝四下裏没尋處，迤逦沿江岸走來。我想他不走别處去，只好來我莊上借宿。妹妹，他曾來借宿也不？」妹妹道：「却是兀誰？」哥哥説：「是劉本道，他是打魚人。」女娘心中暗想：「原來這位官人是打我哥哥的，不免與他遮飾則個。」遂答應道：「他曾來莊上借宿，我不曾留他，他自去了。哥哥辛苦了，且安排哥哥睡。」

却説劉本道沿着江岸荒荒走去，從三更起彷彿至五更，走得腿脚酸疼。明月下見一塊大石頭，放下棹竿。方纔歇不多時，只聽得有人走得荒速，高聲大叫：「劉本道休走，我來赶你。」本道叫聲苦，不知高低：「莫是那漢赶來，報那一棹竿的冤仇？」把起棹竿立地，等候他來。無移時漸近，看時，見那女娘身穿白衣，手捧着一個包裹走至面前道：「官人，你却走了。後面尋不見你。我安排哥哥睡了，隨後赶來。你不得疑惑，我即非鬼亦非魅，我乃是人。你看我衣裳有縫，月下有影，一聲高似一聲。我特地赶你來。」本道見了，連忙放下棹竿，問：「娘子連夜赶來，不知有何事？」女娘問：「官人有妻也無？有妻爲妾，無妻嫁你。包裹中儘有餘資，勾你受用。官人是肯也不？」本道思量恁般一個好女娘，又提着一包衣飾金珠，這也是求之不得的。覷着女娘道：「多謝，本道自來未有妻子。」將那棹竿撇下江中，同女娘行至天曉，入江州來。本道叫女娘做妻。女娘問道：「丈夫，我兩個何處安身是好？」本道應道：「放心，我自尋個去處。」

走入城中，見一人家門首挂着一面牌，看時，寫着「顧一郎店」。本道向前問道：「那個是顧一郎？」那人道：「我便是。」本道道：「小生和家間爹爹説不着，赶我夫妻兩口出來，無處安歇。問一郎討間小房，權住三五日。親戚相勸，回心轉意時，便歸去，却得相謝。」顧一郎道：「小娘子在那裏？」本道叫：「妻子來相見則個。」顧一郎見他夫妻兩個，引來店中，去南首第三間房，開放房門，討了鑰匙。本道看時，好喜歡。當時打火做飯吃了，將些金珠變賣來，買些箱籠被卧衣服。在這店中約過半年。本道看着妻子道：「今日使，明日使，金山也有使盡時。」女娘大笑道：「休憂！」去箱子内取出一物，教丈夫看：「我兩個儘過得一世。」正是：

休道男兒無志氣，婦人猶且辨賢愚。

當下女娘却取出一個天圓地方卦盤來。本道見了，問妻子：「緣何會他？」女娘道：「我爹爹在日，曾任江州刺史，姓齊名文叔。奴小字壽奴。不幸去任時，一行人在江中遭遇風浪，爹媽從人俱亡。奴被官人打的那毬頭光紗帽、寬袖緑羅袍、身材不滿三尺的人，救我在莊上，因此拜他做哥哥。如何官人不見了船，却是被他攝了。你來莊上借宿，他問我時，被我瞞過了。有心要與你做夫妻。你道我如何有這卦盤？我幼年曾在爹行學三件事：第一，寫字讀書；第二，書符呪水；第三，算命起課。我今日却用着這卦盤，可同顧一郎出去尋個浮舖，算命起課，儘可度日。」本道謝道：「全仗我妻賢達。」當下把些錢，同顧一郎去南瓦子内尋得卦舖，買些紙墨筆硯，挂了牌兒，揀個吉日，去開卦肆，取名爲白衣女士。顧一郎相伴他夫妻兩人坐地，半日先回。當日不發市，明日也不發市。到後日午後，又不發市。女娘覷着丈夫道：「一連三日不發市，你理會得麽？必有人衝撞我。你去看有甚事，來對我説。」本道起身，去瓦左瓦右都看過，無甚事。走出瓦子來，大街上但見一夥人圍着。本道走來人叢外，打一看時，只見一個先生，把着一個藥瓢在手，開科道：

「五里亭亭一小峰，自知南北與西東。
世間多少迷途客，不指還歸大道中。

看官聽説：貧道乃是皖公山修行人。貧道有三件事，離了皖公山，走來江州。在席一呵好事君子，聽貧道説：第一件，貧道在山修行一十三年，煉得一爐好丹，將來救人；第二件，來尋一物；第三件，貧道救你江州一城人。」衆人聽説皆驚。先生正説未了，大笑道：「衆多君子未曾買我的藥，却先見了這一物。你道在何處？」覷着人叢外頭，用手一招道：「後生，你且入來。」【眉批】此先生也不低。〔五〕本道看那先生，先生道：「你來，我和你説。」諕得本道慌隨先生入來。先生拍着手：「你來救得江州一城人！貧道見那一物了。在那裏？這後生便是。」衆人吃驚，如何這後生却是一物？先生道：「且聽我説。那後生，你眉中生黑氣，有陰祟纏擾。你實對我説。」本道將前項見女娘的話，都一一説知。先生道：「衆人在此，這一物，便是那女子。貧道救你。」去地上黄袱裏，取出一道符，把與本道：「你如今回去，先到房中，推醉了去睡。女娘到晚歸來，睡至三更，將這符安在他身上，便見他本來面目。」本道聽那先生説了，也不去卦肆裏，歸到店中，開房門，推醉去睡。

却説女娘不見本道來，到晚，自收了卦鋪，歸來焦躁，問顧一郎道：「丈夫歸也未？」顧一郎道：「官人及早的醉了，入房裏睡。」女娘呵呵大笑道：「原來如此！」入房來，見了本道，大喝一聲。本道吃了一驚。女娘發話道：「好没道理！日多時夫妻，有甚虧負你？却信人鬬疊我兩人不和。我教你去看有甚人衝撞卦鋪，教我三日不發市。你却信乞道人言語，推醉睡了，把一道符教安在我身上，看我本來面目。我是齊刺史女兒，難道是鬼祟？却信恁般没來頭的話，要來害我！你好好把出這符來，和你做夫妻；不把出來時，目前相別。」本道懷中取出符來付與女娘。安排晚飯吃了，睡一夜。

明早起來，吃了早飯，却待出門，女娘道：「且住，我今日不開卦鋪，和你尋那乞道人。問他是何道理，却把符來，唆我夫妻不和；二則去看我與他鬬法。」兩個行到大街上，本道引至南瓦子前，見一夥人圍住先生。先生正説得高興，被女娘分開人叢，喝聲：「乞道人！你自是野外乞丐，却把一道符鬬叠我夫妻不和！你教安在我身上，見我本來面目。」女娘拍着手道：「我乃前任刺史齊安撫女兒，你們都是認得我爹爹的，輒敢道我是鬼祟！你有法，就衆人面前贏了我；我有法，贏了你。」先生見了，大怒，提起劍來，覷着女子頭便斫。看的人只道先生壞了女娘。只見先生一劍斫去，女娘把手一指，衆人都發聲喊，皆驚呆了。有詩爲證：

昨夜東風起太虚，丹爐無火酒杯疏。
男兒未遂平生志，時復挑燈玩古書。

女娘把手一指，叫聲：「着！」只見先生劍不能下，手不能舉。女娘道：「我夫妻兩個無事，把一道符與他奈何我，却奈何我不得！今日有何理説？」先生但言：「告娘子，恕貧道！貧道一時見不到，激惱娘子，〔六〕望乞恕饒。」衆人都笑，齊來勸女娘。

女娘道：「看衆人面，饒了你這乞道人。」女娘念念有詞，那劍即時下地，衆皆大笑。先生分開人叢走了。一呵人尚未散，先生復回來。莫是奈何那女娘？却是來取劍。先生去了。

自後女子在卦鋪裏，從早至晚，挨擠不開。算命發課，書符呪水，没工夫得吃點心，因此出名。忽一日，見一個人引着一乘轎子，來請小娘子道：「小人是江州趙安撫老爺的家人。今有小衙内患病，日久不痊。奉台旨，教請小娘子乘轎就行。」女娘分付了丈夫，教回店裏去。女子上轎，來見趙安撫。引入花園，見小衙内在亭子上，自言自語，口裏酒香噴鼻。一行人在花園角門邊，看白衣女士作法。念呪畢，起一陣大風：

來無形影去不知，吹開吹謝總由伊。
無端暗度花枝上，偷得清香送與誰？

風過處，見一黄衣女子，怒容可掬，叱喝：「何人敢來奈何我？」見了白衣女士，深深下拜道：「原來是妹妹。」白衣女士道：「甚的姐姐從空而下？」那女子道：「妹妹，你如何來這裏？」白衣女士道：「奉趙安撫請來救小衙内，壞那邪祟。」女子不聽得，萬事俱休，聽了時，睁目切齒，道：「你丈夫不能救，何况救外人？」一陣風不見了黄衣女子。白衣女士就花園内救了小衙内。趙安撫禮物相酬謝了，教人送來顧一郎店中。到得店裏，把些錢賞與來人，發落他去。問顧一郎：「丈夫可在房裏？」顧一郎道：「好教小娘子得知，走一個黄衣女子入房，挾了官人，托起天窗，望西南上去了。」白衣女士道：「不妨！」即喝聲：「起！」就地上踏一片雲，起去赶那黄衣女子。彷彿赶上，大叫：「還我丈夫來！」黄衣女子看見赶來，叫聲：「落！」放下劉本道，却與白衣女士鬬法。

本道顧不得妻子，只顧自走。走至一寺前，力乏了，見一僧在門首立地。本道問：「吾師，借上房歇脚片時則個！」僧言：「今日好忙哩！有一施主來寺中齋僧。」正説間，只見數担柴，數桶醬，數担米，更有香燭紙札并齋襯錢，遠望涼傘下一人，便是那毬頭光紗帽、寬袖緑羅袍，身材不滿三尺的人。本道見了，落荒便走。被那施主赶上，一把捉住道：「你便是打我一棹竿的人！今番落於吾手，我正要取你的心肝，來做下酒。」本道正在危急，却得白衣女士赶來寺前，見了那人，叫道：「哥哥莫怪！他是我丈夫。」説猶未畢，黄衣女子也來了，對那人高叫道：「哥哥，莫聽他！那裏是他真丈夫？既是打哥哥的，姊妹們都是仇人了。」一扯一拽，四個攪做一團。

正争不開，只見寺中走出一個老人來，大喝一聲：「畜生不得無禮！」叫：

「變！」黄衣女子變做一隻黄鹿；緑袍的人，變做緑毛靈龜；白衣女子，變做一隻白鶴。老人乃是壽星，騎白鶴上升，本道也跨上黄鹿，跟隨壽星；靈龜導引，上升霄漢。那劉本道原是延壽司掌書記的一位仙官，因好與鶴、鹿、龜三物頑耍，懶惰正事，故此謫下凡世爲貧儒。【眉批】劉本道以仙吏謫爲貧儒，故鶴鹿群之而不駭，其與之彆拗者惟緑毛龜耳。〔七〕謫限完滿，南極壽星引歸天上。那一座寺，喚做壽星寺，見在江州潯陽江岸上，古迹猶存。詩云：

原是仙官不染塵，飄然鶴鹿可爲鄰。
神仙不肯分明説，誤了閻浮多少人。

【校記】

〔一〕「第三十九卷」，底本作「第三十五卷」，據目録及佐伯本改。
〔二〕「有焰難藏粉蝶」，底本作「内有焰難藏粉蝶」，據佐伯本删「内」字。
〔三〕「只聽得」，底本及諸校本均作「只聽德」，據文意改。

〔四〕「叫」字，底本墨釘，據佐伯本補。
〔五〕本條眉批，底本僅存「生也」二字，據佐伯本補。
〔六〕「激惱」，底本及佐伯本作「激腦」，據早大本改。
〔七〕本條眉批，佐伯本無。

豫章城孽龍興水

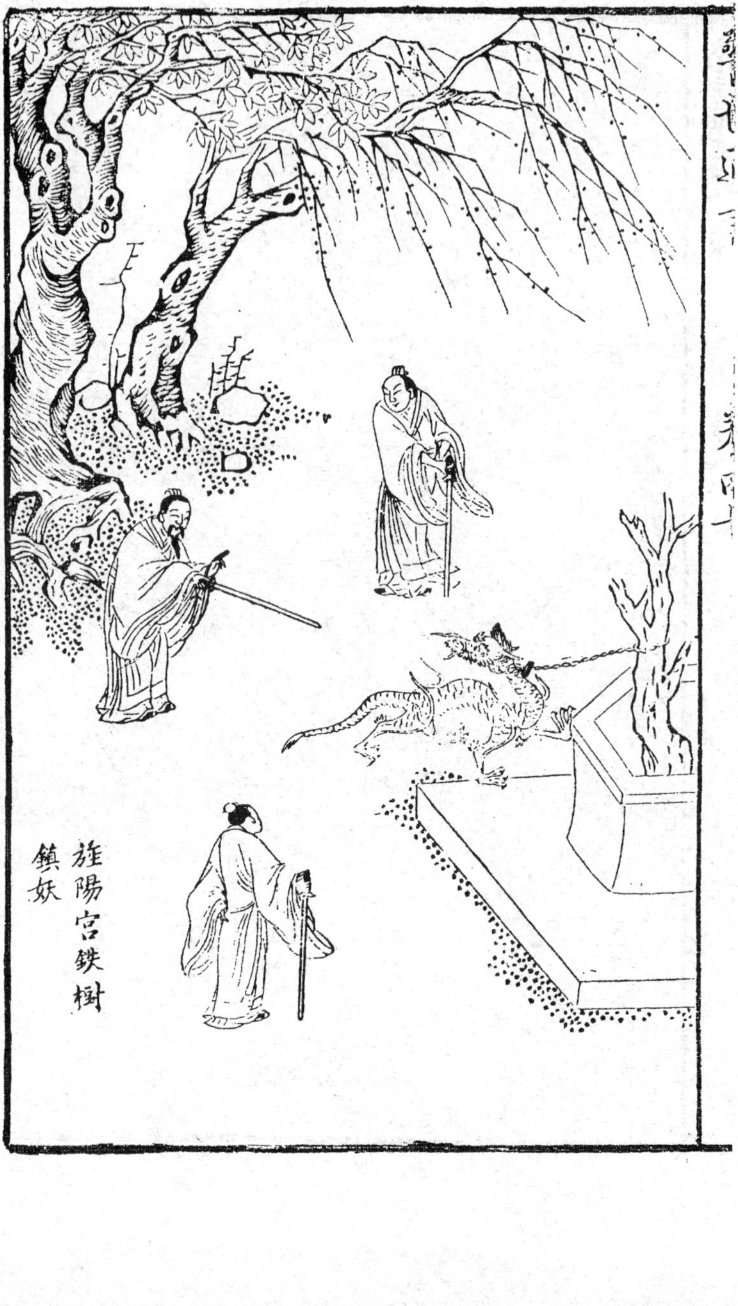
旌陽宮鉄樹鎮妖

第四十卷　旌陽宫鐵樹鎮妖

春到人間景色新，桃紅李白柳條青。
香車寶馬閒來往，引却東風入禁城。
釃剩酒，豁吟情，頓教忘却利和名。
豪來試説當年事，猶記旌陽伏水精。

粤自混沌初闢，民物始生，中間有三個大聖人，爲三教之祖。三教是甚麽教？一是儒家，乃孔夫子，删述《六經》，垂憲萬世，爲歷代帝王之師，萬世文章之祖。這是一教。一是釋家，是西方釋迦牟尼佛祖，當時生在舍衛國刹利王家，放大智光明，照十方世界，地湧金蓮華，丈六金身，能變能化，無大無不大，無通無不通，普度衆生，號作天人師。這又是一教。一是道家，是太上老君，乃元氣之祖，生天生地，生佛生仙，號鐵師元煬上帝。他化身周歷塵沙，也不可計數。至商湯王四十八年，又來出世，乘太陽日精，化爲彈丸，流入玉女口中。玉女吞之，遂覺有孕，懷胎八十一年，直到武丁九年，破脅而生，生下地時，鬚髪就白，人呼爲老子。老子生在李樹下，因指李爲姓，名耳，字伯陽。後騎着青牛出函谷關。把關吏尹喜望見紫氣，知是異人，求得《道德真經》共五千言，傳留於世。老子入流沙修煉成仙，今居太清仙境，稱爲道德天尊。這又是一教。那三教之中，惟老君爲道祖，居于太清仙境。彩雲繚繞，瑞氣氤氳。一日是壽誕之辰，群三十三天天宫，并終南山、蓬萊山、閬苑山等處，三十六洞天，七十二福地，列位神仙，千千萬萬，或跨彩鸞，或騎白鶴，或馭赤龍，或駕丹鳳，皆飄飄然乘雲而至。次第朝賀，獻上壽詞，稽首作禮。詞名《水龍吟》：

紅雲紫蓋葳蕤，仙宫渾是陽春候。玄鶴來時，青牛過處，綵雲依舊。壽誕宏開，喜《道德》五千言，流傳萬古不朽。　况是天上仙筵，獻珍果人間未有。巨棗如瓜，與着萬歲冰桃，千年碧藕。比乾坤永劫無休，舉滄海爲真仙壽。

彼時老君見群臣贊賀，大展仙顔，即設宴相待。酒至半酣，忽太白金星越席言曰：「衆仙長知南贍部州江西省之事乎？江西分野，舊屬豫章。其地四百年後，當有蛟蜃爲妖，無人降伏，千百里之地，必化成中洋之海也。」老君曰：「吾已知之。江西四百年後，有地名曰西山，龍盤虎踞，水繞山環，當出異人，姓許名遜，可爲群仙領袖，殄滅妖邪。今必須一仙下凡，擇世人德行渾全者，傳以道法，使他日許遜降生，有傳授淵源耳。」斗中一仙，乃孝悌王，姓衛名弘康，字伯冲，出曰：「某觀下凡有蘭期者，素行不疚，兼有仙風道骨，可傳以妙道。更令付此道與女真諶母，諶母付此道於許遜。口口相承，心心相契，使他日真仙有所傳授，江西不至沉没。諸仙以爲何如？」老君曰：「善哉，善哉！」衆仙即送孝悌王至焰摩天中，通明殿下，將此事奏聞玉帝。玉帝允奏，即命直殿仙官，將神書玉旨付與孝悌王領訖。孝悌王辭别衆仙，躡起祥雲，頃間之間，到閻浮世界來了。

却説前漢有一人，姓蘭名期，字子約，本貫兖州曲阜縣高平鄉九原里人氏。歷年二百，鶴髮童顔。率其家百餘口，精修孝行，以善化人，與物無忤。時人不敢呼其名，盡稱爲蘭公。彼時兒童謡云：「蘭公蘭公，上與天通。赤龍下迎，名列斗中。」人知其必仙也。一日，蘭公憑几而坐。忽有一人，頭戴逍遥巾，身披道袍，脚穿雲履，手中拿一個魚鼓簡板兒，瀟瀟灑灑，徐步而來。蘭公觀其有仙風道氣，慌忙下階迎接。分賓坐定，茶畢，遂問：「仙翁高姓貴名？」答曰：「吾乃斗中之仙，孝悌王是也。自上清下降，遨游人間。久聞先生精修孝行，故此相訪。」蘭公聞言，即低頭拜曰：「貧老凡骨，勉修孝行，止可淑一身，不能率四海，有何功德，感動仙靈？」孝悌王遂以手扶起蘭公曰：「居！吾語汝孝悌之旨。」蘭公欠身起曰：「願聽指教！」

孝悌王曰：「始炁爲大道於日中，是爲『孝仙王』。元炁爲至道於月中，是爲『孝道明王』。玄炁爲孝道於斗中，是爲『孝悌王』。夫孝至於天，日月爲之明；孝至於地，萬物爲之生；孝至於民，王道爲之成。是故舜、文至孝，鳳凰來翔。姜詩、王祥，得魚奉母。即此論之，上自天子，下至庶人，孝道所至，異類皆應。先生修養三世，行滿功成，當得元炁于月中，而爲孝道明王。四百年後，晉代有一真仙許遜出世，傳吾孝道之宗，是爲衆仙之長，得始炁於日中，而爲孝仙王也。」

自是孝悌王悉將仙家妙訣，及金丹寶鑑、銅符鐵券，【眉批】銅符鐵券，乃修煉文書。并上清靈章、飛步斬邪之法，一一傳授與蘭公。又囑道：「此道不可輕傳，惟丹陽黃堂者，有一女真諶母，德性純全，汝可傳之。可令諶母傳授與晉代學仙童子許遜，許遜復傳吴猛諸徒，則淵源有自，超凡入聖者，不患無門矣。」孝悌王言罷，足起祥雲，衝霄而去。蘭公拜而送之。自此以後，將金符鐵券秘訣逐一參悟，遂擇地修煉仙丹。其法云：

黑鉛天之精，白金地之髓。黑隱水中陽，白有火之炁。黑白往來蟠，陰陽歸正位。二物俱含性，丹經號同類。黑以白爲天，白以黑爲地。陰陽混沌時，朵朵金蓮翠。寶月滿丹田，霞光照靈慧。休閉通天竅，莫泄混元氣。精奇口訣功，火候文武意。凡中養聖孫，萬般只此貴。一日生一男，男男各有配。

蘭公煉丹已成，舉家服之，老者髮白反黑，少者辟穀無飢。遠近聞之，皆知其必飛升上清也。

時有火龍者，係洋子江中孽畜，神通廣大。知得蘭公成道，法教流傳，後來子孫必遭殲滅，乃率領黿帥鰕兵蟹將，統領黨類，一齊奔出潮頭，將蘭公宅上團團圍住，喊殺連天。蘭公聽得，不知災從何來，開門一看，好驚人哩！但見：

一片黑煙，萬團烈火。却是紅孩兒身中四十八萬毛孔，一齊迸出；又是華光將手裏三十六塊金磚，一并燒煇。咸陽遇之，烽焰三月不絶；崑山遇之，玉石一旦俱焚。疑年少周郎赤壁鏖戰，似智謀諸葛博望燒屯。

那火，也不是天火，也不是地火，也不是人火，也不是鬼火，也不是雷公霹靂火，却是那洋子江中一個火龍吐出來的。驚得蘭公家人，叫苦不迭。〔二〕蘭公知是火龍爲害，問曰：「你這孽畜無故火攻我家，却待怎的？」孽龍道：「我只問你取金丹寶鑑、銅符鐵券并靈章等事。你若獻我，萬事皆休；不然，燒得你一門盡絶！」蘭公曰：「金丹寶鑑等乃斗中孝悌王所授，我怎肯胡亂與你？」只見那火光中，閃出一員黿帥，形容古怪，背負團牌，揚威耀武。蘭公睁仙眼一看，原來是個鼋鼍，却不在意下。又有那鰕兵亂跳，蟹將横行，一個個身披甲胄，手執鋼叉。蘭公又舉仙眼一看，原來都是鰕蟹之屬，轉不着意了。遂翦下一個中指甲來，約有三寸多長，呵了一口仙氣，念動真言，化作個三尺寶劍。有歌爲證：

非鋼非鐵體質堅，化成寶劍光凛然。
不須鍛鍊洪爐煙，稜稜殺氣欺龍泉。
光芒顔色如霜雪，見者咨嗟嘆奇絶。
瑠璃寶匣吐蓮花，查鏤金環生明月。
此劍神仙流金精，干將莫邪難比倫。
閃閃爍爍青蛇子，重重片片緑龜鱗。
騰出寒光逼星斗，響聲一似蒼龍吼。
今朝揮向烈炎中，不識蛟螭敢當否？

蘭公將所化寶劍望空擲起，那劍刮喇喇，就似翻身鷂子一般，飛入火焰之中。左一衝右一擊，左一挑右一剔，左一砍右一劈，那些孽怪如何當抵得住！只見鼋帥遇着縮頭縮腦，負一面團牌急走。他却走在那裏？直走在峽江口深巖裏躲避，至今尚不敢出頭哩。【眉批】行文酷似《西游》。那鰕兵遇着，拖着兩個鋼叉連跳連跳。他却走在那裏？直走在洛陽橋下石縫子裏面藏身，至今腰也不敢伸哩。那蟹將遇着，雖有全身堅甲，不能濟事，也拖着兩個鋼叉横走直走。他須有八隻脚兒，更走不動，却被撲礱鬆寶劍一劈，分爲兩半。你看他腹中不紅不白不黄不黑，似膿却不是膿，似血却不是血，遍地上滚將出來，真個是：

但將冷眼觀螃蟹，看你横行得幾時！

那火龍自知蘭公法大，難以當抵，嘆曰：「『兒孫自有兒孫福。』我後來子孫，福來由他去享，禍來由他去當，我管他則甚？」遂奔入洋子江中萬丈深潭底藏身去了。自是蘭公舉家數十口拔宅升天，玉帝封蘭公爲孝明王，不在話下。

却説金陵丹陽郡，地名黄堂，有一女真，字曰嬰。潛通至道，忘其甲子，不知幾百年歲。鄉人累世見之，齒髮不衰，皆以諶母呼之。一日偶過市上，見一小兒伏地悲哭，問其來歷，説：「父母避亂而來，棄之於此。」諶母憐其孤苦，遂收歸撫育。漸已長成，教他讀書，聰明出衆，天文地理，無所不通。有東鄰耆老，欲以女娶之，諶母問兒允否？兒告曰：「兒非浮世之人，乃月中孝道明王，領斗中孝悌王仙旨，教我傳道與母。今此化身爲兒，度脱我母，何必更議婚姻！但可高建仙壇，傳付此道，使我母飛升上清也。」諶母聞得此言，且驚且喜，遂於黄堂建立壇宇，大闡孝悌王之教。諶母已得修真之訣，於是孝明王仍以孝悌王所授金丹寶鑑、銅符鐵券、靈章，及正一斬邪、三五飛步之術，悉傳與諶母。諶母乃謂孝明王曰：「論昔日恩情，我爲母，君爲子；論今日傳授，君爲師，我爲徒。」遂欲下拜。孝明王曰：「只論子母，莫論師徒。」乃不受其拜，惟囑之曰：「此道宜深秘，不可輕泄。後世晉代有二人學仙，一名許遜，一名吴猛，二人皆名登仙籍。惟許遜得傳此道。按《玉皇玄譜》仙籍品秩，吴猛位居元郡御史；許遜位居都仙大使，兼高明太史，總領仙部，是爲衆仙之長。老母可將此道傳與許遜，又着許遜傳與吴猛，庶品秩不紊矣。」明王言罷，拜辭老母，飛騰太空而去。有詩爲證：

出入無車只駕雲，塵凡自是不同群。
明王恐絶仙家術，告戒叮嚀度後人。

却説漢靈帝時，十常侍用事，忠良黨錮，讒諂横行，毒流四海，萬民嗟怨。那怨氣感動了上蒼，降下兩場大灾，久雨之後，又是久旱。那雨整整的下了五個月，直落得江湖滿目，厨竈無煙。及至水退了，又經年不雨，莫説是禾苗槁死，就是草木也乾枯了。可憐那一時的百姓，吃早膳先愁晚膳，縫夏衣便作冬衣。正是朝有奸臣野有賊，地無荒草樹無皮。壯者散於四方，老者死於溝壑。

時許都有一人，姓許名琰，字汝玉，乃潁陽許由之後。爲人慈仁，深明醫道，擢太醫院醫官。感飢荒之歲，乃罄其家貲，置丸藥數百斛，名曰「救飢丹」，散與四方食之。每食一丸，可飽四十餘日，飢民賴以不死者甚衆。至獻帝初平年間，黄巾賊起，天下大亂，許都又遭大荒，斗米千錢，人人菜色，個個鵠形。時許琰已故，其子許肅，家尚豐盈，將自己倉穀盡數周給各鄉，遂挈家避亂江南，擇居豫章之南昌。有鑒察神將許氏世代積善，奏知玉帝：「若不厚報，無以勸善！」玉帝准奏，即仰殿前掌判仙官，將《玄譜》仙籍品秩，逐一查檢，看有何仙輪當下世？仙官檢看畢，奏曰：「晉代江南，當出一孽龍精，擾害良民，生養蛟黨繁盛。今輪係玉洞天仙降世，傳受女真諶母飛步斬邪之法，斬滅蛟黨以除民害。」玉帝聞奏，即降旨，宣取玉洞天仙，令他身變金鳳，口銜寶珠，下降許肅家投胎。有詩爲證：

御殿親傳玉帝書，祥雲藹藹鳳銜珠。
試看凡子生仙種，積善之家慶有餘。

却説吴赤烏二年三月，許肅妻何氏夜得一夢，夢見一隻金鳳飛降庭前，口内銜珠，墜在何氏掌中。何氏喜而玩之，含于口中，不覺溜下肚子去了，因而有孕。許肅一則以喜，一則以懼。喜的是年過三十無嗣，今幸有孕；懼的是何氏自來不曾生育，恐臨產艱難。那廣潤門有個占卦先生，混名「鬼推」，決斷如神。不免去問他個吉凶，或男或女，看他如何？許肅整頓衣帽，竟望廣潤門來。只見那先生忙忙的，占了又斷，斷了又占，撥不開的人頭，移不動脚步。許員外站得個腿兒酸麻，還輪他不上，只得叫上一聲：「鬼推先生！」那先生聽知叫了他的混名，只說是個舊相識，連忙的說道：「請進，請進！」許員外把兩隻手排開了衆人，方纔挨得進去。相見禮畢，許員外道：「小人許肅敬來問個六甲，生男生女，或吉或凶，請先生指教。」那先生就添上一炷香，唱上一個喏，口念四句：

虔叩六丁神，文王卦有靈。
吉凶含萬象，切莫順人情。

通陳了姓名意旨，把銅錢擲了六擲，占得個「地天泰」卦。先生道：「恭喜，好一個男喜。」遂批上幾句云：

福德臨身旺，青龍把世持。〔二〕
秋風生桂子，坐草却無虞。

許員外聞言甚喜，收了卦書，遂將幾十文錢謝了先生。回去對渾家說了，何氏心亦少穩。光陰似箭，忽到八月十五中秋，其夜天朗氣清，現出一輪明月，皎潔無翳。許員外與何氏玩賞，貪看了一會，不覺二更將盡，三鼓初傳。忽然月華散彩，半空中仙音嘹亮，何氏只一陣腹痛，産下個孩兒，異香滿室，紅光照人。真個是：

五色雲中呈鸑鷟，九重天上送麒麟。

次早，鄰居都來賀喜，所生即真君也。形端骨秀，穎悟過人。年甫三歲，即知禮讓。父母乃取名遜，表字敬之。年十歲，從師讀書，一目十行俱下，作文寫字，不教自會，世俗無有能爲之師者。【眉批】天上無懵懂仙人。〔三〕真君遂棄書不讀，慕修養學仙之法，却没有師傳，心常切切。

忽一日，有一人姓胡名雲，字子元，自幼與真君同窗，情好甚密，別真君日久，特來相訪。真君倒屣趨迎，握手話舊。子元見真君談吐間有馳慕神仙之意，乃曰：「老兄少年高才，乃欲爲雲外客乎？」真君曰：「惶愧，自思百年旦暮，欲求出世之方，恨未得明師指示。」子元曰：「兄言正合我意，往者因訪道友雲陽詹晻先生，言及西寧州有一人，姓吳名猛，字世雲，曾舉孝廉，仕吳爲洛陽令。後棄職而歸，得傳異人丁義神方，日以修煉爲事。又聞南海太守鮑靚有道德，往師事之，得其秘法。回至豫章，江中風濤大作，乃取所執白羽扇，畫水成路，徐行而渡，渡畢，路復爲水，觀者大駭。於是道術盛行，弟子相從者甚衆。區區每欲拜投，奈母老不敢遠離。兄若不惜勞苦，可往師之。」真君聞言，大喜曰：「多謝指教！」真君待子元別去，即拜辭父母，收拾行李，竟投西寧，尋訪吳君。有詩贊曰：

無影無形仙路難，未經師授莫躋攀。
胡君幸賜吹噓力，打破玄元第一關。

話説真君一念投師，辭不得路途辛苦。不一日，得到吳君之門，寫一個門生拜帖，央道童通報。吳君看是「豫章門生許遜」，大驚曰：「此人乃有道之士！」即出門迎接。此時吳君年九十一歲，真君年四十一歲，真君不敢當客禮，口稱：「仙丈，願受業於門下。」吳君曰：「小老粗通道術，焉能爲人之師？但先生此來，當盡剖露，豈敢自私，亦不敢以先生在弟子列也。」自此每稱真君爲「許先生」，敬如賓友。真君亦尊吳君而不敢自居。

一日二人坐清虚堂，共談神仙之事。真君問曰：「人之有生必有死，乃古今定理。吾見有壯而不老，生而不死者，不知何道可致？」吳君曰：「人之有生，自父母交姤，二氣相合，陰承陽生，氣隨胎化。三百日形圓，靈光入體，與母分離。五千日氣足，是爲十五童男。此時陰中陽半，可以比東日之光。過此以往，不知修養，則走失元陽，耗散真氣，氣弱則有病老死苦之患。」真君曰：「病老死苦，將何却之？」吴君曰：「人生所免病老死苦，在人中修仙，仙中升天耳。」真君曰：「人死爲鬼，道成爲仙，仙中升天者，何也？」吴君曰：「純陰而無陽者，鬼也；純陽而無陰者，仙也；陰陽相離者，人也。惟人可以爲仙，可以爲鬼。仙有五等，法有三成，持修在人而已。」真君曰：「何謂法有三成，仙有五等？」吴君曰：「法有三成者：小成、中成、大成。仙有五等者：鬼仙、人仙、地仙、神仙、天仙。所謂鬼仙者，少年不修，恣情縱欲，形如枯木，心若死灰，以致病死，陰靈不散，成精作怪，故曰鬼仙。鬼仙不離於鬼也。所謂人仙者，修真之士，不悟大道，惟小用其功。絶五味者，豈知有六氣？忘七情者，豈知有十戒？行嗽咽者，哂吐納之爲錯；著採補者，笑清浄以爲愚。採陰取婦人之氣者，與縮金龜者不同；蓋陽食女子之乳者，與煉金丹不同。此等之流，止是於大道中得一法一術成功，但能安樂延壽而已，故曰人仙。人仙不離於人也。所謂地仙者，天仙之半，神仙之中，亦止小成之法。識坎離之交配，悟龍虎之飛騰，煉成丹藥，得以長生住世，故曰地仙。地仙不離於地也。所謂神仙者，以地仙厭居塵世，得中成之法，抽鉛添汞，金精鍊頂，玉液還丹，五氣朝元，三陽聚頂，功滿忘形，胎生自化，陰盡陽純，身外有身，脱質升仙，超凡入聖，謝絶塵世，以歸三島，故曰神仙。神仙不離於神也。

所謂天仙者，以神仙厭居三島，得大成之法，内外丹成，道上有功，人間有行，功行滿足，授天書以返洞天，是曰天仙。天仙不離於天也。然修仙之要，煉丹爲急。吾有《洞仙歌》二十二首，君宜謹記之：

丹之始，無上元君授聖主。法出先天五太初，遇元修煉身冲舉。
丹之祖，生育三才運今古。隱在鄱湖山澤間，志士採來作丹母。
丹之父，曉來飛上扶桑樹。萬道霞光照太虛，調和兔髓可烹煮。
丹之母，金晶瑩潔夜三五。烏兔搏搦不終朝，煉成大藥世無比。
丹之胎，烏肝兔髓毓真胚。一水三汞三砂質，四五三成明自來。
丹之兆，三日結胎方入妙。萬丈紅光貫斗牛，五音六律隨時奏。
丹之質，紅紫光明人莫識。元自虛無黍米珠，色即是空空即色。
丹之靈，十月脱胎丹始成。一粒一服百日足，改换形骨身長生。
丹之聖，九年煉就五霞鼎。藥力加添水火功，枯骨立起孤魂醒。
丹之室，上弦七兮下弦八。中虛一寸號明堂，産出靈苗成金液。
丹之釜，垣廓壇爐須堅固。内外護持水火金，日丁金胎産盤古。
丹之竈，鼎曲相通似蓬島。上安垣廓護金爐，立煉龍膏并虎腦。

丹之火，一日時辰十二個。文兮武兮要合宜，抽添進退莫太過。
丹之水，器憑勝負斯爲美。不潮不濫致中和，滋產靈苗吐金蕊。
丹之威，紅光耿耿冲紫薇。七星燦燦三台爛，天丁地甲皆皈依。
丹之竅，天地人兮各有奧。紫薇嶽瀆及明君，三界精靈皈至道。
丹之彩，依方逐位安排派。青紅赤白黄居中，攝瑞招祥神自在。
丹之用，真土真鉛與真汞。黑中取白赤中青，全憑水火静中動。
丹之融，陰陽配合在雌雄。龍精虎髓鼎中烹，造化抽添火候功。
丹之理，龍膏虎髓靈無比。二家交姤仗黄精，屯蒙進退全終始。
丹之瑞，小無其内大無外。放彌六合退藏密，三界收來黍珠内。
丹之完，玉皇捧禄要天緣。等閒豈許凡人泄，萬劫之中始一傳。」

真君曰：「多謝指迷！敢問仙丈，五仙之中，已造到何仙地位？」吴君曰：「小老山野愚蒙，功行殊欠，不過得小成之功，而爲地仙耳。若於神仙天仙，雖知門路，無力可攀。」遂將燒煉秘訣并白雲符書，悉傳與真君。真君頓首拜謝，相辭而歸。

回至家中，厭居鬧市，欲尋名山勝地，以爲棲身之所。聞知汝南有一人，姓郭名璞，字景純，明陰陽風水之道，遨游江湖。真君敬訪之。璞一日早起，見鴉從東南而鳴，遂占一課，斷曰：「今日午時，當有一仙客許姓者，到我家中，欲問擇居之事。」至日中，家童果報客至。璞慌忙出迎，禮罷，分賓而坐。璞問曰：「先生非許姓，爲卜居而來乎？」真君曰：「公何以知之？」璞曰：「某今早卜卦如此，未知然否？」真君曰：「誠然。」因自叙姓名，并道卜居之意。璞曰：「先生儀容秀偉，骨骼清奇，非塵中人物。富貴之地，不足居先生。居先生者，其神仙之地乎？」真君曰：「昔呂洞賓居廬山而成仙，鬼谷子居雲夢而得道，今或無此吉地麽？」璞曰：「有，但當遍歷耳。」於是命童僕收拾行囊，與真君同游江南諸郡，採訪名山。

一日，行至廬山，璞曰：「此山嵯峨雄壯，湖水還東，紫雲蓋頂，累代産升仙之士。但山形屬土，先生姓許，羽音屬水，水土相剋，不宜居也。但作往來游寓之所，則可矣。」又行至饒州鄱陽，地名傍湖，璞曰：「此傍湖富貴大地，但非先生所居。」真君曰：「此地氣乘風散，安得擬大富貴耶？」璞曰：「相地之法，道眼爲上，法眼次之。道眼者，憑目力之巧，以察山河形勢；法眼者，執天星河圖紫薇等法，以定山川。吉凶富貴之地，天地所秘，神物所護，苟非其人，見而不見。俗云『福地留與福人來』，正謂此也。」真君曰：「今有此等好地，先生何不留一記，以爲他日之驗？」郭璞乃題詩一首爲記，云：

行盡江南數百州，惟有傍湖出石牛。
雁鵝夜夜鳴更鼓，魚鱉朝朝拜冕旒。
離龍隱隱居乾位，巽水滔滔入艮流。
後代福人來遇此，富貴綿綿八百秋。

許、郭二人離了鄱陽，又行至宜春棲梧山下，有一人姓王名朔，亦善通五行曆數之書，見許、郭二人登山採地，料必異人，遂迎至其家。詢姓名已畢，朔留二人宿於西亭，相待甚厚。真君感其殷勤，乃告之曰：「子相貌非凡，可傳吾術。」遂密授修煉仙方。郭璞曰：「此居山水秀麗，宜爲道院，以作養真之地。」王朔從其言，遂蓋起道院，真君援筆大書「迎仙院」三字，以作牌額。王朔感戴不勝。二人相辭而去，遂行至洪都西山，地名金田，則見：

嵯嵯峨峨的山勢，突突兀兀的峰巒。活活潑潑的青龍，端端正正的白虎。圓圓净净的護沙，灣灣環環的朝水。山上有蒼蒼鬱鬱的虬髯美松，山下有翠翠青青的鳳尾修竹。山前有軟軟柔柔的龍鬚嫩草，山後有古古怪怪的鹿角枯樟。〔四〕也曾聞華華彩彩的鸞吟，也曾聞昂昂藏藏的鶴唳。也曾聞咆咆哮哮的虎嘯，也曾聞呦呦詵詵的鹿鳴。這山呵！比浙之天台更生得奇奇絶絶，比閩之武夷更生得岩岩嶤嶤。比池之九華更生得迤迤邐邐，比蜀之峨眉更生得秀秀麗麗。比楚之武當更生得尖尖圓圓，比陝之終南更生得巧巧妙妙。比魯之太山更生得蜿蜿蜒蜒，比廣之羅浮更生得蒼蒼奕奕。真個是天下無雙勝境，江西第一名山。萬古精英此處藏，分明是個神仙宅。

却說郭璞先生行到山麓之下，前觀後察，左顧右盼，遂將羅經下針，審了方向，撫掌大笑曰：「璞相地多矣，未有如此之妙！若求富貴，則有起歇；如欲棲隱，大合仙格。觀其岡阜厚圓，位坐深邃，三峰壁立，四環雲拱，内外勾鎖，無不合宜。大凡相地，兼相其人，觀君表裏，正與地符。【眉批】相地不相人，此地之所以多不驗也。且西山屬金，以五音論之，先生之姓，羽音屬水，金能生水，合得長生之局，捨此無他往也。但不知此地誰人爲主？」傍有一樵夫指曰：「此地乃金長者之業。」真君曰：「既稱長者，必是善人。」

二人徑造其家。金公欣然出迎，歡若平生。金公問曰：「二位仙客，從何而至？」郭璞曰：「小子姓郭名璞，略曉陰陽之術。因此位道友姓許名遜，欲求棲隱之地。偶採寶莊，正合仙格，欲置一舍，以爲修煉之所。不知尊翁肯慨諾否？」金公曰：「第恐此地褊小，不足以處許君；如不棄，并寒莊薄地數畝悉當相贈。」真君曰：

「願訂價多少？惟命是從。」金公曰：「大丈夫一言，萬金不易。愚老拙直，平生不立文券。」乃與真君索大錢一文，中破之，自收其半，一半付還真君。真君叩頭拜謝。三人分別而去。

於是真君辭了郭璞，擇取吉日，挈家父母妻子，凡數十口，徙於西山，築室而居焉。金公後封爲地主真官。金氏之宅，即今玉隆萬壽宮是也。却説真君日以修煉爲事，煉就金母，用之可以點石爲金，服之可以却老延年。於是周濟貧乏，〔五〕德義彰播。

時晉武帝西平蜀，東取吴，天下一統，建元太康。從吏部尚書山濤之奏，詔各郡保舉孝廉賢能之士。豫章郡太守范甯，見真君孝養二親，雍睦鄉里，輕財利物，即保舉真君爲孝廉。武帝遣使臣束帛賫詔，取真君爲蜀郡旌陽縣令。真君以父母年老，不忍遠離，上表辭職。武帝不允，命本郡守催迫上任。捱至次年，真君不得已辭别父母妻子，只得起程。真君有二姊，長姊事南昌盱君，夫早喪，遺下一子盱烈字道微，事母至孝。真君慮其姊孀居無倚，遂築室於宅之西，奉姊居之，於是母子得聞妙道。真君臨行，謂姊曰：「吾父母年邁，妻子尚不知世務，賢姊當代弟掌治家事。如有仙翁隱客相過者，可以禮貌相待。汝子盱烈，吾嘉其有仁孝之風，使與我同往任所。」盱母曰：「賢弟好去爲官，家下一應事體爲姊的擔當，不勞遠念。」言未畢，忽有一少年上堂，長揖言曰：「吾與盱烈哥哥，皆外甥也。何獨與盱兄同行，而不及我？」真君視其人，乃次姊之子，複姓鍾離，名嘉，字公陽，新建縣象牙山西里人也。父母俱早喪，自幼依於真君。爲人氣象恢弘，德性温雅，至是欲與真君同行。真君許之。於是二甥得薰陶之力，神仙器量，從此以立。真君又呼其妻周夫人告之曰：「我本無心功名，奈朝廷屢聘，若不奉行，恐抗君命。自古忠孝不能兩全。二親老邁，汝當朝夕侍奉，調護寒暑，克盡汝子婦之道。且兒女少幼，須不時教訓，勤以治家，儉以節用，此是汝當然事也。」周夫人答曰：「謹領教！」言罷，拜别而行，不在話下。

却説真君未到任之初，蜀中饑荒，民貧不能納租。真君到任，上官督責甚嚴，真君乃以靈丹點瓦石爲金，暗使人埋於縣衙後圃。【眉批】今日愈思仙吏矣。一旦，拘集貧民未納租者，盡至階下，真君問曰：「朝廷糧税，汝等緣何不納？」貧民告曰：「輸納國税，乃理之常，豈敢不遵？奈因饑荒，不能納爾。」真君曰：「既如此，吾罰汝等在於縣衙後圃，開鑿池塘，以作工數，倘有所得，即來完納。」民皆大喜，即往後圃開鑿池塘，遂皆拾得黄金，都來完納，百姓遂免流移之苦。鄰郡聞風者，皆來依附，遂至户口增益。按《一統志》，旌陽縣屬漢州，真君飛升後，改爲德陽，以表真君之德及民也。

其地賴真君點金，故至今尚富，這話休題。那時民間又患瘟疫，死者無數，真君符呪所及，即時痊愈。又憐他郡病民，乃插竹爲標，置于四境溪上，焚符其中，使病者就而飲之，無不痊可。其老幼婦女尫羸不能自至者，令人汲水歸家飲之，亦復安痊。郡人有詩贊曰：

百里桑麻知善政，萬家煙井沐仁風。
明懸藻鑑秋陽暴，清逼冰壺夜月溶。
符置江濱驅痼病，金埋縣圃起民窮。
真君德澤於今在，廟祀巍巍報厥功。

却説成都府有一人，姓陳名勳，字孝舉，因舉孝廉，官居益州别駕。聞真君傳授吴猛道法，今治旌陽，恩及百姓，遂來拜謁，願投案下充爲書吏，使朝夕得領玄教。真君見其人氣清色潤，遂付以吏職。既而見勳有道骨，乃引勳居門下爲弟子，看守藥爐。又有一人，姓周名廣，字惠常，廬陵人也，乃吴都督周瑜之後。游巴蜀雲臺山，粗得漢天師驅精斬邪之法。至是聞真君深得仙道，特至旌陽縣投拜真君爲師，願垂教訓。真君納之，職掌雷壇。二人自是得聞仙道之妙。真君任旌陽既久，弟子漸衆，每因公餘無事，與衆弟子講論道法。

却説晉朝承平既久，外有五胡强横，濁亂中原。那五胡：

匈奴劉淵，居晉陽；羯戎石勒，居上黨；

羌人姚弋仲，居扶風；氐人苻洪，居臨渭；

鮮卑慕容廆，【眉批】廆，音賄。〔六〕居昌黎。

先是漢、魏以來，收服夷、狄，諸胡多居塞内。〔七〕太子洗馬江統勸武帝徙於邊地，免後日夷、狄亂華之禍。武帝不聽，至是果然侵亂晉朝。太子惠帝愚蠢，賈后横恣，殺戮大臣。真君乃謂弟子曰：「吾聞君子有道則見，無道則隱。」遂解官東歸。百姓聞知，扳轅卧轍而留，泣聲震地。真君亦泣下，謂其民曰：「吾非肯捨汝而去，奈今天下不久大亂，吾是以爲保身之計。爾等子民，各務生業。」百姓不忍，送至百里之外，或數百里，又有送至家中不肯回者。真君至家，拜見父母妻子，合家相慶，喜不自勝。即於宅東空地結茅爲屋，狀如營壘，令蜀民居之。蜀民多改其氏族，從真君之姓，故號許氏營。

却説真君之妻周夫人對真君言：「女姑年長，當擇佳配。」真君曰：「吾久思在心矣。」遍觀衆弟子中，有一人姓黄名仁覽，字紫庭，建城人也，乃御史中丞黄輔之子。其人忠信純篤，有受道之器。真君遂令弟子周廣作媒。仁覽禀於父母，擇吉備禮，在真君宅上成婚。滿月後，禀於真君，同仙姑歸家省親。仙姑克盡婦道，仁覽分付其妻在家事奉公姑，復拜辭父母，敬從真君求仙學道。

却説吴真君猛，時年一百二十餘歲矣，聞知真君解綬歸家，自西安來相訪。真君整衣出迎，坐定叙闊，命築室于宅西以居之。一日，忽大風暴作，吴君即書一符，擲于屋上，須臾見有一青鳥銜去，其風頓息。真君問曰：「此風主何吉凶？」吴君曰：「南湖有一舟經過，忽遇此風，舟中有一道人呼天求救，吾以此止之。」不數日，有一人深衣大帶，頭戴幅巾，進門與二君施禮，曰：「姓彭名抗，字武陽，蘭陵人也。自少舉孝廉，官至晉朝尚書左丞。因見天下將亂，托疾辭職。聞許先生施行德惠，參悟仙機，特來拜投爲師。昨過南湖，偶遇狂風大作，舟幾覆。吾乃呼天號救，俄有一青鳥飛來，其風頓息。今日得拜仙顔，實乃萬幸！」真君即以吴君書符之事告之。彭抗拜謝不勝，遂挈家居豫章城中。既而見真君一子未婚，願將女勝娘爲配。真君從之。自後待彭抗以賓禮，盡以神仙秘術付之。東明子有詩云：

二品高官職匪輕，一朝拋却拜仙庭。
不因懿戚情相厚，彭老安能得上升？

此時真君傳得吴猛道術，〔八〕猶未傳諶母飛步斬邪之法。有太白金星奏聞玉帝：「南昌郡孽龍將爲民害，今有許遜，原係玉洞真仙降世，應在此人收伏。望差天使賷賜斬妖神劍，付與許遜，助斬妖精，免使黎民遭害。」玉帝聞奏，即宣女童二人，將神劍二口，賷至地名栢林，獻與許遜，宣上帝之命，教他斬魅除妖，濟民救世。真君拜而受之，回顧女童，已飛升雲端矣。後人有詩嘆曰：

堅金烈火煉將成，削鐵吹毛耀日明。
玉女捧來離紫府，江湖從此水流腥。

且說江南有一妖物，號曰「孽龍」。初生人世，爲聰明才子，姓張名酷。因乘船渡江，偶值大風，其船遂覆，張酷溺於水中。彼時得附一木板，隨水漂流，泊于沙灘之上。肚中正餓，忽見明珠一顆，取而吞之。那珠不是別的珠，乃是那火龍生下的卵。吞了這珠却不餓了，就在水中能游能泳。過了一月有餘，脱胎换骨，遍身盡生鱗甲，止有一個頭，還是人頭。其後這個畜生只好在水中戲耍，或跳入三級巨浪，看魚龍變化；或撞在萬丈深潭，看鰕鱉潛游。不想火龍見了，就認得是他兒子，嘘了一氣，教以神通。那畜生走上岸來，即能千變萬化，於是呼風作雨，握霧撩雲。喜則化人形而淫人間之女子，怒則變精怪而興陸地之波濤。或壞人屋舍，或食人精血，或覆人舟船，取人金珠，爲人間大患。誕有六子，數十年間，生息蕃盛，約有千餘。兼之族類蛟黨甚多，常欲把江西數郡滚出一個大中海。

一日，真君煉丹於艾城之山，有蛟黨輒興洪水，欲漂流其丹室。真君大怒，即遣神兵擒之，釘於石壁。今釘蛟石猶在。又揮起寶劍，將一蛟斬訖。不想那孽龍知道殺了他的黨類，一呼百集，老老少少，大大小小，都打做一團兒。孽龍道：「許遜恁般可惡，欲誅吾黨，不報此仇，生亦枉然！」内有一班孽畜，有叫孽龍做公公的，有叫做伯伯的，有叫做叔叔的，有叫做哥哥的，説道：「不消費心，等我們去把那許遜抓將來，碎尸萬段，以泄其恨。」孽龍道：「聞得許遜傳授了吴猛的法術，甚有本事，還要個有力量的去纔好。」内有一長蛇精説道：「哥哥，等我去來。」孽龍道：「賢弟到去得。」

於是長蛇精帶了百十個蛟黨，一齊衝奔許氏之宅，一字陣兒擺開，叫道：「許遜，敢與我比勢麽？」真君見是一夥蛟黨，仗劍在手，問云：「你這些孽畜，有甚本事，敢與我相比？」長蛇精道：「你聽我説：

鱗甲稜層氣勢雄，神通會上顯神通。
開喉一旦能吞象，伏氣三年便化龍。
巨口張時偏作霧，高頭昂處便呼風。
身長九萬人知否，繞遍崑崙第一峰。」

長蛇精恃了本事，耀武揚威，衆蛟黨一齊踴躍，聲聲口口説道：「你不該殺了我家人，定不與你干休！」真君曰：「只怕你這些孽畜逃不過我手中寶劍。」那長蛇精就弄他本事，放出一陣大風來，〔九〕只見：

視之無影，聽之有聲。噫大塊之怒號，傳萬竅之跳叫。一任他砰砰磅磅，栗栗烈烈，〔一〇〕撼天關，摇地軸，九天仙子也愁眉；那管他青青白白，紅紅黄黄，翻大海，攪長江，四海龍王同縮頸。雷轟轟，電閃閃，飛的是沙，走的是石，直恁的滿眼塵霾春起早；雲慘慘，霧騰騰，折也喬林，不也古木，説甚麽前村燈火夜眠遲。忽喇喇前呼後叫，左奔右突，就是九重龍樓鳳閣，也教他萬瓦齊飛；吉都都横衝直撞，亂捲斜拖，即如千丈虎狼穴，難道是一毛不拔？縱宗生之大志，不敢謂其乘之而浪破千層；雖列子之泠然，吾未見其御之而旬有五日。正是：萬里塵沙陰晦暝，幾家門户響敲推。多情折盡章臺柳，底事掀開社屋茅。

真個好一陣大風也！真君按劍在手，叱曰：「風伯等神，好將此風息了！」須臾之間，那風寂然不動。

誰知那些孽怪，又弄出一番大雨來，則見：

石燕飛翔，商羊鼓舞。滂沱的雲中瀉下，就似傾盆；忽喇的空裏注來，豈因救旱。逼逼剥剥，打得那園林蕉葉，東一片，西一片，翠色闌珊；淋淋篩篩，滴得那池沼荷花，上一瓣，下一瓣，紅妝零亂。溝面洪盈，倏忽間漂去高鳳庭前麥；檐頭長溜，須臾裏洗却周武郊外兵。這不是鞭將蜥蜴，碧天上祈禱下的甘霖；這却是驅起鯨鯢，滄海中噴將來的唾沫。正是：茅屋人家煙火冷，梨花庭院夢魂驚。渠添濁水通魚入，地秀蒼苔滯鶴行。

真個好一陣大雨也！真君又按劍叱曰：「雨師等神，好將此雨止了！」那雨一霎時間半點兒也没了。真君乃大顯法力，奔往長蛇精陣中，將兩口寶劍揮起，把長蛇精揮爲兩段。那夥蛟黨，見斬了蛇精，各自逃生。真君赶上，一概誅滅。徑往群蛟之所，尋取孽龍。

那孽龍聞得斬了蛇精，傷了許多黨類，心裏那肯干休，就呼集一黨蛟精，約有千百之衆，人多口多，罵着真君：「騷道，野道，你不合這等上門欺負人！」於是呼風的呼風，唤雨的唤雨，作霧的作霧，興雲的興雲，攪煙的攪煙，弄火的弄火，一齊奔向前來。真君將兩口寶劍，左砍右斫，那蛟黨多了，怎生收伏得盡？況真君此時未傳得諶母飛騰之法，只是個陸地神仙。那孽龍到會變化，衝上雲霄，就變成一個大鷹兒。真個：

爪似銅釘快利，嘴如鐵鑽堅剛。展開雙翅欲飛揚，好似大鵬模樣。雲裏叫時聲大，林端立處頭昂。紛紛鳥雀盡潛藏，那個飛禽敢攩。

只見那鷹兒在半空展翅，忽喇地撲將下來，到把真君臉上撾了一下，撾得血流滿面。真君忙揮劍斬時，那鷹又飛在半空中去了。真君没奈何，只得轉回家中。那些蛟黨見傷得性命多了，亦各自收陣回去。

却説真君見孽龍神通廣大，敬來吴君處相訪，求其破蛟之策。吴君曰：「孽龍久爲民害，小老素有翦除之心。但恨道法未高，莫能取勝。汝今既擒蛟黨，孽龍必然忿怒，愈加殘害，江南休矣！」真君曰：「如此奈何？」吴君曰：「我近日聞得鎮江府丹陽縣，地名黄堂，有一女真諶母，深通道術。吾與汝同往師之，叩其妙道，然後除此妖物，未爲晚也。」真君聞言大喜，遂整行囊，與吴君共往黄堂，謁見諶母。諶母曰：「二公何人？到此有何見諭？」真君曰：「弟子許遜、吴猛，今因江南有一孽龍精，大爲民害，吾二人有心殄滅，奈法術殊欠。久聞尊母道傳無極，法演先天，徑來懇求，望指示仙訣，實乃平生之至願也。」言訖，拜伏於地。諶母曰：「二公請起，聽我言之：君等乃夙稟奇骨，名在天府。昔者孝悌王自上清下降山東曲阜縣蘭公之家，〔二〕謂蘭公曰：『後世晉代當出一神仙，姓許名遜，傳吾至道，是爲衆仙之長。』遂留下金丹寶鑑、銅符鐵券，并飛步斬邪之法，傳與蘭公。復令蘭公傳我，蘭公又使我收掌，以待汝等，積有四百餘年矣。子今既來，吾當傳授於汝。」於是選擇吉日，依科設儀，付出銅符鐵券、金丹寶鑑，并正一斬邪之法，三五飛騰之術，及諸靈章秘訣，并各樣符籙，悉以傳諸許君。今净明法、五雷法之類，皆諶母所傳也。諶母又謂吴君曰：「君昔者以神方爲許君之師，今孝悌王之道，唯許君得傳，汝當退而反師之也。」

真君傳道已畢，將欲辭歸，心中暗想：「今幸得聞諶母之教，每歲必當謁拜，〔三〕以盡弟子之禮。」此意未形於言，諶母已先知矣，乃對真君曰：「我今還帝鄉，子不必再來謁也。」乃取香茅一根，望南而擲，其茅隨風飄去。諶母謂真君曰：「子於所居之南數十里，看香茅落於何處，其處立吾廟宇，每歲逢秋，一至吾廟足矣。」諶母言罷，空中忽有龍車鳳輦來迎，諶母即凌空而去。其時吴、許二君望空拜送，即還本部。遂往尋飛茅之迹，行至西山之南四十里，覓得香茅，已叢生茂盛。二君遂於此地建立祠宇，亦以黄堂名之。今匠人塑諶母寶像，嚴奉香火，期以八月初三日必往朝謁。即今崇真觀是也，朝謁之禮猶在。真君亦於黄堂立壇，悉依諶母之言，將此道法傳授吴君，吴君反拜真君爲師。自此二人始有飛騰變化之術。

回至小江，寓客店，主人宋氏見方外高人，不索酒錢，厚具相待。二君感其恭敬，遂求筆墨，畫一松樹於其壁上而去。自二君去後，其松青鬱如生，風動則其枝摇摇，月來則其彩淡淡，露下則其色濕濕。往來觀者，日以千計，去則皆留錢謝之，宋氏遂至巨富。後江漲堤潰，店屋俱漂，惟松壁不壞。

却説孽龍精被真君斬其族類，心甚怒，又聞吴君同真君往黄堂學法，於是命蛟黨先入吴君所居地方，殘害生民，爲灾降禍。真君回至西寧，聞蛟孽腥風襲人，責備社伯：「汝爲一縣鬼神之主，如何縱容他爲害？」社伯答曰：「妖物神通廣大，非小神能制。」再三謝罪。忽孽龍精見真君至，統集蛟黨，湧起十數丈水頭。那水波濤泛漲，怎見得好狠？

只聽得潺潺聲振谷，又見那滔滔勢漫天。〔三〕雄威響若雷奔走，猛湧波如雪捲顛。千丈波高漫道路，萬層濤激泛山巖。泠泠如漱玉，滚滚似鳴弦。觸石滄滄噴碎玉，回湍渺渺漩渦圓。低低凸凸隨流蕩，大勢瀰漫上下連。

真君見了這等大水，恐損壞了居民屋宇田禾，急將手中寶劍，望空書符一道，叫道：「水伯，急急收水！」水伯收得水遲，真君大怒。水伯道：「常言潑水難收，且從容些！」真君欲責水伯，水伯大懼，須臾間將水收了，依舊是平洋陸地。真君提着寶劍徑斬孽龍，那孽龍變作一個巡海夜叉，持鎗相迎。這一場好殺：

真君劍砍，妖怪鎗迎。劍砍霜光噴烈火，鎗迎鋭氣迸愁雲。一個是洋子江生成的惡怪，一個是靈霄殿差下的仙真。那一個揚威耀武欺天律，這一個禦暴除灾轉法輪。真仙使法身驅霧，魔怪争强浪滚塵。兩家努力争功績，皆爲洪都百萬民。

那些蛟黨見孽龍與真君正殺得英雄，一齊前來助戰，【眉批】一次斬蛟。〔一四〕忽然弄出一陣怪砂來，要把真君眼目蒙蔽，只見：

似霧如煙初散漫，紛紛藹藹下天涯。白茫茫到處難開眼，昏暗暗飛時找路差。打柴的樵子失了伴，採藥的仙童不見家。細細輕飄如麥麪，粗粗翻覆似芝麻。世間朦朧山頂暗，長空迷没太陽遮。不比塵囂隨駿馬，難言輕軟襯香車。此沙本是無情物，登時刮得眼生花。

此時飛沙大作，那蛟黨一齊吶喊。真君呵了仙氣一口，化作一陣雄風，將沙刮轉。吴君在高阜之上，觀看妖孽更有許大神通，〔一五〕於是運取掌心鑾雷，望空打去。雖風雲雷雨，乃蛟龍所喜的，但此係吴君法雷，專打妖怪，則見：

運之掌上，震之雲間。虺虺虩虩可畏，轟轟劃劃初聞。燒起謝仙之火烈，推轉阿香之車輪。音赫赫，就似撞八荒之鼓，音聞天地；聲喤喤，又如放九邊之砲，響振軍屯。使劉先主失了雙筯，〔一六〕教蔡元中繞遍孤墳。聞之不及掩耳，當之誰不銷魂。真個天仙手上威靈振，蛟魅胸中心膽傾。

那些群孽，聞得這個法雷，驚天動地之聲，倒海震山之怒，唬得魂不附體。更見那真君兩口寶劍，寒光閃閃，殺氣騰騰，孽龍當抵不住，就收了夜叉之形，不知變了個甚麽物件，潛踪遁走。真君乃捨了孽龍，追殺蛟黨，蛟黨四散逃去。

真君追二蛟至鄂渚，忽然不見。路逢三老人侍立，真君問曰：「吾追蛟孽至此，失其踪迹，汝三老曾見否？」老人指曰：「敢伏在前橋之下？」真君聞言，遂至橋側，仗劍叱之。蛟黨大驚，奔入大江，藏於深淵。真君乃即書符數道，敕遣符使驅之。蛟孽不能藏隱，乃從上流奔出。真君揮劍斬之，江水俱紅。此二蛟皆孽龍子也。【眉批】計斬二子。今鄂渚有三聖王廟，橋名伏龍橋，淵名龍窩，斬蛟處名上龍口。真君復回至西寧，怒社伯不能稱職，乃以銅鎖貫其祠門，禁止民間不許祭享。今分寧縣城隍廟正門常閉，居民祭祀者亦少。乃令百姓崇祀小神，其人姓毛，兄弟三人，即指引真君橋下斬蛟者。今封叶佑侯，血食甚盛。

真君見吴君曰：「孽龍潛逃，蛟黨奔散，吾欲遍尋踪迹，一并誅之。」吴君曰：「君自金陵遠回，令椿萱大人，且須問省。吾諒此蛟孽，有師尊在，豈能復恣猖狂，待徐徐除之。」於是二君回過豐城縣杪針洞。真君曰：「後此洞必有蛟螭出入，吾當鎮之。」遂取大杉木一根，書符其上以爲楔，至今其楔不朽。又過奉新縣，地名藏溪，又名蛟穴，其中積水不竭。真君曰：「此溪乃蛟龍所藏之處。」遂舉神劍劈破溪傍巨石，書符鎮之。今鎮蛟石猶在。又過新建縣，地名嘆旱湖，湖中水蛭甚多，皆是蛟黨奴隸，散入田中，啑人之血。真君惡之，遂將藥一粒，投於湖中，其蛭永絶。今名藥湖。復歸郡城，轉西山之宅，回見父母，一家具慶，不在話下。

却説真君屢敗孽龍，仙法愈顯，德著人間，名傳海内。時天下求爲弟子者不下千數，真君却之不可得，乃削炭化爲美婦數百人，夜散群弟子寢處。次早驗之，未被炭婦污染者得十人而已。【眉批】凡女色皆炭婦也，被染者自不覺耳。先受業者六人：

陳勳，字孝舉，成都人。

周廣，字惠常，廬陵人。

黄仁覽，字紫庭，建城人。真君之婿。

彭抗，字武陽，蘭陵人。其女配真君之子。

盱烈，字道微，南昌人。真君外甥。

鍾離嘉，字公陽，新建人。真君外甥。

後相從者四人：

曾亨，字典國，泗水人。骨秀神慧，孫登見而異之。乃潛心學道，游於江南，居豫章之豐城真陽觀。聞真君道法，投於門下。

時荷，字道陽，鉅鹿人。少出家，居東海沐陽院奉仙觀，修老子之教。因入四明山遇神人授以胎息導引之術，頗能辟穀，亦能役使鬼神。慕真君之名，徒步踵門，願充弟子。

甘戰，字伯武，豐城人。性喜修真，不求聞達，徑從真君學道。

施岑，字太玉，沛郡人。其父施朔仕吴，因移居於九江赤烏縣。岑狀貌雄傑，勇健多力。時聞真君斬蛟立功，喜而從之。真君使與甘戰各持神劍，常侍左右。

這弟子十人，不被炭婦染污。真君嘉之，凡周游江湖，誅蛟斬蛇，時刻相從，即異時上升諸徒也。其餘被炭婦所污者，往往自愧而去。今炭婦市猶在。真君謂施岑、盱烈曰：「目今妖孽爲害，變化百端，無所定向。汝二人可向鄱陽湖中追而尋之。」施、盱欣然領命，仗劍而去。夜至鄱陽湖中，登石臺之上望之。今饒河口有眺臺，俗呼爲釣臺，非也，此蓋施、盱眺望妖蜃出没之所耳。其時但見一物，隱隱如蛇，昂頭擺尾，橫亘數十里。施岑曰：「妖物今在此乎？」即拔劍揮之，斬其腰。至次日天明視之，乃蜈蚣山也。至今其山斷腰，仙迹猶在。施岑謂盱烈曰：「黑夜吾認此山以爲妖物，今誤矣，與汝尚當盡力追尋。」

却説孽龍精被真君殺敗，更傷了二子并許多族類，咬牙嚼齒，以恨真君。聚集衆族類商議，欲往小姑潭求老龍報仇。衆蛟黨曰：「如此甚好。」孽龍乃奔入小姑深潭底。那潭不知有幾許深，諺云：「大姑闊萬丈，小姑深萬丈。」所以叫做小姑潭。那孽龍到萬丈潭底，只見：

水泛泛漫天，浪層層拍岸。江中心有一座小姑山，雖是個中流砥柱；江下面有一所老龍潭，却似個不朽龍宫。那龍宫蓋的碧磷磷鴛鴦瓦，圍的光閃閃孔雀屏，垂的疏朗朗翡翠簾，擺的彎環環虎皮椅。只見老龍坐在虎椅之上，龍女侍在堂下，龍兵繞在宫前，夜叉立在門邊，龍子龍孫列在階上。真個是：江心渺渺無雙景，水府茫茫第一家。

説那老龍出處，他原是黄帝荆山鑄鼎之時，騎他上天。他在天上貪毒，九天玄女拿着他送與羅墮闍尊者。尊者養他在鉢盂裹，養了千百年。他貪毒的性子不改，走下世來，就喫了張果老的驢，傷了周穆王的八駿。朱漫泙心懷不忿，學就個屠龍之法，要下手着他。他又藏在巴蜀地方，一人家後園之中橘子裏面。那兩個着棋的老兒想他做龍脯，【眉批】想頭玄甚。〔一七〕他又走到葛陂中來，撞着費長房打一棒，他就忍着疼奔走華陽洞去。那曉得吳綽的斧子又利害些，當頭一劈，受了老大的虧苦，頭腦子雖不曾破，却失了項下這一顆明珠，再也上天不得。因此上拜了小姑娘娘，求得這所萬丈深潭，蓋造個龍宫，恁般齊整。

却説那孽龍奔入龍宫之内，投拜老龍，哭哭啼啼，告訴前情。説道許遜斬了他的兒子，傷了他的族類，苦苦還要擒他。言罷放聲大哭。那龍宫大大小小，那一個不淚下。老龍曰：「『兔死狐悲，物傷其類。』許遜既這等可惡，待我拿來與你復仇！」孽龍曰：「許遜傳了諶母飛步之法，又得了玉女斬邪之劍，神通廣大，難以輕敵。」老龍曰：「他縱有飛步之法，飛我老龍不過；他縱有斬邪之劍，斬我老龍不得。」於是即變作個天神模樣，三頭六臂，黑臉獠牙，則見：

身穿着重重鐵甲，手提着利利鋼叉。頭戴着金盔，閃閃耀紅霞，身跨着奔奔騰騰的駿馬。雄糾糾英風直奮，威凛凛殺氣横加。一心心要與人報冤家，古古怪怪的好怕。

那老龍打扮得這個模樣，巡江夜叉，守宫將卒，人人喝采，個個稱奇，道：「好一個妝束！」孽龍亦摇身一變，也變作天神模樣。你看他怎生打扮？則見：

面烏烏趙玄壇般黑，身挺挺鄧天王般長。手持張翼德丈八長鎗，就好似斗口靈官的形狀。口吐出葛仙真君的騰騰火焰，頭放着華光菩薩的閃閃豪光。威風凜凜貌堂堂，不比前番模樣。

那孽龍打扮出來，龍宫之内，可知人人喝采，個個誇奇。兩個龍妖一齊打個旋風，奔上岸來。老龍居左，孽龍居右，蛟黨列成陣勢，準備真君到來迎敵。不在話下。

施岑與盱烈從高阜上一望，見那妖氣彌天，他兩個少年英勇，也不管他勢頭來得大，也不管他黨類來得多，就掣手中寶劍，跳下高阜來，與那些妖怪大殺一場。施、盱二人，雖傳得真君妙訣，終是寡不敵衆。三合之中，當抵不住，敗陣而走。老龍與孽龍隨後赶殺，施岑大敗，回見真君，具説前事。真君大怒，遂提着兩口寶劍，命甘戰、時荷二人同去助陣。駕一朵祥雲，徑奔老龍列陣之所。那孽龍見了，自古「仇人相見，分外眼睁」，就提那長鎗，徑來搶着真君。老龍亦舉起鋼叉，徑來叉着真君。好一個真君，展開法力，將兩口寶劍，左遮右隔，只見：

這一邊揮寶劍，對一枝長鎗，倍增殺氣；那一邊揮寶劍，架一管鋼叉，頓長精神。這一邊砍將去，就似那吕梁瀉下的狂瀾，如何當抵？那一邊斫將去，就似那蜀山崩了的土塊，怎樣支撑？這一邊施高强武藝，殺一個鶻入鴉群；那一邊顯凛烈威風，殺一個虎奔羊穴。這一邊用一個風掃殘紅的法子，殺得他落花片片墜紅泥；那一邊使一個浪滚陸地的勢兒，殺得他塵土茫茫歸大海。真個是撥開覆地翻天手，要斬興波作浪邪。

二龍與真君混戰，未分勝敗。忽翻身騰在半空，却要呼風唤雨，〔一八〕飛砂走石，來捉真君。此時真君已會騰雲駕霧，遂赶上二龍，又在半空中殺了多時。後落下平地又戰。那些蛟黨見真君法大，二龍漸漸當抵不住，一齊掩殺過來。時荷、甘戰二人，乃各執利劍，亦殺入陣中。你看那師徒們横衝直撞，那些妖孽怎生抵敵得住？那老龍力氣不加，三頭中被真君傷了一頭，六臂中被真君斷了一臂，遂化陣清風去了。孽龍見老龍敗陣，心中慌張，恐被真君所捉，亦化作一陣清風望西而去。其餘蛟黨，各自逃散。有化作螽斯，在麥隴上逼逼剥剥跳的；有化作青蠅，在棘樹上嘈嘈雜雜鬧的；有化作蚯蚓，在水田中扭扭屹屹走的；有化作蜜蜂，在花枝上擾擾嚷嚷採的；有化作蜻蜓，在雲霄裹輕輕款款飛的；有化作土狗子，不做聲，不做氣，躲在田傍下的。彼時真君追赶妖孽，走在田傍上經過，忽失了一足，把那田傍踹開。只見一道妖氣，迸將出來。真君急忙看時，只見一個土狗子躲在那裹。真君將劍一揮，砍成兩截，原來是孽龍第五子也。【眉批】許斬三子。〔一九〕後人有詩嘆曰：

自笑蛟精不見機，苦同仙子兩相持。

今朝揮起無情劍，又斬親生第五兒。

却說真君斬了孽龍第五子，急忙追尋孽龍，不見踪影，遂與二弟子且回豫章。吴君謂真君曰：「目今蛟黨還盛，未曾誅滅。孽龍有此等助威添勢，豈肯罷休？莫若先除了他的黨類，使他勢孤力弱，一舉可擒，此所謂射人先射馬之謂也。」真君曰：「言之有理。」遂即同施岑、甘戰、陳勳、盱烈、鍾離嘉群弟子隨已出外追斬蛟黨。猶恐孽龍精潰其郡城，留吴君、彭抗在家鎮之。於是真君同群弟子，或登高山，或往窮谷，或經深潭，或詣長橋，或歷大湖等處，尋取蛟黨滅之。

真君一日至新吴地方，忽見一蛟變成一水牛，欲起洪水，渰没此處人民。噓氣一口，漲水一尺，噓氣二口，長水二尺。真君大怒，揮劍欲斬之。那蛟孽見了真君，魂不附體，遂奔入潭中而去。真君即立了石碑一片，作鎮蛟之文以禁之。其文曰：

奉命太玄，得道真仙。劫終劫始，先地先天。無量法界，玄之又玄。勤修無遺，白日升仙。神劍落地，符法升天。妖邪喪膽，鬼精逃潛。

其潭至今名曰鎮龍潭，石碑猶存。

一日，真君又行至海昏之上，聞有巨蛇據山爲穴，吐氣成雲，長有數里。人畜在氣中者，即被吞吸。江湖舟船，多遭其覆溺，大爲民害。施岑登北嶺之高而望之，見其毒氣漲天，乃嘆曰：「斯民何罪，而久遭其害也？」遂稟真君，欲往誅之。真君曰：「吾聞此畜妖氣最毒，搪突其氣者，十人十死，百人百亡，須待時而往。」良久，俄有一赤烏飛過，真君曰：「可矣。」言赤烏報時，天神至，地神臨，可以誅妖。後於其地立觀，名候時觀，又號赤烏觀。且説那時真君引群弟子前至蛇所，其蛇奮然躍出深穴，舉首高數十丈，眼若火炬，口似血盆，鱗似金錢，口中吐出一道妖氣，則見：

冥冥濛濛，比蚩尤迷敵的大霧；昏昏暗暗，例元規污人的飛塵。飛去飛來，却似那漢殿宫中結成的黑塊；滚上滚下，又似那太山巖裏吐出的頑雲。大地之中，遮蔽了峰巒嶺岫；長空之上，隱藏了日月星辰。瀰瀰漫漫，漲將開千有百里；霏霏拂拂，當着了十無一生。正是：妖蛇吐氣三千丈，千里猶聞一陣腥。

真君呼一口仙風，吹散其氣。率弟子各揮寶劍，鄉人摩旗擂鼓，吶喊振天相助。妖蛇全無懼色，奔將過來。真君運起法雷，劈頭打去，兼用神劍一指，蛇乃却步。施岑、甘戰二人，奮勇飛步縱前，施踏其首，甘踹其尾，真君先以劍劈破其顙，陳勳再引劍當中腰斬之，蛇腹遂爾裂開。忽有一小蛇自腹中走出，長有數丈。施岑欲斬之，真君曰：

「彼母腹中之蛇，未曾見天日，猶不曾加害於民，不可誅之。」遂叱曰：「畜生好去，我放汝性命，毋得害人！」小蛇懼怯，奔行六七里，聞鼓噪之聲，猶反聽而顧其母。此地今爲蛇子港。群弟子再請追而戮之，真君曰：「既放其生而又追戮之，是心無惻隱也。」蛇子遂得入江。今有廟在新建吴城，甚是靈感，宋真宗敕封「靈順昭應安濟惠澤王」，俗呼曰小龍王廟是也。大蛇既死，其骨聚而成洲，今號積骨洲。

真君入海昏，經行之處，皆留壇靖，凡有六處，通侯時之地爲七，一曰進化靖，二曰節奏靖，三曰丹符靖，四曰華表靖，五曰紫陽靖，六曰霍陽靖，七曰列真靖。其勢布若星斗之狀，蓋以鎮壓其後也。其七靖今皆爲宫觀，或爲寺院。巨蟒既誅，妖血污劍，於是洗磨之，且削石以試其鋒，今新建有磨劍池、試劍石猶在。真君謂諸徒曰：「蛟黨除之莫盡，更有孽龍精通靈不測，今知我在此，若伺隙潰我郡城，恐吴、彭二人莫能懾服。莫若棄此而歸。」施岑是個勇士，謂曰：「此處妖孽甚多，再尋幾日，殺幾個回去却好。」真君曰：「吾在外日久，恐吾郡蛟黨又聚作一處，可速歸除之！」於是悉離海昏而行。海昏鄉人感真君之德，遂立生祠，四時享祭，不在話下。

且説孽龍精果然深恨真君，乘其遠出，欲將豫章郡滚成一海，以報前仇。遂聚集敗殘蛟黨，尚有七八百餘，孽龍曰：「昨夜月離於畢，今夜酉時，主天陰晦暝，風雨大作。我與爾等趁此機會，把豫章郡一滾而沉，有何不可？」此時正是午牌時分，吴君猛與彭君抗恰從西山高處，舉目一望，只見妖氣漫天，乃曰：「許師往外誅妖，不想妖氣盡聚於此。」言未畢，忽見豫章郡社伯并土地等神，來見吴君説：「孽龍又聚了八百餘蛟黨，欲攪翻江西一郡，變作滄海，只待今夜酉牌時分風雨大作之時，就要下手。有等居民聞得此信，皆來小神廟中叩頭磕腦，叫小神保他。我想江西不沉却好，若沉了時節，正是『泥菩薩落水，自身難保』，還保得别人？伏望尊仙怎生區處？」吴君聽説此事，到吃了一大驚，遂與彭君急忙下了山頭。

吴君謂彭君曰：「爾且仗劍一口，驅使神兵，先往江前江後尋邏。」彭君去了。吴君乃上了一座九星的法壇，取過一個五雷的令牌，仗了一口七星的寶劍，注上一碗五龍吐的净水，念了幾句「乾羅恒那九龍破穢真君」的神呪，捏了一個三台的真訣，步了一個八卦的神罡。乃飛符一道，徑差年值功曹，送至日宫太陽帝君處投下，叫那太陽帝君把這個日輪兒緩緩的沉下，却將酉時翻作午時，就要如魯陽揮以長戈，即返三舍；虞公指以短劍，却轉幾分的日子。又飛符一道，徑差月值功曹，送至月宫太陰星君處投下，叫那太陰星君把這個月輪兒緩緩的移上，却將亥時翻作酉時，就要如團團離海角，漸漸出雲衢，此夜一輪滿，清光何處無。【眉批】鋪叙富麗，亦是小説家能品。又飛符一道，徑差日值功曹，送至風伯處投下，叫那風伯今晚將大風息了，一氣不要吹嘘，萬竅不要怒叫，切不可過江掇起龍頭浪，拂地吹開馬足塵，就樹撮將黃葉落，入山推出白雲來。又飛符一道，徑差時值功曹，送至雨師處投下，叫那雨師今晚收了雨脚，休得要點點滴滴打破芭蕉，淋淋漓漓洗開苔蘚，頹山黑霧傾濃墨，倒海衝風瀉急湍，勢似陽侯誇溟海，聲如項羽戰章邯。又飛符一道，差那律令大神，徑到雷神處投下，叫那雷神今晚將五雷藏着，休得要驅起那號令，放出那霹靂，轟轟烈烈，使一鳴山嶽震，再鼓禹門開，響激天關轉，身從地穴來。又飛符一道，差着急脚大神，送至雲師處投下，叫他今晚捲起雲頭，切不可氤氤氳氳，遮掩天地，渺渺漠漠，蒙蔽江山，使那重重翼鳳飛層漢，叠叠從龍出遠波，太行游子思親切，巫峽襄王入夢多。吴君遣符已畢，又差那社伯等神，火速報知真君，急回豫章郡，懾伏群妖，毋得遲誤。吴君調撥已畢，遂親自仗劍，鎮壓群蛟，不在話下。

却説孽龍精只等待日輪下去月光上來的酉牌時分，就呼風喚雨，驅雲使雷，把這豫章一郡滚沉。不想長望短望，日頭只在未上照耀，叫他下去，那日頭就相似縛了一條繩子，再也不下去。孽龍又招那月輪上來，這月輪就相似有人扯住着他，再也不上來。孽龍怒起，也不管酉時不酉時，就命取蛟黨，大家呼着風來。誰知那風伯遵了吴君的符命，半空中叫道：「孽龍！你如今學這等歪，却要放風，我那個聽你！」孽龍呼風不得，就去叫雷神打雷。誰知那雷神遵了吴君的符命，半下兒不響。孽龍道：「雷公，雷公！我往日唤你，少可有千百聲。今日半點聲氣不做，敢害啞了？」雷神道：「我到不害啞，只是你今日害顛！」孽龍見雷公不響，無如之奈，只得叫聲：「雲師，快興雲來！」那雲師遵了吴君的符命，把那千巖萬壑之雲，只捲之退藏於密，那肯放之彌於六合。只見玉宇無塵，天清氣朗，那雲師還在半空中唱一個「萬里長空收暮雲」要子哩。孽龍見雲師不肯興雲，且去問雨師討雨。誰知那雨師亦遵了吴君的符命，莫説是千點萬點灑將下來，就是半點兒也是没有的。

孽龍精望日日不沉，招月月不上，呼風風不至，唤雨雨不來，驅雷雷不響，使雲雲不興，直激得怒從心上起，惡向膽邊生！遂謂衆蛟黨曰：「我不要風雲雷雨，一小小豫章郡終不然滚不成海？」遂聳開鱗甲，翻身一轉，把那江西章江門外，就沉了數十餘丈。吴君看見，即忙飛起手中寶劍，駕起足下祥雲，直取孽龍。孽龍與吴君厮戰，彭君亦飛劍助敵，在江西城外大殺一場。孽龍招取黨類，一湧而至，在上的變成無數的黄蜂，撲頭撲腦亂丁；在下的變成滚滚的長蛇，遍足亂繞。孽龍更變作個金剛菩薩，長又長，大又大，手執金戈，與吴君、彭君混戰。好一個吴君，又好一個彭君！上殺個雪花蓋頂，戰住狂蜂；下殺個枯樹盤根，戰住長蛇；中殺個鷂子翻身，抵住孽龍。自未時殺起，殺近黄昏。

忽真君同着諸弟子到來，大喝一聲：「許遜在此！孽畜敢肆害麽？」諸蛟皆有懼色。孽龍見了真君，咬定牙根，要報前仇，【眉批】四次斬蛟。〔二〇〕乃謂群蛟曰：「今日遭此大難，我與爾等，生死存亡，在此一舉。」諸蛟踴躍言曰：「父子兄弟，當拚命一戰，勝則同生，敗則同死！」遂與孽龍精力戰真君。怎見得利害：

愁雲蔽日，殺氣漫空。地覆天翻，神愁鬼哭。仙子無邊法力，妖精許大神通。一個萬丈潭中孽怪，舞着金戈；一個九重天上真仙，飛將寶劍。一個稜稜層層甲鱗竦動，一個變變化化手段高强。一個呵一口妖氣，霧漲雲迷；一個吹一口仙風，天清氣朗。一個領蛟子蛟孫戰真仙，恰好似八十萬曹兵鏖赤壁；一個同仙徒仙弟收妖孽，却好似二十八漢將鬧昆陽。一個翻江流，攪海水，重重叠叠湧波濤；一個撼乾樞，摇坤軸，烈烈轟轟運霹靂。一個要爲族類報了冤仇，一個要爲生民除將禍害。正是：兩邊齊角力，一樣顯神機。到頭分勝敗，畢竟有雄雌。

却説孽龍精奮死來戰真君，真君正要拿住他，以絶禍根。那些蛟黨終是心中懼怯，真君的弟子們各持寶劍，或斬了一兩個的，或斬了三四個的，或斬了五六個的，噴出腥血，一片通紅。周廣一劍，又將孽龍的第二子斬了。【眉批】計斬四子。〔二〕其餘蛟黨一個個變化走去。只有孽龍與真君獨戰，回頭一看，蛟黨無一人在身傍，也只得跳上雲端，化一陣黑風而走。真君急追赶時，已失其所在，乃同衆弟子回歸。真君謂吴猛曰：「此番若非君之法力，數百萬生靈，盡葬於波濤中矣！」吴君曰：「全仗尊師殺退蛟孽，不然弟子亦危也。」

却說孽龍屢敗，除殺死族類外，六子之中，已殺去四子。衆蛟黨恐真君誅己，心怏怏不安，盡皆變去，止有三蛟未變。三蛟者：二蛟係孽龍子，一蛟係孽龍孫，藏於新建洲渚之中。其餘各變形爲人，散於各郡城市鎮中，逃躲灾難。一日，有真君弟子曾亨入於城市，見二少年，狀貌殊異，鞠恭長揖，向曾亨問曰：「公非許君高門乎？」曾亨曰：「然。」既而問少年曰：「君是何人也？」少年曰：「僕家居長安，累世崇善。遠聞許公深有道術，誅邪斬妖，必仗神劍，願聞此神劍有何功用？」曾亨曰：「吾師神劍，功用甚大，指天天開，指地地裂，指星辰則失度，指江河則逆流。萬邪不敢當其鋒，千妖莫能攖其鋭。出匣時，霜寒雪凛；耀光處，鬼哭神愁。乃天賜之至寶也。」少年曰：「世間之物，不知亦有何物可當賢師神劍而不爲其所傷？」曾亨戲謂之曰：

「吾師神劍，惟不傷冬瓜、葫蘆二物耳，其餘他物皆不能當也。」少年聞言，遂告辭而去。曾亨亦不知少年乃是蛟精所變也。蛟精一聞冬瓜、葫蘆之言，盡説與黨類知悉。

真君一日以神劍授弟子施岑、甘戰，令其遍尋蛟黨誅之。蛟黨以甘、施二人追尋甚緊，遂皆化爲葫蘆、冬瓜，泛滿江中。真君登秀峰之巔，運神光一望，乃呼施岑、甘戰謂曰：「江中所浮者，非葫蘆、冬瓜，乃蛟精餘黨也。汝二人可履水内斬之。」於是施岑、甘戰飛步水上，舉劍望葫蘆亂砍。【眉批】五次斬蛟。〔三〕那冬瓜、葫蘆乃是輕浮之物，一砍即入水中，不能得破。正懊惱之間，忽有過往大仙在虚空中觀看，遂令社伯之神，變爲一八哥鳥兒，在施岑、甘戰頭上叫曰：「下剔上，下剔上。」施岑大悟，即舉劍自下剔上，滿江蛟黨約有七百餘性命，連根帶蔓，悉無噍類。江中碧澄澄流水，變爲紅滾滾波濤。止有三蛟未及變形者，因而獲免。真君見蛟黨盡誅，遂封那八哥鳥兒頭上一冠，所以至今八哥兒頭上，皆有一冠。真君斬盡蛟黨，後人有詩嘆曰：

神劍稜稜辟萬邪，碧波江上砍葫瓜。
孽龍黨類思翻海，不覺江心殺自家。

且説孽龍精所生六子，已誅其四。蛟黨千餘，俱被真君誅滅。止有第三子與第六子，并有一長孫藏於新建縣洲渚之中，尚得留命。及聞真君盡誅其蛟類，乃大哭曰：「吾父未知下落，今吾等兄弟六人，傳有子孫六七百，并其族類，共計千餘。今皆被許遜剿滅，止留我兄弟二人，并一姪在此。吾知許遜道法高妙，豈肯容我叔侄們性命？不如前往福建等處，逃躲殘生，再作區處。」正欲起行，忽見真君同弟子甘戰、施岑卒至，三蛟急忙逃去。真君見一道妖氣衝天而起，乃指與甘、施二人曰：「此處有蛟黨未滅，可追去除之，以絶其根。」真君遂與甘、施二人，飛步而行，躡踪追至半路，施岑飛劍斬去一尾。追至福建延平府，地名漈洋九里潭，其一蛟即藏於深潭之中。真君召鄉人謂曰：「吾乃豫章許遜，今追一蛟精至此，伏於此潭。吾今將竹一根，插於潭畔石壁之上，以鎮壓之，不許殘害生民。汝等居民，勿得砍去！」言畢，即將竹插之，囑曰：「此竹若罷，許汝再生；此竹若茂，不許再出。」至今潭畔，其竹母若凋零，則復生一笋，成竹替換復茂。今號爲「許真君竹」，至今其竹一根在。往來舟船，有商人見其蛟者，其蛟無尾。

更有一蛟被真君與甘、施二人，赶至福建建寧府崇安縣。有一寺名懷玉寺，其寺有一長老，法名全善禪師，在法堂誦經。忽見一少年走入寺中，哀告曰：「吾乃孽龍之子，今被許遜剿滅全家，追赶至此。望賢師憐憫，救我一命，後當重報！」長老曰：「吾聞豫章許遜道法高妙，慧眼通神，吾此寺中，何處可躲？」少年曰：「長老慈悲爲念，若肯救拔小人，小人當化作粟米一粒藏於賢師掌中，待許遜到寺，賢師只合掌誦經，方保無事。」長老允諾。少年即化爲粟米一粒，入於長老掌中躲訖。真君與甘戰、施岑二人，赶入寺中，謂長老曰：「吾乃豫章許遜，赶一蛟精至此。今在何處？可令他出來見我。」長老也不答應，只管合掌拱手，口念真經。真君不知藏在長老掌中，遍尋不見，遂往寺外前後各處尋之，并不見踪迹。施岑曰：「想蛟精去矣，吾等合往他處尋赶。」

却説蛟精以真君去寺已遠，乃復化爲少年，拜謝長老曰：「深蒙賢師活命之恩，無可報答，望賢師分付寺中，着令七日七夜不要撞鐘擂鼓，容我報答一二。」長老依言，分付師兄師弟、徒子徒孫等訖。及至三日，只見寺中前後狂風頓起，冷氣颼颼，土木自動。長老大驚，謂僧衆曰：「吾觀孽龍之子，本是害人之物，得我救命，教我等『七日七夜不動鐘鼓』。今止三日，風景異常，想必是他把言語哄我。若不打動鐘鼓，莫説望他報恩，此寺反遭其害，那時悔之晚矣。」於是即令僧衆撞起那東樓上華鐘，那鐘兒響了一百單八聲，滎滎汪汪，正是：梵王宫裏鯨聲吼，商客舟中夜半聞。又打起那西樓上畫鼓，那鼓兒響了一個三起三煞，叮叮咚咚，正是：儼若雷鳴雲漢上，恍疑鼉吼海濤中。那蛟精聞得鐘鼓之聲，喫了一驚，即轉身又化爲少年，回到寺中，來見長老言曰：「吾前日分付寺中，七日勿動鐘鼓，意欲將寺門外前後高山峻嶺，滚成萬畝良田，報答我師活命之恩。今纔三日，止將高山上略盪得平些，滚有泉出，未及如數，而吾師即動鐘鼓，其故何也？」【眉批】長者爲行，不使人疑，何不明告之？長老以狂風頓起，山動地動爲對。那少年不勝嘆息。長老乃令人往寺外前後觀之，但見高峻之處，皆盪得坦平，滚滚泉流不竭。至今懷玉寺中，不止千頃平坦良田，蓋亦蛟精報恩所致。

却説真君離了寺門，遍尋不見蛟精，乃復回高處望之，只見妖氣依原還在寺中。乃與甘、施二人，又來寺中尋覓。其蛟精知真君復來，即先化爲一僧，拜辭長老，言曰：「吾族中有衆千餘，皆被許遜誅滅。兄弟六人，已亡其四，吾父又未知存亡何如。吾今悔改前非，修行悟道。」言畢，垂淚而別。真君果復至寺中，只見妖氣出外，遂乃躡迹追至建陽，地名葉墩。遥見一僧，知是蛟精所變。乃令甘、施二弟子追赶至近，甘、施意欲斬之，真君連忙喝住，曰：「不可！此物雖是害人，今化爲僧，量必改惡遷善。」遂叱曰：「孽畜，我今赦汝前去，汝務要從善修行，勿害生民。吾有諦語，分付與汝，勞心記着：『逢湖則止，逢仰則住。』」分付已畢，遂縱之而去。甘戰叱曰：「孽畜，我師父饒了你性命，再不要害人！」施岑亦叱曰：「孽畜，你若不遵我師父諦語，再若害人，我擒汝就如反掌之易！」那僧含羞亂竄而去。

脱離了葉墩地方，來至一村，前有一山，遇一牧童。其僧乃問曰：「此處是何地方？」牧童答曰：「此處地方貴湖，前面一山，名曰仰山。」僧聞牧童之言，乃大喜曰：「適間承真君分付：『逢湖則止，逢仰則住。』今到此處，合此二意，可以在此居住矣。」遂憩於路傍水田之間，其中間泉水，四時不竭，此地名龍窟。後乃名離龍窟。龍僧即於仰山修行，法名古梅禪師。遂建一寺，名仰山寺。其寺當時乏水，古梅將指頭在石壁上亂指，皆有泉出。其寺田糧亦廣，至今猶在。真君即於葉墩立一觀，名曰真君觀，遥與仰山相對，以鎮壓之。其觀至今猶存。

却説真君又追一蛟精，其蛟乃孽龍第一子之子，孽龍之長孫也。此蛟直走至福州南臺躲避，潛其踪迹。真君命甘、施二弟子遍處尋索，乃自立於一石上，垂綸把釣。忽覺釣絲若有人扯住一般，真君乃站在石上，用力一扯，石遂裂開。石至今猶在，因名爲釣龍石。只見扯起一個大螺，約有二三丈高大。螺中有一女子現出，真君曰：「汝妖也！」那女子雙膝跪地，告曰：「妾乃南海水侯第三女。聞尊師傳得仙道，欲求指教修真之路，故乘螺舟特來相叩。」真君乃指以高蓋山，可爲修煉之所，且曰：「此山有苦參、甘草，上有一井，汝將其藥投於井中，日飲其水，久則自可成仙。」遂命女子復入螺中，用巽風一口，吹螺舟浮於水面，直到高蓋山下。女子乘螺于此，其螺化爲大石，至今猶在。遂登山採取苦參、甘草等藥，日於井中投之，飲其井泉，後女子果成仙而去。至今其鄉有病者，汲井泉飲之，其病可愈。

却説施岑、甘戰回見真君，言蛟精無有尋處。真君登高山絕頂以望，見妖氣一道，隱隱在福州城開元寺井中噴出，乃謂弟子曰：「蛟精已入在井中矣。」遂至其寺中，用鐵佛一座，置於井上壓之。其鐵佛至今猶在。真君收伏三蛟已畢，遂同甘戰、施岑復回豫章，再尋孽龍誅之。【眉批】六子一孫俱平。後人有詩嘆曰：

迢迢千里到南閩，尋覓蛟精駕霧雲。
到處留名留異迹，今人萬古仰真君。

却説孽龍既不能滚沉豫章，其族黨變爲瓜葫，一概被真君所滅。所生六子，斬了四子，只有二子一孫，猶未知下落。越思越惱，只得又奔往洋子江中，見了火龍父親，哭訴其事。火龍曰：「四百年前，孝悌明王傳法與蘭公，却使蘭公傳法與諶母，諶母傳法與許遜。吾知許遜一生，汝等有此難久矣。故我當時就令了黿帥，統領鰕兵蟹將，要問他追了金丹寶鑑、銅符鐵券之文。誰知那蘭公將我等殺敗。我彼時少年精壯，也奈何蘭公不得。今日有許多年紀，筋力憔悴，還奈得許遜何？這憑你自去。」孽龍嘆曰：「今人有說父不顧子的世界，果然，果然。」火龍罵曰：「畜生，我滿眼的孫子，今日被你不長進，敗得一個也沒了，還來怨我父親！」遂打將孽龍出來。

孽龍見父親不與他做主，遂在江岸上放聲大哭，驚動了南海龍王敖欽第三位太子。彼時太子領龍王鈞旨，同巡江夜叉全身披挂，手執鋼刀，正在此巡邏長江。認得是火龍的兒子，即忙問曰：「你在此哭甚事？」孽龍道：「吾族黨千餘，皆被許遜誅滅，父親又不與我作主。我今纍纍然若喪家之狗，怎的由人不哭？」太子曰：「自古道：『家無全犯。』許遜怎麼就殺了你家許多人？他敢欺我水府無人麼？老兄且寬心，待我顯個手段，擒他報取冤仇！」孽龍道：「許遜傳了諶母飛步之法，仙女所賜寶劍，其實神通廣大，難以輕敵。」太子曰：「我龍宮有一鐵杵，叫做如意杵；有一鐵棍，叫做如意棍。這個杵、這個棍，欲其大，就有屋桷般大；〔三〕欲其小，只如金針般小；欲其長，就有三四丈長；欲其短，只是一兩寸短。因此名爲如意。此皆父王的寶貝。那棍兒被孫行者討去，不知那猴子打死了千千萬萬的妖怪。只有這如意杵兒，未曾使用，今帶在我的身邊，試把來與許遜弄一弄，他若當抵得住，真有些神通。」

孽龍問道：「這杵是那一代鑄的？」太子道：「這杵是乾坤開闢之時，有一個盤古王，鑿了那崑崙山幾片稜層石，架了一座的紅爐。砍了廣寒宮一株娑婆樹，燒了許多的黑炭。取了須彌山幾萬斤的生鐵，用了太陽宫三昧的真火，叫了那煉石的女媧，煉了七七四十九個日頭。却命着雨師灑雨，風伯煽風，太乙護爐，祝融看火，因此上煉得這個杵兒。要大就大，要小就小，要長就長，要短就短。且此杵有些妙處，抛在半空之中，一變十，十變百，百變千，千變萬，更會變化哩。」孽龍問曰：「如今那鐵杵放在那裏？」太子即從耳朵中拿將出來，向風中幌一幌，就有屋桷般大。幌兩幌，就有竹竿般長。孽龍大喜曰：「這樣東西，要長就長，要大則大，那許遜有些法力，尚可當抵一二。徒弟們皆是後學之輩，禁得幾杵？」夜叉見太子欲與孽龍報仇，乃諫曰：「爺爺没有鈞旨，太子怎敢擅用軍器？恐爺爺知道，不當穩便。」太子曰：「吾主意已定，你肯輔我，便同去；如不肯輔我，任你先轉南海去罷。」夜叉不肯相助，自去了。那太子殺奔豫章，要拿許遜，與孽龍報仇。却怎生打扮，則見：

重疊疊鱉甲堅固，整齊齊海帶飛斜。身騎着海馬號三花，好一似天門冬將軍披挂。走起了磊磊落落滑石，飛將來溟溟漠漠辰砂。索兒絞的是天麻，要把威靈仙拿下。

却説真君同着弟子甘戰、施岑等各仗寶劍，正要去尋捉孽龍，忽見龍王三太子叫曰：「許遜，許遜，你怎麽這等狠心，把孽龍家千百餘人一概誅戮！你敢小覷我龍宫麽？我今日與你賭賽一陣，纔曉得我的本事。」真君慧眼一看，認得是南海龍王的三太子，喝曰：「你父親掌管南海，素稱本分，今日怎的出你們不肖兒子？你好好回去，免致後悔！」太子道：「你殺人之父，人亦殺其父；殺人之兄，人亦殺其兄。孽龍是我水族中一例之人，我豈肯容你這等欺負！」於是舉起鋼刀，就望真君一砍。真君亦舉起寶劍來迎，兩個大殺一場。則見：

一個是九天中神仙領袖，一個是四海内龍子班頭。一個的道法精通，却會吞雲吸霧；一個的武藝慣熟，偏能掣電驅雷。一個呼諶母爲了師傅，最大神通；一個叫龍王做了父親，儘高聲價。一個飛寶劍，前挑後剔，光光閃閃，就如那大寒陸地凜嚴霜；一個拋鐵杵，直撞横衝，珪珪璫璫，就如那除夜人家燒爆竹。真個是棋逢敵手，終朝勝負難分；却原來陣遇對頭，兩下高低未辨。

真君與那太子刀抵劍，劍對刀，自巳牌時分戰至午時，不分勝敗。施岑謂衆道友曰：「此龍子本事儘高，恐師父不能拿他，可大家一齊掩殺。」那太子見真君弟子一齊助戰，遂在耳朵中取出那根鐵杵來，幌了兩三幌，望空拋起。好一個鐵杵！一變作十，十變作百，百變作千，千變作萬，半天之中，就如那紛紛柳絮顛狂舞，滾滾蜻蜓上下飛。滿空撞得砯硥響，恰是潘丞相公子打擂槌。你看那真君的弟子們，纔把那腦上的杵兒撇開，忽一杵在腦後一打；纔把那腦後的杵兒架住，忽一杵在心窩一篤；纔把心窩的杵兒一抹，忽一杵在肩膀上一錐。那些弟子們怕了那杵，都敗陣而走。好一個真君，果有法術，果有神通，將寶劍望東一指，杵從東落；望西一指，杵從西開；望南一指，杵從南墜；望北一指，杵從北散。真君雖有這等法力，争奈千千萬萬之杵，一杵去了，一杵又來，却未能取勝。

忽觀世音菩薩空中聞得此事，乃曰：「敖欽龍王十分仁厚，生出這個不肖兒子，助了蛟精。我若不去收了他如意杵寶貝，許遜縱有法力，無如之奈。」於是駕起祥雲，在半空之中，解下身上羅帶，做成一個圈套兒丢將起來，把那千千萬萬之杵盡皆套去。那太子見有人套去他的寶貝，心下慌張，敗陣而走。孽龍接見，問曰：「太子與許遜征戰得大勝否？」太子曰：「我戰許遜正在取勝之際，不想有一婦人使一個圈套，把我那寶貝套去了。我今没處討得！」孽龍曰：「套寶貝者，非是别人，乃是觀世音菩薩。」言未畢，真君赶至，孽龍望見，即化一陣黑風走了。太子心中不忿，又提着手中鋼刀，再來交戰。此是敗兵之將，英勇不加，兩合之中，被真君左手一劍架開鋼刀，却將右手一劍來斬太子。忽有人背後叫曰：「不可，不可！」真君舉眼一看，見是觀音，遂停住寶劍。觀音曰：「此子是敖欽龍王的第三子，今無故輔助孽龍，本該死罪。奈他父親素是仁厚，今我在此，若斬了此子，龍王又説我不救他，體面上不好看。」真君方纔罷手。

却説那巡江夜叉回轉龍宫，將太子助孽龍之事，一一禀知龍王。龍王頓足罵曰：「這畜生恁的不肖！」彼時東海龍王敖順，西海龍王敖廣，北海龍王敖潤同聚彼處，亦曰：「這畜生今日去戰許遜，就如那葛伯與湯爲仇；輔助孽龍，就如那崇侯助紂爲虐，容不得他！」敖欽曰：「這樣兒子要他則甚！」【眉批】好個賢父。〔二四〕遂取過一口利劍，敕旨一道，令夜叉將去叫太子自刎而亡。夜叉領了敕旨，賫了寶劍，徑來見着三太子。太子聞知其故，唬得魂不着體，遂跪下觀音叫道：「善菩薩！没奈何，到我父王處保過這次。」觀音道：「只怕你父親難饒你死罪。你不如到蛇盤谷中鷹愁澗躲避，三百年後，等唐三藏去西天取經，罰你變做個騾子，徑往天竺國馱經過來。那時將功贖罪，我對你父親説過，或可留你。」太子眼淚汪汪，拜辭觀世音，往鷹愁澗而去。觀音復將所收鐵杵付與夜叉，教夜叉交付與龍王去訖。真君亦辭了觀音回轉豫章，不在話下。

却説觀音菩薩別了真君，欲回普陀巖去，孽龍在途中投拜，欲求與真君講和，後當改過前非，不敢爲害，言辭甚哀。觀音見其言語懇切，乃轉豫章，來見真君。真君問曰：「大聖到此，復有何見諭？」觀音曰：「吾此一來，别無甚事。孽龍欲與君講和，今後改惡遷善，不知君允否？」真君曰：「他既要講和，限他一夜滚百條河，以鷄鳴爲止，若有一條不成，吾亦不許。」觀音辭真君而去。弟子吴猛諫曰：「孽畜原心不改，不可許之。」真君曰：「吾豈不知，但江西每逢春雨之時，動輒淹浸。吾欲其開成百河，疏通水路耳，非實心與之和也。吾今分付社伯，阻撓其功，勿使足百條之數，則其罪難免，亦不失信於觀音矣。」【眉批】功亦可準罪，與之約而鎮之，如三蛟故事可也。意者如七擒孟獲，服其心而後釋乎？

却説孽龍接見觀音，問其所以。觀音將真君所限之事，一一説與。孽龍大喜，是夜用盡神通，連滚連滚，恰至四更，已滚九十九條。社伯扣計其數，社伯心慌，乃假作鷄鳴，引動衆鷄皆鳴。孽龍聞得大驚，自知不能免罪，乃化爲一少年，未及天明，即遁往湖廣躲避去訖。真君至天明查記河數，止欠一條，鷄聲盡鳴，乃知是社伯所假也。遂令弟子計功受賞。真君急尋孽龍之時，已不知其所在。後來遂於河口立縣，即今之南康湖口縣是焉。

却説孽龍遁在黄州府黄岡縣地方，變作個少年的先生求館。時有一老者姓史名仁，家頗饒裕，有孫子十餘人，正欲延師開館。孽龍至其家，自稱：「豫章曾良，聞君家有館，特來領教。」史老見其人品清高，禮貌恭敬，心竊喜之。但不知其學問何如，遂謂曰：「敝鄉舊俗，但先生初來者，或考之以文，或試之以對，然後啓帳。單老有一對，欲領尊教何如？」孽龍曰：「願聞。」史老曰：「曾先生腰間加一點，魯邦賢士。」孽龍曰：「我就把令孫爲對。」遂答曰：「史小子頭上着一横，吏部天官。」史老見先生對得好，不勝之喜，乃曰：「先生高才邃養，奈寒舍學俸微少，未可輕屈。」孽龍道：「小子借寓讀書，何必計利。」史老遂擇日啓館，叫諸孫具贄見之儀，行了拜禮，遂就門下授業。孽龍教授那些生徒，辨疑解惑，讀書説經，明明白白，諸生大有進益，不在話下。

却説真君以孽龍自滚河以後，遍尋不見，遂同甘戰、施岑二人，徑到湖廣地面，尋覓踪迹。忽望妖氣在黄岡縣鄉下姓史的人家。乃與二弟子徑往其處，至一館中，知是孽龍在此變作先生，教訓生徒。真君乃問其學生曰：「先生那裏去了？」學生答云：「先生洗浴去了。」真君曰：「在那裏洗浴？」學生曰：「在澗中。」真君曰：「這樣十一月天氣，還用冷水洗浴？」學生曰：「先生是個體厚之人，不論寒天熱天，常要水中去浸一浸。若浸得久時，還有兩三個時辰纔回來。」真君乃與弟子坐在館中，等他回時，就下手拿着。忽舉頭一看，見柱壁上有對聯云：

趙氏孤兒，切齒不忘屠岸賈。
伍員烈士，鞭尸猶恨楚平王。

又壁上題有詩句云：

自嘆年來運不齊，子孫零落却無遺。
心懷東海波瀾闊，氣壓西江草樹低。
怨處咬牙思舊恨，豪來揮筆記新詩。
男兒不展風雲志，空負天生八尺軀。

真君看詩對已畢，大驚，謂弟子曰：「此詩此對，皆是復仇之詩。若此孽不除，終成大患。汝等務宜勉力擒之！」言未畢，忽史老來館中，看孫子攻書。時盛冬天氣，史老身上披領羊裘，頭上戴頂暖帽，徐徐而來。及見真君丰姿異常，連忙施禮，問曰：「先生從何而來？」真君曰：「小生乃豫章人，特來訪友。」史老謂孫子曰：「客在此，何不通報？」遂邀真君與二弟子至家下告茶。茶畢，史老問真君姓名，真君曰：「小生姓許名遜。此二徒，一姓施名岑，一姓甘名戰。」史老曰：「聞得許君者法術甚妙，誅滅蛟精，敢是足下否？」真君曰：「然。」史老遂下拜。真君以其年老，連忙答禮。史老問曰：「仙駕臨此，欲何爲？」真君曰：「尊府教令孫者，乃孽龍精也，變形於此。吾尋踪覓迹，特來擒之。」【眉批】五次收孽龍。〔二五〕史老大驚曰：「恠道這個先生無問寒天暑天，日從澗中洗浴。浴水之處，往時淺淺的，今成一潭，深不可量。」真君曰：「老翁有緣，幸遇小生相救，不然今日是個屋舍，後日是個江河，君家且葬魚腹矣。」史老曰：「此蛟精怎的拿他？」真君曰：「此孽千變萬化，他若提防於我，擒之不易；幸今或未覺，縱要變時，必資水力。可令公家凡水缸水桶洗臉盆及碗盞之類，皆不可注水，使他變化不去，我自然拿了他。」史老分付已畢。孽龍正洗浴回館，真君見了，大喝一聲：「孽畜走那裏去？」孽龍大驚，却待尋水而變，遍處無水，惟硯池中有一點餘水未傾，〔二六〕遂從裏面變化而去，竟不知其踪迹。【眉批】教人杜患似密。〔二七〕後人有詩嘆曰：

堪嘆蛟精玄上玄，墨池變化至今傳。
當時若肯心歸正，却有金書取上天。

史老見真君趕去孽龍，甚是感謝，乃留真君住了數日，極其款曲。真君曰：「此處孽龍居久，恐有沉没之患。汝可取杉木一片過來，吾書符一道，打入地中，庶可以鎮壓之。」真君鎮符已畢，感史老相待殷勤，更取出靈丹一粒，點石一片，化爲黄金，約有三百餘兩，相謝史老而去。施岑曰：「孽龍今不知遁在何處？可從此湖廣上下，遍處尋覓誅之。」真君曰：「或此孽瞰我等在此，又往豫章，欲沉郡城土地，未可知也。莫若且回家中，覓其踪迹；如果不在，再往外獲之未晚。」於是師弟們一路回歸。

却説孽龍精硯池變去，又化爲美少男子，逃往長沙府。聞知刺史賈玉家生有一女，極有姿色。怎見得：

眉如翠羽，肌如凝脂。齒如瓠犀，手如柔荑。臉襯桃花瓣，鬟堆金鳳絲。秋波湛湛妖嬈態，春笋纖纖嬌媚姿。説甚麽漢苑王嬙，説甚麽吴宫西施，説甚麽趙家飛燕，説甚麽楊家貴妃。柳腰微擺鳴金珮，蓮步輕移動玉肢。月裏姮娥難比此，九天仙子怎如斯。

孽龍遂來結拜刺史賈玉。賈玉問曰：「先生何人也？」答曰：「小人姓愼名郎，金陵人氏。自幼頗通經典，不意名途淹滯，莫能上達，今作南北經商之客耳。因往廣南販貨，得明珠數斛，民家無處作用，特來獻與使君，伏望笑留！」賈使君曰：「此寶乃先生心力所求，况汝我萍水相逢，豈敢受此厚賜？」再三推拒。愼郎獻之甚切，使君不得已而受之。留住數日，使君見愼郎禮貌謙恭，丰姿美麗，琴棋書畫，件件皆能；弓矢干戈，般般慣熟，遂欲以女妻之。愼郎鞠躬致謝，復將珍寶厚賄使君親信之人，悉皆稱贊愼郎之德。使君乃擇吉日，將其女與愼郎成親，不在話下。

却説慎郎在賈府成婚以後，歲遇春夏之時，則告稟使君，托言出游江湖，經商買賣。至秋冬之時，則重載船隻而歸，皆是奇珍異寶。使君大喜曰：「吾得佳婿矣！」蓋不知其爲蛟精也。所得資財寶貨，皆因春夏大水，覆人舟船，搶人財寶，裝載而歸。慎郎入贅三年，復生三子。一日，慎郎尋思起來，不勝忿怒曰：「吾家世居豫章，子孫族類一千餘衆，皆被許遜滅絶，破我巢穴，使我無容身之地。雖然潛居此地，其實怨恨難消。今既歲久，諒許遜不復知有我也。我今欲回豫章，大興洪水，潰没城郡，仍滅取許遜之族，報復前仇，方消此恨。」言罷，來見使君。使君問曰：「賢婿有何話説？」慎郎曰：「方今春風和暖，正宜出外經商。特來拜辭岳丈而去。家中妻子，望岳丈看顧。」使君曰：「賢婿放心前去，不必多憂。若得充囊之利，早圖返棹。」言罷，分别而去。

時晉永嘉七年，真君與其徒甘戰、施岑周覽城邑，遍尋蛟孽，三年間，杳無踪迹，已置之度外去了，不想這孽龍自來送死。忽一日，道童來報，有一少年子弟，丰姿美貌，衣冠俊偉，來謁真君。真君命入，問曰：「先生何處人也？」少年曰：「小生姓慎名郎，金陵人氏。久聞賢公有斡旋天地之手，懾伏孽龍之功，海内少二，寰中寡雙。小生特來過訪，欲遂識荆之願，别無他意。」真君曰：「孽精未除，徒負虚名，可愧，可愧！」真君言罷，其少年告辭而出。真君送而別之。甘、施二弟子曰：「適間少年，是何人也？」真君曰：「此孽龍也。今來相見，探我虚實耳。」甘、施曰：「何以知之？」真君曰：「吾觀其人妖氣尚在，腥風襲人，是以知之。」甘、施曰：「既如此，即當擒而誅之，何故又縱之使去也？」真君曰：「吾四次擒拿，皆被變化而去。今佯爲不知，使彼不甚堤防，庶可隨便擒之耳。」施岑乃問曰：「此時不知逃躲何處？吾二人願往殺之。」真君舉慧眼一照，乃曰：「今在江滸，化爲一黄牛，卧於郡城沙磧之上。我今化爲一黑牛，與之相鬭，汝二人可提寶劍，潛往窺之。候其力倦，即拔劍而揮之，蛟必可誅也。」【眉批】六次收孽龍。〔二八〕言罷，遂化一黑牛，奔躍而去，真個：

四蹄堅固如山虎，兩角峥嶸似海龍。
今向沙邊相抵觸，神仙變化果無窮。

真君化成黑牛，早到沙磧之上，即與黄牛相鬥。恰鬥有兩個時辰，甘、施二人躡迹而至，正見二牛相鬥，黄牛力倦之際，施岑用劍一揮，正中黄牛左股。甘戰亦揮起寶劍斬及一角，黄牛奔入城南井中，其角落地。今馬當相對，有黄牛洲。此角日後成精，常變牛出來，害取客商船隻，不在話下。

却説真君謂甘、施曰：「孽龍既入井中，諒巢穴在此。吾遣符使吏兵導我前進，汝二人可隨我之後，躡其踪迹，探其巢穴，擒而殺之，以絶後患。」言罷，真君乃跳入井中。施、甘二人，亦跳入井中。符使護引真君前進。只見那個井，其口上雖是狹的，到了下面，别是一個乾坤。這邊有一個孔，透着那一個孔，那邊有一個洞，透着那一個洞，就似杭州城二十四條花柳巷，巷巷相穿；又似龍窟港三十六條大灣，灣灣相見。常人説道井中之蛙，所見甚小，蓋未曾到這個所在，見着許大世界。

真君隨符使一路而行，忽見有一樣物件，不長不短，圓圓的相似個擂槌模樣。甘戰拾起看時，乃是一車轄。問於真君曰：「此井中怎的有此車轄？」真君道：「昔前漢有一人，姓陳名遵，每大會賓客，輒閉了門，取車轄投於井中，雖有急事，不得去。必飲罷，纔撈取車轄還人。後有一車轄，再撈不起，原來水蕩在此處來了。」又行數里，忽見有一個四方四角，新新鮮鮮的物件，施岑檢將起來一看，原來是個印匣兒。問於真君，真君曰：「昔後漢有宦官張讓劫遷天子，北至河上，將傳國玉璽投之井中，再無人知覺。後洛陽城南甄宫井有五色氣一道直衝上天，孫堅認得是寶貝的瑞氣，遂命人浚井，就得了這一顆玉璽。璽便得去，却把這個匣兒遺在這裏。」又行數里，忽見有一物件，光閃閃，白净净，嘴灣灣，腹大大的，甘戰却拾將起來一看，原來是個銀瓶。甘戰又問於真君，真君曰：「曾聞有一女子吟云：『石上磨玉簪，玉簪欲成中央折；井底引銀瓶，銀瓶欲上絲繩絶。』想這個銀瓶，是那女子所引的，因斷了繩子，故流落在此。」符使禀曰：「孽龍多久遁去，真仙須急忙追赶，途路之上，且不要講古。」真君於是命弟子趲步而行。只見水族之中，見了的唬得魂不附體，鮎魚兒只把口張，團魚兒只把頸縮，蝦子兒只顧拱腰，鯽魚兒只顧摇尾，真君都置之不問。却説那符使引真君再轉一灣抹一角，正是行到山窮水盡處，看看在長沙府賈玉井中而出。真君曰：「今得其巢穴矣。」遂辭了符使回去，自來抓尋。

却説孽龍精既出其井，仍變爲慎郎，入於賈使君府中。使君見其身體狼狽，舉家大驚，問其緣故。慎郎答曰：「今去頗獲大利，不幸回至半途，偶遇賊盗，資財盡劫。又被殺傷左額左股，疼痛難忍。」使君看其刀痕，不勝隱痛，即令家童請求醫士療治。真君乃扮作一醫士，命甘、施二人，扮作兩個徒弟跟隨。這醫士呵：

道明賢聖，藥辨君臣。遇病時，深識着望聞問切；下藥處，精知個功巧聖神。戴唐巾，披道服，飄飄揚揚；摇羽扇，背葫蘆，瀟瀟灑灑。診寸關尺三部脉，辨邪審痼，奚煩三折肱；療上中下三等人，起死回生，只是一舉手。真個是東晉之時，重生了春秋扁鵲；却原來西江之地，再出着上古神農。萬古共稱醫國手，一腔都是活人心。

却說真君扮了醫士，賈府僮僕見了，相請而去。進了使君宅上，相見禮畢。使君曰：「吾婿在外經商，被盜賊殺傷左額左股。先生有何妙藥，可以治之？容某重謝！」真君曰：「寶劍所傷，吾有妙方，手到即愈。」【眉批】七次收孽龍。〔二九〕使君大喜，即召慎郎出來醫治。當時蛟精臥於房中，問僮僕曰：「醫士只一人麽？」僮僕曰：「兼有兩個徒弟。」蛟精却疑是真君，不敢輕出。其妻賈氏催促之曰：「醫人在堂，你何故不出？」慎郎曰：「你不曉事，醫得我好也是這個醫士，醫得不好也是這個醫士。」賈氏竟不知所以。使君見慎郎不出，親自入房召之。真君乃隨使君之後，直至房中厲聲叱曰：「孽畜再敢走麽？」孽龍計窮勢迫，遂變出本形，蜿蜒走出堂下。不想真君先設了天羅地網，活活擒之。又以法水噴其三子，悉變爲小蛟。真君拔劍并誅之。賈玉之女此時亦欲變幻，施岑活活擒住。使君大驚。真君曰：「慎郎者，乃孽龍之精，今變作人形，拜爾爲岳丈。吾乃豫章許遜，追尋至此擒之。爾女今亦成蛟，合受吾一劍。」賈使君乃與其妻跪於真君之前，哀告曰：「吾女被蛟精所染，非吾女之罪，伏望憐而赦之！」真君遂給取神符與賈女服之，故得不變。真君謂使君曰：「蛟精所居之處，其下即水。今汝舍下深不踰尺，皆是水泉。可速徙居他處，毋自蹈禍。」使君舉家驚惶，遂急忙遷居高處。原住其地，不數日果陷爲淵潭，深不可測。今長沙府昭潭是也。

施岑却從天羅地網中取出孽龍，欲揮劍斬之。真君曰：「此孽殺之甚易，擒之最難。我想江西係是浮地，下面皆爲蛟穴。城南一井其深無底，此井與江水同消長。莫若鎖此畜回歸，吾以鐵樹鎮之井中，繫此孽畜於鐵樹之上。使後世倘有蛟精見此畜遭厥磨難，或有警惕，不敢爲害。」甘戰曰：「善！」遂鎖了孽龍，徑回豫章。於是驅使神兵，鑄鐵爲樹，置之郡城南井中。下用鐵索鈎鎖，鎮其地脉，牢繫孽龍於樹，且祝之曰：

鐵樹開花，其妖若興，吾當復出。
鐵樹居正，其妖永除。
水妖屏迹，城邑無虞。

又留記云：

鐵樹鎮洪州，萬年永不休。
天下大亂，此處無憂。
天下大旱，此處薄收。

又元朝吳全節有詩云：

八索縱橫維地脉，一泓消長定江流。

豫章勝地由天造，砥柱中天億萬秋。

真君又鑄鐵爲符，鎮於鄱陽湖中。又鑄鐵蓋覆於廬陵元潭，今留一劍在焉。又立府靖於岧嶤山頂，皆所以鎮壓後患也。

真君既擒妖孽，功滿乾坤。時晉明帝太寧二年，大將軍王敦，字處仲，出守武昌，舉兵内向，次洞庭湖。真君與吴君同往説之，蓋欲止敦而存晉室也。是時郭景純亦在王敦幕府，因此三人得以相會。景純謂真君曰：「公斬馘蛟精，功行圓滿。况曩時西山之地，靈氣鍾完，公不日當上升矣。」真君感謝。一日，景純同真君、吴君來謁王敦。敦見三人同至，大喜，遂令左右設宴款待。酒至半酣，敦問曰：「我昨宵得一夢，夢見一木破天，不知主何吉凶？」真君曰：「木上破天，乃『未』字也。公未可妄動。」吴君曰：「吾師之言，灼有先見，公謹識之！」王敦聞二君言，心甚不悦，乃令郭璞卜之。璞曰：「此數用剋體，將軍此行，幹事不成也。」王敦不悦曰：「我之壽有幾何？」璞曰：「將軍若舉大事，禍將不久；若遂還武昌，則壽未可量。」王敦怒曰：「汝壽幾何？」璞曰：「我壽盡在今日。」王敦大怒，令武士擒璞斬之。真君與吴君舉杯擲起，化爲白鶴一雙，飛遶梁棟之上。王敦舉眼看鶴，已失二君所在。

且說郭璞既死，家人備辦衣衾棺椁，殮畢。越三日，市人見璞衣冠儼然，與親友相見如故。王敦知之，不信，令開棺視之，果無尸骸，始知璞脱質升仙也。【眉批】五解之中，璞爲兵解，亦名金遁。自後王敦行兵果敗，遂還武昌而死，卒有支解之刑，蓋不聽二君之諫，以至於此。

再説吴君邀真君同下金陵，遨游山水。既而欲買舟上豫章，打頭風不息。舟中人曰：「當此仲夏，南風浩蕩，舟船難進，奈何？」真君曰：「我待汝等駕之，汝等但要瞑目安坐，切勿開眼窺視。」吴君乃立於船頭，真君親自把船，遂召黑龍二尾，挾舟而行。經池陽之地，以先天無極都雷府之印，印西崖石壁上以辟水怪，今有印紋。舟漸漸凌空而起，須臾，過廬山之巔，至雲霄峰。二君欲觀洞府景致，故其船稍刮抹林木之表，戛戛有聲。舟人不能忍，皆偷眼窺之，忽然捨舟於層巒之上，折桅於深澗之下，今號鐵船峰。其下有斷石，即其桅也。真君謂舟人曰：「汝等不聽吾言，以至如此，今將何所歸乎？」舟人懇拜，願求濟度之法。真君教以服餌靈藥，遂得辟穀不飢，盡隱於紫霄峰下。

二君乃各乘一龍，回至豫章，遂就舊時隱居，終日與諸弟子講究真詮，乃作《思仙之歌》云：

天運循環兮，疾如飛；人生世間兮，欲何爲？爭名奪利兮，徒丘墟；風月滋味兮，有誰知？不如且進黄金卮，一飲一唱日沉西。丹砂養就玉龍池，小瓢世界寬無涯。世人莫道是愚癡，酩然一笑天地齊。

又作八寶垂訓曰：

忠孝廉謹，寬裕容忍。忠則不欺，孝則不悖；廉而罔貪，謹而勿失；修身如此，可以成德。寬則得衆，裕然有餘；容而翕受，忍則安舒；接人以禮，怨咎滌除。凡我弟子，動静勤篤。念兹在兹，當守其獨。有喪厥心，三官考戮。

却説天地水府三元三品三官大帝及太白金星，因言真君原是玉洞天仙下降，今除蕩妖孽，惠及生靈，德厚功高。其弟子吴猛等，扶同真君，共成至道，皆宜推薦，以至天庭。商議具表，奏聞玉帝。玉帝准奏，乃授許遜九天都仙大使兼高明大使之職，封孝先王。遠祖祖父，各有職位。先差九天採訪使崔子文、段丘仲捧詔一道，諭知許遜，預示飛升之期，以昭善報。採訪二仙捧詔下界，時晉孝武寧康二年甲戌，〔三〇〕真君時年一百三十六歲。八月朔旦，見雲仗自天而下，導從者甚衆，降於庭中。真君迎接拜訖，二仙曰：「奉玉皇敕命，賜子寶詔。子可備香花燈燭，整頓衣冠，俯伏階下，以聽宣讀！」詔曰：

上詔學仙童子許遜：卿在多劫之前，積修至道，勤苦悉備。天經地緯，悉已深通；萬法千門，罔不師歷。救灾拔難，除害蕩妖；功濟生靈，名高玉籍。衆真推薦，宜有甄升。可授九州都仙大使兼高名大使、孝先王之職，賜紫綵羽袍、瓊旌寶節各一事。期以八月十五午時，拔宅上升。詔書到日，信詔奉行。

讀罷，真君再拜，遂登階受詔畢，乃揖二仙上坐，問其姓名。一仙曰：「余乃崔子文。」一仙曰：「余乃段丘仲。」〔三〕俱授九天採訪使之職。真君曰：「愚蒙有何德能，感動天帝，更勞二仙下降？」二仙曰：「公修己利人，功行已滿。昨者群真保奏，升入仙班，相迎在邇，先命某等捧詔諭知。」言畢，遂乘龍車而去。

真君既得天書之後，門弟子吴猛等，與鄉中耆老及諸親眷，皆知行期已近，朝夕會飲，以叙别情。真君謂衆人曰：「欲達神仙之路，在先行其善而後立其功。【眉批】名言。吾去後一千二百四十年間，豫章之境，五陵之内，當出地仙八百餘人。其師出於豫章，大闡吾教。以吾壇前松樹枝垂覆拂地，郡江心中忽生沙洲掩過井口者，是其時也。」後人有言：「龍沙會合，真仙必出。」按龍沙在章江西岸畔，與郡城相對，事見《龍沙記》。潘清逸有《望龍沙》五言詩云：

五陵無限人，密視松沙記。

龍沙雖未合，氣象已虛異。
昔時雲浪游，半作桑麻地。
地形帶江轉，山勢若連契。

是時八月望日，大營齋會，遍召里人，及諸親友并門弟子，長少畢集。至日中，遥聞音樂之聲，祥雲繚繞，漸至會所。羽蓋龍車，仙童綵女，官將吏兵，前後擁護。前採訪使崔子文、段丘仲二仙又至，真君拜迎。二仙復宣詔曰：

上詔學仙童子許遜：功行圓滿，已仰潛山司命官，傳金丹於下界，返子身於上天。及家口厨宅，一并拔之上升。着令天丁力士與流金火鈴，照辟中間，無或散漫。仍封遠祖許由，玉虛僕射；又封曾祖許琰，太微兵衛大夫，曾祖母太微夫人；其父許肅，封中嶽仙官，母張氏封中嶽夫人。欽此欽遵，詔至奉行！

真君再拜受詔畢。崔子文曰：「公門下弟子雖衆，惟陳勳、曾亨、周廣、時荷等外，黄仁覽與其父，盱烈與其母，共四十二口，合當從行。餘者自有升舉之日，不得皆往也。」言罷，揖真君上了龍車，仙眷四十二口，同時升舉。

里人及門下弟子，不與上升者，不捨真君之德，攀轅卧轍，號泣振天，願相隨而不可得。真君曰：「仙凡有路可通。汝等但能遵行孝道，利物濟民，何患無報耶！」真君族孫許簡哀告曰：「仙翁拔宅冲升，後世無所考驗，可留下一物，以爲他日之記。」真君遂留下修行鐘一口，并一石函，謂之曰：「世變時遷，此即爲陳迹矣。」真君有一僕名許大者，與其妻市米於西嶺，聞真君飛升，即奔馳而歸。行忙車覆，遺其米於地上，米皆復生，今有覆米岡、生米鎮猶在。比至哀泣，求其從行。真君以彼無有仙分，乃授以地仙之術，夫婦皆隱於西山。仙仗既舉，屋宇鷄犬皆上升。惟鼠不潔，天兵推下地來。一跌腸出，其鼠遂拖腸不死。後人或有見之者，皆爲瑞應。又墜下藥臼一口，碾轂一輪；又墜下鷄籠一隻，於宅之東南十里；又許氏仙姑，墜下金釵一股，今有許氏墜釵洲猶在。【眉批】故事亦雅。〔三〕時人以其拔宅上升，有詩嘆美云：

慈仁共羡許旌陽，惠澤生民耿不忘。
拔宅上升成至道，陽功陰德感蒼蒼。

仙駕飛空漸遠，望之不可見，惟見祥雲綵霞，瀰漫上谷，百里之内，異香芬馥。忽有紅錦帷一幅飛來，旋繞故地之上。

却説真君仙駕經過袁州府宜春縣棲梧山，真君乃遣二青衣童子下告王朔，具以玉皇詔命，因來相別。王朔舉家瞻拜，告曰：「朔蒙尊師所授道法，遵行已久，乞帶從行！」真君曰：「子仙骨未充，止可延年得壽而已，難以帶汝同行。」乃取香茅一根擲下，令二童子授與王朔，教之曰：「此茅味異，可栽植於此地，久服長生。甘能養肉，辛能養節，苦能養氣，醎能養骨，滑能養膚，酸能養筋，宜調和美酒飲之，必見功效。」言訖而別。王朔依真君之言，即將此茅栽植，取來調和酒味服之，壽三百歲而終。今臨江府玉虚觀即其地也。仙茅至今猶在。

真君飛升之後，里人與其族孫許簡，就其地立祠，以所遺詩一百二十首，寫於竹簡之上，載之巨筒，令人探取，以決休咎。其修行鐘、藥轂、藥臼、石函等事，并寶藏於祠。後改爲觀。因空中有紅錦帷飛來旋繞，故名曰游帷觀。

真君既至天庭，玉帝升殿，崔子文、段丘仲二仙引真君與弟子等聽候玉旨。玉帝宣入朝見，真君揚塵拜舞，俯伏金階下，上表奏曰：「臣許遜庸才劣質，雖有呪水行符馘毒之功，蓋亦賴衆弟子十一人之力。今弟子之中止有陳勳、曾亨、周廣、時荷、黄仁覽、盱烈六人，已蒙聖恩超升天界。更有吴猛、施岑、甘戰、鍾離嘉、彭抗五人，未蒙拔擢，誠爲缺典。望乞一視同仁，宣至天庭，同歸至道。」玉帝見奏，即傳玉旨差周廣爲使，賫傳詔旨，令吴猛等五人同日上升。周廣即拜辭玉帝，賫詔下宣。是時乃晉寧康二年九月初一日也。吴猛時年一百八十六歲，見真君上升，己不與從，心内怏怏，〔三〕正與施岑、甘戰、鍾離嘉、彭抗四道友同歸西寧，聚義修煉。只見周廣賫詔自天而下。

衆相見畢，動問其下界之故。周廣曰：「吾師朝見玉帝，即上奏五位仙友多助仙功，〔二四〕未得上升，懇求玉帝超擢。玉帝即差廣賫詔旨令五君上升，〔二五〕同歸至道。」五人聽言大喜，各乘白鹿車，白晝冲升。今有吴仙村吴仙觀，是其飛升之處。然真君所從游者三千餘人，其有功有行而得上升者，通吴君十有一人焉耳。真君領弟子朝見玉帝畢，玉帝各授以仙職。遂率群弟子拜謁太師祖孝悌明王衛弘、師祖孝明王蘭公、師傅諶母已畢，又謝了三官金星保奏之功。真君又薦舉故人許都胡雲、雲陽詹晧二人，皆有道之士，玉帝皆封真人之號，不在話下。

却説真君自升仙後，屢顯神通。隋煬帝無道，燒毁佛祠，乃將游帷觀廢毁。唐高宗永淳年間，遂命真人胡惠超重新建之。

至宋太宗、仁宗皆賜御書，真宗時賜改游帷觀曰玉隆宫。至宋代政和二年，徽宗忽得重疾，面生惡瘡。晝寢恍然一夢，見東華門有一道士，戴九華冠，披絳章服，左右童子，持劍導前，來至丹墀稽首。帝疑非人間道士，因問曰：「卿是何人？」道士對曰：「吾爲許旌陽，權掌九天司職。上帝詔往西瞿耶國按察，經由故國，知主上患疾，特來顧之。」帝曰：「朕患毒瘡，諸藥不能愈，卿有藥否？」道士即取小瓢子傾藥一粒，如菉豆子大，呵氣抹於徽宗瘡上，遂揖而去。且曰：「吾洪都西山弊舍，久已零落，乞望聖眼一瞻爲幸！」帝豁然而寤，覺滿面清凉，以手磨之，瘡遂愈矣。乃令近臣將圖經考之，見洪州西山有許旌陽遺迹，詔造許真君行宫，改修玉隆宫，仍添「萬壽」二字。塑真君新像，尊號曰「神功妙濟真君」。許真君所遺之物，皆有神護守，不可觸犯。如殿前手植栢樹，其榮瘁常兆本宫盛衰，翦葉煎湯，諸病可愈。井中鐵樹，唐嚴譔作洪州牧，心内不信，令人掘發，俄然天變，忽有迅雷烈風，江波泛溢，城郭震動。譔懼，叩頭悔謝，久之而後止。又强取修行鐘，置之僧寺，擊之聲啞如土木。譔坐寐，見神人叱責，醒覺，而送鐘還宫。又碾輪、藥臼，州牧徐登令取至府觀之，猶未及觀，遂乃飛去還宫。又石函，唐朝張善安竊據洪州，强鑿開其蓋，内册朱書數字云：「五百年後强賊張善安開鑿之。」善安看畢，恐懼，遂磨洗其字，終不泯滅。因藏其蓋，其字尚留函底。宋高宗建炎間，金人寇江左，欲焚毁宫殿。俄而水自楹桷噴出，[三六]火不能燒，虜酋大驚，乃徹兵而去。皇明列聖，元加寅奉，敕賜重修宫殿，真君屢出護國行醫。正德戊寅年間，寧府陰謀不軌，親詣其宫，真君降箕筆云：

三三兩兩兩三三，殺盡江南一檐耽。
荷葉敗時黄菊綻，大明依舊鎮江山。

後來果敗。諸靈驗不可盡述。後人有詩嘆云：

金書玉檢不能留，八字遺言可力求。
試看真君功行滿，三千弱水自通舟。

【校記】

〔一〕「叫苦不迭」，底本作「叫苦不迷」，據《斬蛟傳》改。

〔二〕「青龍把世持」，底本作「青龍把世特」，《斬蛟傳》同，據《鐵樹記》改。

〔三〕本條眉批，《斬蛟傳》無。

〔四〕「古古怪怪的鹿角枯樟」，底本作「古古怪怪鹿角的枯樟」，《斬蛟傳》同，據文意改。

〔五〕「貧乏」，底本作「貧之」，據《斬蛟傳》改。

〔六〕本條眉批，《斬蛟傳》無。

〔七〕「諸胡」，底本作「諸朝」，《斬蛟傳》同，據文意改。

〔八〕「道術」，底本作「遜術」，據《斬蛟傳》改。

〔九〕「來」，底本作「文」，據《斬蛟傳》改。

〔一〇〕「栗栗烈烈」，底本下「栗」字作「要」，據《斬蛟傳》改。

〔一一〕「孝悌王」，底本作「孝心王」，據《斬蛟傳》改。

〔一二〕「必當」，底本作「必富」，據《斬蛟傳》改。

〔一三〕「勢漫天」，底本作「勢漫天」，據《斬蛟傳》改。

〔一四〕本條眉批，《斬蛟傳》無。

〔一五〕「許大」，底本作「計大」，據《斬蛟傳》改。

〔一六〕「劉先主」，底本作「劉先生」，《斬蛟傳》同，據《鐵樹記》改。

〔一七〕本條眉批，《斬蛟傳》無。

〔一八〕「呼風喚雨」，底本作「呼風呼喚雨」，《斬蛟傳》同，據《鐵樹記》删下「呼」字。

〔一九〕本條眉批，《斬蛟傳》無。

〔二〇〕本條眉批，《斬蛟傳》無。

〔二一〕本條眉批，《斬蛟傳》無。

〔二二〕「屋桷」，底本作「屋桶」，《斬蛟傳》同，據《鐵樹記》改。下徑改，不出校。

〔二四〕本條眉批底本無，據《斬蛟傳》補。

〔二五〕本條眉批，《斬蛟傳》無。

〔二六〕「硯池」，底本作「現池」，《斬蛟傳》同，據《鐵樹記》改。

〔二七〕「似」字，底本墨釘，據《斬蛟傳》補。

〔二八〕本條眉批，《斬蛟傳》無。

〔二九〕本條眉批，《斬蛟傳》無。

〔三〇〕「寧康」，底本作「寧原」，《斬蛟傳》同，據前後文改。

〔三一〕「一仙曰余乃崔子文一仙曰余乃段丘仲」，底本作「一仙曰余乃崔子文段丘仲」，《斬蛟傳》同，據《鐵樹記》補。

〔三二〕本條眉批底本無，據《斬蛟傳》補。

〔三三〕「心内怏怏」，底本「内」字作「由」，據《斬蛟傳》改。

〔三四〕「即上奏五位仙友」，底本作「即上帝即位仙友」，《斬蛟傳》同，據《鐵樹記》改。

〔三五〕「玉帝」，底本作「玉奏」，《斬蛟傳》同，據《鐵樹記》改。

〔三六〕「楹桷」，底本作「楹桶」，《斬蛟傳》同，據《鐵樹記》改。

附録　葉法師符石鎮妖

世上浮名本不奇，遥遥千里欲何之？
狂風急雨堪銷骨，裂雪嚴霜可斷鬚。
萬物從來皆有怪，一身何處不逢機。
請君認得家鄉好，莫向天涯惹是非。

這首詩單勸人守分營生，安居樂業，切莫道在家淡泊，痴心妄想，要往遠方圖個高名厚利。正不知在家雖則淡泊，却脚踏實地，没甚驚惶恐嚇。【眉批】名言。若到外方行走，陸路有鞍馬之勞，水路有波濤之慮；陸路又有虎豹豺狼，水路又有蛟龍魚鱉；陸路要防響馬草寇，剪徑拐子，水路要防鑽艙水賊，抽幫打劫。還有那謀財的店主，劫客的艄公。就是合伴的夥計，跟隨的奴僕，往往有見財起意，反面無情。只這幾般利害，倘或遭遇，大則傾陷性命，小則流落他鄉，那時要求家中的淡泊也不能勾了。

所以古老有言：「出外一里，不如家裏。」又道：「不歷風波險，安知行路難。」

看官，這幾般雖則利害，也還是人世常有之事，未足爲異。如今且聽在下説一樁路途遭難，希奇作怪的故事。這故事若説出來時，直教：

積年老客也驚心，新出商人須縮首。

話説大唐高宗時，有個官人，姓李名鶚，字羽南，敦煌人氏。那敦煌乃邊鄙之地，讀書的少，習武服田的多。這李鶚恥隨流俗，立志苦工，磨穿雪案螢窗，究徹聖經賢傳，做了個飽學才人。到中宗嗣聖元年，開科取士，李鶚赴京應試。是年凡中進士科二十名，博學宏詞科二十名。李鶚應博學宏詞科，得魁金榜，除授絳縣縣尹。若論李鶚這般才學，又是個邊卷，合該在翰林供奉，只因對策裏邊有兩句言語指斥時事，觸犯了武則天太后，所以不得清華之選。你道觸犯武則天的是甚言語？那策中有云：

櫛風沐雨之天下，正在吾宗；禮樂文章之綱紀，勿歸他姓。

原來是時高宗新崩，中宗初立，武則天攬權樹黨，不容中宗做主，漸漸有廢子自立之意。滿朝文武官員，誰不畏懼太后威勢？大小政令，俱要禀命，就是平章軍國重務，及春秋兩番貢舉大事，没有則天太后旨意，誰敢擅行？所以新進士廷對策一一都要到太后宮中經過，方敢揭榜。誰知李鶚不識時務，用這一聯説話，道破了他的機關。太后看到此處，不覺拍案大怒，便要傾他性命。因是新進，没甚罪過，又恐失了人心，勉强與他個外任，這也是萬分僥倖了。

李鷸領了誥身，即日離京回鄉，帶領家眷赴任。那時武則天已廢中宗爲廬陵王，安置房州，又立了睿宗。不多幾時，太后自占了天位，建號改年，天下拱手從順，李鷸也只得自安其位。喜得他立志廉潔，愛民如子。更有一件好處：不肯交結權要，希圖汲引。因此合縣欽服，清名直傳播到京師。那時雖是女主當陽之日，公道還有幾分，隨他李鷸這樣不結交權要，不十年間，也轉到刺史之職，出守邵州。李鷸故鄉敦煌本在極邊，歷任却多在内地，所以自登仕路，從未曾到家。今番授了邵州之職，不免枉道還鄉祭祖。那宗族親戚都來慶賀，盡懷厚望。那曉得他宦囊清澀，表情而已。憑你説得舌破脣穿，也還道是矯廉慳吝。

李鷸在家盤桓兩月，收拾起程。一行十數餘人，至親只有三口，一個是夫人金氏，一個是纔周歲的孩兒。一路車馬直至邵州。捨陸登舟，不想路途勞頓，下得船來，身體慵倦，更兼有個鼻衄之症，不時發作。又見洞庭湖風波險惡，愈覺心驚。看看前至岳州，猛然想起一個念頭，開言説道：「夫人，我今不去赴任了。」夫人驚訝道：「相公歷了許多風霜勞苦，來到此間，聞去邵州已近，如何反生退悔之念？」李鷸道：「不是我有退悔之意，想將起來，當今武太后占了天位，皇帝久困房州，内有張昌宗、張易之這輩倖臣擅權用事，外有周興、來俊臣那班酷吏羅織害人，王孫貴戚誅夷殆盡，義士忠臣力殺無遺。我向年官卑職小，没人起念，如今做了刺史，是守土重臣，豈無小人嫉妒？倘有絲毫不到之處，身家便難保全。况兼兒子幼小，自己鼻血症候又不時發作，何苦忍着病痛，擔着驚恐，博這虛名虛器？不如挂冠回去，淡飯粗衣，到也逍遥散誕！」夫人道：「你話雖説得有理，只是目下還撇不得這官哩！」李鷸道：「却是爲何？」夫人道：「我家向來貧寒，没甚田産，及至做官，又不要錢鈔。如今若就罷官，照舊是個窮酸秀才，怎生過活？這還是小事，到孩子長大起來，聘娶讀書之費，把甚麽來使用？依着我，還該赴任。此番莫學前任，一清到底了。分内該取的，好歹也要些兒，【眉批】若只取分内者，猶可稱廉吏。做他兩三年，料必也有好些財物。那時收拾歸去，置些産業，傳與兒孫享用，可不名利兩全！」李鷸聽了夫人這片言語，沉吟暗想，果然没甚産業，後來子孫不無貧乏之慮。把爲官之念却又撥轉，乃道：「夫人之言也説得是，但我歷任清白，豈可今番爲着子孫之計，頓然改節？只好積下這兩三年俸金，回去置買幾畝田地，教子孫耕讀便了。」【眉批】□□□□□□而顧名節者誰哉？夫人道：「自來做官的那一個是不要錢的？偏你有許多膠柱鼓瑟！」

夫妻們正話間，忽然刮起大風，波濤鼎沸，把船隻險些掀翻，驚得滿船失色。幸喜還是個順風，頃刻間便到了岳州城下。稍工下帆傍岸，繫纜抛猫，等候風息再行。李鷸又受了這場驚恐，把做官念頭又冷了一半。到了次日，對夫人説道：「這岳州乃荆襄要會，三楚名邦，有白鶴山、岳陽樓許多景致，我且上去觀玩一番。」夫人聽説，即唤侍兒：「取過冠帶與相公更换。」李鷸道：「乘閒游玩，何消冠帶，隨身衣服便了。」道罷，走出船頭，唤過兩個僕人跟隨。稍子打着扶手，主僕登涯，慢騰騰步進岳州城裏。

那城中六街三市，做買做賣的十分鬧熱，往來的衣冠人物也都樸素軒昂。李鷸觀之不足，玩之有餘。正當游行之際，只見鬧市中顯出一個舖面，門首竪個招牌，上寫着：

推拆字如神，吉凶立見。

李鷸看了，心中暗想：「我今行藏未定，進退狐疑，何不就他一問，以決行止？」隨跨上階頭，舉手向前，道聲：「先生請了。」那先生起身答禮道：「尊官請坐。」李鷸便向左邊椅上坐下，道：「先生，在下有事不決，求拆一字。」那先生道：「信口説來，不要思想。」李鷸擡頭見對面壁上一幅白紙，又寫着四句道：

字中玄妙，水流花開。

其字則一，八面推來。

李鷸隨手就指着「其」字説道：「先生，就是這『其』字罷。」那先生展開一張素紙，把筆醮上些墨水，向紙上寫下這個「其」字，沉思半晌，開言問道：「尊官，此字何用？」李鷸道：「在下敦煌人氏，在江河上做些小小生意，乘便要到邵州地方尋一相知，因見路上不好行走，意欲轉去，兩念未決，煩先生指示。」那先生又把「其」字的意思細想了一回，乃道：「尊官可是因路上風波危險，要想回家去麽？」李鷸道：「還是去的好，不去的好？」那先生道：「要去不去，不去要去。」李鷸道：「先生差矣！或該去，或不該去，只一言兩決，如何説這葫蘆提的話？」【眉批】舉世葫蘆提，豈特術士？先生笑道：「尊官休要性急！據這『其』字，數中有許多蹺蹊古怪的緣故，待我細細説來。這『其』字便是尊官主身，加着水旁，成個『淇』字，應在尊官有江河之行了。假如水字正書，兩邊相稱，即爲波平浪静，管取中流穩渡了。如今乃是三點水，下邊這一點倒挑起來，即波濤反激之狀，這不是身臨風浪之危，興起歸與之念了？去了水字，换個馬旁，是爲『騏』字，身雖具不動之形，馬却有騁馳之勢，此不去要去也。右旁除下馬字，左旁加上月字，合成『期』字，如今紅日中天，那得有月？所以歸去無期，此要去不去也。再去了月字，貼上虫字，則爲『蜞』字。蜞爲水族介虫之屬，有横行之勢，原從淇字水旁推起，當有鱗介之類，得水相濟，成器爲妖。今緊貼尊官主身『其』字，此物必要來害尊官性命。再將『其』字中二畫拆去，便是『共』字，此物當與尊官共爲一身。應主妖物化作尊官，尊官化作妖物，方纔應得這個『其』字。」

李鷂聽了這班言語，心下暗想道：「本要問他決個行止，不道講出這些胡話來。」忍不住又問道：「既在下與妖物互相更變，後來畢竟如何？」先生道：「『其』字成數有八，自八以内爲七，七者生數；自八以外爲九，九者死數。今生數有餘，死數未到，主有八月灾難，不至傷身。又八數在《易》則爲八卦，在天則爲八風，當有道通天地、氣合陰陽一個異人前來，方得消灾解難，起死回生，元神復舊。」李鷂見他一發説得荒唐，冷笑一聲，又戲言道：「然則救我之人，數該何姓？」先生道：「事難遥度，理有可推，你再説一個字來。」李鷂就指着壁上「水流花開」中「花」字與他看，先生隨口應道：「花須葉護，救你的定主姓葉。」李鷂又笑道：「唤甚名字？」先生道：「天機不可盡泄，到後自當應驗。」李鷂道：「倘或不驗，却是如何？」先生道：「尊官莫輕覷了，此灾必不出八八時中。若過第六日無事，徑來打碎招牌，下情陪禮。」

李鷂初時分毫不信，到後見説得這般斬釘截鐵，頓添疑惑，唤從人將銀謝了先生，作别起身。也無心到岳陽樓游玩，急忙取路回船，對夫人説這拆字的緣故。夫人聽了，説道：「相公休聽這走方花子，從古至今，那曾見有妖物變人，人變妖物之事！」李鷸道：「初時我原不信，因他説過了第六日不驗，情願打碎招牌，下禮請罪，故此心内疑惑。」夫人笑道：「相公，你枉自聰明，却被這花子哄了。我們在此守風，這暴風無非一周時，最多也不過三日便開船了，難道爲着這拆字的，直等到六日後纔行不成？」李鷸頓足道：「夫人見得是，我一時見不到，被他惑了！」叫家人李貴吃了午膳，再進城去買本州土産方竹杖及竹簞等物，凑送人事。

李貴奉命去，到日晚，却同着本州一個差役回船，説：「因買竹簞與舖家鬬口，廝打起來，被他扭到州裏，小的説是李爺家人，劉太爺差人押小的到此查探。若果是李爺，先投名帖。」差役疾忙回報：「今有名帖在此。」李鷸看了名帖，對夫人道：「劉公名申，與我同科，昔在都中會晤，甚是相契。今日停泊在此，吾恐取干涉之厭，所以不去拜他。」【眉批】人人具李鷸心腸，打秋風之路自絶。金夫人道：「相公，你也忒狷介了。」李刺史也將名帖教李貴同差役回覆。

劉申隨即出城，上船來拜。彼此寒烜，各道自都中分手，天各一方，欲晤無由，正是他鄉遇故知，話濃不覺日暮，劉太守辭别回府。次日，風恬浪静，李刺史主意答拜了劉太守，即便開船。不意劉太守再四挽留，設宴款待是不必説，又于詞訟中尋些門路，設處百餘金聊爲贐敬。因此準準磐桓了五日。【眉批】□□□□□□□搜出民脂盡去。

其時正是八月中旬天氣，李刺史設宴舟中，請劉太守游玩湖景，少酬雅貺。飲至更餘，劉申辭謝進城，那輪幾望的明月正中，光輝如晝。李鷸乘着酒興，仍教移船出港，放舟中流，洞開艙窗，重整杯盤，與夫人玩月。次後，夫妻兩口兒倚欄而望，則見：湖光涵月色，遠霧隱漁燈。【眉批】□□及此，比擬入神。李刺史正説：「難得劉太守恁般厚情。」忽地將手捏着鼻子，叫聲：「阿也，苦也！這病又來了！」原來李鷸連日多用了杯中物，俗諺説得好：「酒是色媒人。」李鷸酒後未免犯着他，因此鼻衄中病復發，兩孔中流下蘇木汁來。俯首向窗外放了手，血都滴在船旁攙頭板上，這番比舊更多。金夫人取汗巾正替丈夫揩拭餘血，只見水動波翻，鑽出一件物事，爬上攙頭板，把那鼻血舐咂個罄盡。李刺史仔細看時，却是黄猫還大，比犬更小的一個獺，俗名叫做「水狗」。那畜生見人去看他，撲通的攛入水裏去了。李鷸想起拆字先生説話，心下頗有些驚疑，便教攏船入港，收拾歇息。一宿無話。

次日，劉太守置酒本府，承值船中邀李刺史游君山餞别。那君山在洞庭湖中，上有十二峰，峰巒秀跋，上古帝堯之女湘君居此，〔一〕故名君山。當日，劉太守、李刺史易換便服，只帶十數個從人，登山游玩。看了柳毅祠，〔一〕方纔到得湘妃墓側，忽然發起一陣怪風來。怎見得：

無形無影透人懷，四季能吹萬物開。
就樹撮將黄葉去，入山推出白雲來。

那陣風過處，只聽得亂樹背後深草叢中，撲地一聲響，跳出一隻斑斕猛虎，剪尾咆哮，攛出林來，徑撲李鷁。嚇得衆人也顧不得甚麽刺史太守，發聲喊，亂攛奔逃。劉太守幸的和衆役一般會奔，脱得這場大難。連跌帶滚，跑了四五里山路，纔到船邊，衆人氣喘急促，忙叫打跳上船不迭。那李刺史的船因有家眷在内，相隔劉太守的船五十餘步。劉太守與衆人纔上得船，只見李刺史在君山上擺將下來，冷笑着説道：「李鷁來了。」劉太守見了李刺史，方纔定性，開言教人快請李爺上船。那李刺史全然不睬，一徑上了自己的船，又喚在先隨上山的從人也上了船，喝教舟師：「快開船，趁順風去！」金夫人説道：「也該謝别劉太守。」李鷁那裏肯聽，李貴也來禀説，李刺史便要打將起來。舟人不敢違拗，只得收拾開船。劉太守再差人來請時，船已開到波心去了，劉太守忙教也張帆趕上去。水手禀道：「李爺船風順帆揚，這裏挂帆理楫停當時，李爺船已是去了若干路，如何赶得上？」劉太守道：「這也是，想是李爺怪我等不顧他，奔了下來。却也好笑，我每又無器械在手，若來救你，連自己性命都送，却不是從井救人，他恁般没分曉！」叫左右傳令，開船回府。

舟役遵令正欲開船，只見君山山坡後轉出一個老僧，厮赶着一隻大鳥，走近船邊高叫道：「劉太守，莫錯怪李刺史，只問這啄蚌鳥便了。三日後便知端的。」説罷，即把啄蚌鳥捧上船來。劉太守未及詳問，那老僧化陣風，寂然不見。劉太守十分驚訝，便帶啄蚌鳥回府。那鳥不鳴不食，終日呆立，亦不畏人。劉太守心疑，委決不下。

等到第三日，忽報有道士相訪，劉太守出廳，教請相見。叙禮畢，那道士説道：「貧道姓葉，法名静能，結廬羅浮山修煉，兩日望見洞庭湖中怨氣衝天，妖氛敝日，貧道仗劍下山，到洞庭左近細察，見妖氛已遠遁邵州，怨氣却在相公内衙。」劉太守聽罷，驚喜各半，便將前日同李刺史游君山遇虎，及後遇老僧送啄蚌之事備述。葉静能即教快取此鳥來看，劉太守傳令，須臾于内衙取至。葉静能看時，却是大似賓鴻的一隻鷊鳥。葉静能忙教取水，遂捏訣念呪，望着鷊鳥噀了一口水，霎時毛退羽落，却是峨冠博帶的一個李刺史。劉太守及滿堂人衆大驚失色。

葉静能見李刺史昏迷，知道中毒，取出隨身帶來的藥餌，即教安排些安魂定魄解魔祛毒湯與李刺史吃了。李鷊似夢方覺，説：「被虎所撲，自分必死，何期又到此處?」望着劉太守,納頭便拜道:「仁兄之恩,真是天高地厚。」劉太守連忙扶起道:「仁兄莫錯謝了人。」指着葉静能道:「救仁兄者,乃是此位法師。」便將往事細述。李鷸聽罷,反驚得四肢麻木,半晌動彈不得。葉静能道:「妖物如此變幻不測,恐在邵州爲害不小,待貧道去剿除妖物。」遂辭别李鷸等衆,取路來到邵州。

打聽得李刺史已上任數日了,静能諦察妖氣,正在刺史府中。次日,俟李刺史出來拜客,看那刺史頭上一股黑氣,直冒到半空裏。静能道:「原來則這刺史,便是妖怪!」静能看路旁有塊搗衣大青石,他便密念呪語,向石噀了一口氣,把手向空書符一道,那石在地左盤右旋,忽然飛起空中,刮喇一聲,不偏不斜,正壓在假刺史頭上,連轎帶扛都壓下去。轎夫人等雖不遠咫尺,却不曾壓傷半個。衆人發聲喊,都跑散了,不敢上前。葉静能在人叢中走出大叫:「衆人不得害怕!」衆人看時,却是星冠鶴氅一個羽士。静能教衆人看石下,已非刺史,乃是百十餘圍的一個大黿。那黿修煉日久,身堅殼硬,却是不曾壓死,尚在那裏伸頭縮尾,被三百餘斤的大石壓住黿背,衆人方敢上前。葉静能分付衆人,分投去請闔城紳士耆老,半晌齊集。静能喝叫:「老黿生「黿怪,快供實情!」那老黿在石下伸頭探腦,掙扎不脱,口吐人言,供稱道:「老黿生在洞庭湖中,壽已千餘歲,頗能變化鳥獸等形。前因變水狗于湖濱窺探,偶吞李刺史鼻血，便能變化人形。不合化虎嚇衆，將真刺史爲啄蚌，裝假官人是鼉妖。今被擒拿，伏乞饒命。所供是實。」静能聽罷，把寶劍向鼉當頭刺去，可憐千歲老鼉，到此一場春夢。州人將鼉鋸開，分食其肉，至今鼉殼尚存。

静能將書符呪水及消毒解腥藥餌教李刺史合家調服，静能飄然而去。邵州士紳屬官及岳州太守將此事合詞奏聞，則天皇后降旨，封葉静能爲普濟靈通真人，建祠邵州。李鷸調攝病痊，馳驛上任。李刺史到毒退病痊上任之日，凖凖的二百四十餘日，深嘆拆字先生恁般靈驗，差人再到岳州謝劉太守及訪問拆字先生。那拆字先生已是不知去向。劉太守差人到君山物色送鷸老僧，并無踪迹，惟妙寂庵中方丈左壁上水墨畫的僧像，酷似老僧。後來李刺史任滿，到君山拜謝僧像，那時劉太守已去任。李刺史自此棄家入山，訪葉静能學道，亦成地仙，後世往往有人見之。所以這本話頭叫做《葉法師符石壓妖》。後人有詩稱頌葉静能之功云：

静能法力冠黄冠，斬怪擒妖百姓安。
若非符石騰空起，堂上于今有假官。

【校記】

〔一〕「上古」，佐伯本作「二古」，據三桂堂本改。

〔二〕「柳毅祠」，佐伯本無「祠」字，據三桂堂本補。

瓶水齋詩集	[清]舒位著　曹光甫點校
龔自珍全集	[清]龔自珍著　王佩諍校點
龔自珍詩集編年校注	[清]龔自珍著　劉逸生、周錫輹校注
水雲樓詩詞箋注	[清]蔣春霖著　劉勇剛箋注
人境廬詩草箋注	[清]黄遵憲著　錢仲聯箋注
嶺雲海日樓詩鈔	[清]丘逢甲著　丘鑄昌標點

安雅堂全集	[清]宋琬著　馬祖熙標校
龔鼎孳詞校注	[清]龔鼎孳著　孫克强、鄧妙慈校注
吴嘉紀詩箋校	[清]吴嘉紀著　楊積慶箋校
陳維崧集	[清]陳維崧著　陳振鵬標點 李學穎校補
屈大均詩詞編年校箋	[清]屈大均著　陳永正等校箋
屈大均詞箋注	[清]屈大均著　陳永正箋注
秋笳集	[清]吴兆騫撰　麻守中校點
漁洋精華録集釋	[清]王士禛著 李毓芙、牟通、李茂肅整理
聊齋志異會校會注會評本	[清]蒲松齡著　張友鶴輯校
敬業堂詩集	[清]查慎行著　周劭標點
納蘭詞箋注	[清]納蘭性德著　張草紉箋注
方苞集	[清]方苞著　劉季高校點
樊榭山房集	[清]厲鶚著　[清]董兆熊注 陳九思標校
劉大櫆集	[清]劉大櫆著　吴孟復標點
儒林外史彙校彙評(增訂版)	[清]吴敬梓著　李漢秋輯校
小倉山房詩文集	[清]袁枚著　周本淳標校
忠雅堂集校箋	[清]蔣士銓著　邵海清校 李夢生箋
甌北集	[清]趙翼著　李學穎、曹光甫校點
惜抱軒詩文集	[清]姚鼐著　劉季高標校
兩當軒集	[清]黄景仁著　李國章校點
惲敬集	[清]惲敬著　萬陸、謝珊珊、林振岳 標校　林振岳集評
茗柯文編	[清]張惠言著　黄立新校點

湯顯祖戲曲集	[明]湯顯祖著　錢南揚校點
白蘇齋類集	[明]袁宗道著　錢伯城校點
袁宏道集箋校	[明]袁宏道著　錢伯城箋校
珂雪齋集	[明]袁中道著　錢伯城點校
喻世明言會校本	[明]馮夢龍編著　李金泉點校
警世通言會校本	[明]馮夢龍編著　李金泉點校
醒世恒言會校本	[明]馮夢龍編著　李金泉點校
隱秀軒集	[明]鍾惺著　李先耕、崔重慶標校
譚元春集	[明]譚元春著　陳杏珍標校
張岱詩文集(增訂本)	[明]張岱著　夏咸淳輯校
陳子龍詩集	[明]陳子龍著　施蟄存、馬祖熙標校
夏完淳集箋校(修訂本)	[明]夏完淳著　白堅箋校
牧齋初學集	[清]錢謙益著　[清]錢曾箋注　錢仲聯標校
牧齋有學集	[清]錢謙益著　[清]錢曾箋注　錢仲聯標校
牧齋雜著	[清]錢謙益著　[清]錢曾箋注　錢仲聯標校
牧齋初學集詩注彙校	[清]錢謙益著　[清]錢曾箋注　卿朝暉輯校
李玉戲曲集	[清]李玉著　陳古虞、陳多、馬聖貴點校
吴梅村全集	[清]吴偉業著　李學穎集評標校
歸莊集	[清]歸莊著
顧亭林詩集彙注	[清]顧炎武著　王蘧常輯注　吴丕績標校

劍南詩稿校注	[宋]陸游著　錢仲聯校注
放翁詞編年箋注(增訂本)	[宋]陸游著　夏承燾、吴熊和箋注 陶然訂補
渭南文集箋校	[宋]陸游著　朱迎平箋校
范石湖集	[宋]范成大撰　富壽蓀標校
范成大集校箋	[宋]范成大撰　吴企明校箋
于湖居士文集	[宋]張孝祥著　徐鵬校點
稼軒詞編年箋注(定本)	[宋]辛棄疾撰　鄧廣銘箋注
辛棄疾詞校箋	[宋]辛棄疾著　吴企明校箋
姜白石詞編年箋校	[宋]姜夔著　夏承燾箋校
後村詞箋注	[宋]劉克莊著　錢仲聯箋注
劉辰翁詞校注	[宋]劉辰翁著　吴企明校注
瀛奎律髓彙評	[元]方回選評　李慶甲集評校點
雁門集	[元]薩都拉著 殷孟倫、朱廣祁校點
揭傒斯全集	[元]揭傒斯著　李夢生標校
高青丘集	[明]高啓著　[清]金檀注 徐澄宇、沈北宗校點
唐寅集	[明]唐寅著　周道振、張月尊輯校
文徵明集(增訂本)	[明]文徵明著　周道振輯校
震川先生集	[明]歸有光著　周本淳校點
海浮山堂詞稿	[明]馮惟敏著 凌景埏、謝伯陽標校
滄溟先生集	[明]李攀龍著　包敬第標校
梁辰魚集	[明]梁辰魚著　吴書蔭編集校點
沈璟集	[明]沈璟著　徐朔方輯校
湯顯祖詩文集	[明]湯顯祖著　徐朔方箋校

歐陽修詞校注	[宋]歐陽修著　胡可先、徐邁校注
蘇舜欽集	[宋]蘇舜欽著　沈文倬校點
嘉祐集箋注	[宋]蘇洵著　曾棗莊、金成禮箋注
王荊文公詩箋注(修訂版)	[宋]王安石著　[宋]李壁箋注　高克勤點校
王令集	[宋]王令著　沈文倬校點
蘇軾詩集合注	[宋]蘇軾著　[清]馮應榴注　黄任軻、朱懷春校點
東坡樂府箋	[宋]蘇軾著　[清]朱孝臧編年　龍榆生校箋
東坡詞傅幹注校證	[宋]蘇軾著　[宋]傅幹注　劉尚榮校證
欒城集	[宋]蘇轍著　曾棗莊、馬德富校點
山谷詩集注	[宋]黄庭堅著　[宋]任淵、史容、史季温注　黄寶華點校
山谷詩注續補	[宋]黄庭堅著　陳永正、何澤棠注
山谷詞校注	[宋]黄庭堅著　馬興榮、祝振玉校注
淮海集箋注(修訂本)	[宋]秦觀撰　徐培均箋注
淮海居士長短句箋注	[宋]秦觀著　徐培均箋注
賀鑄詞集校注	[宋]賀鑄著　鍾振振校注
清真集箋注	[宋]周邦彦著　羅忼烈箋注
石門文字禪校注	[宋]釋惠洪撰　周裕鍇校注
石林詞箋注	[宋]葉夢得著　蔣哲倫箋注
樵歌校注	[宋]朱敦儒著　鄧子勉校注
李清照集箋注(修訂本)	[宋]李清照著　徐培均箋注
吕本中詩集箋注	[宋]吕本中著　祝尚書箋注
陳與義集校箋	[宋]陳與義著　白敦仁校箋
蘆川詞箋注	[宋]張元幹著　曹濟平箋注

韓昌黎文集校注	[唐]韓愈著　馬其昶校注　馬茂元整理
劉禹錫集箋證	[唐]劉禹錫著　瞿蜕園箋證
白居易集箋校	[唐]白居易著　朱金城箋校
柳宗元詩箋釋	[唐]柳宗元著　王國安箋釋
柳河東集	[唐]柳宗元著　[宋]廖瑩中輯注
元稹集校注	[唐]元稹著　周相録校注
長江集新校	[唐]賈島著　李嘉言新校
張祜詩集校注	[唐]張祜著　尹占華校注
三家評注李長吉歌詩	[唐]李賀著　[清]王琦等評注　蔣凡校點
樊川文集	[唐]杜牧著　陳允吉校點
樊川詩集注	[唐]杜牧著　[清]馮集梧注
温飛卿詩集箋注	[唐]温庭筠著　[清]曾益等箋注
玉谿生詩集箋注	[唐]李商隱著　[清]馮浩箋注　蔣凡校點
樊南文集	[唐]李商隱著　[清]馮浩詳注　錢振倫、錢振常箋注
皮子文藪	[唐]皮日休著　蕭滌非、鄭慶篤整理
鄭谷詩集箋注	[唐]鄭谷著　嚴壽澂、黄明、趙昌平箋注
韋莊集箋注	[五代]韋莊著　聶安福箋注
李璟李煜詞校注	[南唐]李璟、李煜著　詹安泰校注
張先集編年校注	[宋]張先著　吴熊和、沈松勤校注
二晏詞箋注	[宋]晏殊、晏幾道著　張草紉箋注
樂章集校箋	[宋]柳永著　陶然、姚逸超校箋
梅堯臣集編年校注	[宋]梅堯臣著　朱東潤編年校注
歐陽修詩文集校箋	[宋]歐陽修著　洪本健校箋

蕭繹集校注	[南朝梁]蕭繹著　陳志平、熊清元校注
玉臺新咏彙校	吴冠文、談蓓芳、章培恒彙校
王績集會校	[唐]王績著　韓理洲校點
王梵志詩校注(增訂本)	[唐]王梵志著　項楚校注
盧照鄰集箋注	[唐]盧照鄰著　祝尚書箋注
駱臨海集箋注	[唐]駱賓王著　[清]陳熙晉箋注
王子安集注	[唐]王勃著　[清]蔣清翊注
陳子昂集(修訂本)	[唐]陳子昂撰　徐鵬校點
孟浩然詩集箋注(增訂本)	[唐]孟浩然著　佟培基箋注
王右丞集箋注	[唐]王維著　[清]趙殿成箋注
李白集校注	[唐]李白著　瞿蜕園、朱金城校注
高適集校注(修訂本)	[唐]高適著　孫欽善校注
杜詩趙次公先後解輯校	[唐]杜甫著　[宋]趙次公注　林繼中輯校
新刊校定集注杜詩	[唐]杜甫著　[宋]郭知達輯注　聶巧平點校
新定杜工部草堂詩箋斠證	[唐]杜甫著　[宋]魯訔編　[宋]蔡夢弼會箋　曾祥波新定斠證
杜詩鏡銓	[唐]杜甫著　[清]楊倫箋注
錢注杜詩	[唐]杜甫著　[清]錢謙益箋注
杜甫集校注	[唐]杜甫著　謝思煒校注
岑參集校注	[唐]岑參著　陳鐵民、侯忠義校注
戴叔倫詩集校注	[唐]戴叔倫著　蔣寅校注
韋應物集校注(增訂本)	[唐]韋應物著　陶敏、王友勝校注
權德輿詩文集	[唐]權德輿撰　郭廣偉校點
王建詩集校注	[唐]王建著　尹占華校注
韓昌黎詩繫年集釋	[唐]韓愈著　錢仲聯集釋

《中國古典文學叢書》已出書目

詩經今注	高亨注
楚辭集注	[宋]朱熹撰　黄靈庚點校
楚辭今注	湯炳正、李大明、李誠、熊良智注
司馬相如集校注	[漢]司馬相如著　金國永校注
揚雄集校注	[漢]揚雄著　張震澤校注
張衡詩文集校注	[漢]張衡著　張震澤校注
阮籍集	[魏]阮籍著　李志鈞等校點
陸機集校箋	[晉]陸機著　楊明校箋
陶淵明集校箋(修訂本)	[晉]陶潛著　龔斌校箋
世説新語箋疏(修訂本)	[南朝宋]劉義慶撰　余嘉錫箋疏　周祖謨等整理
世説新語校釋(增訂本)	[南朝宋]劉義慶撰　[南朝梁]劉孝標注　龔斌校釋
鮑參軍集注	[南朝宋]鮑照著　錢仲聯增補集説校
謝宣城集校注	[南朝齊]謝朓著　曹融南校注集説
江文通集校注	[南朝梁]江淹著　丁福林、楊勝朋校注
文心雕龍義證	[南朝梁]劉勰著　詹鍈義證
詩品集注(增訂本)	[梁]鍾嶸著　曹旭集注
文選	[梁]蕭統編　[唐]李善注